OMNIBUS

Bear Grylls

ANGELI IN FIAMME

Traduzione di Sara Crimi e Laura Tasso

MONDADORI

Questo libro è un'opera di fantasia. Personaggi e luoghi citati sono invenzioni dell'autore e hanno lo scopo di conferire veridicità alla narrazione. Qualsiasi analogia con fatti, luoghi e persone, vive o scomparse, è assolutamente casuale.

𝗔 | librimondadori.it | anobii.com

ISBN 978-88-04-66177-1

Copyright © Bear Grylls Ventures 2016
© 2016 Mondadori Libri S.p.A., Milano
Titolo dell'opera originale
Burning Angels
I edizione agosto 2016

ANGELI IN FIAMME

*Per Roger Gower, ucciso dai bracconieri
in Africa orientale durante un volo di pattuglia,
e per il Roger Gower Memorial Fund
e il Tusk Trust, due delle più importanti
organizzazioni a tutela della conservazione.*

RINGRAZIAMENTI

Un grazie speciale a: Caroline Michel, Annabel Merullo e Laura Williams, agenti letterari di PFD, per il grande lavoro e gli sforzi profusi per pubblicare questo libro; Jon Wood e Jemima Forrester, e tutta la Orion – Malcolm Edwards, Mark Rusher e Leanne Oliver che hanno formato il "Team Grylls". Un grazie anche a tutta la BGV per aver reso un'entusiasmante realtà la parte cinematografica dei thriller della serie di Will Jaeger.

Ringrazio inoltre: Hamish de Bretton-Gordon, Ollie Morton e Iain Thompson di Avon Protection per le loro preziose idee, i consigli e la competenza in tutto ciò che riguarda l'aspetto CBRN e per il contributo agli ambiti chimici, biologici e nucleari di questo libro, comprese le misure di difesa e protezione. Chris Daniels e tutta la Hybrid Air Vehicles, per le idee davvero uniche e l'esperienza su tutto ciò che riguarda l'Airlander, oltre che per essersi spinti oltre i limiti per spiegare cosa fosse possibile con quel tipo di dirigibile; Paul e Anne Sherratt, per le informazioni e il grande contributo sui rapporti durante la guerra fredda immediatamente dopo la Seconda guerra mondiale; Bob Lowndes, di Autism Wessex, per i pareri su tutto ciò che riguarda l'autismo e le persone che rientrano nello spettro autistico; Peter Message, per la sua giovane critica alle prime fasi del manoscritto; e a Ash Alexander-Cooper, dell'Ordine dell'Impero britannico, per le consulenze sulle tecniche militari.

Un ultimo e particolare grazie a te, Damien Lewis, per avermi aiutato a lavorare sul materiale che abbiamo scoperto insieme nel baule di guerra di mio nonno, marcato TOP-SECRET. Riportare in vita quei documenti, quei ricordi e quegli oggetti della Seconda guerra mondiale in un contesto moderno è stato un colpo di genio.

NOTA DELL'AUTORE

Questo libro è ispirato alle vere avventure di mio nonno, il generale di brigata William Edward Harvey Grylls, dell'Ordine dell'Impero britannico, 15°/19° Reggimento dei King's Royal Hussars e ufficiale al comando della Target Force, l'unità segreta fondata su ordine di Winston Churchill alla fine della Seconda guerra mondiale. L'unità fu uno dei gruppi operativi più clandestini mai riuniti dal War Office, e aveva la missione di rintracciare e proteggere tecnologie segrete, armi, scienziati e ufficiali nazisti di alto rango perché sostenessero la causa dell'Occidente contro la nuova superpotenza mondiale, l'Unione Sovietica.

Nessuno in famiglia ha mai avuto sentore di questo ruolo segreto di ufficiale comandante della T Force – dove la T sta per target, obiettivo – fino a molti anni dopo la sua morte, e dopo la pubblicazione delle informazioni allo scadere dei settant'anni, nel quadro dell'Official Secrets Act. Una progressiva scoperta che mi ha ispirato a scrivere questo libro.

Mio nonno era un uomo di poche parole, ma lo ricordo con grande affetto da quando ero bambino. Fumatore di pipa, enigmatico, con un umorismo asciutto e amato dai suoi uomini.

Per me, tuttavia, è sempre stato solo nonno Ted.

"Daily Mail", agosto 2015

RITROVATO TRENO NAZISTA CARICO D'ORO: UNA CONFESSIONE
SUL LETTO DI MORTE PORTA I CACCIATORI DI TESORI A UNA
LOCALITÀ SEGRETA. I FUNZIONARI POLACCHI AFFERMANO DI
AVERNE VISTE LE PROVE SUL RADAR.

Un treno nazista carico d'oro è stato ritrovato in Polonia
dopo che l'uomo che ha contribuito a nasconderlo, alla fine
della Seconda guerra mondiale, ha rivelato la sua ubicazio-
ne sul letto di morte. La scorsa settimana, due uomini, un
tedesco e un polacco, hanno affermato di aver trovato il treno – che si ritiene contenga il tesoro – nei pressi della cittadina di Wałbrzych, nel Sudovest della Polonia.

Piotr Zuchowski, funzionario del ministero per i Beni cul-
turali e la conservazione, ha affermato: "Non sappiamo che
cosa contenga il treno. Probabilmente attrezzature militari,
ma anche gioielli, opere d'arte e documenti d'archivio. In
quel periodo i treni blindati venivano utilizzati per trasportare oggetti di grande valore, e questo è un treno blindato".

Le leggende locali narrano che i nazisti ordinarono di costruire una vasta rete ferroviaria sotterranea che si snoda
intorno al massiccio del castello di Książ per nascondere gli
oggetti di valore del Terzo Reich. I prigionieri dei campi di

concentramento furono impiegati per scavare le grandi gallerie – nome in codice *Riese*, gigante – da utilizzare come impianti di produzione di armi strategiche, in quanto il sito era immune dai bombardamenti alleati.

"The Sun", ottobre 2015

La storia narra che il reggimento dello Special Air Service, creato nel 1941, sia stato smantellato nel 1945... Ma un nuovo libro del celebre storico Damien Lewis rivela che, in realtà, una sola unità segretissima del SAS, composta da 30 uomini, continuò a combattere. Alla fine della guerra questo gruppo venne "segretato" per andare a caccia di criminali di guerra nazisti fuori da ogni ufficialità.

Il loro obiettivo era scovare i mostri delle SS e della Gestapo che avevano assassinato i loro compagni catturati, oltre a centinaia di civili francesi che avevano cercato di aiutarli. Nel 1948 il gruppo aveva fatto prigionieri oltre cento fra i peggiori assassini – molti dei quali erano riusciti a evitare la giustizia a Norimberga fra il 1945 e il 1946 – per portarli in tribunale.

Questa piccola unità del SAS, soprannominata "The Secret Hunters" (I cacciatori segreti), veniva gestita da un quartier generale-ombra con base all'Hyde Park Hotel di Londra ed era finanziata in nero dal principe Jurij Galitzine, un aristocratico russo in esilio che lavorava per il British War Office.

I membri di questo gruppo furono i primi a scoprire appieno l'orrore dei campi di sterminio nazisti... Il campo di concentramento di Natzweiler, vicino a Strasburgo, era stato teatro di atroci esperimenti compiuti dai nazisti. Lì il comandante Josef Kramer aveva messo a punto la tecnica del gas per uccidere i prigionieri ebrei.

BBC, gennaio 2016

SECONDO I RICERCATORI, ÖTZI, L'UOMO VENUTO DAL GHIACCIO,
AVEVA UN BATTERIO NELLO STOMACO.

Dai microbi estratti dalle viscere di una mummia di 5300 anni fa, gli scienziati hanno scoperto che l'uomo, prima di morire, aveva un batterio nello stomaco. Secondo i ricercatori, Ötzi, l'Uomo venuto dal ghiaccio, il nome attribuito al corpo congelato scoperto sulle Alpi nel 1991, aveva un'infezione batterica comune ancora oggi.

È stata eseguita un'analisi genetica del batterio, l'*Helicobacter pylori*, che ha aiutato a tracciare la storia del microbo, strettamente legata a quella delle migrazioni umane.

Il professor Albert Zink, capo dell'Istituto per le mummie e l'Iceman dell'Accademia europea di Bolzano, ha dichiarato: "Una delle prime sfide era quella di ottenere campioni dallo stomaco senza danneggiare la mummia. Quindi abbiamo dovuto scongelarla completamente per avere finalmente accesso attraverso un'incisione...".

1

16 ottobre 1942, ghiacciaio Helheim, Groenlandia

Il tenente delle SS Herman Wirth spazzò con la mano i fiocchi di neve che, cadendo fitti, gli impedivano la visuale. Non senza fatica le si avvicinò, finché il suo volto e quello della donna furono a meno di mezzo metro di distanza. Fissando la massa di ghiaccio che li separava, emise un gemito soffocato. Anche nella stretta della morte, gli occhi della donna erano spalancati. Senza dubbio erano azzurri, proprio come se li aspettava. Ma le sue speranze si infransero all'improvviso e per sempre. Gli occhi di lei penetrarono i suoi. Folli. Vitrei. Simili a quelli di uno zombie. Un paio di canne di fucile rosso-fuoco che lo puntavano dal traslucido blocco di ghiaccio che la imprigionava.

Incredibile a credersi, quando la donna era caduta morta per essere racchiusa in quella bara di ghiaccio, stava piangendo lacrime di sangue. Wirth riusciva a scorgere il punto dal quale il liquido vischioso le era colato dalle orbite per essere congelato nell'immortalità.

Si costrinse a staccare lo sguardo, abbassandolo verso la bocca. Aveva trascorso innumerevoli notti a fantasticare su quelle labbra, mentre tremava al freddo dell'Artico che penetrava persino il sacco a pelo in piuma d'oca.

Aveva immaginato quelle labbra. Le aveva sognate senza sosta. Nei suoi pensieri, erano piene, carnose e magnificamente rosa: la bocca di una perfetta vergine teutonica che aveva atteso cinquemila anni il bacio che l'avrebbe risvegliata.

Il suo bacio.

Ma quanto più guardava, tanto più sentiva un fremito di repulsione rivoltargli le budella. Si girò ed emise alcuni conati a vuoto contro il vento gelido che, ululando, sferzava il crepaccio.

A dire il vero, quello sarebbe stato il bacio della morte, l'abbraccio di una diavolessa.

Una massa rosso-scura, simile a un bolo congelato di sangue rigurgitato, incrostava la bocca della donna, che sembrava sputare un drappo scarlatto, un sudario funebre cristallizzato dal gelo. E sopra la bocca, anche il naso aveva emesso un'ondata di fluido scarlatto, un'orrenda emorragia.

Fece correre lo sguardo verso il basso e da sinistra a destra, lasciando che gli occhi esaminassero le carni gelate e nude del cadavere. Chissà per quale motivo, questa donna dell'antichità si era strappata di dosso gli abiti, per poi strisciare sulla lastra di ghiaccio e cadere, ignara, nel crepaccio che attraversava il ghiacciaio. Si era fermata su una piattaforma di ghiaccio, finendo congelata nel giro di qualche ora.

Perfettamente conservata, ma ben lontana dall'essere perfetta.

Wirth stentava a crederci, ma persino le ascelle della donna di ghiaccio erano percorse da densi filamenti di liquido scarlatto. Prima di morire – di morire com'era morta – questa cosiddetta dea nordica degli antichi aveva letteralmente sudato sangue.

Fece correre lo sguardo ancor più in basso, temendo ciò che avrebbe visto. I suoi timori erano fondati. Una spessa chiazza rossa le circondava le parti intime. Anche mentre la

16

donna giaceva là, il cuore che dava gli ultimi battiti, dense gocce di sangue putrido le erano colate dai genitali.

Wirth si girò e vomitò.

Rigettò il contenuto dello stomaco attraverso la rete metallica della gabbia, osservando il liquido acquoso schizzare nell'oscurità sotto di lui, scomparendo. Sputò finché non ebbe altro da vomitare, i conati a vuoto che lasciavano il posto a brevi e dolorosi singhiozzi simili a coltellate.

Con le dita aggrappate alla rete, si trasse in piedi. Alzò lo sguardo verso l'abbagliante luce dei proiettori, che gettava un violento, impietoso bagliore nel crepaccio immerso nell'ombra, riflettendo tutto attorno a lui un folle caleidoscopio di colori ghiacciati.

Colei che Kammler aveva battezzato Var, la sua antica, amata principessa nordica: ebbene, il generale poteva accomodarsi!

Il generale delle SS Hans Kammler: cosa, in nome di Dio, gli avrebbe detto – e mostrato – Wirth? Il celebre comandante delle SS si era recato di persona ad assistere alla gloriosa liberazione dal ghiaccio della donna, per essere testimone della sua resurrezione e poter comunicare di persona la notizia al Führer.

Il sogno di Hitler diventava finalmente realtà.

E adesso questo.

Wirth si costrinse a guardare di nuovo il cadavere. Più lo studiava, più il suo orrore cresceva. Era come se il corpo della vergine fosse stato in lotta con se stesso, come se avesse espulso le proprie interiora, rigettandole da ogni orifizio. Se era morta così, con il sangue e le viscere che gelavano nel ghiaccio, la donna doveva essere rimasta in vita, e aver sanguinato, a lungo.

Wirth non credeva più che a ucciderla fosse stata la caduta nel crepaccio. Né il freddo. A ucciderla era stata chissà quale antica malattia, misteriosa e diabolica, che l'aveva stretta nella sua morsa mentre la donna arrancava e strisciava nel ghiacciaio.

Ma piangere sangue?

Vomitare sangue?

Sudare sangue?

Persino urinare sangue?

Cosa, in nome di Dio, aveva potuto causare tutto questo?

Cosa, in nome di Dio, l'aveva uccisa?

Questa era lontana dall'ancestrale figura della madre ariana in cui tutti avevano sperato. Questa non era la dea guerriera nordica che Wirth aveva sognato per tante notti, colei che avrebbe incarnato il glorioso lignaggio ariano antico di cinquemila anni. Questa non era la progenitrice del Superuomo nazista, la perfetta donna vichinga dai capelli biondi e dagli occhi celesti salvata dalla notte dei tempi.

Da tanto, Hitler bramava questa prova.

E adesso, una diavolessa.

Mentre osservava i tratti straziati – quegli occhi vuoti, strabuzzati e incrostati di sangue, carichi del terrificante sguardo dei morti viventi –, Wirth fu colto da un'improvvisa lucidità.

In qualche modo capì che stava guardando attraverso le porte dell'inferno.

Si ritrasse con un balzo dal cadavere di ghiaccio, alzò il braccio e afferrò la corda di segnalazione, strattonandola violentemente. «Su! Tiratemi su! Su! Azionate il verricello!»

Sopra di lui si avviò un motore e Wirth sentì la gabbia mettersi in movimento. Quando iniziò a salire, lo sconvolgente e insanguinato blocco di ghiaccio scomparve alla sua vista.

L'alba stava gettando un debole chiarore sulla neve spazzata dal vento, mentre la curva figura di Wirth riemergeva in superficie. Esausto, l'uomo si arrampicò fuori dalla gabbia e procedette sulla bianca superficie gelata, mentre le sentinelle schierate tentavano di scattare sull'attenti battendo i talloni al suo passaggio. I grossi stivali imbottiti di pelo degli uomini fecero un rumore sordo per via delle suole di gomma incrostate di uno spesso strato di ghiaccio.

La mente persa in pensieri infausti, Wirth ricambiò con un saluto appena accennato. Chinando le spalle contro il vento che fischiava feroce, si strinse le membra ormai rese insensibili dal freddo nel pesante pastrano e procedette verso la tenda vicina.

Dal camino della tenda usciva un pennacchio di fumo nero, subito spazzato dal vento: la stufa era stata riempita, senza dubbio in vista di un'abbondante colazione.

Wirth immaginò che i suoi tre colleghi delle SS fossero già svegli. Erano mattinieri e, dal momento che quello sarebbe stato il gran giorno, il giorno in cui la vergine di ghiaccio si sarebbe levata dal sepolcro, gli uomini sarebbero stati doppiamente ansiosi di vedere l'alba.

All'inizio, con lui c'erano due ufficiali delle SS: il tenente Otto Rahn e il generale Richard Darré. Poi, senza alcun preavviso, il generale delle SS Hans Kammler era arrivato a bordo di un aereo munito di pattini per l'atterraggio sul ghiaccio, per assistere alle fasi finali di questa epica operazione.

In quanto incaricato della spedizione, il generale Darré avrebbe dovuto avere il comando, ma nessuno fingeva di non sapere che fosse il generale Kammler a esercitare il potere. Kammler era un uomo di Hitler, e Hitler lo ascoltava. Poi, a dire il vero, Wirth si era esaltato all'idea che il generale avrebbe presenziato al suo trionfo.

In quel momento, appena quarantott'ore prima, la situazione sembrava rosea: il finale perfetto di un'impresa ambiziosa ai limiti dell'impossibile. Invece, quella mattina... Di certo Wirth non aveva molta voglia di affrontare l'alba, la colazione e i suoi sodali delle SS.

Si domandava persino perché fosse lì. Wirth si vantava di essere uno studioso di culture e religioni antiche, il che aveva attirato su di lui le attenzioni di Himmler e Hitler. Aveva ricevuto la tessera del partito nazista dal Führer in persona: un onore rarissimo.

Nel 1935 aveva fondato la Deutsche Ahnenerbe, il cui nome significa "eredità ancestrale", che aveva lo scopo di dimostrare che la mitica popolazione nordica – la razza ariana delle origini – un tempo aveva dominato il mondo. Secondo la leggenda, un popolo di individui biondi e dagli occhi celesti aveva abitato l'Iperborea, una fiabesca terra gelata del Nord che era stata identificata con il circolo polare artico.

Ne erano seguite spedizioni in Finlandia, Svezia e nell'Artide, ma nessuna aveva portato rivelazioni eccezionali né storiche. Poi un gruppo di soldati era stato inviato in Groenlandia per costruire una stazione meteorologica, e i componenti della spedizione erano venuti a conoscenza del fatto che una donna dell'antichità era stata trovata sepolta nel ghiaccio.

Così era nata la fatidica missione.

In poche parole, Wirth era un appassionato di archeologia e un opportunista. Di sicuro non era un nazista irriducibile, ma in quanto presidente della Deutsche Ahnenerbe, era costretto a ingraziarsi i peggiori fanatici del regime di Hitler, due dei quali erano davanti a lui, nella tenda, proprio in quel momento.

Sapeva che, per lui, le cose si sarebbero messe male. Erano state fatte troppe promesse, alcune delle quali direttamente al Führer. Su questo momento gravavano aspettative altissime, speranze e ambizioni impossibili.

Wirth l'aveva vista in faccia, e la dama dei ghiacci aveva i tratti di un mostro.

2

Wirth fece capolino nella tenda, superando il doppio strato di spessa tela, uno per riparare dal vento pungente e dai vortici di neve, il secondo per non disperdere il calore emanato dai corpi dei suoi occupanti e dalla stufa accesa al massimo.

Fu colpito dal profumo di caffè appena fatto, mentre tre paia di occhi lo fissarono carichi di aspettative.

«Mio caro Wirth, perché quel muso lungo?» lo apostrofò allegro il generale Kammler. «Oggi è il gran giorno!»

«Non avrà fatto cadere la nostra deliziosa Frau nel crepaccio?» aggiunse Otto Rahn con un ghigno che gli storceva la bocca. «O forse ha tentato di svegliarla con un bacio, rimediando un ceffone per il suo ardire?»

Rahn e Kammler risero sguaiatamente.

L'irriducibile generale delle SS e il paleontologo dai modi stranamente effeminati sembravano condividere uno speciale cameratismo che Wirth non capiva, come del resto non comprendeva diversi aspetti del Reich. Quanto al terzo personaggio seduto davanti a lui – il generale delle SS Richard Walther Darré –, si limitava a trangugiare il suo caffè, i neri occhi ardenti sotto le sopracciglia arcuate, le labbra sottili serrate come sempre.

«Allora, la nostra vergine di ghiaccio?» incalzò Kammler. «È pronta per noi?» Indicò con un ampio gesto del braccio il tavolo imbandito per la colazione. «O dobbiamo forse goderci prima il nostro banchetto?»

Wirth scrollò le spalle. Aveva ancora la nausea. Pensò che forse sarebbe stato meglio che i tre uomini vedessero la dama dei ghiacci prima di mangiare.

«Forse è meglio, signor generale, procedere prima di colazione.»

«Ha l'aria abbattuta, signor tenente» ribatté Kammler. «Non è ciò che ci aspettavamo? Un angelo del Nord dai capelli biondi e dagli occhi azzurri?»

«L'avete liberata dal ghiaccio?» interruppe il generale Darré. «I tratti sono visibili? Cosa dicono della nostra Freyja?» Per la donna sepolta dai ghiacci, Darré aveva citato il nome di un'antica dea nordica che significa "la dama".

«Di sicuro è la nostra Hariasa» ribatté Rahn. «La nostra Hariasa dell'antico Nord.» Hariasa era un'altra divinità nordica, il cui nome significa «la dea dai lunghi capelli». Tre giorni prima, era sembrato perfetto.

Per settimane, la squadra aveva spaccato il ghiaccio pezzo per pezzo, con estrema attenzione, per poter vedere più da vicino. Quando finalmente ci erano riusciti, la vergine di ghiaccio si era rivelata di spalle, offrendo la schiena ai suoi osservatori. Ma era sufficiente. A un primo sguardo non sfuggivano i gloriosi capelli lunghi e dorati, pettinati in grosse trecce.

A quella scoperta, Wirth, Rahn e Darré avevano provato una fitta di bruciante eccitazione. Se i tratti del volto fossero stati quelli del modello di razza ariana, sarebbero stati gli uomini più felici del mondo e Hitler li avrebbe coperti delle sue benedizioni. Adesso non restava che liberarla dalla parete del crepaccio, girare il blocco di ghiaccio e guardarla a dovere.

Ebbene, Wirth l'aveva guardata… e ne aveva rimediato un voltastomaco.

«Non è esattamente come ci aspettavamo, signori generali» balbettò. «È meglio che veniate a vedere voi stessi.»

Con una leggera ruga che gli attraversava la fronte, Kammler fu il primo ad alzarsi. Il generale delle SS si era appropriato del nome di una terza divinità nordica per il cadavere congelato. "Sarà amata da chiunque posi il suo sguardo su di lei" aveva dichiarato. "Ecco perché ho detto al Führer che l'abbiamo chiamata Var, 'amatissima'." Di certo ci sarebbe voluto un santo per amare quel cadavere sanguinolento e corrotto. E Wirth era sicuro di una cosa: in quel momento, in quella tenda, di santi ce n'erano pochi. Quasi come fosse al proprio corteo funebre, condusse gli uomini attraverso il ghiaccio. Entrarono nella gabbia e vennero calati, le luci dei proiettori che si rianimavano mentre sprofondavano sotto la superficie. Wirth aveva ordinato che le luci restassero spente, a meno che qualcuno non stesse lavorando o ispezionando il cadavere: non voleva, infatti, che il calore della potente illuminazione sciogliesse il ghiaccio, scongelando la dama che li attendeva. Il corpo doveva restare congelato per poter essere trasportato in sicurezza alla sede della Deutsche Ahnenerbe di Berlino.

All'interno della gabbia, scoccò un'occhiata a Rahn. Il viso dell'altro era avvolto nell'oscurità. Ovunque si trovasse, Rahn indossava un cappello floscio di feltro nero a tesa larga che, in quanto autoproclamatosi cacciatore di ossa, avventuriero e archeologo, aveva adottato come segno distintivo.

Wirth sentiva una certa affinità con l'entusiasta Rahn. Condividevano le stesse speranze, le stesse passioni, le medesime opinioni. E, ovviamente, i medesimi timori.

La gabbia si arrestò all'improvviso, ondeggiando per un istante avanti e indietro come un pendolo impazzito.

Quattro paia di occhi fissarono il volto del cadavere racchiuso nel blocco di ghiaccio, ghiaccio screziato di orribili volute rosso-scure. Wirth percepiva l'impatto che l'apparizione stava avendo sui colleghi delle SS. Ci fu un silenzio attonito e incredulo.

Fu il generale Kammler a rompere gli indugi. Si girò verso Wirth, il volto imperscrutabile come sempre, il freddo sguardo da rettile che mandava lampi dagli occhi.

«Il Führer attende» annunciò pacato. «Noi non deludiamo il Führer.» Pausa. «La renda degna del suo nome: Var.»

Wirth scosse la testa incredulo. «Andiamo avanti come previsto? Ma, signor generale, i rischi...»

«Quali rischi, signor tenente?»

«Non abbiamo idea di cosa l'abbia uccisa...» Wirth indicò il cadavere. «Cos'abbia causato tutto questo...»

«Nessun rischio» lo interruppe Kammler. «È venuta a morire sulla calotta artica cinque millenni fa. Dico, cinquemila anni. La ripulirete. Rendetela bellissima. Rendetela nordica, ariana... perfetta. Fate in modo che sia pronta per il Führer.»

«Ma come, signor generale?» supplicò Wirth. «Ha visto...»

«La scongeli, per l'amor di Dio» lo interruppe Kammler indicando il blocco di ghiaccio. «Voi della Deutsche Ahnenerbe avete fatto esperimenti sugli esseri umani per anni, li avete congelati e scongelati, non è vero?»

«Sì, signor generale» ammise Wirth. «Non l'ho fatto di persona, ma ci sono stati esperimenti sul congelamento degli esseri umani, poi con l'acqua salata...»

«Mi risparmi i dettagli.» Kammler puntò un dito guantato al cadavere sanguinolento. «Le dia la vita. Costi quel che costi, tolga il sorriso della morte da quella faccia. Elimini quello... quello sguardo dai suoi occhi. Faccia in modo di avverare i sogni più rosei del Führer.»

Wirth si sforzò di rispondere. «Sì, signor generale.»

Kammler spostò lo sguardo da Wirth a Rahn. «Se non lo farete, se fallirete, ne andrà della vostra testa.»

Abbaiò un ordine e la gabbia cominciò a risalire. L'ascesa fu avvolta dal silenzio e, quando raggiunsero la superficie, Kammler affrontò gli uomini della Deutsche Ahnenerbe.

«Non ho più voglia di fare colazione.» Unì i talloni di scatto e fece il saluto nazista. «*Heil Hitler!*»

«*Heil Hitler*» fecero eco gli altri SS.

E con questo, il generale Hans Kammler percorse a grandi passi la distesa ghiacciata dirigendosi al suo aereo che l'avrebbe riportato in Germania.

3

Oggi

Il pilota dell'aereo da trasporto C-130 Hercules lanciò un'occhiata a Will Jaeger. «Un po' esagerato, amico, noleggiare un intero C-130 solo per voi, no?» Aveva una parlata tipica del Sud, probabilmente del Texas. «Siete solo in tre, giusto?»

Attraverso la porta che dava sulla stiva, Jaeger guardò i due compagni, seduti sugli strapuntini di tela pieghevoli. «Sì. Solo tre.»

«Un po' esagerato, non credi?»

Jaeger era salito a bordo dell'aereo come se avesse dovuto lanciarsi con il paracadute da alta quota: completamente equipaggiato con un casco integrale, la maschera per l'ossigeno e la tuta pesante. Il pilota non aveva la minima speranza di riconoscerlo.

Non ancora, almeno.

Jaeger scrollò le spalle. «Sì. Aspettavamo altre persone. Ma sai com'è, alcuni non ce l'hanno fatta.» Pausa. «Sono rimasti intrappolati in Amazzonia.»

Lasciò che le ultime parole aleggiassero nell'aria per qualche secondo.

«Amazzonia?» domandò il pilota. «La giungla, giusto? Che è successo? Un lancio andato male?»

«Peggio.»

Jaeger allentò la cinghia del casco, come se avesse bisogno di aria. «Non ce l'hanno fatta... perché sono morti.»

Il pilota, sorpreso, reagì con un attimo di ritardo. «Sono morti? Morti come? Un incidente di lancio?»

Adesso Jaeger parlava lentamente, enfatizzando ogni parola. «No. Nessun incidente. Non secondo il mio punto di vista. È stato piuttosto un omicidio, ben pianificato e deliberato.»

«Omicidio? Spari.» Il pilota si allungò in avanti e tirò indietro le manette. «Ci stiamo avvicinando alla quota di crociera... Venti minuti al lancio.» Pausa. «Omicidio? E chi è stato ammazzato? E, diamine, perché?»

Per tutta risposta, Jaeger si tolse il casco. Aveva ancora il passamontagna di seta, che indossava per tenersi caldo. Lo portava sempre quando saltava da novemila metri: a quell'altitudine faceva più freddo che sull'Everest.

Il pilota non era ancora in grado di riconoscerlo, ma avrebbe potuto vedere lo sguardo negli occhi di Jaeger. E, in quel momento, era uno sguardo assassino.

«Immagino sia stato un omicidio» ripeté Jaeger. «Un omicidio a sangue freddo. La cosa strana è che è successo dopo un lancio da un C-130.» Si guardò intorno nella cabina. «A dire il vero, un aereo molto simile a questo...»

Sempre più nervoso, il pilota scosse la testa. «Amico, non ti seguo... però la tua voce mi suona familiare. È sempre così con voi inglesi, sembrate tutti uguali, se posso permettermi.»

«Puoi permetterti» rispose Jaeger sorridendo, ma i suoi occhi dicevano il contrario. Quello sguardo avrebbe fatto gelare il sangue. «Quindi, immagino tu abbia prestato servizio nel SOAR. Prima di metterti in proprio, intendo.»

«Il SOAR?» Il pilota sembrava sorpreso. «Sì, a dire il vero è così. Ma come... Ci siamo già conosciuti?»

Lo sguardo di Jaeger si indurì. «Non si smette mai di essere un Night Stalker, giusto?»

«Sì, così dicono.» Il pilota adesso sembrava spaventato. «Sul serio, amico, ci siamo già conosciuti?»

«Puoi starne certo. Però scommetto che fra poco vorrai che non fosse così. Perché adesso, *amico*, sono il tuo incubo peggiore. Tanto tempo fa, hai portato me e il mio team in Amazzonia, e purtroppo per nessuno è stato un viaggio di piacere...»

Tre mesi prima, Jaeger aveva guidato un team di dieci persone in una spedizione in Amazzonia, alla ricerca di un velivolo perduto della Seconda guerra mondiale. Si erano rivolti alla stessa compagnia aerea privata che li stava trasportando in quel momento e, durante il viaggio, il pilota aveva detto di aver servito nello Special Operations Aviation Regiment (SOAR) dell'esercito americano, i cosiddetti Night Stalkers.

Il SOAR era un reparto ben noto a Jaeger. Quando serviva nelle forze speciali, erano stati i piloti del SOAR a tirarlo fuori dai guai assieme ai suoi uomini. Il motto del SOAR era "La morte attende nel buio", ma Jaeger non avrebbe mai immaginato che, con il suo team, sarebbe stato il bersaglio di quella morte.

Jaeger si tolse il passamontagna. «La morte attende nel buio... Senza dubbio ci attendeva. Soprattutto quando tu l'hai aiutata a prendere la mira. Ci hai fatti ammazzare quasi tutti.»

Il pilota lo fissò per un istante, con sguardo incredulo. Poi si girò verso l'uomo seduto accanto a lui.

«Prendi il comando, Dan» ordinò in tono calmo, lasciando i controlli nelle mani del copilota. «Devo scambiare quattro chiacchiere con il nostro... amico inglese. E, Dan, mettiti in contatto radio con Dallas - Fort Worth. Volo annullato. Abbiamo bisogno che ci mandino a...»

«Fossi in te non lo farei» lo interruppe Jaeger. «Davvero non lo farei.»

Il movimento era stato così rapido che il pilota a stento se n'era accorto; di opporre resistenza, poi, non se ne parlava. Jaeger aveva estratto la SIG Sauer P228 che teneva nascosta sotto la tuta. Quella pistola era l'arma preferita dagli operatori dei corpi d'élite, e Jaeger stava premendone la tozza canna contro la nuca del pilota.

L'uomo era mortalmente pallido. «Cosa... cosa diavolo? Dirottate il mio aereo?»

Jaeger sorrise. «Ti piacerebbe.» Poi si rivolse al copilota. «Anche tu un ex Night Stalker? O solo un altro schifoso traditore come il tuo compare?»

«Cosa gli dico, Jim?» mormorò il copilota. «Come rispondo a questo figlio di...»

«Te lo dico io, come rispondere» lo interruppe Jaeger sbloccando il sedile del pilota e facendolo girare con un colpo secco finché non si trovò faccia a faccia con l'uomo. Appoggiò la 9 mm alla fronte del pilota. «In fretta e senza fare scherzi, oppure con la prima pallottola gli salta il cervello.»

Il pilota strabuzzò gli occhi. «Diglielo, cazzo, Dan. Questo è abbastanza matto da farlo.»

«Sì, eravamo entrambi nel SOAR» gracchiò il copilota. «Stessa unità.»

«Bene. Allora perché non mi fai vedere cosa può fare un membro del SOAR? Vi credevo i migliori. Tutti, nelle forze speciali inglesi, vi credevamo i migliori. Dimostralo. Imposta la rotta per Cuba. Quando avremo superato la linea costiera americana e saremo fuori dal loro spazio aereo, abbassati a pelo dell'acqua. Nessuno deve sapere che stiamo arrivando.»

Il copilota guardò il pilota, che annuì. «Fai come dice.»

«Imposto la rotta per Cuba» confermò l'uomo a denti stretti. «Hai in mente una destinazione specifica? Perché ci sono diverse migliaia di chilometri di costa cubana fra cui scegliere, se capisci cosa intendo.»

«Ci sgancerete su una piccola isola, ci lanceremo con il paracadute. Ti darò le coordinate esatte quando saremo in zona. Dobbiamo arrivare sull'isola subito dopo il tramonto, con il favore del buio. Regola la velocità di conseguenza.»

«Non chiedi molto» borbottò il copilota.

«Mantieni la rotta verso sud-est, e stabile. Nel frattempo, scambio quattro chiacchiere con il tuo amico qui.»

Jaeger aprì lo strapuntino del navigatore posizionato sul fondo della cabina di pilotaggio e si accomodò, abbassando la canna della SIG fino ad avere sotto tiro il basso ventre dell'uomo.

«Allora. Le domande» disse fra sé e sé. «Molte domande.» Il pilota scrollò le spalle. «Va bene. Tutto quello che vuoi. Spara.»

Jaeger guardò la pistola per un secondo, poi sorrise maligno. «Sul serio vuoi che lo faccia?»

«È un modo di dire» ribatté l'altro accigliato.

«Domanda numero uno. Perché hai spedito il mio team incontro alla morte in Amazzonia?»

«Ehi, io non lo sapevo. Nessuno ha parlato di uccisioni.» Jaeger strinse la presa sulla pistola. «Rispondi alla domanda.»

«Soldi» mormorò il pilota. «Cos'altro? Ma diamine, non sapevo che avessero intenzione di ammazzarvi tutti.»

Jaeger ignorò le proteste dell'uomo. «Quanto?»

«Abbastanza.»

«Abbastanza quanto?»

«Centoquarantamila dollari.»

«Okay, facciamo il calcolo. Abbiamo perso sette uomini. Ventimila dollari per ogni vita. Direi che ci hai svenduti.»

Il pilota alzò le mani. «Ehi, non ne avevo idea! Hanno cercato di farvi fuori? E come diavolo facevo a saperlo?»

«Chi ti ha pagato?»

Il pilota esitò. «Un tizio brasiliano. Del posto. L'ho incontrato in un bar.»

Jaeger sbuffò. Non credeva a una parola, ma doveva continuare a incalzare. Aveva bisogno di dettagli. Di informazioni utili. Qualcosa che lo aiutasse a rintracciare i suoi veri nemici. «Hai un nome?»

«Sì. Andrej.»

«Andrej. Un brasiliano di nome Andrej che hai incontrato al bar?»

«Sì. Be', in effetti non suona proprio brasiliano. Forse più russo.»

«Bene. Ricordare conviene Specie quando hai una 9 mm puntata sulle palle.»

«Non me la dimentico.»

«Quindi, questo Andrej, il russo che hai incontrato in un bar, secondo te per chi lavorava?»

«L'unica cosa che so è che un tizio di nome Vladimir era il capo.» Fece una pausa. «Chiunque abbia ammazzato i tuoi uomini ha preso ordini da lui.»

"Vladimir." Jaeger aveva già sentito quel nome. Si era immaginato che fosse il capo della banda, anche se di sicuro c'era qualcuno più in alto di lui, qualcuno di più potente.

«Hai mai incontrato questo Vladimir? Lo hai mai visto?»

Il pilota scosse la testa. «No.»

«Però, comunque, hai preso i soldi.»

«Sì, ho preso i soldi.»

«Ventimila dollari per ciascuno dei miei ragazzi. Cosa ci hai fatto? Un party in piscina? Hai portato i bambini a Disneyland?»

Il pilota non rispose. Teneva le mascelle serrate con aria di sfida. Jaeger era tentato di colpirlo alla testa con il calcio della pistola, ma aveva bisogno che restasse sveglio e lucido.

Aveva bisogno che facesse volare l'aereo come mai prima, e che li portasse sull'obiettivo in rapido avvicinamento.

4

«Bene, adesso che abbiamo stabilito che hai venduto i miei ragazzi per quattro soldi, vediamo come fare a redimerti. O almeno a iniziare.»

Il pilota grugnì. «Cos'hai in mente?»

«Ecco come stanno le cose. Vladimir e i suoi hanno rapito una persona della mia spedizione. Leticia Santos. Brasiliana. Ex militare. Giovane madre divorziata con una figlia di cui occuparsi. Mi piaceva.» Pausa. «La tengono in un'isola remota al largo della costa cubana. Non serve che tu sappia come l'abbiamo rintracciata. Ti basta sapere che stiamo andando a salvarla.»

Il pilota fece una risata forzata. «E chi cavolo sei? Quell'idiota di James Bond? Siete in tre. Un team di tre persone. E vuoi sapere una cosa? Pensi che un tipo come Vladimir non abbia compagnia?»

Jaeger piantò gli occhi grigio-azzurri in quelli del pilota. Il suo sguardo era calmo ma ardente. «Vladimir ha trenta uomini armati fino ai denti sotto il suo comando. Siamo in svantaggio di dieci a uno. Questo non ci fermerà. E tu dovrai farci arrivare sull'isola con il massimo della segretezza e della sorpresa.»

Con i capelli scuri che portava leggermente lunghi, e i tratti scarni da lupo, Jaeger dimostrava meno dei suoi trentotto anni, ma aveva l'aspetto di chi aveva visto molte cose, l'aspetto di un uomo che era bene non contraddire, specie quando aveva in mano una pistola, come in quel momento. Quello sguardo non passò inosservato al pilota del C-130.

«Le forze d'assalto che colpiscono un obiettivo ben difeso: nell'ambiente delle operazioni speciali americane, abbiamo sempre fatto in modo che il rapporto fosse tre a uno in nostro favore.»

Jaeger si mise a scavare nel suo zaino, estraendone un oggetto dall'aspetto bizzarro: sembrava una grossa lattina di fagioli senza etichetta e con una leva attaccata a un'estremità. La mostrò al pilota tenendola in alto davanti a sé.

«Ah, ma noi abbiamo questo» disse, mentre con le dita passava sulle lettere stampigliate sul bordo della bomboletta: KOLOKOL-1.

Il pilota scrollò le spalle. «Mai sentito.»

«Probabile. Russo. Epoca sovietica. Mettiamola così: se tolgo la linguetta e libero il contenuto, questo aereo si riempie di gas tossico e va giù come una pietra.»

Il pilota guardò Jaeger, la tensione che gli irrigidiva le spalle. «Se lo fai, siamo tutti morti.»

Jaeger voleva mettere l'altro sotto pressione, ma non fino a questo punto. «Non è mia intenzione.» Ripose la bomboletta nello zaino. «Però, fidati, non è il caso di scherzare con il Kolokol-1.»

«Okay, capito.»

Tre anni prima, lo stesso Jaeger aveva avuto un terribile incontro con il gas. Stava campeggiando con la moglie e il figlio sulle montagne del Galles quando il nemico – lo stesso gruppo che teneva in ostaggio Leticia Santos in quel momento – era arrivato nel cuore della notte e li aveva attaccati con il Kolokol-1, lasciando Jaeger privo di sensi, a lottare fra la vita e la morte.

Quella era stata l'ultima volta che aveva visto la moglie e il figlio di otto anni, Ruth e Luke.

Qualunque misterioso gruppo armato li avesse catturati aveva continuato a tormentare Jaeger con il loro rapimento e non dubitava più del fatto che l'avessero lasciato vivere solo per poterlo torturare.

Ogni uomo ha un punto di rottura. Dopo aver cercato senza sosta la sua famiglia perduta, Jaeger era stato costretto ad ammettere l'orribile verità: erano spariti apparentemente senza lasciare traccia e lui non era stato capace di proteggerli.

Era crollato e aveva trovato sollievo nell'alcol e nell'oblio. Ci era voluto un amico molto speciale – e la prova del fatto che la moglie e il figlio fossero ancora vivi – per riportarlo alla vita. Per riportarlo in sé.

Ma quando era tornato, era una persona molto diversa. Più ombroso. Più saggio. Più cinico. Più diffidente. Pago solo della compagnia di se stesso, un misantropo.

In più, il nuovo Will Jaeger si era dimostrato più pronto a infrangere ogni regola per andare a caccia di chi aveva fatto a pezzi la sua vita. Ecco spiegata la sua attuale missione. E, per realizzarla, non era restio nemmeno a fare proprie le arti oscure del suo nemico.

Sun Tzu, l'antico maestro cinese della guerra, diceva: "Conosci il tuo nemico". Era il messaggio più semplice di tutti, eppure, durante la sua permanenza nell'esercito, Jaeger l'aveva usato come un mantra. *Conosci il tuo nemico*: ecco la prima regola di ogni missione.

E negli ultimi giorni aveva imparato che la seconda regola era: *impara dal tuo nemico.*

Nei Royal Marines e nel SAS – le due unità in cui Jaeger aveva servito – gli avevano insegnato il pensiero laterale. Per tenere la mente aperta. Per fare l'inatteso. Imparare dal nemico era il culmine di tutto questo.

Jaeger immaginava che l'ultima cosa che gli uomini sull'isola cubana si aspettavano fosse di essere colpiti, nel cuore della notte, dallo stesso gas che avevano usato loro.

Il nemico aveva fatto questo a lui.

E lui aveva imparato la lezione.

Era il momento di ricambiare.

Il Kolokol-1 era un agente chimico che i russi tenevano

segretato. Nessuno ne conosceva l'esatta composizione, ma nel 2002 era balzato agli onori delle cronache quando un manipolo di terroristi aveva preso il controllo di un teatro a Mosca, sequestrando centinaia di persone.

I russi non avevano perso tempo. Le loro forze speciali, gli Specnaz, avevano saturato il teatro di Kolokol-1. Poi avevano fatto irruzione, ponendo fine all'assedio e uccidendo tutti i terroristi. Purtroppo, nell'operazione erano stati coinvolti anche gli ostaggi.

I russi non avevano mai ammesso cosa avessero usato in realtà, ma gli amici di Jaeger che lavoravano nei laboratori segreti della Difesa britannica erano entrati in possesso di alcuni campioni e avevano confermato che si trattava di Kolokol-1. Il gas doveva essere un agente incapacitante, ma la prolungata esposizione si era dimostrata letale per alcuni dei presenti nel teatro moscovita.

Insomma, era perfettamente adatto agli scopi di Jaeger.

Jaeger voleva che alcuni degli uomini di Vladimir sopravvivessero. Magari tutti. Se li avesse eliminati, si sarebbe quasi certamente trovato con l'intero corpo di polizia, l'esercito e l'aviazione cubana alle costole. E in quel momento lui e il suo team stavano improvvisando; dovevano poter arrivare e ripartire senza essere notati.

Il Kolokol-1 avrebbe messo fuori combattimento anche chi fosse sopravvissuto. Alle persone colpite sarebbero servite settimane per riprendersi e, quando questo fosse accaduto, Jaeger e i suoi – Leticia Santos compresa – sarebbero stati lontani.

C'era anche un'altra ragione per la quale Jaeger voleva che almeno Vladimir restasse vivo: aveva delle domande e Vladimir gli avrebbe dato le risposte.

«Allora, faremo così» disse al pilota. «Dobbiamo essere sopra a un reticolo geografico a sei cifre alle ore 2. Quel reticolo è una zona di oceano appena a ovest dell'obiettivo, a duecento metri dalla costa. Tu volerai all'altezza delle cime degli alberi, poi ti porterai a cento metri per farci saltare in LLP.»

Il pilota lo fissò. «LLP? Sarà il vostro funerale.»

Il Low-Level Parachute, il lancio con il paracadute a bassa quota, era una tecnica di lancio delle forze speciali per incursioni furtive, raramente usata in combattimento per via degli elevati rischi che presentava.

«Quando ci saremo lanciati, ti abbasserai il più possibile» continuò Jaeger. «Tieniti alla larga dall'isola. Nascondi l'aereo – il rumore dei motori – alle sentinelle...»

«Diamine, sono un Night Stalker» lo interruppe il pilota. «So quello che faccio. Non ho bisogno di lezioni.»

«Lieto di saperlo. Allora ti allontani dall'isola e prepari la rotta per tornare a casa. A quel punto, è fatta. Ti sei liberato di noi.» Jaeger fece una pausa. «Siamo intesi?»

Il pilota scrollò le spalle. «Più o meno. Il punto è che il tuo piano fa schifo.»

«Dimostramelo.»

«Semplice. Ci sono un sacco di modi in cui posso fregarti. Posso sganciarvi sulle coordinate sbagliate – magari nel bel mezzo del fottuto oceano – e lasciarvi proseguire a nuoto. Oppure posso alzarmi e sorvolare l'isola. Ehi, Vladimir! Sveglia! Sta arrivando la cavalleria, tutti e tre! Che cavolo, il tuo piano fa acqua da tutte le parti!»

Jaeger annuì. «Capisco. Ma il fatto è che tu non farai nulla di tutto questo. E sai perché? Perché sei colpevole della morte di quei sette uomini. Hai bisogno di redimerti, oppure quei cadaveri ti tortureranno per il resto dei tuoi giorni.»

«Dai per scontato che io abbia una coscienza» bofonchiò il pilota. «E ti sbagli.»

«Certo che ce l'hai» ribatté Jaeger. «Ma, tanto per stare sicuri, ecco un'altra ragione. Se ci freghi, finirai in un mare di guai.»

«E chi lo dice? Che genere di guai?»

«Semplice. Hai appena effettuato un volo non autorizzato per Cuba, sotto il livello dei radar. Tornerai a DFW, perché non hai alternative. A Cuba abbiamo degli amici fidati che stanno aspettando un segnale da me, una sola parola: SUCCESSO. Se non ricevono questo segnale entro le cinque, contatteranno l'ufficio delle dogane americano con una soffiata: il tuo aereo è stato usato come corriere della droga.»

Gli occhi del pilota mandarono lampi. «Non ho mai toccato roba! È un affare sporco. In più, i ragazzi del DFW ci conoscono e non se la berranno.»

«Secondo me invece sì. Come minimo, dovranno fare un controllo. Non possono ignorare una dritta del direttore delle dogane cubane. E quando la DEA porterà a bordo i cani antidroga, ne vedranno delle belle. Sai, ho avuto cura di spargere un po' di polvere bianca nel retro dell'areo. Nella stiva di un C-130 ci sono un sacco di posti dove nascondere qualche grammo di cocaina.»

Jaeger vide la mascella del pilota contrarsi per la tensione. Lo sguardo dell'uomo finì sulla pistola fra le mani di Jaeger. Avrebbe voluto aggredirlo, ma sapeva che ne avrebbe rimediato una pallottola.

Ogni uomo ha un punto di rottura.

È sempre possibile portare qualcuno al limite.

«È il bastone e la carota, Jim. La carota è la tua redenzione. Ci mette quasi in pari. Il bastone è il carcere a vita negli Stati Uniti per traffico di droga. Porti a termine questa missione, e sei a posto. Sei pulito. La tua vita torna alla normalità, solo con la coscienza un po' più leggera. Quindi, comunque la guardi, ti conviene.»

Il pilota piantò gli occhi in quelli di Jaeger. «Vi porto sulla zona di lancio.»

Jaeger sorrise. «Vado a dire ai ragazzi di prepararsi a saltare.»

5

Il C-130 rombava basso e veloce, sfiorando le creste delle onde nere come la notte.

Jaeger e il suo team erano pronti davanti alla rampa abbassata, con l'aria mossa dalla scia dell'aereo che rombava loro nelle orecchie. Fuori, infuriava un mare di tenebre. Qua e là, Jaeger vedeva lampi di bianco fiammeggiante, mentre l'aereo volava basso su una scogliera, con le onde che si infrangevano tumultuose sulla sua superficie. L'isola era anche circondata da una frastagliata barriera corallina, che avrebbero fatto meglio a evitare. L'acqua avrebbe garantito un atterraggio relativamente dolce, mentre i coralli avrebbero devastato loro le gambe. Se tutto fosse andato bene, il punto di lancio previsto da Jaeger li avrebbe portati nell'oceano, entro la scogliera più interna, a poca distanza dalla costa.

Una volta che il pilota del C-130 si era persuaso di non avere altra scelta se non quella di proseguire la missione, aveva accettato più o meno di buon grado e in quel momento Jaeger sapeva che quei tizi erano esattamente ciò che dichiaravano di essere: ex Night Stalkers.

La fredda aria della notte vorticava nella stiva mentre le quattro eliche a scimitarra giravano rumorosamente. Il pilota volava quasi a pelo delle onde, governando l'imponente aereo come fosse un'auto di Formula 1.

Se Jaeger e il suo team non fossero stati abituati a quel tipo di viaggi, l'effetto nella stiva scura e cavernosa avrebbe dato loro la nausea. Si girò verso i due operatori che stavano con lui. Takavesi "Raff" Raffara era una montagna d'uomo, un maori duro come la pietra e uno dei più cari amici di Jaeger dai tempi nel SAS. Assolutamente indomito, Raff era l'uomo che Jaeger avrebbe scelto per combattere fianco a fianco se le cose fossero volte al peggio. Avrebbe messo la propria vita nelle mani di Raff, che portava i capelli lunghi, intrecciati nel tradizionale stile maori. A dire il vero, l'aveva fatto molte volte, quando erano nell'esercito insieme e, più di recente, quando Raff era andato a salvarlo dall'alcol e dalla rovina in capo al mondo.

Il secondo operatore era una figura pacata, simile a una silfide, con capelli biondi che le vorticavano attorno ai tratti delicati nell'impetuosa corrente d'aria dell'aereo. Ex operatrice delle forze speciali russe, Irina Narov era bellissima e glaciale, e aveva dato ottima prova di sé in svariate occasioni durante la spedizione in Amazzonia. Questo, però, non significava che Jaeger fosse riuscito a prenderle completamente le misure o che lo lasciasse tranquillo.

Stranamente, però, era quasi arrivato a fidarsi di lei, ad affidarsi a lei. A dispetto dei suoi modi bizzarri e a volte davvero insopportabili, a suo modo era a prova di bomba quanto Raff. E, in certe occasioni, si era dimostrata altrettanto spietata, una killer fredda e calcolatrice senza pari.

Oggi Narov viveva a New York e aveva preso la cittadinanza americana. Aveva spiegato a Jaeger di operare fuori dai canali ufficiali, lavorando con un'organizzazione internazionale la cui identità gli restava ancora parzialmente ignota. Il gruppo aveva un che di losco, ma erano stati loro – la squadra di Narov – a finanziare l'attuale missione, il salvataggio di Leticia Santos. E, al momento, questa era la sola cosa che interessava a Jaeger.

Poi c'erano i misteriosi legami di Narov con la famiglia di Jaeger, e in particolare con il suo defunto e compianto nonno, William Edward "Ted" Jaeger. Nonno Ted aveva servito nelle forze speciali britanniche durante la Seconda guerra mondiale, ispirando Jaeger ad arruolarsi. Narov affermava di aver considerato nonno Ted come fosse anche il suo, di nonno, e di lavorare tuttora nel suo nome e in suo ricordo. Tutto questo non aveva senso per Jaeger, che non aveva mai sentito nessuno, in famiglia, menzionare Narov, e questo valeva anche per nonno Ted. Alla fine della spedizione in Amazzonia, si era prefissato di ottenere qualche risposta dalla donna, di decodificare l'enigma che incarnava, ma l'attuale missione aveva assunto la priorità.

Grazie ai colleghi di Narov e ai loro contatti nel sottobosco cubano, il team di Jaeger era stato in grado di monitorare il luogo in cui veniva tenuta prigioniera Leticia Santos. Avevano ottenuto utili informazioni e, in più, avevano ricevuto una descrizione dettagliata di Vladimir in persona.

Quello che più li preoccupava, però, era che negli ultimi giorni Leticia era stata spostata da una villa relativamente poco protetta a una remota isola nel bel mezzo dell'oceano. La sorveglianza era stata raddoppiata e Jaeger temeva che, se l'avessero spostata di nuovo, l'avrebbe persa del tutto.

Nella stiva del C-130 c'era un'altra figura. L'addetto al carico era legato saldamente all'interno dell'aereo, in modo che potesse vedere la rampa senza essere risucchiato fuori dalla corrente. Si premette la cuffie sulle orecchie, mentre ascoltava un messaggio del pilota. Annuendo in segno di assenso, si alzò e mostrò le cinque dita in direzione del team: cinque minuti al lancio.

Jaeger, Raff e Narov si misero in piedi. Il successo della missione sarebbe dipeso da tre fattori: sveltezza, aggressività e sorpresa, in breve SAS, lo slogan non ufficiale degli operatori delle forze speciali. Per questa ragione era essenziale viaggiare leggeri, e muoversi rapidamente e in silenzio sull'isola; ecco perché avevano ridotto il kit al minimo indispensabile.

Oltre ai paracadute LLP, ciascun componente della squadra portava uno zaino contenente il Kolokol-1, esplosivi, acqua, razioni d'emergenza, un kit di primo soccorso e una piccola ascia dalla lama affilata. Il resto dello spazio era occupato dalle tute protettive CBRN e dai respiratori.

In passato, quando Jaeger aveva iniziato la carriera militare, tutto ruotava intorno alla triade NBC: nucleare, biologico e chimico; adesso, invece, si era passati al CBRN: chimico, biologico, radiologico e nucleare, una nuova terminologia che rispecchiava il nuovo ordine mondiale. Quando l'Unione Sovietica era il nemico numero uno dell'Occidente, la minaccia peggiore era quella nucleare. Però, in un mondo diviso e pieno di Stati-canaglia e gruppi terroristici, la guerra chimica e biologica – o più probabilmente il terrorismo – erano la nuova minaccia per eccellenza.

Jaeger, Raff e Narov erano armati di SIG Sauer P228, con un caricatore maggiorato da venti colpi, e sei caricatori di riserva. E tutti avevano un coltello. Quello di Narov era un Fairbairn-Sykes, un'arma affilatissima per il combattimento – e l'uccisione – corpo a corpo. Si trattava di un coltello molto particolare, che era stato fornito in dotazione ai commando britannici durante la guerra. L'attaccamento della donna nei confronti di quell'arma era un altro dei misteri che intrigava Jaeger.

Quella sera, però, nessuno intendeva usare pallottole o lame contro il nemico. Avrebbero dovuto fare un lavoro silenzioso e pulito, quindi avrebbero lasciato che fosse il Kolokol-1 ad agire, senza far rumore.

Jaeger guardò l'orologio: tre minuti al salto. «Pronti?» gridò. «Ricordate, diamo il tempo al gas di fare il suo lavoro.»

Gli altri due annuirono e alzarono il pollice in segno di assenso. Raff e Narov erano assoluti professionisti – i migliori – e Jaeger non scorse sui loro volti la minima traccia di nervosismo. Certo, erano in minoranza – dieci a uno – ma immaginò che il Kolokol-1 avrebbe riequilibrato la situazione almeno un po'. Era altrettanto vero che a nessuno piaceva usare il gas, ma, come aveva commentato Narov, a volte si deve scegliere il minore dei mali.

Mentre si preparava psicologicamente al salto, Jaeger avvertì una fastidiosa preoccupazione: nell'eseguire un LLP non c'erano garanzie assolute.

Quando prestava servizio nel SAS, aveva trascorso molto tempo a testare attrezzature avveniristiche e tecnologicamente avanzate. Lavorando al Joint Air Transport Establishment (JATE) – una squadra segreta che sperimentava tecniche di inserzione in volo degne di James Bond – aveva saltato dalle altitudini più elevate possibile.

Da qualche tempo, però, l'esercito britannico aveva sviluppato un concetto del tutto diverso. Anziché saltare dai limiti dell'atmosfera terrestre, il salto LLP era pensato per consentire ai paracadutisti di lanciarsi da altitudine quasi zero, e sopravvivere.

Sulla carta, questa tecnica permetteva di saltare da circa 75 metri, cosicché l'aereo potesse volare ben al di sotto della portata dei radar. In poche parole, consentiva a un team di atterrare in territorio nemico senza correre troppi rischi di essere scoperto, il che era precisamente ciò che stavano facendo in quel momento.

Con pochissimi secondi a disposizione per aprirsi, il paracadute LLP era progettato per avere un profilo piatto e ampio, per raccogliere il massimo dell'aria. Anche così, però, richiedeva un meccanismo razzo-assistito che aprisse completamente il paracadute prima che la persona si schiantasse al suolo. Persino con il razzo – sostanzialmente un meccanismo di rilascio che faceva schizzare verso l'alto il paracadute – si avevano appena cinque secondi per rallentare la discesa e toccare terra.

Insomma, non c'era spazio per errori.

Al contempo, però, questa tecnica non dava possibilità al nemico di intercettare gli incursori, né di impedire loro di toccare il suolo – o l'acqua – vivi.

6

Si accese la luce verde. Uno dopo l'altro, a distanza di appena qualche millisecondo, Jaeger, Raff e Narov si lanciarono dalla rampa abbassata del C-130 e il vuoto inghiottì ululando le loro figure, simili a stecchini. Jaeger si sentiva come una bambola di pezza sballottata in un gigantesco tunnel del vento. Sotto di lui vedeva avvicinarsi sempre di più l'oceano in tumulto: all'impatto doveva mancare appena una manciata di secondi.

Quando fu il momento giusto – non un attimo prima – azionò il paracadute razzo-assistito e all'improvviso si sentì proiettato in cielo sulla coda di un missile. Subito dopo, il motore del razzo si spense e la calotta del paracadute sbocciò nel buio sopra di lui.

La tela si gonfiò con uno schiocco secco, allargandosi in aria appena pochi secondi dopo che il razzo aveva raggiunto il culmine della sua ascesa. Il suo stomaco ebbe una serie di sussulti vertiginosi e, un attimo dopo, Jaeger si trovò a planare dolcemente verso l'oceano che ribolliva.

Non appena toccò l'acqua con i piedi, Jaeger azionò il meccanismo di rilascio rapido, liberandosi della voluminosa imbragatura. La corrente dell'oceano andava in direzione sud-est, quindi avrebbe portato i paracadute verso le acque aperte dell'Atlantico, con ogni probabilità facendoli sparire per sempre, il che era esattamente ciò che Jaeger voleva: dovevano compiere la missione senza lasciare traccia del loro passaggio.

L'Hercules scomparve molto in fretta, e la sua figura spettrale venne inghiottita dalla notte. Adesso, Jaeger era avvolto dalle tenebre più nere e tutto ciò che riusciva a sentire era il brontolio delle onde che lo sbatacchiavano con il loro tepore, mentre il forte sapore salato del Mar dei Caraibi gli invadeva la bocca e le narici.

Gli zaini del team erano rivestiti da una sacca stagna in spessa tela nera impermeabile che, all'occorrenza, li trasformava in mezzi galleggianti. Tenendoli davanti a sé, i tre cominciarono a nuotare in direzione delle frange frastagliate delle palme che costeggiavano la spiaggia. Trasportati dalle forti ondate che si infrangevano sul litorale, toccarono terra nel giro di pochi minuti dall'ammaraggio, strisciarono sulla sabbia e si trascinarono, fradici, nel primo punto al coperto.

Per cinque minuti attesero e ascoltarono nell'ombra, perlustrando i dintorni con occhi di falco.

Se le sentinelle avevano visto il C-130 effettuare il lancio, quello era il momento in cui più probabilmente si sarebbe presentato qualcuno. Jaeger però non scorgeva nulla. Nessun rumore strano. Nessun movimento improvviso. Apparentemente, nessun segno di vita. A parte il ritmico infrangersi delle onde sulla sabbia bianca immacolata, tutto era avvolto dal più assoluto silenzio.

Jaeger, adesso, sentiva l'adrenalina scorrergli nelle vene: l'attacco era imminente. Era il momento di andare.

Estrasse un dispositivo GPS Garmin compatto e controllò la posizione. Non sarebbe stata la prima volta che l'equipaggio di un aereo portava le truppe sul punto sbagliato e il pilota di quella notte avrebbe avuto ancor più motivi per farlo.

Confermate le coordinate, Jaeger prese una piccola bussola luminosa, fece un rilevamento e segnalò agli altri di mettersi in marcia. Narov e Raff lo seguirono e i tre si incamminarono nella foresta senza far rumore. Tra professionisti consumati quali erano, non servivano parole.

Trenta minuti più tardi avevano attraversato quel territorio, per lo più desertico. L'isola era coperta di fitte macchie di palme, inframmezzate da zone di erba elefante alta un metro e mezzo, che consentivano loro di muoversi come spettri, invisibili e impossibili da individuare.

Jaeger segnalò al gruppetto di fermarsi. Secondo i suoi calcoli, dovevano essere a cento metri dal complesso della villa in cui era tenuta prigioniera Leticia Santos.

Si accucciò, e Raff e Narov si avvicinarono.

«Le tute» bisbigliò.

Un agente come il Kolokol-1 rappresentava una duplice minaccia: la prima, l'inalazione; la seconda, l'assorbimento attraverso una membrana porosa come la pelle. Il team usava tute protettive Raptor 2, una variante realizzata in materiale ultraleggero per le forze speciali, ma con uno strato interno di microsfere di carbonio attivo che assorbivano tutte le gocce dell'agente rimaste sospese nell'atmosfera.

Le tute Raptor erano anche calde e claustrofobiche, e Jaeger era contento che la missione si svolgesse nel cuore della notte, quando l'aria cubana era più fresca.

Erano dotati anche di maschere antigas Avon FM54 di ultima generazione, per proteggere viso, occhi e polmoni. Si trattava di attrezzature eccellenti, con superficie temprata a fuoco, visore unico e design ultraflessibile e aderente.

Nonostante tutto, Jaeger era restio a indossare quei respiratori. Era un uomo che amava l'aria e gli spazi aperti; detestava sentirsi rinchiuso, intrappolato o costretto.

Si fece coraggio e chinò la testa in avanti, indossò il respiratore e si accertò che la gomma aderisse ermeticamente alla pelle. Strinse le cinghie e sentì la maschera serrarsi attorno alla faccia.

Avevano tutti scelto maschere perfette per la loro taglia, ma avevano dovuto portarne una anche per Leticia Santos: era di taglia universale, ma forniva una buona protezione in caso di elevata concentrazione di gas tossico.

Jaeger coprì il filtro del respiratore con la mano e inspirò a fondo, in modo che la maschera gli aderisse meglio, un

44

"controllo sicurezza" per accertarsi che fosse stagna. Prese qualche respiro, mentre l'aria che entrava e usciva gli rombava nelle orecchie.

Controllata la maschera, infilò le ingombranti soprascarpe e sollevò sulla testa il cappuccio della tuta CBRN, con l'elastico che si chiudeva sul fronte della maschera, sigillando il tutto. Infine, indossò i sottili sottoguanti di cotone e i pesanti guanti di gomma per proteggere le mani.

Il mondo, adesso, era ridotto alla visuale fornita dal vetro della maschera; il grosso filtro era collocato sulla sinistra, per evitare che gli ostruisse la vista, ma Jaeger si sentiva già pervadere dalla claustrofobia.

Una ragione in più per sbrigarsi e portare a termine la missione in fretta.

«Controllo microfoni» annunciò, parlando nel minuscolo laringofono incorporato nella gomma della maschera. Non serviva premere alcun bottone per parlare, erano tutti sempre collegati. La sua voce suonava attutita e nasale in modo innaturale, ma il circuito radio a corto raggio avrebbe permesso loro di comunicare durante l'azione.

«Ricevo» rispose Raff.

«Ricevo… Cacciatore» aggiunse Narov.

Jaeger sorrise fra sé e sé. "Il cacciatore" era il soprannome che si era guadagnato durante la missione in Amazzonia.

Al segnale di Jaeger, procedettero nel buio. Poco dopo videro le luci dell'edificio che brillavano fra gli alberi. Attraversarono un fazzoletto di terreno incolto e si trovarono sul retro della villa. Solo uno stretto sentiero di terra battuta li separava ormai dall'obiettivo.

Da dietro gli alberi studiarono la situazione. La casa era illuminata dall'intenso fascio di luci della sicurezza, che rendeva inutili i visori notturni, perché la luce troppo forte ne avrebbe annullato l'effetto, riducendo l'ambiente a un bianco accecante.

A dispetto del fresco notturno, dentro le tute e le maschere faceva un caldo tremendo, che rendeva la pelle appiccicosa. Jaeger sentiva le gocce di sudore colargli sulla fronte e passò la mano guantata sul visore del respiratore, nel tentativo di detergerlo.

Al secondo piano della villa, che era la sola parte dell'edificio visibile di là dal muro di cinta, le finestre erano illuminate e, di tanto in tanto, Jaeger individuava una sagoma camminare avanti e indietro. Come previsto, gli uomini di Vladimir erano di sentinella.

Notò un paio di 4x4 parcheggiati accanto al muro di cinta. Sarebbe stato necessario metterli fuori uso, nel caso qualcuno avesse tentato di dar loro la caccia. Spostò lo sguardo sul tetto piatto dell'edificio: era il posto più ovvio dove piazzare delle guardie, ma Jaeger non vide alcun movimento. Il tetto, che era il punto più difficile da coprire, sembrava deserto.

Jaeger parlò al laringofono. «Possiamo andare. Ma fate attenzione al tetto. Dobbiamo anche immobilizzare quei veicoli.»

Ricevette risposte affermative.

Jaeger guidò il team di corsa attraverso il sentiero. I tre si fermarono vicino ai veicoli, piazzando trappole esplosive costituite da granate sensibili al movimento. Se qualcuno avesse tentato di spostarli, le granate sarebbero esplose.

Raff si staccò dagli altri, dirigendosi verso il gruppo elettrogeno che alimentava la villa. Avrebbe usato un dispositivo compatto per il sabotaggio per mandare una potente scarica di corrente all'impianto elettrico, che avrebbe bruciato i fusibili e le lampadine. Vladimir aveva certamente un generatore d'emergenza, che però sarebbe stato inutile, perché i circuiti sarebbero stati fritti.

Jaeger guardò Narov. Si appoggiò la palma della mano sulla testa, il segnale per "tocca a me", poi si alzò in piedi e corse all'ingresso principale della villa, il sangue che gli pompava forte nelle orecchie per lo sforzo.

Se c'era un momento in cui era probabile che venissero intercettati era quello, mentre si predisponevano a scalare il muro di cinta. Jaeger si spostò con cautela dietro l'angolo e prese posizione su un lato del cancello principale. Un secondo più tardi, Narov era accanto a lui.

«In posizione» bisbigliò nel radiomicrofono.

«Affermativo» fu la risposta sussurrata di Raff. «Faccio buio.»

Un attimo dopo, dall'interno della villa si udì uno sfrigolio e un leggero scoppio.

In una pioggia di scintille, sull'intero complesso cadde di colpo l'oscurità.

7

Jaeger sollevò Narov per le gambe e la spinse verso l'alto. La donna si aggrappò in cima al muro e si tirò su, poi si piegò e aiutò lui a salire. Un attimo dopo, saltarono giù dall'altra parte.

Tutto era nero come la pece.

Per scalare il muro avevano impiegato solo qualche secondo, ma Jaeger sentiva già delle grida attutite provenire dall'edificio.

La porta si aprì di scatto e una figura ne uscì di corsa, percorrendo l'oscurità del compound con una torcia e facendo baluginare il fucile d'assalto che imbracciava. Jaeger si paralizzò. Osservò la figura farsi strada verso un capanno posto su un lato, molto probabilmente la cabina del generatore d'emergenza.

Mentre l'individuo scompariva al suo interno, Jaeger si precipitò in avanti, con Narov immediatamente dietro di lui. Si appiattì su un lato della porta d'ingresso della villa, mentre Narov faceva altrettanto sull'altro. Jaeger estrasse una bomboletta da una tasca, sganciando al contempo dalla fibbia una piccola ascia.

Gettò uno sguardo a Narov.

Lei sollevò il pollice in segno di assenso.

Aveva occhi di ghiaccio.

Jaeger afferrò la linguetta che teneva in posizione la sicura. Quando l'avesse tirata, la granata sarebbe stata pronta a espellere il gas. Adesso, erano al punto di non ritorno. Staccò delicatamente la linguetta, tenendo in posizione la levetta di innesco. Se avesse lasciato la presa, la levetta sarebbe scattata e il gas avrebbe iniziato a fuoriuscire.

«In posizione» sussurrò alla radio.

«In posizione» gli fece eco Raff. Dopo aver messo fuori uso l'impianto elettrico della villa, il grosso maori si era portato sul retro, l'unica altra via d'accesso, e di fuga, dell'edificio.

Jaeger si fece forza. «Entriamo.»

L'ascia si abbatté sulla finestra e il rumore del vetro infranto si perse in quello provocato dal trambusto degli occupanti della villa, che brancolavano nel buio. Recuperò l'ascia e lanciò la bomboletta all'interno, mollando la sicura.

Accanto a lui, Narov stava facendo lo stesso, gettando la bomboletta attraverso la finestra che aveva appena distrutto.

Jaeger contò i secondi. "Tre. Quattro. Cinque..."

Dal vetro infranto sentiva l'acuto sibilo delle granate che sputavano il loro asfissiante contenuto. Subito dopo si udirono persone annaspare alla ricerca di aria e vomitare, mentre il Kolokol-1 iniziava a fare effetto e gli occupanti della casa, in preda al panico, inciampavano su ostacoli invisibili.

All'improvviso ci fu un rombo alle spalle di Jaeger: il generatore si era messo in moto. La figura emerse per controllare se la corrente fosse tornata, ma la villa era ancora immersa nell'oscurità, quindi l'uomo diresse la torcia in direzione dell'edificio, per cercare di capire la ragione del blackout.

Jaeger aveva una frazione di secondo per occuparsene. Estrasse la SIG Sauer dalla fondina che portava al petto. La sagoma della pistola, adesso, appariva diversa: più lunga e grossa sulla canna. Jaeger, Raff e Narov avevano dotato le P228 di silenziatore SWR Trident. Avevano inoltre caricato le armi con munizioni subsoniche, quelle che, viaggiando più lente della velocità del suono, non emettono il rumore secco che un proiettile fa quando ne infrange la barriera.

Per compensare la mancanza di velocità, i proiettili erano più pesanti, e l'effetto di queste due cose rendeva l'arma quasi silenziosa, ma non per questo meno letale.

Jaeger alzò la P228, ma prima che potesse aprire il fuoco, una figura familiare emerse dall'ombra e scaricò una doppia raffica... *pzzzt, pzzzt*, mirare di nuovo... *pzzzt*. Raff l'aveva preceduto di una frazione di secondo e aveva sparato un attimo prima di lui.

"Dieci. Undici. Dodici..." La voce nella testa di Jaeger continuava a contare i secondi, mentre il Kolokol-1 faceva il suo lavoro.

Per un attimo, lo colse la sensazione di come dovesse essere trovarsi all'interno dell'edificio. Buio pesto. Confusione totale. Poi la prima, raggelante carezza del Kolokol-1. Un momento di panico quando i presenti cercavano di capire cosa stesse succedendo, prima che il terrore li colpisse e il gas lacerasse le vie respiratorie, mandando a fuoco i polmoni.

Jaeger sapeva, per esperienza personale, cosa faceva il gas alle persone, che modo orribile era di morire. Certo, si poteva anche sopravvivere, ma quella era un'esperienza impossibile da dimenticare.

Per un terribile momento, fu di nuovo sulle montagne del Galles, mentre un coltello lacerava la sottile tela della tenda, e un beccuccio emetteva gas asfissiante. Aveva visto mani allungarsi per afferrare la moglie e il figlio, trascinarli fuori, nel buio. Aveva cercato di alzarsi per lottare, per salvarli, ma il Kolokol-1 gli era penetrato negli occhi, gli aveva congelato le membra.

E poi un pugno guantato l'aveva afferrato selvaggiamente per i capelli, costringendolo ad alzare la faccia finché non aveva fissato gli occhi pieni di odio celati dietro la maschera.

«Stampati questo momento a fuoco nel cervello» aveva sibilato una voce. «Tua moglie e tuo figlio... sono nostri. Non dimenticarlo mai: hai fallito, non hai protetto le persone che ami.»

Sebbene fosse distorta dalla maschera, Jaeger era convinto di aver riconosciuto il tono malvagio e pieno di odio dell'uomo, ma non riusciva in alcun modo a dare un nome al suo torturatore. Lo conosceva, eppure non sapeva chi fosse, e quello si era rivelato un tormento impossibile da eludere. Jaeger scacciò quelle immagini dalla mente. Ricordò a se stesso chi erano le persone che stavano gasando. Era stato testimone degli orrori perpetrati contro il suo team in Amazzonia, per non parlare poi della povera Leticia Santos. E, ovviamente, una parte di lui sperava di scoprire qualcosa che l'avrebbe portato alla moglie e al figlio.

Ormai ogni secondo era prezioso. "Diciassette. Diciotto. Diciannove. Venti!"

Jaeger fece un passo indietro, sollevò la gamba e sferrò un violento calcio contro la porta. Il prezioso legno tropicale non si mosse di un centimetro, ma lo stipite era fatto di compensato di scarsa qualità e si sbriciolò, mentre la porta andava a sbattere verso l'interno.

Jaeger si fece strada nel buio, con la SIG spianata. Passò in rassegna la stanza con la torcia applicata sotto la canna. L'aria era appesantita da un'untuosa nebbia bianca che danzava sotto il fascio di luce. A terra si contorcevano dei corpi, con le mani strette attorno alla faccia come se volessero strapparsi la gola.

Nessuno notò la sua presenza. Gli occupanti della villa avevano gli occhi accecati dal gas, i corpi in fiamme.

Jaeger procedette nella stanza. Superò con un balzo una figura che ansava e si contorceva a terra. Usò il piede per farne girare un'altra, scrutandone i volti nel passare.

Nessuno di loro era Leticia Santos.

Per un attimo la torcia indugiò su una chiazza di vomito, mentre un corpo si contorceva nell'ombra. Il puzzo sarebbe stato nauseante, ma gli odori non penetravano nel respiratore di Jaeger.

Si costrinse ad andare avanti, a ignorare l'orrore. Doveva restare concentrato sulla missione: *trovare Leticia*.

Mentre procedeva nella nuvola di fumo, irreale e disorientante, la torcia illuminò una spettrale fontana bianca – una bombola di Kolokol-1 che finiva di eruttare il proprio contenuto – e poi giunse in fondo alla stanza. Davanti a lui, due rampe di scale: una che saliva e una che scendeva. L'istinto gli diceva che Leticia doveva essere tenuta sottoterra.

Andò a pescare all'interno della tuta ed estrasse una seconda bomboletta, ma, mentre strappava la linguetta, pronto a lanciare la granata giù per le scale, una fitta di accecante claustrofobia lo colpì come un pugno allo stomaco. Si sentì congelare, la mente bloccata in quel terribile momento sulle montagne, che sembrava riproporsi nella sua mente all'infinito.

In un simile assalto, era essenziale non perdere il ritmo, ma ondate di nausea iniziarono a salirgli dal fondo dello stomaco, e lo afferrarono come in una morsa facendolo piegare in due. Si sentiva, come allora in quella tenda, affogare nel mare del proprio fallimento, incapace di difendere sua moglie e suo figlio.

Non riusciva a muoversi.

Non riusciva a lanciare la bomboletta.

8

«Lanciala!» gridò Narov. «LANCIALA! Santos è là da qualche parte! Lancia quella maledetta bombola!»

Quelle parole irruppero nella paralisi di Jaeger. Gli ci volle un tremendo sforzo di volontà, ma in qualche modo riuscì a riprendere la padronanza di se stesso e attaccare, scagliando la granata lontano, nel buio sottostante. Qualche secondo più tardi si stava precipitando lungo le scale, l'arma spianata davanti a sé e Narov che lo tallonava.

Negli anni in cui aveva prestato servizio nelle unità d'élite, bonificare gli edifici era una delle attività in cui si allenavano più spesso ed era diventata veloce, naturale e istintiva.

In fondo alle scale si aprivano due porte, una su ciascun lato. Jaeger andò a destra, Narov a sinistra. Jaeger rilasciò la linguetta di una terza bomboletta di Kolokol-1 e sferrò un calcio alla porta, distruggendone il legno e spalancandola. A quel punto, gettò la bomboletta all'interno.

Quando il gas iniziò a fuoriuscire, una persona caracollò verso di lui, tossendo e imprecando in una lingua che Jaeger non capiva. L'individuo aprì il fuoco, sparando senza risparmiare colpi, ma era accecato dal gas. Un attimo dopo si accasciò, le mani alla gola, mentre tentava di respirare.

Jaeger avanzò nella stanza, schiacciando i bossoli di ottone sotto le suole delle soprascarpe. Cercò rapidamente Leticia Santos. Non vedendola da nessuna parte stava per andarsene, quando venne colto da un'improvvisa illuminazione: *riconosceva quel posto.*

In qualche modo, da qualche parte, l'aveva già visto.

E poi capì. Allo scopo di tormentarlo da lontano, i rapitori di Santos gli avevano mandato via email le immagini della sua prigionia. Una delle foto mostrava la donna contusa, legata e inginocchiata davanti a un lenzuolo lacero e sporco, sul quale erano state scarabocchiate le parole:

Restituiteci ciò che è nostro.
Wir sind die Zukunft.

Wir sind die Zukunft: noi siamo il futuro.

Le parole erano state vergate in maniera grezza con quello che sembrava sangue.

Jaeger vedeva quello stesso lenzuolo davanti ai suoi occhi, appeso a una parete. A terra, i residui della prigionia: un materasso sporco, un secchio che fungeva da WC, pezzi di logora corda e qualche rivista dalle pagine rovinate; in più, una mazza da baseball, certamente usata per ridurre Santos a più miti consigli.

Non era la stanza che Jaeger aveva riconosciuto, ma gli strumenti di incarcerazione e tortura di Leticia Santos.

Si girò di scatto. Narov aveva bonificato l'altro vano, e ancora non c'era traccia di Santos. "Dove l'avevano portata?"

I due si fermarono per qualche secondo ai piedi delle scale. Erano madidi di sudore e avevano il respiro pesante. Entrambi avevano una bomboletta di gas e si preparavano ad andare avanti. Non potevano perdere il ritmo.

Corsero su per la rampa di scale che portava al tetto, lanciando altre bombolette, poi dividendosi per cercare, ma l'intero piano era deserto. Dopo qualche secondo, Jaeger sentì l'auricolare gracchiare e la voce di Raff uscì dalla radio.

«La scala sul retro porta al tetto.»

Jaeger si girò e scattò in quella direzione, facendosi strada attraverso lo spesso gas che aleggiava nell'ambiente. Raff lo aspettava ai piedi di una rampa di gradini metallici consunti; sopra la sua testa, una botola era aperta sul cielo.

Senza esitare, Jaeger iniziò ad arrampicarsi. Leticia doveva essere là. Lo sentiva nelle ossa.

Quando si avvicinò con la testa all'apertura, spense la torcia fissata alla pistola. La luce della luna sarebbe stata sufficiente e la torcia avrebbe fatto di lui un obiettivo fin troppo facile. Con una mano si resse alla scala mentre saliva, nell'altra l'arma spianata. Lì non aveva senso usare il gas, che all'aperto sarebbe stato poco efficace.

Si mosse furtivo sugli ultimi scalini, sentendo Narov alle costole, poi sbucò dall'apertura con la testa e le spalle, guardandosi attorno alla ricerca del nemico. Per diversi secondi restò completamente immobile, osservando e ascoltando. Infine, con un'unica rapida mossa, balzò sul tetto. Nel farlo, sentì uno schianto che, nel silenzio generale, sembrò assordante. Un vecchio televisore era stato abbandonato sul tetto, con una pila di vecchi mobili ammonticchiati dietro. Una sedia rotta si era rovesciata, mentre una figura alzava un'arma da dietro il nascondiglio di fortuna.

Un momento dopo ci fu una pioggia di proiettili.

Jaeger si mise in piedi, stando il più basso possibile e con l'arma spianata. Tutto attorno a lui le pallottole rimbalzavano sul cemento liscio del tetto. Se non avesse reagito con prontezza, sarebbe stato un uomo morto.

Mirò alle vampate degli spari, ed esplose tre raffiche in rapida successione: *pzzzt, pzzzt, pzzzt!* In questa partita, tutto si giocava sulla capacità di sparare in fretta, ma con precisione mortale.

Qui, nella zona del fuoco, erano in ballo la vita e la morte. Qui, la discriminante si misurava in millimetri e millisecondi. E Jaeger era più rapido e più preciso.

Cambiò posizione e si accucciò, passando in rassegna l'ambiente circostante. Mentre Narov e Raff saltavano sul tetto posizionandosi al suo fianco, Jaeger si mosse furtivo in avanti, perfettamente bilanciato in punta di piedi, come un gatto pronto ad aggredire la preda. Scaricò una raffica di proiettili sulla catasta di mobili, dietro i quali – ne era certo – si nascondevano altri nemici.

All'improvviso, una figura uscì allo scoperto e iniziò a correre. Jaeger la inquadrò nel mirino, ma, quando era pronto a sparare, il dito teso sul grilletto, si rese conto che si trattava di una donna, una donna bruna. "Doveva essere Leticia Santos!"

Dietro di lei, una seconda figura, armata. Si trattava certamente del suo carceriere che aveva in mente di ucciderla, ma i due erano troppo vicini perché Jaeger potesse aprire il fuoco.

«Getta la pistola!» ringhiò. «Getta la pistola!»

La maschera FM54 aveva un sistema di amplificazione della voce integrato, che funzionava come un megafono e rendeva il timbro metallico e robotico in modo bizzarro.

«Getta la pistola!»

Per tutta risposta, l'altro circondò il collo della donna con un braccio possente, spingendola verso il bordo del tetto.

Jaeger avanzò, continuando a tenerli sotto tiro.

Per via del respiratore e della tuta, la sua corporatura sembrava di gran lunga più massiccia del normale, e Jaeger sapeva che Leticia non poteva immaginare chi si trovasse dietro alla maschera, tanto più che la voce, metallica e alterata, era altrettanto irriconoscibile.

Era un amico o un nemico?

La donna non avrebbe potuto stabilirlo.

Spaventata, fece qualche passo indietro, mentre l'uomo faticava a tenerla sotto controllo. Il bordo del tetto era proprio dietro di loro, e non c'era modo di nascondersi o scappare.

«Getta la pistola!» ripeté Jaeger. «Getta quella maledetta pistola!»

Teneva la SIG davanti a sé, con entrambe le mani e vicina al corpo: il silenziatore tendeva a scaricare i gas della canna in faccia a chi stava sparando, quindi era essenziale avere una postura salda per attutire il rinculo. Teneva il nemico nel mirino, aveva tirato indietro il cane della pistola e l'indice posava sul grilletto, ma ancora non poteva sparare.

La luce fioca non gli permetteva di mirare bene, e i grossi guanti rendevano il colpo ancor più difficile.

Il nemico teneva la pistola piantata sulla gola di Leticia. La situazione era in stallo.

Jaeger sentì Narov avvicinarglisi da dietro. Anche lei teneva la P228 pronta al fuoco. Aveva una presa salda, sicura e fredda, come di consueto. Superò di un passo Jaeger, che la guardò. Nessuna risposta. Nessun cenno di reazione. Narov non distolse gli occhi dal mirino metallico della SIG. Adesso, però, il suo profilo aveva qualcosa di completamente diverso.

Narov si era tolta il respiratore, che penzolava dalle cinghie, e aveva indossato un paio di visori notturni AN/PVS-21 che le illuminavano i tratti del viso di un bagliore fluorescente verde e irreale. Si era tolta anche i guanti.

In un attimo terribile, Jaeger seppe esattamente cosa stava per fare.

Allungò la mano per fermarla. Troppo tardi.

Pzzzt, pzzzt, pzzzt!

Narov aveva premuto il grilletto.

Aveva sparato.

9

Il proiettile standard per uso militare della P228 da 9 mm pesa 7,5 grammi. I tre proiettili subsonici che Narov aveva sparato pesavano ciascuno due grammi di più. Pur viaggiando cento metri al secondo più lenti, impiegarono comunque meno di un istante per raggiungere il bersaglio.

Penetrarono nella faccia dell'uomo, spingendolo all'indietro e oltre il cornicione in un tuffo mortale. Un colpo violentissimo. Nel cadere, però, l'uomo restò avvinghiato con il braccio attorno al collo della donna.

Con un grido lacerante, i due scomparvero dalla vista.

Il salto dal tetto era di quindici metri buoni. Jaeger imprecò. "Dannata Narov!"

Si girò e corse alla botola, precipitandosi lungo le scale con il Kolokol-1 che gli aleggiava attorno alle ginocchia come una nebbia fantasma. Saltò con un balzo l'ultimo gradino, corse lungo il corridoio e poi giù dalle scale, superando i corpi riversi sul pavimento. Attraversò come un fulmine la porta sfondata, girò a destra e svoltò l'angolo dell'edificio, fermandosi ormai senza fiato davanti alle due figure che giacevano scomposte a terra.

L'uomo era morto all'istante a causa dei tre colpi alla testa, mentre il collo di Leticia aveva tutta l'aria di essersi rotto nella caduta.

Jaeger imprecò di nuovo. Com'era possibile che tutto

fosse andato a rotoli in un istante? La risposta era chiara: "Era colpa di Narov, del suo grilletto facile e del suo atteggiamento sconsiderato".

Si piegò sulla figura accasciata di Leticia. La donna giaceva a faccia in giù, immobile. Le mise una mano sul collo, alla ricerca del battito. Niente. Rabbrividì. Non riusciva a crederci: il corpo era ancora caldo, ma lei era morta, proprio come Jaeger aveva temuto.

Narov comparve al suo fianco. Jaeger le rivolse uno sguardo di fuoco. «Bello schifo di lavoro. Hai appena...»

«Guarda meglio» lo interruppe Narov. La sua voce aveva il solito tono freddo, piatto, privo di emozione che Jaeger trovava sconcertante. «Guarda bene.»

Narov si piegò in avanti, afferrò il cadavere per i capelli e sollevò la testa all'indietro con un gesto brutale. "Nessun rispetto nemmeno per i morti."

Jaeger fissò il viso cinereo. Si trattava, in effetti, di una donna dai tratti latini, ma non era Leticia Santos.

«Come diavolo...» iniziò.

«Sono una donna» lo interruppe Narov. «So riconoscere la postura di un'altra donna. La sua andatura. E questa non era Leticia.»

Per un attimo, Jaeger si chiese se Narov provasse anche solo il minimo rimorso per aver ucciso la misteriosa prigioniera, o quantomeno per aver sparato causandone indirettamente la morte.

«Ancora una cosa» aggiunse Narov. Infilò la mano nella giacca della donna e ne trasse una pistola, mostrandola a Jaeger. «Era una di loro.»

Jaeger la guardò allibito. «Cristo. La messinscena sul tetto. Era tutto finto.»

«Era una trappola.»

«Come lo sapevi?»

Narov rivolse a Jaeger il solito sguardo impassibile. «Ho visto una protuberanza. Una protuberanza a forma di pistola. Ma, soprattutto, si è trattato di istinto e intuizione. Il sesto senso del soldato.»

Jaeger scosse la testa nel tentativo di schiarirsi le idee.

«Ma allora... dove diavolo è Leticia?»

Con un'intuizione improvvisa, gridò alla radio: «Raff!».

Il grosso maori era rimasto nella casa, controllando i sopravvissuti e cercando indizi. «Raff! Hai preso Vladimir?»

«Sì, ce l'ho.»

«È in grado di parlare?»

«Sì, giusto quello.»

«Bene. Portalo qui.»

Trenta secondi più tardi, Raff emerse dalla casa con un corpo gettato sulle spalle possenti e lo lasciò cadere ai piedi di Jaeger.

«Vladimir, a quanto dice.»

Il capo della banda di rapitori mostrava gli inequivocabili segni dell'attacco con il Kolokol-1: il battito cardiaco era rallentato a livelli pericolosamente bassi, il respiro era faticoso e i muscoli non rispondevano. Aveva la pelle madida di sudore e la bocca secca.

Era stato colto dalle prime ondate di vertigini, e il vomito e le convulsioni sarebbero iniziati a breve. Jaeger aveva bisogno di risposte, prima che il tizio andasse completamente fuori uso per via del gas. Estrasse una siringa dalla tasca sul petto e la tenne davanti agli occhi dell'uomo.

«Ascoltami bene» annunciò con la voce che echeggiava da dietro la maschera. «Sei stato colpito dal Sarin» mentì. «Mai sentito parlare di gas nervini? Un modo terribile per morire. Ti restano solo pochi minuti.»

L'uomo strabuzzò gli occhi per il terrore. Era chiaro che capiva l'inglese quel tanto che bastava per cogliere il senso delle parole di Jaeger.

Jaeger fece ondeggiare la siringa. «Lo vedi questo? È Compoden. L'antidoto. Se lo prendi, ti salvi.»

L'uomo fece un gesto scomposto nel tentativo di afferrare la siringa.

Jaeger lo spinse indietro con il piede. «Bene, adesso rispondi. Dov'è l'ostaggio, Leticia Santos? Ti farò l'iniezione in cambio della risposta. Se non me lo dici, sei morto.»

L'uomo, a quel punto, tremava violentemente, con la saliva e il muco che gli colavano dalla bocca e dal naso. In qualche modo, però, riuscì a sollevare una mano tremante e a indicare la villa.

«Cantina. Sotto tappeto. Là.»

Jaeger estrasse l'ago e lo conficcò nel braccio dell'uomo. Il Kolokol-1 non richiede antidoti e la siringa conteneva solo un'innocua soluzione salina. Qualche minuto all'aria aperta sarebbe stato sufficiente per garantire la sopravvivenza alla vittima, sebbene gli ci sarebbero volute settimane per riprendersi del tutto.

Narov e Jaeger si diressero all'interno, lasciando Raff a sorvegliare Vladimir. In cantina, la torcia di Jaeger svelò un tappeto in stile messicano steso sullo spoglio pavimento di cemento. Lo spinse di lato, scoprendo una botola di acciaio. Tentò di sollevarla dalla maniglia, ma non si mosse: doveva essere chiusa dall'interno.

Estrasse dallo zaino una striscia di esplosivo e la srotolò, esponendone la parte adesiva, poi scelse un punto sul retro della botola e incollò la carica lungo la fessura.

«Appena esplode, lancia il gas» disse.

Narov annuì e preparò la bomboletta di Kolokol-1.

Si misero al riparo. Jaeger accese la miccia e subito dopo ci fu una violenta esplosione, seguita da una densa nuvola di fumo e da una massa di detriti che si sparsero nell'aria. La botola era ridotta in macerie.

Narov gettò la bomboletta di gas all'interno, già pieno di fumo. Jaeger fece il conto alla rovescia dei secondi, lasciando al gas il tempo di agire prima di calarsi nella botola. Poi saltò, ammortizzando l'impatto con le ginocchia e spianando subito la pistola, per poi passare in rassegna la stanza con la torcia attaccata all'arma. Attraverso la fitta nebbia di gas vide due figure riverse sul pavimento prive di sensi.

Narov saltò accanto a lui e Jaeger illuminò i due uomini.

«Controllali.»

Mentre Narov si avvicinava, Jaeger scivolò lungo la parete verso il fondo della stanza, dove si trovava una piccola alcova in cui era sistemata una pesante cassa di legno. Allungò la mano guantata e tirò la maniglia, ma la cassa era chiusa. Di certo non si sarebbe messo a cercare la chiave.

Afferrò la maniglia con entrambe le mani e piantò un piede sul davanti della cassa; tese i muscoli delle spalle e tirò con tutta la forza che aveva. Con uno schiocco improvviso, il coperchio saltò dai cardini. Jaeger lo gettò di lato e illuminò l'interno con la torcia.

Sul fondo della cassa giaceva un grosso fagotto informe, avvolto in un vecchio lenzuolo. Jaeger si chinò e lo sollevò, sentendo il tipico peso di un corpo umano, poi lo posò delicatamente a terra. Quando scostò il lenzuolo, si trovò a fissare Leticia Santos.

L'avevano trovata. La donna era priva di sensi e, a giudicare dallo stato in cui era ridotta, Vladimir e i suoi dovevano averle fatto passare l'inferno negli ultimi giorni. Jaeger non voleva nemmeno sapere cosa le avessero fatto, ma almeno era viva.

Dietro di lui, Narov stava controllando il secondo corpo, giusto per essere sicura che fosse privo di sensi. A conferma del fatto che avevano a che fare con dei professionisti, anche costui, come molti degli uomini di Vladimir, indossava un giubbotto antiproiettile.

Quando però Narov girò il corpo sulla schiena, la sua torcia illuminò qualcosa che fino a un attimo prima era rimasto nascosto sotto di lui. Era un oggetto sferico e metallico, grande quanto un pugno, con la superficie esterna segmentata in decine di piccoli quadrati.

«GRANATA!»

Jaeger si girò di scatto, comprendendo in un istante l'entità della minaccia. Il nemico aveva predisposto una trappola: credendosi sul punto di morire, l'uomo aveva tolto la sicura alla granata, poi si era sdraiato sopra tenendo la levetta al suo posto con il peso del corpo.

«AL RIPARO!» gridò Jaeger sollevando Leticia e cercando rifugio dentro l'alcova.

Ignorandolo completamente, Narov sbatté di nuovo il

corpo dell'uomo sulla granata, gettandosi a sua volta sopra di esso per ripararsi dall'esplosione.

Che fu potente e lacerante. Narov venne catapultata in aria dallo scoppio, la forza del quale spinse Jaeger ancor più in fondo all'alcova, facendogli sbattere la testa contro il muro.

Fu come se un fulmine lo attraversasse, e un secondo dopo tutto divenne nero.

10

Jaeger girò a sinistra, prendendo l'uscita che portava su Harley Street, una delle zone più esclusive di Londra. Dalla missione a Cuba erano passate tre settimane e lui aveva ancora i muscoli doloranti e le ferite subite nella villa, ma il blackout della sua mente era stato solo momentaneo, perché la maschera gli aveva protetto la testa da danni più gravi.

Narov aveva avuto la peggio. Nell'ambiente chiuso della cantina, non aveva avuto scelta se non quella di saltare sulla granata. Il corpo e il giubbotto antiproiettile del nemico li avevano protetti dallo scoppio, e avevano dato a Jaeger quei pochi secondi che gli erano serviti per mettere Leticia al riparo.

Jaeger si fermò di fronte alla Biowell Clinic, lasciando la Triumph Tiger Explorer in uno dei posti riservati alle moto. Nel traffico, la Explorer era veloce ed era facile da parcheggiare. Quello era uno dei piaceri di girare per la città su due ruote. Si tolse il consunto giubbino Belstaff, restando in maniche di camicia.

La primavera era nell'aria e i platani frondosi che costeggiavano le strade di Londra erano carichi di foglie. Se doveva stare in città, anziché negli spazi aperti della campagna, quello era il momento migliore dell'anno.

Aveva appena saputo che Narov aveva ripreso conoscenza e aveva consumato il suo primo pasto solido. A dirla tutta, il chirurgo aveva persino accennato al fatto che, nel giro di poco, avrebbe potuto sciogliere la prognosi.

Non ne dubitava: Narov era tosta.

Andarsene dall'isola cubana era stata un'impresa. Dopo essersi ripreso dallo scoppio della granata, Jaeger si era rimesso in piedi e aveva trascinato Narov e Leticia Santos fuori dalla cantina. Poi, lui e Raff avevano portato le due donne fuori dall'edificio pieno di gas, scappando attraverso i terreni della villa.

L'assalto si era fatto piuttosto rumoroso molto in fretta, e Jaeger non sapeva chi altri sull'isola potesse aver sentito i colpi della sparatoria. Molto probabilmente era stato lanciato l'allarme e la loro priorità era diventata quella di scappare il più in fretta possibile. A Vladimir e ai suoi sarebbe toccato il compito di spiegare tutto alle autorità cubane.

Si erano diretti al pontile lì vicino, dove i rapitori tenevano un gommone a chiglia rigida adatto per le traversate oceaniche. Vi avevano caricato Narov e Santos, avevano acceso i potenti motori gemelli da 350 cavalli e avevano puntato a est, verso il territorio britannico delle isole Turks e Caicos, una traversata di 180 chilometri in una lingua di oceano. Jaeger conosceva personalmente il governatore dell'isola, che li aspettava.

Quando erano stati in acque aperte, Jaeger e Raff avevano stabilizzato Narov, arrestando le emorragie. L'avevano messa in posizione laterale di sicurezza, sistemando lei e Leticia quanto più possibile comodamente sul fondo del gommone, sostenute da una pila di giubbotti di salvataggio.

Fatto questo, avevano iniziato a sbarazzarsi del grosso dei loro kit. Armi, tute CBRN, respiratori, esplosivi, bombolette di Kolokol-1, qualunque cosa rimandasse alla missione era stato gettato fuori bordo.

Quando avevano toccato terra, non era rimasto quasi nulla che potesse associarli a un'azione militare: avevano piuttosto l'aspetto di quattro civili che, in gita di piacere, erano incorsi in qualche problema in mare.

Si erano accertati di non aver lasciato alcuna traccia sull'isola, quindi avevano raccolto tutte le bombolette di Kolokol-1 esauste. Restava solo qualche decina di bossoli da 9 mm impossibili da rintracciare. Persino le loro impronte risultavano confuse dalle soprascarpe delle tute CBRN. Alla villa c'erano telecamere a circuito chiuso, ma una volta che Raff aveva messo fuori uso l'impianto elettrico, si erano spente e, in ogni caso, Jaeger avrebbe sfidato chiunque a riconoscere lui e il suo team dietro i respiratori.

Tutto ciò che restava erano i tre paracadute, i quali peraltro sarebbero finiti al largo trasportati dalle correnti.

Da qualunque angolazione Jaeger considerasse la cosa, erano puliti.

Mentre solcavano le acque calme e scure dell'oceano, si era fermato un attimo a pensare al fatto che era ancora vivo, che i suoi lo erano. A questa idea era stato pervaso da una sensazione di calore, dall'emozione che si prova nell'entrare in territorio nemico e sopravvivere.

La vita non sembra mai tanto reale come nei momenti successivi a quando si è stati vicini a perderla.

Forse a causa di questo, un'immagine gli venne alla mente. Ruth, i suoi capelli scuri, gli occhi verdi, i tratti fini, delicati, un'aura di celtico mistero; e Luke, otto anni e la copia esatta del padre.

Adesso Luke avrebbe avuto undici anni, quasi dodici. Era nato in luglio e loro avevano sempre trovato il modo di festeggiare il suo compleanno in posti magici, perché cadeva nel pieno delle vacanze estive.

Jaeger passò in rassegna i ricordi dei compleanni del bambino: quando avevano portato Luke, che aveva due anni, sul Selciato del Gigante, sulla costa occidentale dell'Irlanda; quando erano andati a fare surf al largo delle coste portoghesi per il sesto compleanno del figlio; il trekking sulle distese innevate del Monte Bianco, quando Luke aveva otto anni.

Dopo quel viaggio, però, c'era solo il vuoto, l'oscurità improvvisa e assoluta… una perdita agghiacciante che durava da tre lunghi anni. Ciascuno di questi compleanni perduti era stato un vero e proprio inferno, aggravato dal fatto che i rapitori di sua moglie e suo figlio avevano iniziato a torturare Jaeger da lontano, con le immagini della loro prigionia.

Jaeger aveva ricevuto via email le foto di Ruth e Luke in catene, inginocchiati ai piedi dei loro carcerieri, i visi macilenti e terrorizzati, gli occhi arrossati e ossessionati dagli incubi.

Sapere che erano vivi e tenuti prigionieri da qualche parte, nella più abietta miseria e disperazione, aveva condotto Jaeger sull'orlo della follia, ed era solo la loro ricerca – la promessa di salvarli – che gli aveva impedito di impazzire. Mentre Raff manovrava i motori del gommone, Jaeger aveva tenuto la rotta nelle acque scure grazie al dispositivo GPS portatile. Con la mano libera si era slacciato uno stivale e aveva estratto qualcosa da sotto la soletta, illuminandolo brevemente con la torcia che portava assicurata alla testa.

Restò a fissare per qualche secondo i visi che lo guardavano dalla piccola foto rovinata, la foto che teneva con sé a ogni missione, quale che fosse, ovunque fosse. La foto era stata scattata durante la loro ultima vacanza di famiglia, un safari in Africa, e mostrava Ruth avvolta in un colorato *kanga* keniota, con accanto un abbronzato e orgoglioso Luke in pantaloncini e maglietta con la scritta SALVA I RINOCERONTI.

Mentre il gommone fendeva l'oceano, Jaeger aveva recitato una breve preghiera per loro, ovunque si trovassero. In cuor suo sapeva che erano ancora vivi e che la missione cubana l'aveva portato un passo più vicino a trovarli. Durante la perquisizione della villa, Raff aveva requisito un iPad e alcuni drive, e Jaeger sperava che contenessero indizi vitali.

Dopo aver attraccato nella capitale delle Turks e Caicos, Cockburn Town, c'erano state telefonate dalla residenza del governatore, qualcuno aveva lavorato dietro le quinte. Leticia e Narov erano state portate nel Regno Unito a bordo di un jet privato dotato di attrezzature mediche all'avanguardia.

La Biowell Clinic era un ospedale privato esclusivo. Ai pazienti venivano poste poche domande, il che era utile nel caso di due donne con i sintomi di avvelenamento da

Kolokol-1, con l'aggravante che una delle due aveva il corpo trafitto da frammenti di granata.

Quando la granata era esplosa, infatti, la pioggia di schegge di acciaio si era abbattuta su Narov, trapassandone la tuta e provocando l'avvelenamento da Kolokol-1. La lunga traversata a bordo del gommone e l'aria fresca di mare, però, avevano contribuito a eliminare il grosso delle tossine.

Jaeger trovò Narov nella stanza in cui era ricoverata, appoggiata a una pila di cuscini immacolati. Dalla finestra parzialmente aperta entrava la luce del sole.

Tutto considerato, la donna aveva un ottimo aspetto, anche se forse un po' emaciata e pallida, e con profonde occhiaie. Era ancora fasciata nei punti in cui la granata l'aveva ferita, ma ad appena tre settimane dall'attacco era sulla strada del recupero.

Jaeger si sedette al suo capezzale. Narov non disse una parola.

«Come ti senti?» chiese.

Lei quasi non lo guardò. «Viva.»

«Non significa molto» borbottò Jaeger.

«Okay, cosa vuoi che ti dica? Mi fa male la testa, mi annoio e non vedo l'ora di andarmene da qui.»

Suo malgrado, Jaeger sorrise. Quella donna riusciva sempre a esasperarlo. I suoi toni piatti, privi di espressione, eccessivamente formali conferivano alle parole una sfumatura minacciosa, eppure la sua abnegazione e il suo coraggio erano indiscutibili: gettandosi sul corpo del nemico e attutendo lo scoppio della granata, li aveva salvati. Le dovevano la vita.

E a Jaeger non piaceva essere tanto in debito con una persona così enigmatica.

11

«I medici dicono che non te ne andrai di qui tanto in fretta» continuò Jaeger. «Non prima che abbiano fatto altre analisi.» «I medici possono andare al diavolo. Nessuno mi terrà qui contro la mia volontà.»

Per quanto Jaeger sentisse l'urgenza di ricominciare a indagare sul caso, aveva bisogno che Narov stesse bene e fosse operativa.

«La pazienza è la chiave del paradiso» rispose Jaeger. La donna lo guardò perplessa. Il senso di quelle parole era: "Presto e bene non vanno insieme". «Prenditi il tempo che ti serve per rimetterti.» Fece una pausa e aggiunse. «*Poi* torneremo all'azione.»

Narov sbuffò. «Ma non abbiamo tempo. Dopo la missione in Amazzonia, quelli che ci hanno dato la caccia hanno promesso di ammazzarci. E adesso saranno più determinati che mai. E mi vuoi dire che ho tutto il tempo del mondo per starmene qui sdraiata a farmi accudire?»

«Mezza morta non servi a nessuno.»

Narov lo guardò male. «Sono viva e vegeta. E il tempo sta per scadere, o te lo sei dimenticato? I documenti che abbiamo scoperto in quell'aereo. L'Aktion Werewolf. I piani per la nascita del Quarto Reich.»

Jaeger non aveva dimenticato.

Al termine della loro epica spedizione in Amazzonia si

erano imbattuti in un enorme aereo della Seconda guerra mondiale nascosto nella giungla, parcheggiato su una pista ricavata nella foresta. A quanto pareva, il velivolo aveva trasportato i più eminenti scienziati di Hitler e le Wunderwaffen del Reich – le armi top-secret e più all'avanguardia – in un luogo in cui gli armamenti più letali potessero essere sviluppati anche molto tempo dopo la fine della guerra.

La scoperta del velivolo era stata incredibile, ma per Jaeger e il suo team l'aspetto più sconvolgente era stato la rivelazione che le potenze alleate – principalmente gli americani e gli inglesi – avevano appoggiato questi voli di dislocamento nazisti ultrasegreti.

Nelle fasi finali della guerra, gli Alleati avevano stretto accordi con un manipolo di ufficiali nazisti di alto grado per far sì che sfuggissero al processo. A quel punto, infatti, la Germania non era più il nemico numero uno, perché la Russia stalinista si era guadagnata questo primato. L'Occidente si trovava davanti a una nuova minaccia, la nascita del comunismo e la guerra fredda. Basandosi sulla vecchia regola per la quale "il nemico del mio nemico è mio amico", le potenze alleate si erano piegate in favore dei più importanti architetti del Reich di Hitler.

Per farla breve, gli esponenti di spicco del nazismo e le loro tecnologie erano stati caricati su un aereo e portati dall'altra parte del mondo, coperti dal più assoluto riserbo. Gli inglesi e gli americani avevano chiamato questo piano segretissimo con diversi nomi in codice: per gli inglesi era l'Operazione Darwin, mentre per gli americani era il Progetto Safe Haven. I nazisti, invece, avevano il proprio nome in codice, di gran lunga più evocativo di tutti gli altri: Aktion Werewolf, Operazione Lupo Mannaro.

L'Aktion Werewolf aveva una durata di addirittura settant'anni e mirava alla vendetta finale contro gli Alleati. Suo obiettivo era la nascita di un Quarto Reich, che avrebbe visto gli esponenti di spicco del nazismo accedere alle posizioni di potere del mondo, sfruttando al contempo, ai propri fini, gli aspetti più terribili delle Wunderwaffen.

I documenti trovati nell'aereo in Amazzonia rivelavano tutto questo e, nell'intraprendere quella spedizione, Jaeger aveva capito che un'altra spaventosa forza era a sua volta alla ricerca del velivolo, con l'intenzione di seppellirne i segreti per sempre.

Vladimir e i suoi avevano dato la caccia al team di Jaeger in Amazzonia. Fra i loro prigionieri, solo Leticia Santos era stata risparmiata, e questo nell'intento di ridurre all'obbedienza e catturare Jaeger e i suoi compagni. Narov, però, aveva sventato quel piano, scoprendo il luogo in cui era tenuta prigioniera Santos, ragion per cui avevano organizzato la missione appena conclusa, la missione che aveva fatto emergere nuove, essenziali prove.

«C'è stato uno sviluppo» annunciò Jaeger. Nel tempo, aveva imparato che la cosa migliore era ignorare gli eccessi di irritabilità di Narov. «Abbiamo scoperto le password. Siamo entrati nel loro portatile e nei drive.»

Le porse un foglio sul quale erano scarabocchiate alcune parole.

Kammler H.
BV222
Katavi
Choma Malaika

«Queste sono le parole chiave che abbiamo tratto dalle conversazioni via email» spiegò Jaeger. «Vladimir, sempre se questo è il suo vero nome, stava comunicando con qualcuno di più importante di lui. Il tizio che dà gli ordini. E queste parole ricorrono nelle loro comunicazioni.»

Narov le lesse con attenzione. «Interessante.» Il suo tono si era leggermente ammorbidito. «Kammler H. Questo è il generale delle SS Hans Kammler, secondo me, anche se lo credevamo tutti morto. BV222» continuò. «Deve essere il Blohm & Voss BV222 "Wiking", un idrovolante, una bestia capace di atterrare ovunque ci fosse acqua.»

«Presumo che "Wiking" stia per "Vichingo"» commentò Jaeger.

Narov sbuffò. «Bravo.»

«E il resto?» continuò Jaeger ignorando la provocazione. Narov scrollò le spalle. «"*Katavi. Choma Malaika.*" Sembra una lingua africana.»

«Lo è» confermò Jaeger.

«Allora hai controllato?»

«Ho controllato.»

«Ebbene?» chiese Narov irritata.

Jaeger sorrise. «Vuoi sapere cosa ho scoperto?» Narov lo guardò storto: era consapevole che, adesso, Jaeger stava giocando con lei. «Come dite voi? È una domanda retorica?»

Jaeger sorrise. «"*Choma Malaika*" è swahili e sta per "*Burning Angels*". Lo swahili è una lingua dell'Africa orientale. Ne ho imparato un po' durante alcune operazioni laggiù. "*Katavi*", invece, significa... "Il cacciatore".»

Narov lo fulminò con uno sguardo. Di certo aveva colto il significato di quel nome.

Sin dall'infanzia, Jaeger aveva creduto ai presagi. Era superstizioso, specie quando le cose sembravano avere un significato che lo riguardasse. "Il cacciatore" era il soprannome che gli era stato dato durante la spedizione in Amazzonia, e lui l'aveva adottato tranquillamente.

Una tribù indigena dell'Amazzonia, gli Amahuaca, li aveva aiutati nella ricerca dell'aereo nascosto, dimostrandosi compagni affidabili e fedeli. Uno dei figli del capotribù, Gwaihutiga, aveva coniato quel soprannome, "Il cacciatore", dopo che Jaeger li aveva salvati da morte certa. E, quando Gwaihutiga aveva perso la vita per mano di Vladimir e dei suoi sgherri assassini, quell'appellativo aveva assunto un valore ancor più grande. Jaeger vi era affezionato e non avrebbe mai potuto dimenticarlo.

E, adesso, un altro cacciatore, su un altro antico continente – l'Africa – sembrava chiamarlo.

12

Narov indicò le parole scarabocchiate sul foglio. «Dobbiamo farle avere ai miei colleghi. Queste ultime parole, *"Katavi, Choma Malaika"*, di sicuro significano qualcosa di più per loro.»

«Hai molta fiducia in loro, nei tuoi colleghi. Credi molto nelle loro abilità.»

«Sono i migliori. Sono i migliori in tutti i sensi.»

«Il che mi ricorda... chi diamine sono? Ormai è da troppo tempo che aspetto una spiegazione, non credi?»

Narov scrollò le spalle. «Concordo. Ecco perché ti hanno invitato a conoscerli.»

«A che scopo, esattamente?»

«Reclutamento. Perché ti unisca a noi. Ovviamente, solo se dimostri di essere davvero... pronto.»

L'espressione di Jaeger si indurì. «Stavi per dire "all'altezza", vero?»

«Non importa. Non importa ciò che penso. E comunque, non è una decisione che spetta a me.»

«E cosa ti fa pensare che voglia unirmi a te? A loro?»

«Semplice» Narov gli lanciò un'occhiata. «Tua moglie e tuo figlio: al momento i miei colleghi ti offrono la possibilità di ritrovarli più concreta che ti possa capitare.»

Jaeger si sentì pervadere dall'emozione. Tre anni terribili. Tre anni sono un'eternità quando stai cercando i tuoi cari, specie quando tutto lascia pensare che siano tenuti prigionieri da un nemico senza scrupoli.

Prima che potesse elaborare una risposta adeguata, sentì vibrare il cellulare. Messaggio in arrivo. Il chirurgo di Leticia Santos lo teneva aggiornato via SMS, quindi immaginò si trattasse di notizie sulle sue condizioni di salute. Diede un'occhiata allo schermo: utilizzava un dispositivo di vecchia generazione che, pur in grado di connettersi a Internet, a differenza dei più moderni smartphone capaci di tradire la tua posizione in ogni momento, era molto sicuro. Bastava togliere la batteria e accenderlo solo di tanto in tanto per controllare i messaggi, e risultava impossibile da tracciare.

Il messaggio era di Raff, normalmente un uomo di poche parole. Jaeger cliccò e lo aprì.

URGENTE. VEDIAMOCI AL SOLITO POSTO. E LEGGI QUESTO.

Jaeger scorse il messaggio e cliccò su un link incorporato. Apparve il titolo di un giornale: "Bomba in uno studio di montaggio a Londra, si sospetta un atto terroristico". Sotto c'era la foto di un edificio avvolto in una nuvola di fumo.

L'immagine colpì Jaeger come un pugno allo stomaco. Conosceva bene quel posto, era il The Joint, lo studio in cui si stava producendo il film per la TV che raccontava la storia della loro spedizione in Amazzonia.

«Oh mio Dio...» allungò la mano e mostrò lo schermo a Narov. «È iniziata. Hanno colpito Dale.»

Narov osservò per un istante, tradendo scarsa emozione. Mike Dale, giovane cameraman ed esploratore australiano, li aveva seguiti in Amazzonia filmando il loro epico viaggio per una serie di canali televisivi.

«Ti avevo avvertito» disse Narov. «Ti avevo detto che sarebbe successo. Se non mettiamo fine a tutto questo, ci ammazzeranno a uno a uno. E dopo Cuba sono ancora più determinati.»

Jaeger rimise in tasca il telefono, prendendo la giacca e il casco. «Vado a incontrare Raff. Non muoverti da qui. Tornerò con aggiornamenti... e una risposta.»

74

Pur avendo voglia di correre a tutta velocità per scaricare la rabbia trattenuta, Jaeger si costrinse a guidare con prudenza. L'ultima cosa di cui aveva bisogno adesso era di fare un incidente, specie in considerazione del fatto che con ogni probabilità avevano perso un altro componente del team.

Sulle prime, Jaeger e Dale avevano avuto un rapporto teso e difficile, ma nel corso delle settimane trascorse nella giungla, Jaeger era arrivato a rispettare e apprezzare il valore della sua compagnia. Alla fine, Jaeger e Dale erano diventati buoni amici.

Il "solito posto" era il Crusting Pipe, un vecchio pub che si trovava nello scantinato di un'antica dimora londinese. Con il basso soffitto a volte di mattoni, ingiallito dal fumo del tabacco, e uno strato di segatura sparso sul pavimento, il locale aveva l'aria di un ritrovo di pirati, desperados e ladri-gentiluomini.

Era il posto perfetto per Raff, Jaeger e gente della loro risma.

Jaeger parcheggiò la moto sulla piazza acciottolata e si fece strada tra la folla, scendendo a due a due i gradini di pietra che conducevano al pub. Trovò Raff al loro solito tavolo, sistemato in un angolo che garantiva la riservatezza tipica dei cospiratori.

Sul vecchio tavolo rovinato dal tempo c'era una bottiglia di vino e, alla luce della candela che ardeva lì accanto, Jaeger poté vedere che era già mezza vuota.

Senza dire una parola, Raff gli mise davanti un bicchiere e versò il vino. Poi, con aria accigliata, alzò il proprio e bevve. Entrambi avevano visto abbastanza spargimenti di sangue – e perso molti buoni amici e compagni di battaglia – da sapere che la morte era presenza costante. Faceva parte del mestiere.

«Dimmi» esordì Jaeger.

Per tutta risposta, Raff fece scivolare un foglio sul tavolo. «Il rapporto di un poliziotto. Un tizio che conosco. L'ho avuto circa un'ora fa.»

Jaeger lesse in fretta.

«L'attacco è avvenuto dopo la mezzanotte» continuò Raff facendosi sempre più scuro in volto. «Al The Joint c'erano rigide misure di sicurezza per via delle attrezzature costose. Be', l'attentatore è entrato e uscito senza far scattare nessun allarme. L'esplosivo è stato nascosto nella postazione dove Dale e i suoi colleghi lavoravano al montaggio, in mezzo ai banchi di memoria.»

Raff prese un lungo sorso dal bicchiere. «L'esplosione è stata probabilmente innescata dall'ingresso di qualcuno nella stanza. Si dovrebbe trattare di un esplosivo a pressione. In ogni caso, è servita a due scopi: cancellare tutti i filmati della spedizione e trasformare una mezza dozzina di hard drive d'acciaio in una pioggia di schegge.»

Jaeger fece la domanda più ovvia. «Dale?»

Raff scosse la testa. «No. Dale aveva lasciato lo studio per andare a prendere il caffè per tutti. La sua fidanzata, Hannah, è stata la prima a entrare. Lei e una giovane assistente.» Fece una pausa carica di significato. «Nessuna delle due è sopravvissuta.»

In preda all'orrore, Jaeger scosse la testa. Nelle settimane che Dale aveva trascorso a montare il suo film, Jaeger aveva conosciuto Hannah piuttosto bene. Erano usciti tutti assieme e Jaeger aveva goduto della sua spumeggiante compagnia, e di quella dell'assistente al montaggio Chrissy.

Adesso entrambe erano morte. Fatte a pezzi da un esplosivo. Un incubo.

«Come l'ha presa Dale?» azzardò Jaeger.

Raff lo guardò. «Ti lascio immaginare. Lui e Hannah si sarebbero dovuti sposare quest'estate. È devastato.»

«Telecamere a circuito chiuso?» chiese Jaeger.

«A quanto pare, tutte le immagini sono state cancellate. Il tizio che ha fatto questo è un professionista. Avremo accesso al server e forse troveremo qualcuno in grado di cavarne qualcosa, ma non contarci troppo.»

Jaeger riempì nuovamente i bicchieri. Per diversi secondi i due sedettero in un cupo silenzio. Infine, Raff allungò la mano sul tavolo e afferrò il braccio di Jaeger.

«Sai cosa significa? La caccia è aperta. O noi, o loro. Adesso si tratta di uccidere o di essere uccisi. Non ci sono alternative.»

«C'è una buona notizia» commentò Jaeger. «Narov è tornata. Sveglia. Affamata. Sembra sulla strada della guarigione. In più, Santos sta cominciando a riprendersi. Credo che entrambe ne usciranno bene.»

Raff fece cenno al cameriere, chiedendo altro vino. Comunque andassero le cose, avrebbero brindato alla morte. Il barman arrivò con una seconda bottiglia e ne mostrò l'etichetta a Raff, che annuì. La stappò, offrendogli il tappo affinché potesse verificare che il vino fosse buono, ma Raff fece un gesto di diniego con il braccio. Quello era il Crusting Pipe, lì avevano cura del vino.

«Frank, versalo e basta, okay? Stiamo bevendo alla salute di amici assenti.» Poi si rivolse di nuovo a Jaeger. «Quindi, dicevi della regina delle nevi?»

«Narov? Irrequieta e battagliera come sempre.» Fece una pausa. «Mi ha invitato a conoscere quelli per cui lavora.» Jaeger guardò il foglio sul tavolo. «Dopo quel che è successo, penso che dovremmo andare.»

Raff annuì. «Se riescono a portarci a chiunque abbia fatto tutto questo, ci dobbiamo andare.»

«Narov sembra credere in loro. Ne ha la massima fiducia.»

«E tu? Tu sei sicuro di lei? Di quelli con cui lavora? Non hai più dubbi, come quando eravamo in Amazzonia?»

Jaeger scrollò le spalle. «È una persona difficile. Circospetta. Non si fida di nessuno. Ma immagino che, al momento, lei e i suoi siano la nostra unica opzione. E abbiamo bisogno di sapere cosa sanno.»

Raff grugnì. «Per me va bene.»

«Bene. Manda un messaggio. Allerta tutti. Avvertili che ci stanno dando la caccia. E di' loro che si preparino a un incontro, data e luogo da definire.»

«Ricevuto.»

«E di' loro che si guardino le spalle. I responsabili di tutto questo... Un attimo di disattenzione e siamo tutti morti.»

13

Una delicata pioggerellina cadeva sul viso di Jaeger come una carezza grigia, adatta al suo attuale stato mentale.

Jaeger si trovava in un boschetto di pini abbastanza lontano dal campo da gioco, con i pantaloni e il giubbino scuri da motociclista che si fondevano con l'atmosfera fresca e umida della scena.

Un grido lo raggiunse. «Coprilo! Vai con lui, Alex! Coprilo!»

Era la voce di un genitore, una voce che Jaeger non conosceva. Doveva essere uno nuovo nella scuola, ma siccome Jaeger mancava ormai da tre anni, la maggior parte dei visi gli erano estranei.

E la sua faccia doveva esserlo per loro.

Una figura distante e goffa, mezzo nascosta fra gli alberi, che guardava una partita di rugby fra ragazzini nella quale non aveva alcun apparente interesse, giacché non aveva bambini per i quali tifare.

Un estraneo preoccupato, con il viso accigliato. Riservato. Immerso nei suoi pensieri.

Era strano che nessuno avesse ancora chiamato la polizia.

Jaeger alzò lo sguardo al cielo. Le nuvole erano basse, minacciose e correvano a una velocità che sembrava prendere in giro i piccoli ma determinati giocatori, che si dirigevano verso la linea di meta, mentre i loro padri orgogliosi urlavano frasi di incitamento pregustando una combattuta vittoria.

Jaeger si chiedeva perché fosse andato là.

Forse voleva ricordare, prima che si aprisse il successivo capitolo della missione, prima dell'incontro con i tizi con cui lavorava Narov, chiunque essi fossero. Era andato là, in quel campo da gioco inondato di pioggia, perché era l'ultimo posto in cui aveva visto il figlio felice e libero, prima che l'oscurità lo inghiottisse. Prima che inghiottisse tutti loro.

Si era recato là per tentare di recuperare un po' di tutto ciò, un po' di quella pura, luminosa e impagabile magia.

Percorse la scena con lo sguardo, soffermandosi sulla forma tozza ma imponente dell'abbazia di Sherborne. Per tredici secoli abbondanti, la cattedrale sassone e l'abbazia benedettina avevano vegliato sull'antica città e sulla scuola in cui suo figlio era stato accudito e cresciuto.

Tutti quegli insegnamenti positivi e quelle tradizioni cristallizzate lì, in modo così potente, sul campo da rugby.

"Ka mate! Ka mate! Ka ora! Ka ora!" Morirò! Morirò! Vivrò! Vivrò! Jaeger sentiva quelle parole anche in quel momento, parole che echeggiavano sul campo e si riverberavano nei suoi ricordi. Un mantra.

Insieme a Raff, Jaeger era stato una colonna della squadra di rugby del SAS, e aveva annientato le unità rivali. Raff aveva sempre guidato la Haka, la danza maori tradizionale che precedeva ogni partita, con il resto della squadra al suo fianco, indomita e inarrestabile. Nel SAS c'era più di un maori, quindi la danza era particolarmente appropriata.

Senza figli e non essendo tipo da sposarsi, Raff aveva adottato Luke come un figlioccio. Faceva regolarmente visita alla scuola ed era allenatore onorario della squadra di rugby. Ufficialmente, la scuola non permetteva la Haka prima delle partite, ma a livello non ufficiale gli altri allenatori avevano chiuso un occhio, specie quando la danza aveva motivato i ragazzini a vincere.

Era così che l'antico canto maori era riecheggiato per i venerati campi di Sherborne.

"KA MATE! KA MATE! KA ORA! KA ORA!"

Jaeger guardava la partita. La squadra avversaria stava respingendo di nuovo i ragazzi di Sherborne. Impossibile andare in meta. Jaeger dubitava che la Haka aprisse ancora le partite, dal momento che lui e Raff erano assenti ormai da tre lunghi anni.

Stava per girarsi e andarsene, avviandosi alla Triumph parcheggiata con discrezione fra gli alberi, quando sentì una presenza al suo fianco. Si girò.

«Cristo, William. Allora avevo visto giusto. Ma, cosa... Diamine! È passato tanto tempo.» L'altro gli porse la mano. «Come diavolo stai?»

Jaeger l'avrebbe riconosciuto fra mille. Sovrappeso, con i denti storti, gli occhi leggermente sporgenti e i capelli grigi raccolti in una coda, Jules Holland era noto a tutti come l'"Acchiapparatti" o "Ratto", in breve.

I due si strinsero la mano. «Sono stato... be', sono... vivo.» Holland sogghignò. «Non suona molto entusiasmante.» Fece una pausa. «Sei come sparito. C'è stato il torneo natalizio di rugby a sette: tu, Luke e Ruth eravate una presenza importante a scuola. E, a Capodanno, spariti. Non una parola.»

Il suo tono sfiorava il risentimento, e Jaeger lo capiva. A vederli da fuori, loro due non avevano nulla a che spartire, ma con il tempo Jaeger era arrivato ad apprezzare i modi non convenzionali e imprevedibili del Ratto, e la sua totale mancanza di presunzione.

Con il Ratto non avevi sorprese, era genuino, sempre.

Quel Natale era stato una delle poche occasioni in cui Jaeger era riuscito a coinvolgere davvero Ruth nel rugby. Prima di allora, era sempre stata restia ad assistere alle partite, perché non sopportava di veder "picchiare" Luke, come era solita dire.

Jaeger capiva il punto di vista della moglie, ma già a otto anni Luke era fissato con quello sport. Dotato di un naturale istinto protettivo e di una incrollabile lealtà, si era dimostrato una roccia in difesa. Un leone.

I suoi placcaggi erano spaventosi, e pochi avversari riuscivano a superarlo e arrivare in meta. E, a dispetto dei timori della madre, esibiva i graffi e le ferite come medaglie d'onore. Sembrava aver fatto suo il detto "Ciò che non ti uccide, ti fortifica".

Il torneo natalizio di rugby a sette – il Rugby Sevens – aveva un ritmo di gioco più serrato e meno zeppo di contatti brutali del gioco regolare. Jaeger era riuscito a convincere Ruth ad assistere al primo incontro del torneo e, quando la donna aveva visto il figlio correre come il vento e segnare una meta, ne era stata conquistata.

Da quel momento in poi, lei e Jaeger erano stati fianco a fianco a bordocampo, tifando entusiasti per Luke e la sua squadra. Era stato uno di quei preziosi momenti in cui Jaeger aveva sentito la gioia semplice di essere una famiglia.

Aveva filmato una delle partite più difficili, per poter mostrare la registrazione ai ragazzi e analizzare come migliorare il gioco. Era stato utile. Adesso, però, quelle erano le ultime immagini che aveva del figlio perduto.

E, da quando il bambino era stato rapito, Jaeger le aveva guardate e riguardate decine di volte.

14

Quel Natale, d'impulso, avevano caricato la macchina di attrezzature e regali, e avevano deciso di dirigersi a nord, in Galles, per un periodo di campeggio invernale. Ruth era un'amante della natura e un'ambientalista convinta, e il figlio aveva ereditato gli stessi interessi. Tutti e tre adoravano trascorrere del tempo all'aria aperta.

Ma era stato là, sulle montagne del Galles, che Ruth e Luke gli erano stati strappati via. Jaeger, traumatizzato e impazzito per il dolore, aveva tagliato i ponti con il mondo, Jules Holland e suo figlio Daniel compresi.

Daniel – che aveva la sindrome di Asperger, una forma di autismo – era stato il miglior amico di Luke a scuola e Jaeger poteva solo immaginare l'impatto che doveva aver avuto sul bambino perdere il compagno di tante battaglie.

Holland fece un gesto con la mano verso il campo da gioco. «Come avrai notato, Dan ha ancora i piedi piatti. Ha preso da suo padre: un imbranato in tutti gli sport. Almeno con il rugby puoi cavartela con un po' di grasso e muscoli.» Si guardò la pancia. «Più il grasso, visto che è mio figlio.»

«Mi dispiace» commentò Jaeger. «Per la sparizione. Il silenzio. Sono successe delle cose.» Passò lo sguardo sul prato inzuppato di pioggia. «Forse hai saputo.»

«Qualcosa.» Holland scrollò le spalle. «Mi spiace. Non serve che ti scusi. Non devi dirmi niente.»

Fra i due cadde il silenzio. Un silenzio fatto di discrezione, comprensione, accettazione. Il tonfo degli scarpini sulla terra bagnata e le grida dei genitori attraversavano i loro pensieri.

«Allora, come sta Daniel?» chiese Jaeger alla fine. «Deve essere stata dura per lui. Perdere Luke. Quei due erano proprio inseparabili.»

Holland sorrise. «Spiriti affini. È così che li ho sempre visti.» Guardò Jaeger. «Dan si è fatto alcuni nuovi amici, ma non smette mai di chiedere di Luke, vuole sapere quando torna. E cose di questo genere.»

Jaeger sentì un nodo alla gola. Forse andare lì era stato un errore. Si sentiva rivoltare le budella. Cercò di cambiare argomento. «A te come vanno le cose? Sempre impegnato nei tuoi loschi affari?»

«Più impegnato che mai. Quando ti fai una certa reputazione, tutte le agenzie e affini vengono a bussare alla tua porta. Sono ancora un battitore libero, mi vendo al miglior offerente. Più c'è concorrenza, più i miei prezzi si alzano.»

Holland si era guadagnato una reputazione – e il suo soprannome – in un campo decisamente incerto: i computer e la pirateria su Internet. Aveva iniziato entrando nel portale web della scuola e sostituendo le foto degli insegnanti che gli stavano antipatici con immagini di asini.

Era passato poi ad hackerare il sito web della commissione d'esame di maturità, assegnando a se stesso e ai suoi amici il massimo dei voti. Attivista e ribelle di natura, aveva violato siti di gruppi criminali, trasferendo ingenti somme di denaro dai loro conti correnti a quelli dei loro oppositori. Un esempio tra tutti era stata l'operazione con la quale era riuscito a entrare nel conto corrente di un'organizzazione mafiosa brasiliana che trafficava in narcotici e legni pregiati dell'Amazzonia, trasferendo diversi milioni di dollari a Greenpeace.

Ovviamente, gli attivisti ambientali non avevano tenuto il denaro, perché non potevano trarre profitto da quello contro cui combattevano, per non parlare dell'illegalità della cosa. La copertura mediatica che ne era seguita, però, aveva messo allo scoperto il gruppo mafioso, accelerandone lo scioglimento. Questo evento aveva naturalmente contribuito alla notorietà dell'Acchiapparatti.

Holland firmava ogni operazione ben riuscita con lo stesso messaggio: "Hackerato dal Ratto". Fu così che le sue straordinarie competenze avevano attirato l'attenzione delle persone che, per lavoro, sanno tutto di tutti.

In questa fase, si era trovato a un bivio: andare in tribunale e affrontare una serie di accuse penali, o iniziare a lavorare in silenzio per i buoni. Ecco come era diventato un consulente richiestissimo da parte di una serie di agenzie di intelligence, con un invidiabile lasciapassare per la sicurezza.

«Lieto di sapere che sei sempre in affari» disse Jaeger. «Solo, non accettare mai un incarico dai cattivi, perché il giorno che il Ratto inizia a lavorare dalla parte sbagliata, siamo fritti.»

Holland si sistemò i capelli disordinati e sogghignò. «Improbabile.» Passò lo sguardo dal campo da rugby a Jaeger. «La sai una cosa? Tu e Raff eravate gli unici a prendere sul serio Dan sul campo da gioco. Gli avete dato autostima. Gli avete offerto una possibilità. Gli mancate ancora. Tantissimo.»

Jaeger fece una smorfia, scusandosi. «Mi dispiace. La mia vita era andata in pezzi. Per tanto tempo non sono riuscito nemmeno a provvedere a me stesso, se capisci cosa intendo.»

Holland indicò suo figlio, mentre il ragazzo dinoccolato si gettava in una mischia. «Will, guardalo. È sempre una schiappa, ma almeno sta giocando. Fa parte della squadra. E questo lo devo a te. È la tua eredità.» Si guardò i piedi, poi spostò di nuovo lo sguardo su Jaeger. «Quindi, sul serio, non serve che ti scusi, né voglio che tu lo faccia. Al contrario, sono io a essere in debito con te. Se mai avrai bisogno… dei miei servizi, devi solo chiedere.»

Jaeger sorrise. «Grazie. Lo apprezzo.»

«Sono sincero. Mollerei tutto per aiutarti.» Holland sogghignò. «E, per te, rinuncerei persino alla mia parcella schifosamente alta. Per te è gratis.»

15

«Allora, qual è il posto?» chiese Jaeger.

Qualche giorno dopo la sua visita alla scuola, si trovava in un grande edificio di cemento situato nel cuore della boschiva campagna a est di Berlino. Il team della spedizione in Amazzonia stava radunandosi dai luoghi più disparati e Jaeger era stato il primo ad arrivare. Una volta al completo sarebbero stati in sette, Jaeger, Raff e Narov compresi.

La guida di Jaeger, un uomo dai capelli grigi con la barba ben curata, indicò le pareti verde opaco che si stagliavano per quattro metri buoni, mentre il tunnel squadrato e privo di finestre mostrava un'ampiezza ancor maggiore. Imponenti porte di acciaio si aprivano sui due lati e lungo il soffitto correva una conduttura. Il luogo aveva chiaramente un aspetto militare, e i suoi corridoi vuoti ed echeggianti avevano qualcosa di sinistro che faceva stare Jaeger in allerta.

«L'identità di questo luogo dipende dalla tua nazionalità» esordì il suo anziano accompagnatore. «Se sei tedesco, questo è il Falkenhagen Bunker, dal nome della città omonima. Era qui, in questo vasto complesso – che si sviluppa per lo più sottoterra ed è quindi immune ai bombardamenti – che Hitler ordinò la creazione di un'arma per la distruzione finale degli Alleati.»

Guardò Jaeger da sotto le sopracciglia argentee. Il suo accento transatlantico rendeva difficile comprenderne la nazionalità. Poteva essere inglese o americano o cittadino di un paese europeo. Spiccava però per la semplice e autentica rispettabilità e onestà.

Il suo sguardo aveva un che di calmo e compassionevole, anche se Jaeger non dubitava che mascherasse un cuore d'acciaio. Peter Miles, come aveva detto di chiamarsi, era uno degli uomini migliori di Narov, il che significava che doveva avere in comune con lei l'istinto del killer.

«Hai mai sentito parlare dell'N-Stoff?» chiese Miles.

«Temo di no.»

«Lo conoscono in pochi. Trifluoruro di cloro, N-Stoff, o sostanza-N. Immagina un doppio agente chimico dagli effetti devastanti: Napalm incrociato con il Sarin. Questo era l'N-Stoff. Talmente volatile da prendere fuoco anche a contatto con l'acqua e, mentre brucia, ti uccide.

«In base al Chemieplan di Hitler, in questo impianto se ne dovevano produrre seicento tonnellate al mese.» Fece una risatina sommessa. «Per fortuna Stalin arrivò con il suo esercito prima che ne venisse prodotta anche solo una minima parte di quella quantità.»

«E poi?» chiese Jaeger.

«Alla conclusione del conflitto, questo posto venne trasformato in uno dei siti di difesa sovietici più importanti della guerra fredda. Era qui che i leader sovietici pianificavano l'apocalisse nucleare, ben protetti a trenta metri sotto il livello del suolo e racchiusi in un impenetrabile sarcofago di acciaio e cemento.»

Jaeger guardò il soffitto. «Queste condutture servono per far entrare aria pulita e filtrata, giusto? In altre parole, l'intero complesso poteva essere sigillato per evitare qualunque contatto con l'esterno.»

Gli occhi dell'anziano si illuminarono. «Proprio così. Sei giovane ma brillante, a quanto vedo.»

Giovane. Jaeger sorrise e delle piccole rughe di espressione gli solcarono il contorno degli occhi. Non ricordava quando fosse stata l'ultima volta che qualcuno l'aveva definito giovane. La compagnia di Peter Miles gli faceva bene.

«Quindi come siamo – come siete – finiti qui?» chiese. Miles girò l'angolo, conducendo Jaeger lungo un altro interminabile corridoio. «Nel 1990, la Germania è stata riunificata e i sovietici sono stati costretti a restituire queste basi alle autorità tedesche.» Sorrise. «Questa ci è stata offerta dal governo di Berlino, con molta discrezione, ma per tutto il tempo che volevamo. A dispetto della sua terribile storia, è perfettamente adatta ai nostri scopi. È totalmente sicura e molto, molto discreta. In più, sai come si dice, "A caval donato non si guarda in bocca".»

Jaeger rise. Apprezzava l'umiltà di quell'uomo, per non parlare dei suoi modi di dire. «Il governo tedesco che mette a disposizione un ex bunker nazista? Com'è possibile?»

L'anziano scrollò le spalle. «Secondo noi ha senso e c'è un che di piacevolmente ironico in tutto ciò. E la sai una cosa? Se c'è una nazione che non dimenticherà mai gli orrori della guerra, è proprio la Germania. I tedeschi sono tuttora mossi e resi più forti dal loro senso di colpa.»

«Credo di non aver mai ragionato in questi termini» confessò Jaeger.

«Forse dovresti» lo rimbrottò gentilmente l'altro. «Se c'è un posto in cui essere al sicuro, è un vecchio bunker nazista in Germania, dove tutto questo è iniziato. Ma sto correndo troppo. Ne discuteremo quando il tuo team sarà al completo.»

Jaeger venne condotto nella sua stanza, un ambiente molto spoglio. Aveva mangiato durante il volo e, a dirla tutta, era stanco morto. Dopo il turbine delle tre settimane precedenti – la missione cubana, l'attentato allo studio di montaggio e, adesso, l'adunata del suo team – non vedeva l'ora di farsi una lunga dormita al sicuro nelle viscere della terra.

Peter Miles gli diede la buonanotte. Una volta che la massiccia porta d'acciaio venne chiusa, Jaeger si rese conto dell'assoluto silenzio. A tanti metri sottoterra e racchiusi in uno spesso strato di cemento armato, non si udiva il minimo rumore.

L'atmosfera era irreale.

Si sdraiò e si concentrò sul proprio respiro. Era un trucco che aveva imparato durante il servizio militare. Inspirare profondamente, trattenere il respiro per alcuni secondi, poi espirare. Poi si ricominciava, concentrandosi sull'atto della respirazione, affinché la mente si svuotasse.

Il suo ultimo pensiero consapevole fu che, giacendo là sotto e nella totale oscurità, era come se fosse nella tomba.

Ma era talmente esausto che non impiegò molto a scivolare in un sonno profondo.

16

«FUORI! VIENI FUORI! FUORI!» gridò una voce. «FUORI, BASTARDO, MUOVITI!»

Jaeger sentì la porta del veicolo aprirsi di schianto, mentre un'orda di individui vestiti di nero e con il passamontagna sciamava intorno, con le armi spianate. Delle mani si allungarono e lo trascinarono fuori con violenza, mentre Peter Miles veniva strattonato giù dal sedile di guida.

Dopo quattordici ore di sonno, Jaeger aveva accompagnato Miles all'aeroporto, dove li attendevano altri due componenti del team. Mentre percorrevano la stretta strada nella foresta che portava fuori da Falkenhagen, però, si erano trovati bloccati da un albero caduto. Miles aveva rallentato e si era fermato, chiaramente non sospettando nulla, e un attimo dopo un gruppo di uomini armati e incappucciati era uscito dal folto degli alberi.

Jaeger venne gettato al suolo, la faccia schiacciata contro la terra bagnata.

«STAI GIÙ! STAI GIÙ, CAZZO!»

Braccia possenti lo immobilizzarono, tenendogli la faccia premuta così forte da impedirgli di respirare. Mentre tossiva e sputava per l'odore di marcio, venne colto da un senso di panico.

"Lo stavano soffocando."

Tentò di sollevare la testa per prendere una boccata d'aria, ma ne ebbe in cambio una gragnuola di violenti calci e pugni.

«STAI GIÙ!» urlò la voce. «Tieni quella faccia di merda a terra!»

Jaeger tentò di liberarsi, agitandosi e gridando insulti, ma tutto ciò che ottenne fu una tempesta di colpi terribili, questa volta sferrati con il calcio di un fucile. Mentre crollava sotto le percosse, sentì che le mani gli venivano violentemente tirate indietro, come se le braccia fossero sul punto di essere strappate dalle spalle, poi i polsi gli vennero legati come in una morsa con del nastro adesivo.

Un attimo dopo il silenzio della foresta fu rotto dal rumore di spari. *Bang! Bang! Bang!* Spari all'impazzata, che echeggiavano in maniera assordante nelle ombre sotto le spesse chiome degli alberi. A quegli spari, il cuore di Jaeger smise di battere per un secondo.

"Si mette male, molto male."

Riuscì a sollevare la testa quel tanto che bastava per sbirciare e vide che Peter Miles era riuscito a scappare e se la stava dando a gambe fra gli alberi.

Si udirono altri spari e Jaeger vide Miles vacillare e incespicare, poi cadde sulla faccia e restò immobile. Uno degli uomini armati corse verso di lui. Puntò la pistola verso Miles e premette il grilletto tre volte in rapida successione.

Jaeger si sentì pervadere da un tremito. Avevano freddato Peter Miles – un uomo anziano e gentile – senza pietà. "Chi, in nome di Dio, era capace di questo?"

Un istante dopo, qualcuno afferrò Jaeger per i capelli e gli tirò indietro la testa. Prima che potesse dire una parola, sentì che un pezzo di nastro adesivo gli veniva premuto sulla bocca, poi un cappuccio nero gli calò sulla testa e venne assicurato attorno al collo.

Tutto divenne buio.

Incespicando alla cieca, Jaeger venne fatto alzare in piedi e spinto in avanti per una folle corsa nel bosco. Inciampò su un ramo caduto e piombò a terra a peso morto.

Di nuovo, le urla: «TIRATI SU! SU! SU!»

Venne trascinato su un terreno paludoso, e il disgustoso odore di foglie morte gli assalì i sensi. La folle marcia forzata proseguì a lungo, finché Jaeger non fu totalmente disorientato. Alla fine, sentì un nuovo rumore davanti a sé: il battito ritmico di un motore. Lo stavano portando verso un veicolo, anche se non riusciva a capire di che tipo. Attraverso il cappuccio, infatti, poteva vedere solo due punti luminosi che penetravano l'oscurità.

Fari.

Due uomini lo afferrarono sotto le ascelle e lo spinsero verso le luci, con i piedi che si trascinavano inermi sul terreno. Un attimo dopo, venne sbattuto con la faccia contro la griglia del radiatore, provocandogli un tremendo dolore alla fronte.

«IN GINOCCHIO, BASTARDO! IN GINOCCHIO! INGINOCCHIATI!»

Lo costrinsero a inginocchiarsi. Sentiva i fari che gli saettavano sulla faccia, mentre le luci accecanti filtravano attraverso il cappuccio, che gli venne tolto senza una parola di avvertimento. Jaeger tentò di girare la testa, ma lo trattennero violentemente per i capelli, costringendolo a fissare la luce.

«NOME!» gridò la voce, che ora proveniva di lato, vicino al suo orecchio. «Sentiamo il tuo nome, bastardo!»

Jaeger non poteva vedere l'uomo che gli stava parlando, ma dalla voce sembrava straniero, con un forte accento dell'Europa orientale. Per un terribile momento, Jaeger immaginò di essere prigioniero del gruppo che avevano attaccato con il Kolokol-1, Vladimir e i suoi. Ma non potevano essere loro. Come avrebbero potuto trovarlo, in nome del cielo?

"Pensa, Jaeger. In fretta."

«NOME!» gridò di nuovo la voce. «NOME!»

Jaeger aveva la gola secca per lo shock e la paura, ma riuscì a gracchiare una parola: «Jaeger».

L'uomo che lo stava tenendo gli sbatté la testa contro il faro più vicino, premendogli la faccia contro il vetro. «Tutti e due i nomi. I DUE CAZZO DI NOMI!»

«Will. William Jaeger.» Riuscì a pronunciare quelle parole accompagnate da un rivolo di sangue.

«Adesso va meglio, William Jaeger.» La stessa voce, sinistra e predatoria, ma appena più calma. «Adesso dimmi i nomi degli altri.»

Jaeger tacque. Non avrebbe risposto per nulla al mondo, ma sentiva che la rabbia e l'aggressività dell'altro stavano montando nuovamente.

«Te lo chiedo ancora: chi sono gli altri?»

Da qualche parte dentro di sé, Jaeger trovò la voce per dire, «Non so di cosa tu stia parlando».

I suoi assalitori gli tirarono indietro la testa con violenza, per poi ricacciargliela a terra, comprimendogli la faccia con più forza che mai. Tentò di trattenere il fiato mentre gli insulti e le imprecazioni riprendevano, accompagnati da calci e pugni ben mirati. Chiunque fossero i suoi rapitori, sapevano come ferire qualcuno.

Alla fine lo rimisero in piedi e gli calarono di nuovo il cappuccio in testa.

La voce abbaiò un comando. «Sbarazzatevene. Se non parla, non ci serve. Sapete cosa fare.»

Jaeger venne trascinato verso quella che doveva essere la parte posteriore del veicolo. Venne sollevato e caricato a bordo, dove alcune mani lo costrinsero in posizione seduta, con le gambe allargate e le braccia legate dietro la schiena.

Poi il silenzio, interrotto solo dal suo respiro affannoso.

I minuti passavano e Jaeger sentiva, letteralmente, il sapore metallico della paura. Alla fine dovette tentare di cambiare posizione, nello sforzo di alleviare il dolore agli arti.

Slam! Senza una parola, qualcuno gli sferrò un calcio nello stomaco. Venne di nuovo costretto nella posizione precedente. Adesso sapeva che, nonostante le fitte di dolore, non gli sarebbe stato permesso di muoversi. Era stato messo in posizione di stress, una posizione volta a infliggere una tortura inesorabile e insopportabile.

Senza alcun preavviso, il veicolo ebbe un sussulto e si avviò. Il movimento inatteso lanciò Jaeger in avanti, ma ricevette subito un calcio in testa. Si risollevò da solo, ma venne catapultato sulla schiena da un sobbalzo del veicolo che aveva preso una buca. Ancora una volta, fu colpito da gomitate e pugni, che gli fecero sbattere la testa contro il rivestimento di freddo metallo del veicolo.

Infine, uno dei suoi aguzzini lo tirò di nuovo su nella posizione di stress. Il dolore era intenso. La testa gli pulsava, i polmoni bruciavano ed era ancora senza fiato per le percosse. Gli pareva che il cuore stesse per esplodergli in petto, ed era in preda al panico.

Jaeger sapeva di essere stato catturato da veri professionisti. La domanda era, chi erano, esattamente?

E dove lo stavano portando, in nome di Dio?

17

Il viaggio sembrò durare un'eternità, fra i sobbalzi di strade sterrate e le buche dei terreni dissestati. Nonostante il dolore, Jaeger aveva almeno il tempo di pensare. Qualcuno doveva averli traditi. Altrimenti sarebbe stato impossibile trovarli nel bunker di Falkenhagen, questo era certo. Era stata Narov? Altrimenti, chi sapeva dove si sarebbero incontrati? Nessun membro del team era stato informato della loro destinazione finale: a tutti era stato detto solo che sarebbero stati prelevati all'aeroporto.

Ma perché? Dopo tutto quello che avevano passato, perché Narov avrebbe dovuto venderlo? E a chi?

All'improvviso, il veicolo rallentò e si fermò. Jaeger sentì aprire il portellone posteriore. Si irrigidì. Delle mani lo afferrarono per le gambe e lo trascinarono fuori, lasciandolo cadere. Tentò di usare le braccia per attutire la caduta, ma sbatté lo stesso la testa al suolo.

"Cristo, che male."

Venne trascinato via, tirato per i piedi come la carcassa di un animale, con la testa e il busto che aravano il terreno. Dalla luce che filtrava attraverso il cappuccio che aveva in testa, sapeva che era giorno. Per il resto, aveva perso il senso del tempo.

Sentì aprirsi una porta, venne spinto a calci all'interno di un edificio e calarono di nuovo le tenebre. La sensazione terrificante della totale oscurità. Poi sentì il ronzio familiare di un motore di sollevamento e percepì il pavimento abbassarsi. Si trovava in un ascensore che scendeva. Alla fine il movimento si arrestò. Jaeger venne trascinato fuori e spinto attraverso una serie di svolte ad angolo retto, una specie di corridoio labirintico, immaginò. Poi si aprì una porta, dalla quale fuoriuscì uno tsunami di suoni assordanti. Era come se un televisore non sintonizzato fosse stato lasciato acceso ed emanasse interferenze elettroniche – il cosiddetto rumor bianco – a tutto volume.

Venne afferrato da sotto le ascelle e trascinato all'indietro nella stanza del rumor bianco. Gli vennero liberate le mani e gli furono strappati via gli abiti con una forza tale che i bottoni saltarono. Rimase con solo i boxer, gli erano state tolte anche le scarpe.

Lo posizionarono con la faccia al muro, le mani appoggiate contro i freddi mattoni, ma in equilibrio solo sulle punte delle dita. I suoi carcerieri gli calciarono indietro le gambe finché non fu sospeso in un'angolazione di sessanta gradi sulle punte delle dita delle mani e dei piedi.

I passi si allontanarono. Silenzio totale, a parte il suo respiro affannoso.

Era rimasto da solo?

C'era qualcuno con lui?

Non aveva modo di stabilirlo.

Anni prima, Jaeger aveva partecipato a una simulazione di resistenza all'interrogatorio, nell'ambito della selezione per entrare nel SAS. Questo training serviva a testare la risolutezza sotto pressione e addestrare le persone ad affrontare la prigionia. Erano state trentasei ore d'inferno, ma per tutto il tempo aveva sempre saputo che si trattava solo di una simulazione.

Questo, al contrario, era molto reale e terrificante.

I muscoli delle spalle cominciarono a bruciargli, le dita dolevano orribilmente, mentre l'assordante rumor bianco gli martellava nel cranio. Avrebbe voluto piangere dal dolore, ma aveva ancora la bocca sigillata dal nastro adesivo, e tutto ciò che poteva fare era gridare e urlare dentro di sé.

Alla fine, furono i crampi alle dita ad avere la meglio su di lui. Il dolore sembrava lacerargli le mani, mentre la tensione dei muscoli era tale che le dita parevano sul punto di staccarsi. Per un istante si rilassò, appoggiando le palme contro il muro. Provò un sollievo straordinario, ma un momento dopo si piegò in due, sferzato da un dolore acutissimo lungo la spina dorsale.

Jaeger urlò, ma dalla sua bocca uscì solo un guaito soffocato. Evidentemente non era solo nella stanza, perché qualcuno gli aveva appena applicato un elettrodo – forse un pungolo per bestiame – sulle reni.

Con brutalità, venne costretto a calci nella posizione precedente. Non era stata proferita parola, ma la situazione era chiara: se avesse tentato di muoversi o di rilassarsi, l'avrebbero colpito con l'elettrodo.

Non passò molto tempo prima che le gambe e le braccia iniziassero a tremargli e, un secondo prima che crollasse, ricevette uno sgambetto che lo fece collassare a corpo morto. Senza tregua, delle mani lo afferrarono come fosse un quarto di bue e lo costrinsero nella posizione seduta che aveva dovuto tenere nel veicolo in cui era stato trasportato lì, ma questa volta con le braccia incrociate al petto.

I suoi carcerieri erano torturatori senza volto né voce, ma il loro messaggio era chiaro: movimento era sinonimo di dolore.

Ciò che adesso aggrediva Jaeger era il frastuono del rumor bianco. Il tempo non esisteva più e, quando perse conoscenza e crollò, lo rimisero di nuovo in posizione, continuando così senza sosta.

Alla fine, qualcosa sembrò cambiare.

Senza preavviso, Jaeger si sentì tirare in piedi. Le mani gli furono legate, i polsi serrati con il nastro adesivo, e venne spinto verso la porta. Fu nuovamente trascinato lungo i corridoi, oscillando a destra e a sinistra seguendo la serie di svolte ad angolo retto.

Sentì aprirsi un'altra porta e venne gettato in una stanza, dove il bordo sottile di qualcosa gli colpì la parte posteriore delle ginocchia. Si trattava di una semplice sedia di legno, sulla quale fu costretto a sedere. Restò lì incurvato senza dire una parola.

Ovunque si trovasse, l'atmosfera era più fredda, e sapeva leggermente di chiuso e di umido. Per certi versi, quella situazione era ancor più spaventosa: Jaeger aveva capito la stanza del rumor bianco, il suo scopo e le sue regole. I suoi carcerieri avevano tentato di stancarlo, di farlo crollare e costringerlo alla resa.

Ma questo? Questo era l'ignoto. Questa totale mancanza di suoni o segnali di una presenza umana al di là di lui stesso erano sconcertanti.

Jaeger sentì una fitta di paura. Paura reale, viscerale. Non aveva idea di dove l'avessero portato, ma sentiva che non c'era da aspettarsi niente di buono. In più, non riusciva a immaginare chi fossero i suoi carcerieri né che intenzioni avessero.

All'improvviso, una luce intensa e accecante. Qualcuno gli aveva tolto il cappuccio dalla testa e al contempo era stata accesa la luce. Sembrava che gli fosse puntata direttamente in faccia.

A poco a poco, i suoi occhi si adeguarono alle nuove condizioni e Jaeger iniziò a distinguere i dettagli.

Davanti a lui c'era una scrivania di metallo con il piano in vetro. Sul tavolo era appoggiata una tazza di porcellana dall'aspetto banale.

Nient'altro: solo una tazza piena di un liquido fumante.

Dietro la scrivania sedeva un uomo corpulento, barbuto e con una calvizie incipiente. Apparentemente sui sessantacinque anni, indossava una giacca di tweed e una camicia che avevano conosciuto giorni migliori. L'abito consunto e gli occhiali spessi gli conferivano un'aria da professore universitario annoiato o da curatore di museo sottopagato. Uno scapolo che rassettava la casa da solo, cuoceva le verdure troppo a lungo e amava collezionare farfalle.

Aveva un aspetto del tutto anonimo: il classico tipo che si dimentica l'istante dopo averlo conosciuto e che non attirerebbe mai l'attenzione in mezzo a una folla. L'uomo medio per eccellenza, e di sicuro l'ultimo genere di persona che Jaeger si sarebbe aspettato di incontrare in simili circostanze.

Si era immaginato una gang di sgherri dell'Est europeo dai capelli rasati e armati di mazze e bastoni. Tutto questo era quantomeno bizzarro. Non aveva senso e lo confondeva.

L'uomo fissava Jaeger senza dire una parola, con un'espressione che tradiva disinteresse, noia, come se costui stesse studiando un esemplare da museo di scarso valore.

Fece cenno con la testa verso la tazza. «Tè, bianco, una zolletta. Una bella tazza di tè, non è così che dite voi?»

Parlava in tono pacato, con un leggero accento straniero, che Jaeger non riuscì a identificare. Non suonava particolarmente aggressivo o ostile. Al contrario, appariva leggermente annoiato, come se avesse fatto quella messinscena migliaia di volte prima di allora.

«Una bella tazza di tè. Deve essere assetato. Prenda un po' di tè.»

Quando era nell'esercito, a Jaeger era stato insegnato ad accettare sempre ciò che gli veniva offerto da bere o da mangiare, se mai questo fosse accaduto. Certo, poteva essere avvelenato, ma per quale motivo? Sarebbe stato molto più facile ammazzare di botte un prigioniero, o sparargli.

Fissò la tazza di porcellana bianca, dalla quale, nell'aria gelida, saliva un sottile fumo a spirale.

«Una tazza di tè» ripeté l'uomo in tono sommesso. «Bianco, con una zolletta. Beva.»

Jaeger passò lo sguardo dall'uomo alla tazza. Poi allungò la mano e l'afferrò. Dall'odore, sembrava davvero tè caldo, zuccherato, al latte. Se la portò alle labbra e ne ingollò il contenuto.

Non ci fu alcuna reazione negativa. Non collassò, né vomitò, né convulsioni.

Posò la tazza sul tavolo.

Il silenzio scese di nuovo sulla stanza.

Jaeger si guardò attorno. La stanza era un cubo spoglio e totalmente anonimo, privo di finestre. Sentiva gli occhi dell'uomo su di sé, intenti a scrutarlo. Abbassò lo sguardo.

«Ha freddo, credo. Deve avere freddo. Freddo. Vorrebbe stare più caldo?»

La mente di Jaeger si affollò di pensieri. Cos'era quella? Una domanda trabocchetto? Forse. Ma Jaeger doveva prendere tempo. E, a dire il vero, se ne stava seduto lì, in boxer, a congelarsi le palle. «Ho avuto più caldo, signore. Sì, signore, ho freddo.»

La parola "signore" era un'altra lezione appresa durante l'addestramento militare: tratta i tuoi carcerieri come se meritassero rispetto. C'era la flebile possibilità che questo atteggiamento ripagasse, che li inducesse a guardarti come un essere umano.

Eppure, al momento, Jaeger nutriva poche speranze. Tutto quello che aveva subito in quel luogo mirava a ridurlo al livello di un animale indifeso.

«Penso che vorrebbe stare più caldo» continuò l'uomo. «Guardi accanto a lei. Apra la borsa. Dentro troverà abiti asciutti.»

Jaeger abbassò lo sguardo. Accanto alla sedia era comparso un borsone sportivo da poco prezzo. Allungò la mano e fece quanto gli era stato detto, aprendola. Per un attimo temette di trovarci dentro la testa mozzata e insanguinata di un componente del team che era stato con lui in Amazzonia. Invece scoprì una tuta da lavoro arancione sbiadito e un paio di logori calzini, oltre che un paio di scarpe da tennis consunte.

«Si aspettava altro?» chiese l'uomo, con un debole sorriso che gli increspava le labbra. «Prima una bella tazza di tè, adesso degli abiti. Abiti per tenerla al caldo. Si vesta. Li indossi.»

Jaeger scivolò nella tuta e l'abbottonò, poi indossò le scarpe e si sedette di nuovo.

«Più caldo? Sta meglio?»

Jaeger annuì.

«Quindi, adesso penso che capisca. Io ho il potere di aiutarla. Posso davvero aiutarla. Ma ho bisogno di qualcosa in cambio: ho bisogno che lei *mi* aiuti.» L'uomo fece una pausa eloquente. «Ho solo bisogno di sapere quando arriveranno i suoi amici, chi dobbiamo attendere e come li riconosceremo.»

«Non posso rispondere a questa domanda, signore.» Quella era la risposta che era stato addestrato a dare: negativa, ma il più possibile gentile e rispettosa, date le circostanze. «Non capisco nemmeno cosa intenda dire» aggiunse. Sapeva di dover prendere tempo.

L'altro sospirò, come se si aspettasse questa risposta. «Non importa. Abbiamo trovato il suo... la sua attrezzatura. Il suo portatile. Il suo cellulare. Scopriremo i codici di sicurezza e le password, e presto quei dispositivi ci riveleranno i suoi segreti.»

La mente di Jaeger era in tumulto. Era certo di non aver portato con sé alcun computer e, quanto al telefono cellulare da due soldi, non avrebbe rivelato niente di importante.

«Se non può rispondere alla mia domanda, almeno mi dica cosa sta facendo qui e perché è nel mio paese.»

Il cervello di Jaeger turbinava. "Il suo paese." Ma si trovavano in Germania. Di certo, il viaggio a bordo del veicolo con il quale l'avevano rapito non poteva essere durato abbastanza a lungo da portarli in qualche Stato dell'Europa orientale. Chi diavolo erano i suoi rapitori? Si trovava nelle mani di qualche ramo deviato dei servizi segreti tedeschi?

«Non so di cosa sta parlando...» iniziò, ma l'altro lo interruppe.

«Questo è molto triste. Io l'ho aiutata, Mr Will Jaeger, ma lei non vuole aiutare me. E se lei non può aiutarmi, allora tornerà nella stanza del rumore e del dolore.»

L'uomo aveva a stento finito di parlare che mani invisibili rimisero il cappuccio in testa a Jaeger. Per lo shock, il suo cuore perse un colpo.

Poi venne ritirato in piedi, fatto girare e, senza una parola, condotto via.

18

Jaeger si trovò di nuovo nella stanza del rumor bianco, appoggiato in un'angolazione innaturale contro il muro di mattoni. Durante la selezione per il SAS, gli addestratori avevano chiamato questo tipo di luoghi "l'ammorbidente", perché indebolivano anche gli uomini più forti. Tutto ciò che sentiva era il rimbombo vuoto e insensato che lacerava l'oscurità. L'unico odore era quello del suo sudore, freddo e appiccicoso sulla pelle. In gola, invece, il gusto acido della bile. Si sentiva distrutto ed esausto, e completamente solo, mentre il corpo gli doleva come di rado aveva fatto in vita sua. La testa gli pulsava, la mente gridava.

Iniziò a canticchiare canzoni dentro di sé, brani dei motivi che ricordava dalla giovinezza. Se fosse riuscito a cantare quelle canzoni, forse sarebbe riuscito a bloccare il rumor bianco, l'agonia e la paura.

Ondate di spossatezza lo investivano. Era vicino al proprio limite, e lo sapeva.

Quando le canzoni svanivano, si raccontava storie della propria infanzia. Fiabe dei suoi eroi che gli leggeva il padre. Le imprese di quanti l'avevano ispirato e stimolato nelle prove più dure, sia da bambino sia durante i difficili addestramenti militari.

Rivisse la storia di Douglas Mawson, un esploratore australiano che aveva provato l'inferno dell'Antartide, soffrendo fame e solitudine, e ne era tornato, riuscendo a salvarsi la vita. E poi George Mallory, quasi certamente la prima persona a scalare l'Everest, un uomo che sapeva cosa significasse sacrificare la vita per conquistare la cima più alta al mondo. Mallory non era riuscito a tornare ed era perito su quelle montagne innevate, ma aveva scelto il proprio sacrificio.

Jaeger sapeva che l'essere umano era capace di ottenere risultati apparentemente impossibili. Quando il corpo gridava che non ce la faceva più, la mente poteva indurlo a continuare. L'uomo era capace di superare l'impossibile.

Allo stesso modo, se Jaeger ci avesse creduto abbastanza, poteva farcela a dispetto delle circostanze, poteva superare tutto questo.

Il potere della forza di volontà.

Iniziò a ripetersi di continuo lo stesso mantra: "Stai allerta, aspetta la possibilità di scappare. Stai allerta...".

Perse la cognizione del tempo, del giorno e della notte. A un certo punto, il cappuccio venne sollevato a liberargli la bocca, e gli venne posata una tazza sulle labbra, mentre la testa gli veniva tirata indietro per versargli in bocca il contenuto. Tè, come prima.

Poi fu il momento di un biscotto stantio. Poi un altro e un altro. Glieli ficcarono in bocca, poi riabbassarono il cappuccio e lo rimisero in posizione.

Come un animale.

Almeno per il momento sembravano intenzionati a tenerlo in vita.

Qualche tempo dopo, probabilmente aveva chinato la testa piombando, nel sonno, con il mento sul petto. I suoi carcerieri lo forzarono a svegliarsi, riportandolo in una nuova posizione di stress.

Quella volta venne costretto a inginocchiarsi su un cumulo di ghiaia. Con il passare dei minuti, le pietre acuminate e seghettate gli penetrarono nella carne, arrestandogli la circolazione e provocandogli fitte di dolore che arrivavano al cervello. La sofferenza era tremenda, ma si disse che poteva sopportarla.

Il potere della forza di volontà.

Si chiedeva quanto tempo fosse passato. Giorni? Due o tre, o più? Sembrava un'eternità.

A un certo punto, il rumor bianco si arrestò improvvisamente e le note della canzoncina di *Barney il dinosauro*, del tutto inappropriate in quella circostanza, irruppero a tutto volume. Jaeger aveva sentito parlare di queste tecniche: riprodurre di continuo le sigle dei cartoni animati per piegare la mente e la volontà di un uomo. Si trattava della cosiddetta "PsyOps", operazione psicologica. Su Jaeger, però, sortiva l'effetto opposto.

Barney era stato uno dei personaggi preferiti di Luke quando era piccolo, e la canzone non faceva che stimolare i suoi ricordi. Momenti felici, istanti ai quali aggrapparsi, la roccia che avrebbe salvato la sua anima in tempesta.

Ricordò a se stesso che questo era ciò che l'aveva portato lì. Più di ogni altra cosa, era sulle tracce della moglie e del figlio scomparsi. Se si fosse lasciato piegare dai suoi carcerieri, avrebbe abbandonato la missione e, con essa, i suoi cari.

Non avrebbe tradito Ruth e Luke.

Doveva tenere duro. Non poteva crollare.

Alla fine, si sentì mettere di nuovo in movimento. A quel punto era a stento in grado di camminare, quindi lo portarono a braccia fuori dalla stanza, lungo il tortuoso corridoio e in quella che immaginò essere la stessa stanza in cui era già stato.

Venne sbattuto sulla sedia, gli tolsero il cappuccio e di nuovo la luce gli ferì gli occhi.

Seduto davanti a lui c'era l'uomo. Da dove si trovava, Jaeger sentiva il puzzo di sudore stantio che emanavano gli abiti dell'uomo. Tenne lo sguardo fisso a terra, mentre l'altro recitava di nuovo la parte dell'annoiato.

«Questa volta, purtroppo, non abbiamo il tè.» L'uomo scrollò le spalle. «Le cose andranno meglio solo se si dimostrerà collaborativo. Penso che l'abbia capito, ormai. Quindi? Pensa di poterci aiutare?»

Jaeger tentò di radunare le idee. Si sentiva confuso. Non sapeva cosa dire. Collaborare in che senso?

«Mi chiedo, Mr Jaeger» l'uomo sollevò un sopracciglio con aria perplessa, «vuole collaborare? Se così non fosse, non sappiamo che farcene di lei.»

Jaeger non disse una parola. Per quanto confuso ed esausto fosse, sentiva comunque che era una trappola.

«Quindi, mi dica, a che ora? Mi dica l'ora. Non le sto chiedendo molto. Vuole aiutarmi dicendomi l'ora?»

Per un attimo Jaeger pensò di controllare l'orologio, ma gliel'avevano tolto quando l'avevano catturato. Non sapeva nemmeno che giorno fosse, conoscere l'orario era impensabile.

«A che ora?» ripeté l'uomo. «Non le sarà difficile aiutarmi, voglio solo sapere l'orario.»

Jaeger non aveva la minima idea su cosa avrebbe dovuto rispondere.

All'improvviso, una voce gli urlò all'orecchio: «RISPONDI A QUELLA CAZZO DI DOMANDA!».

Gli venne sferrato un pugno sul lato della testa e cadde dalla sedia, atterrando goffamente. Non aveva nemmeno capito che ci fosse qualcun altro nella stanza. A causa del colpo, il cuore iniziò a martellargli in petto.

Con la coda dell'occhio vide tre tizi muscolosi, con capelli a spazzola e tute nere che si abbassavano per afferrarlo. Lo rimisero in posizione sulla sedia, prima di fondersi di nuovo nel silenzio della stanza.

L'uomo restò impassibile. Con un gesto, indicò a uno dei suoi sgherri di avvicinarsi, e i due si scambiarono qualche parola in una lingua dai suoni gutturali, una lingua che Jaeger non capiva. Poi il capo dei picchiatori estrasse una radio e parlò brevemente.

L'uomo si rivolse di nuovo a Jaeger. A questo punto aveva un tono quasi di scusa. «Davvero non c'è bisogno di questa... spiacevolezza. Presto lei capirà che non è il caso di resisterci, perché noi abbiamo in mano tutte le carte, nessuna esclusa. Se ci aiuta, aiuterà se stesso, e la sua famiglia.»

Jaeger sentì il cuore fermarsi in petto.

Cosa diamine significava, *la sua famiglia*?

19

Jaeger sentì un conato di vomito salirgli dalle viscere e lo soffocò facendo appello alla sola forza di volontà. Se queste erano le persone che tenevano prigionieri Ruth e Luke, avrebbero dovuto ammazzarlo, altrimenti si sarebbe liberato e li avrebbe sgozzati a uno a uno.

Alle sue spalle scattò una serratura e la porta si aprì. Jaeger sentì qualcuno entrare e avvicinarsi alla scrivania. A quella vista, strabuzzò gli occhi incredulo. L'aveva temuto, ma di certo quello doveva essere un sogno. Avrebbe voluto sbattere la testa contro il freddo muro grigio per svegliarsi da quell'incubo.

Irina Narov si fermò dandogli le spalle e porse qualcosa all'uomo dall'altra parte della scrivania. Senza dire una parola, si girò per allontanarsi in fretta da lui, ma Jaeger riuscì a cogliere un barlume di costernazione – e di colpa – nei suoi occhi.

«Grazie, Irina» disse l'uomo in tono sommesso. Girò lo sguardo vuoto e annoiato su Jaeger. «L'adorabile Irina Narov. La conosce, ovviamente.»

Jaeger non rispose. Inutile. Sentiva che il peggio doveva ancora venire. Molto peggio.

Narov aveva lasciato un fagotto sul tavolo, un oggetto che in qualche modo risultava familiare a Jaeger. L'uomo lo spinse verso di lui.

«Dia un'occhiata. Deve vederlo. Deve vederlo per capire perché non ha altra scelta che aiutarci.»

Jaeger si avvicinò, ma ancor prima di raggiungere l'oggetto, seppe con agghiacciante certezza di cosa si trattava. Era la maglietta di Luke, quella con la scritta SALVA I RINOCERONTI, quella che gli avevano comprato in occasione del safari in Africa orientale qualche anno prima. Tutti e tre insieme avevano partecipato a un trekking notturno nella savana, tra branchi di giraffe, gnu e, soprattutto, rinoceronti, i loro animali preferiti. Era stato magico. La perfetta vacanza di famiglia, e quella maglietta era uno dei loro ricordi più preziosi.

"Questo è troppo."

Con le dita doloranti e insanguinate, Jaeger afferrò la sottile stoffa di cotone. Sollevò la maglietta e se la tenne vicino alla faccia, con il battito che gli pulsava nelle orecchie. Si sentiva come se il cuore stesse per scoppiargli in petto. Le lacrime gli pizzicavano gli occhi.

Questi bastardi assassini, spietati e malati, avevano la sua famiglia.

«Deve capire che tutto questo è inutile.» Le parole dell'uomo irruppero nei pensieri straziati di Jaeger. «Abbiamo solo bisogno di risposte. Lei mi dà le risposte che voglio e noi la facciamo riunire alla sua famiglia. È tutto ciò che chiedo. Cosa c'è di più facile?»

Jaeger digrignò i denti. Serrò la mascella. Aveva i muscoli tesi oltre misura, mentre lottava con se stesso per non scattare, per non colpire il suo antagonista.

Sapeva cosa sarebbe successo. Aveva le mani legate con il nastro adesivo e sentiva su di sé lo sguardo dei suoi carcerieri, in attesa che facesse la prima mossa.

Doveva aspettare il momento giusto. Presto o tardi avrebbero fatto un errore, e a quel punto avrebbe colpito.

L'uomo allargò le mani con un gesto invitante. «Quindi, Mr Jaeger, nell'intento di aiutare la sua famiglia, mi dica: quando arriveranno i suoi amici? Chi dobbiamo aspettare, esattamente? E come li riconosceremo?»

Jaeger sentì una guerra esplodergli dentro. Era lacerato. Avrebbe dovuto vendere i suoi migliori amici? Tradire quanti avevano combattuto al suo fianco? O perdere la sola possibilità che aveva di rivedere Ruth e Luke?

Al diavolo, disse a se stesso. Narov l'aveva tradito. Doveva essere dalla parte dei buoni, ma aveva recitato tutto il tempo. L'aveva venduto come mai nessuno aveva osato fare.

C'era qualcuno di cui poteva fidarsi?

Jaeger aprì la bocca, ma all'ultimo momento ricacciò le parole in gola. Se avesse permesso loro di piegarlo, avrebbe tradito le persone che amava.

E non avrebbe mai tradito la moglie e il figlio.

Doveva tenere duro.

«Non so di cosa stia parlando.»

L'uomo sollevò le sopracciglia. Era la cosa più simile a una reazione spontanea che Jaeger aveva visto sul suo volto. Il suo interlocutore era chiaramente sorpreso.

«Sono una persona ragionevole e paziente» sospirò. «Le darò un'altra possibilità. Offrirò alla *sua famiglia* un'altra possibilità.» Fece una pausa. «Glielo chiedo di nuovo. Quando arriveranno i suoi amici? Chi dobbiamo aspettarci? E come li riconosceremo?»

«Non posso rispondere...»

«Senta, se non si decide a collaborare, le cose si faranno molto difficili per lei. E per la sua famiglia. È semplice. Mi dia le risposte. Quando arriveranno i suoi amici? Chi sono? Come li riconosceremo?»

«Non posso...»

L'uomo interruppe Jaeger schioccando le dita. Guardò nella direzione dei suoi sgherri. «Basta. È finita. Portatelo via.»

Gli calarono il cappuccio nero in testa e Jaeger sentì il mento sbattere contro il petto e le braccia legate.

Un istante dopo, era di nuovo in piedi, trascinato fuori dalla stanza come una bambola di pezza.

20

Dietro al divisorio di vetro, Narov scrollò le spalle. Osservava affascinata e inorridita la forma incappucciata di Jaeger che veniva trascinata fuori dalla stanza. Lo specchio-spia le offriva una visuale perfetta sulle operazioni.

«Immagino che tutto questo non ti piaccia» intervenne una voce.

Era Peter Miles, l'anziano che Jaeger aveva creduto morto nei boschi.

«No, in effetti» mormorò Narov. «Penso che fosse necessario, ma... deve continuare? Fino alla fine?»

L'anziano allargò le braccia. «Sei tu che ci hai detto che doveva essere testato. Il blocco che ha riguardo alla moglie e al figlio... la sua totale disperazione, il senso di colpa. Sono sentimenti che possono portare un uomo a fare cose che non avrebbe mai immaginato. L'amore è un sentimento potente, e l'amore per un figlio è forse il più potente di tutti.»

Narov affondò nella poltrona.

«Non durerà ancora molto a lungo» concesse Peter Miles. «Di certo ha superato il test più difficile. Se l'avesse fallito, non starebbe per unirsi a noi.»

Narov annuì imbronciata, con la mente persa in un turbine di pensieri neri.

Qualcuno bussò alla porta ed entrò un uomo ancor più anziano e rugoso, che, con sguardo preoccupato, piantò il bastone da passeggio sulla soglia. Doveva essere sulla novantina, ma sotto le sopracciglia cespugliose aveva occhi brillanti e vivaci.

«Avete finito, vero?»

Peter Miles si massaggiò la fronte con aria esausta. «Quasi, grazie al cielo. Manca pochissimo e poi avremo la certezza.»

«Era necessario tutto questo?» chiese il vecchio. «Intendo, ricordiamo chi era suo nonno.»

Miles guardò Narov. «Irina ne sembrava certa. Ricorda di aver servito con lui in situazioni ad altissimo stress, nel pieno del combattimento, e ha constatato come, a volte, perda il controllo dei nervi.»

Un lampo di rabbia illuminò gli occhi del vecchio. «Ha patito moltissimo! Potrà anche cedere, ma non crollerà mai. Mai! Sono suo zio ed è un Jaeger.»

«Lo so» ammise Miles. «Ma sono certo che tu capisca la mia posizione.»

Il vecchio scosse la testa. «Nessuno dovrebbe patire ciò che ha sofferto lui negli ultimi anni.»

«Esatto, e noi non possiamo sapere con certezza quali siano gli effetti sul lungo termine. Ecco spiegati i timori di Narov. Ecco perché le attuali... procedure.»

Il vecchio guardò Narov. Sorprendentemente, con una sorta di tenerezza. «Mia cara, stai tranquilla. *Que sera, sera.*»

«Mi dispiace, zio Joe» mormorò la donna. «Forse i miei timori sono fuori luogo, infondati.»

Il viso del vecchio si addolcì. «Viene da una buona razza, mia cara.»

Narov guardò l'uomo dai capelli argentei. «Non ha mai fatto un passo falso, zio. Non ha mai tradito nessuno, per tutto il tempo. Temo di essermi sbagliata.»

«*Que sera, sera*» ripeté il vecchio. «E forse Peter ha ragione. Forse è meglio esserne assolutamente certi.»

Fece per andarsene, fermandosi sulla soglia. «Se però dovesse fallire la prova finale, dovete promettermi una cosa.

Non diteglielo. Lasciatelo andare senza che mai possa immaginare chi lo ha messo alla prova e che... ci ha delusi.»

Il vecchio se ne andò dalla stanza dell'osservazione, lasciando un ultimo commento sospeso in aria.

«Dopo tutto quello che ha passato, la sola idea lo ucciderebbe.»

21

Jaeger si aspettava di essere riportato nella stanza dello stress, ma venne trascinato verso sinistra per diversi secondi, prima di essere fermato improvvisamente. Nell'aria c'era un odore diverso: disinfettante e l'inconfondibile puzzo di urina.

«Toilette» abbaiò il suo carceriere. «Usa il bagno.»

Da quando era iniziata la sua tortura, Jaeger era stato costretto a fare pipì dove si trovava, in piedi o accucciato che fosse. Adesso si sbottonò la tuta con le mani legate, si inclinò verso il muro e si liberò in direzione dell'orinatoio. Aveva ancora il cappuccio nero in testa, quindi dovette farlo alla cieca.

All'improvviso, sentì qualcuno bisbigliargli all'orecchio con fare cospiratore. «So come ti senti, amico. Grandi bastardi questi, vero?»

Sembrava vicino a lui, come se la persona che parlava fosse proprio lì accanto. Aveva un tono amichevole, quasi degno di fiducia.

«Mi chiamo Dave. Dave Horricks. Hai perso la cognizione del tempo? Già, anch'io. Sembra un'eternità, vero, amico?»

Jaeger non rispose. Percepiva la trappola. Un altro trucco mentale. Terminò di espletare i propri bisogni e iniziò ad abbottonarsi la tuta.

«Amico, ho sentito che hanno la tua famiglia. Li tengono qui vicino. Se hai un messaggio, posso farglielo avere.» Esercitando un'incredibile forza di volontà, Jaeger riuscì a restare in silenzio. Ma se ci fosse stata davvero la possibilità di trasmettere un messaggio a Ruth e Luke? «Veloce, amico, prima che la guardia torni. Dimmi cosa devo comunicare loro, a tua moglie e tuo figlio. E se hai un messaggio per i tuoi amici, posso farglielo avere. Quanti sono? Svelto.»

Jaeger si chinò in avanti, come se volesse sussurrargli qualcosa all'orecchio. Sentì l'uomo avvicinarsi.

«Ecco il messaggio, Dave» gracchiò. «Vai a farti fottere.»

Qualche istante dopo, gli spinsero giù la testa, lo fecero girare e lo condussero fuori dal bagno. Ancora qualche curva e sentì aprirsi una porta. Venne spinto in un'altra stanza e guidato a una sedia. Il cappuccio venne sollevato e la luce gli inondò la faccia.

Davanti a lui sedevano due persone.

La sua mente riusciva a stento a decifrare quello che vedeva.

Erano Takavesi Raffara e Mike Dale, dall'aspetto giovanile, anche se, al momento, aveva i lunghi capelli spettinati e gli occhi incavati e circondati da occhiaie scure, senza dubbio il risultato della recente perdita che aveva patito.

Raff tentò di sorridere. «Amico, hai la faccia di uno che è appena passato sotto un camion. Però ti ho visto in condizioni peggiori, dopo una notte di bevute al Crusting Pipe a guardare gli All Blacks che le suonavano ai tuoi. Tuttavia...»

Jaeger non proferì parola.

«Ascolta, amico» ritentò Raff, realizzando che l'ironia non avrebbe sortito alcun effetto. «Ascolta me. Non sei mai stato preso prigioniero. Sei ancora al bunker di Falkenhagen. Quei tizi che ti hanno gettato sul camion hanno girato in cerchio.»

Jaeger restò in silenzio. Se solo avesse potuto liberarsi le mani, li avrebbe ammazzati entrambi.

Raff sospirò. «Ascolta, amico. Non vorrei essere qui. E lo

stesso vale per Dale. Noi non c'entriamo con questa merda. Abbiamo scoperto cosa ti avevano fatto solo quando siamo arrivati qui. Ci hanno chiesto di metterci a sedere e di essere le prime persone che avresti visto. Ce l'hanno chiesto perché hanno immaginato che ti saresti fidato di noi. Credimi. È finita, amico. È finita.»

Jaeger scosse la testa. "Perché diavolo si sarebbe dovuto fidare di questi bastardi, o di chiunque altro?"

«Sono io, sono Raff. Non sto cercando di fregarti. È finito. È tutto finito.»

Jaeger scosse di nuovo la testa: "Fottiti".

Silenzio.

Mike Dale si chinò in avanti, posando i gomiti sul tavolo. Jaeger restò colpito dal suo aspetto: era terribile. Nemmeno nei peggiori momenti, in Amazzonia, Jaeger aveva mai visto Dale in condizioni anche solo paragonabili.

Dale guardò Jaeger con occhi stanchi e gonfi. «Come forse puoi immaginare, non ho dormito. Ho appena perso la donna che amavo. Pensi che sarei qui, a gettarti addosso questo mare di merda, dopo aver perso Hannah? Pensi che sia capace di questo?»

Jaeger scrollò le spalle, poi sussurrò. «Al momento, credo che chiunque sia capace di qualsiasi cosa.» Non aveva più idea di cosa o in chi credere.

Da dietro di lui sentì bussare piano alla porta. Raff e Dale si guardarono.

"E adesso cosa c'era?"

Senza attendere risposta, qualcuno spalancò la porta e una figura anziana e curva entrò appoggiandosi saldamente a un bastone. Si fermò accanto a Jaeger e posò una mano grinzosa sulla sua spalla. Sobbalzò nel vedere i segni delle percosse e il sangue.

«Will, ragazzo mio. Spero non ti dispiaccia l'intrusione di un vecchio in queste… procedure.»

Jaeger lo guardò attraverso gli occhi gonfi e iniettati di sangue. «Zio Joe?» gracchiò incredulo. «Zio Joe?»

«Will, ragazzo mio, sono qui. E, come sono certo ti abbiano detto i tuoi amici, è finita. È davvero finita. Il che non significa che tutto questo sia stato necessario.»

Jaeger alzò le mani ancora legate e afferrò strettamente il braccio del vecchio.

Lo zio Joe gli strinse la spalla. «È finita, ragazzo mio. Fidati di me. Adesso, però, inizia il vero lavoro.»

22

Il presidente annusò l'aria con fare soddisfatto. Washington in primavera. Molto presto sarebbero fioriti i ciliegi, le strade si sarebbero riempite di boccioli rosa e il loro profumo si sarebbe diffuso ovunque, inebriando i passanti.

Quello era il momento dell'anno che il presidente Joseph Byrne preferiva; il periodo in cui il deprimente freddo invernale lasciava la costa orientale facendo spazio ai miti mesi estivi. Ovviamente, però, per quanti ne conoscevano la storia, quei ciliegi incarnavano anche una verità oscura e spiacevole.

La varietà più comune era il ciliegio Yoshino, un discendente dei tremila alberelli inviati, negli anni Venti, dal Giappone negli Stati Uniti come pegno di amicizia eterna. Nel 1927, la città aveva ospitato il suo primo Festival della fioritura dei ciliegi, che presto era diventata un appuntamento regolare nel calendario di Washington DC.

Poi, nel 1941, gli aerei da guerra giapponesi erano scesi in massa su Pearl Harbor, e nel giro di una notte il Festival era stato cancellato. Purtroppo, la promessa di amicizia eterna del Giappone non si era rivelata così duratura.

Per tre anni, gli Stati Uniti e il Giappone si erano fatti guerra nel più feroce dei modi, ma dopo il conflitto le due nazioni avevano ripreso i rapporti diplomatici. La necessità aveva avuto la meglio. Nel 1947, il Festival della fioritura dei ciliegi era stato ripristinato e il resto, come era solito dire il presidente, era storia.

Si girò verso le due persone che gli stavano accanto, indicando la veduta che si stagliava davanti a loro: il primo accenno di rosa che faceva capolino sulle lontane cime degli alberi, quelli più vicini al Tidal Basin.

«Un bel panorama, signori. Ogni anno temo che i fiori non si materializzino. E ogni anno vengo smentito.»

Il direttore della CIA, Daniel Brooks, espresse qualche commento di circostanza. Sapeva che il presidente non li aveva convocati per ammirare il panorama, per quanto bello fosse, e avrebbe preferito arrivare al punto.

Accanto a lui, il vicedirettore dell'Agenzia, Hank Kammler, si proteggeva gli occhi dal sole. Il loro linguaggio del corpo tradiva il fatto che i due non si sopportavano e, tranne in occasione di convocazioni del presidente come questa, facevano in modo di trascorrere quanto meno tempo possibile assieme.

Il fatto che Hank Kammler fosse destinato a diventare il prossimo direttore dell'Agenzia – una volta che Brooks fosse stato costretto ad andare in pensione – faceva rabbrividire l'uomo più anziano, che non riusciva a pensare a un personaggio peggiore alla guida della più potente agenzia di intelligence al mondo.

Il problema era che, per qualche incomprensibile ragione, il presidente sembrava fidarsi di Kammler e delle sue dubbie competenze. Brooks non riusciva a capirlo. Kammler pareva avere un particolare ascendente su Byrne, un'influenza inspiegabile.

«Allora, signori, al lavoro.» Il presidente indicò loro un paio di comode sedie. «Pare ci siano stati dei guai in quello che mi piace definire il nostro cortile sul retro. Sud America. Brasile. Amazzonia, per essere precisi.»

«Qual è il problema, signor presidente?» chiese Brooks.

«Due mesi fa, sette persone hanno perso la vita in Amazzonia. Nazionalità mista, ma per lo più brasiliani, nessun cittadino americano.» Byrne allargò le braccia. «Perché ci riguarda? Ebbene, i brasiliani sembrano convinti del fatto che i responsabili di queste uccisioni siano americani, o quantomeno che lavorassero per un'agenzia americana. Quando stringerò la mano alla presidente brasiliana che mi chiederà conto della situazione, non vorrei trovarmi a non avere idea di cosa stia parlando.»

Il presidente fece una pausa carica di significato. «Quei sette facevano parte di una spedizione internazionale che doveva recuperare un aereo militare della Seconda guerra mondiale. Sembra che, quando si sono avvicinati all'obiettivo, una forza misteriosa abbia iniziato ad abbatterli. È la composizione di quella forza che ha portato il caso sulla mia scrivania.»

Byrne guardò i due uomini della CIA. «Quegli assassini avevano a disposizione risorse significative, risorse di cui solo un'agenzia americana potrebbe disporre, o almeno questo è ciò che pensa la presidente brasiliana. Nel loro arsenale c'erano droni Predator, elicotteri invisibili Black Hawk e una santabarbara decisamente impressionante.

«Quindi, signori, uno di voi è per caso a conoscenza dei fatti? Potrebbe in qualche modo essere opera di un'agenzia americana, come i brasiliani sostengono?»

Brooks scrollò le spalle. «Non si può escludere niente, signor presidente. Mettiamola però in questo modo, signore: non ne sono informato. Posso verificare, per poi aggiornarla fra quarantott'ore, ma al momento non ne so niente. Non posso però parlare anche per il mio collega.» Si girò verso l'uomo accanto a sé.

«Signore, si dà il caso che io sappia qualcosa.» Kammler scoccò uno sguardo raggelante a Brooks. «Sapere è il mio mestiere. Quell'aereo faceva parte di un progetto a suo tempo noto con diversi nomi in codice. Il fatto è, signor presidente, che allora era top-secret ed è nostro interesse che resti tale.»

Il presidente aggrottò le sopracciglia. «Vada avanti, l'ascolto.»

«Signore, quest'anno ci sono le elezioni e, come sempre, assicurarsi il supporto della lobby ebraica è essenziale. Nel 1945, quell'aereo trasportò alcuni dei più importanti leader nazisti in una località segreta e sicura in Sud America. La cosa che deve maggiormente preoccuparla, però, è che a bordo c'era anche un consistente bottino nazista. Va da sé che la quantità di oro ebraico era notevole.»

Il presidente scrollò le spalle. «Non vedo motivo di preoccuparsi. La storia dell'oro degli ebrei è vecchia e viene raccontata da anni.»

«Vero, signore. Questa volta, però, le cose stanno in modo diverso. Il punto è che noi – il governo americano – abbiamo sponsorizzato questo specifico volo di trasferimento. Lo abbiamo fatto nel segreto più assoluto, ovviamente.» Kammler scoccò uno sguardo eloquente all'indirizzo del presidente. «E mi permetto di suggerire che il segreto resti tale.»

Il presidente sospirò. «Il proverbiale patto col diavolo. In prossimità delle elezioni sarebbe imbarazzante, è questo che sta dicendo?»

«Sì, signore, in effetti è così. Molto imbarazzante e molto negativo. Non è accaduto sotto il suo mandato. È successo nella tarda primavera del 1945, ma questo non significa che i media non si getterebbero a pesce sulla vicenda.»

Il presidente spostò lo sguardo da Kammler a Brooks. «Dan? Qual è il tuo punto di vista sulla cosa?»

Il direttore della CIA aggrottò le sopracciglia. «Non è la prima volta, signore, che resto all'oscuro di qualcosa che riguarda il mio vice. Se la cosa fosse confermata, sarebbe di certo imbarazzante. D'altro canto, potrebbe rivelarsi una montagna di corbellerie.»

Kammler si irrigidì e qualcosa sembrò scattare dentro di lui. «Avrei giurato che fosse tuo compito sapere cosa succede all'interno dell'Agenzia!»

Brooks ribatté. «Mi stai dicendo che la CIA *era* coinvolta? *Erano* affari dell'Agenzia? I brasiliani ti hanno beccato con le mani nel sacco!»

«Signori, per favore.» Il presidente sollevò le mani per chiedere il silenzio. «Ho un ambasciatore brasiliano che domanda delucidazioni in maniera assai ostinata. Al momento è un affare privato tra governi, ma non abbiamo garanzie che resti tale.»

Guardò Brooks e Kammler. «E, se avete ragione, si tratta di un complotto nazista sull'oro ebraico spalleggiato dagli americani... non promette niente di buono.»

Brooks restò in silenzio. Per quanto odiasse ammetterlo, il presidente – e Kammler – aveva ragione. Se la notizia fosse arrivata alla stampa, non sarebbe stata una buona premessa per la rielezione del presidente. E, sebbene sapesse che Byrne era un debole, al momento era il miglior candidato che avevano.

Il presidente si rivolse direttamente a Kammler. «Se, come sostengono i brasiliani, è coinvolta un'organizzazione-canaglia americana, le cose si metteranno male, molto male. Quindi ti chiedo, Hank, è così? Tutto questo è accaduto sotto il nostro comando o controllo?»

«Signore, il suo predecessore ha firmato un EXORD» commentò Kammler a titolo di risposta. «Un ordine presidenziale esecutivo. In altre parole, ha autorizzato l'organizzazione di certe operazioni senza supervisione del presidente. Insomma, senza che il presidente dovesse essere informato. Questo perché, in determinate circostanze, è meglio che lei non sappia, in modo che, se le cose si mettono male, lei possa sempre negare.»

Il presidente Byrne apparve turbato. «Hank, lo capisco. So tutto della negabilità. Ma, al momento, vi sto chiedendo di informarmi nella maniera più dettagliata possibile.»

L'espressione di Kammler si indurì. «Signore, mettiamola così: a volte un segreto non può restare tale, a meno che non ci siano agenzie che lavorano per mantenerlo.»

Byrne si massaggiò le tempie. «Hank, non è il momento di sbagliare, ma se in questa vicenda c'è lo zampino dell'Agenzia, è meglio venire a conoscenza del peggio al più presto. Ho bisogno di sapere le possibili ricadute.»

«Signore, la CIA non c'entra.» Kammler guardò Brooks in cagnesco. «Lo escludo categoricamente. Ma sono lieto che lei comprenda la necessità di mantenere il segreto e mi permetto di dire che è nel nostro *migliore* interesse proseguire su questa strada.»

«Farò sapere ai brasiliani che non c'entriamo» annunciò il presidente Byrne sollevato. «E, Hank, comprendo la necessità del segreto.» Guardò Brooks. «La comprendiamo tutti. Davvero.»

Cinque minuti più tardi, Brooks si allontanava dalla Casa Bianca a bordo di un'auto con autista. Si era scusato con il presidente, ma la sua agenda non gli permetteva di trattenersi per pranzo. Kammler, ovviamente, si era fermato. Quel piccolo ruffiano non avrebbe mai perso l'occasione di tessere la sua tela.

L'autista di Brooks si mise sulla corsia principale che portava a sud, allontanandosi dal centro di Washington. Brooks estrasse il telefono e digitò un numero.

«Bucky? Ciao, qui Brooks. È passato un po' di tempo. Come stai?» Ascoltò la risposta e rise. «Mi hai scoperto. Non ti ho chiamato solo per salutarti. Che ne diresti di un diversivo dalla pensione? Coltivare l'orto nella Chesapeake Bay ti annoia? Sul serio? Perfetto. Che ne dici se faccio un salto da te? Chiedi a Nancy di prepararmi una bella zuppa di granchi, e poi io e te facciamo quattro chiacchiere?»

Guardò fuori dal finestrino, osservando i ciliegi in fiore. Kammler e le sue operazioni non autorizzate: nella migliore delle ipotesi, era un cane sciolto; nella peggiore, lui e i suoi stavano di gran lunga superando i limiti.

Con Kammler, quanto più a fondo si scavava, tanto più si scopriva; a volte, però, occorreva scavare e scavare, fino a trovare la verità.

E in alcuni casi la verità era terribile.

23

I boschi impenetrabili che circondavano il complesso di Falkenhagen conferivano un che di selvaggio all'ambiente, e di certo quello era il tipo di posto in cui, se urlavi, nessuno ti avrebbe sentito.

«Quanto tempo sono stato là dentro?» chiese Jaeger tentando di far riprendere la circolazione nelle mani.

Era fuori dal bunker più vicino, esausto per le brutali prove alle quali era stato sottoposto e alla disperata ricerca di aria fresca. Era anche preda di una rabbia cocente. Furioso.

Raff guardò l'orologio. «Sono le sette dell'8 marzo. Sei stato là dentro per 72 ore.»

Tre giorni. "Bastardi."

«Allora, di chi è stata l'idea?» chiese Jaeger.

Raff stava per rispondere, quando lo zio Joe apparve al loro fianco. «Vorrei scambiare due parole con te, ragazzo mio.» Prese Jaeger per il braccio, con mano ferma ma gentile. «Alcune cose vanno discusse in famiglia.»

Dopo la prematura scomparsa del nonno di Jaeger, avvenuta vent'anni prima, il prozio Joe aveva assunto il ruolo di nonno onorario e, non avendo figli, aveva stretto un rapporto particolarmente intimo con Jaeger, e poi con Ruth e Luke.

Loro tre avevano spesso trascorso le vacanze nel cottage di zio Joe sull'isolato Buccleuch Fell, negli Scottish Borders. Dopo il rapimento della sua famiglia, Jaeger aveva visto solo molto di rado lo "zio Joe", come lo chiamavano, ma nonostante questo il loro rapporto era rimasto solido.

Lo zio Joe e il nonno di Jaeger avevano prestato servizio insieme nei primi anni del SAS, e Jaeger era affascinato dai racconti delle loro imprese temerarie.

Il vecchio lo condusse nel punto in cui i boschi ombreggiavano uno spiazzo di cemento, senza dubbio il tetto di uno dei tanti edifici sotterranei, forse addirittura la stanza dove Jaeger aveva subito gli interrogatori.

«Immagino tu voglia sapere chi è il responsabile di tutto questo» esordì lo zio Joe, «e ovviamente hai diritto ad avere tutte le risposte.»

«Posso immaginarlo» azzardò Jaeger con tono lugubre. «Narov. Ha recitato la sua parte alla perfezione. Tutto questo porta la sua firma.»

Lo zio Joe scosse delicatamente la testa. «A dire il vero, lei non era affatto propensa e, con il passare delle ore, ha tentato di porre fine a tutto quanto.» Si fermò un istante. «Sai, penso – anzi, ne sono sicuro – che Irina abbia un debole per te.»

Jaeger ignorò quella blandizia. «Quindi, chi?»

«Hai presente Peter Miles? In tutto questo, lui ha un ruolo ben più importante di quanto immagini.»

Gli occhi di Jaeger mandarono lampi. «Cosa diavolo voleva dimostrare?»

«Temeva che la perdita della tua famiglia ti avesse in qualche modo destabilizzato, che il trauma e il senso di colpa ti avessero portato al punto di rottura. Era determinato a metterti alla prova. Voleva stabilire se i suoi timori – e quelli di Narov – fossero o meno fondati.»

La rabbia di Jaeger non fu più contenibile. «E cosa dà a lui – a *loro* – il diritto?»

«A dire il vero, penso ne abbia tutto il diritto.» Lo zio Joe si fermò. «Hai mai sentito parlare del Kindertransport? Nel 1938, il diplomatico inglese Nicholas Winton riuscì a salvare centinaia di bambini ebrei, organizzando treni che li portassero in Gran Bretagna. A quel tempo, Peter Miles non si chiamava così. Aveva undici anni e si chiamava Pieter Friedman, un nome ebreo-tedesco.

«Pieter aveva un fratello maggiore, Oscar, che adorava. Purtroppo, sui treni di Winton potevano salire solo bambini e ragazzi fino ai sedici anni: Pieter fu ammesso, suo fratello no. E la stessa sorte toccò a suo padre, sua madre, ai suoi zii e ai suoi nonni. Tutti morirono nei campi di sterminio. Pieter fu l'unico della sua famiglia a sopravvivere, ed è tuttora convinto che la sua vita sia un miracolo, un dono di Dio.» Il tono dello zio Joe si fece più fermo. «Quindi, se c'è qualcuno che sa cosa significa perdere la propria famiglia, quello è lui. Sa quanto possa distruggere un uomo. Sa cosa può fare alla sua mente.»

La rabbia di Jaeger sembrava per certi versi essersi placata: quella storia metteva le cose in un'altra prospettiva.

«Quindi, ho passato il test?» chiese in tono sommesso. «Ho dimostrato che i loro timori erano infondati? Ho la testa confusa e a stento ricordo l'accaduto.»

«Se hai passato il test?» lo zio Joe l'abbracciò. «Ma certo, ragazzo mio. Ovviamente. Proprio come avevo previsto, l'hai passato con il massimo risultato.» Si fermò. «A dire il vero, credo che in pochi avrebbero sopportato quello che hai patito tu. E, quali che siano i prossimi sviluppi, adesso è chiaro che sarai tu a dover prendere il comando.»

Jaeger lo guardò. «C'è un'altra cosa. La maglietta. La maglietta di Luke. Da dove arriva?»

Un'ombra attraversò il volto del vecchio. «Lo sa il cielo. Le persone fanno cose che non dovrebbero. Nel tuo appartamento a Wardour c'è un armadio. È pieno di abiti dei tuoi familiari, presumo in attesa del loro ritorno.»

Jaeger sentì di nuovo montare la rabbia. «Sono penetrati nel mio appartamento?»

Il vecchio sospirò. «In effetti, sì. Non è vero che il fine giustifica i mezzi, ma forse troverai in cuor tuo la forza di perdonarli.»

Jaeger scrollò le spalle. Probabilmente, con il passare del tempo, lo avrebbe fatto.

«Luke e Ruth torneranno» sussurrò lo zio Joe, con un'intensità che sconfinava nella ferocia. «Riprenditi quella maglietta, Will. Riponila con cura nel tuo armadio.»

Afferrò il braccio di Jaeger con forza sorprendente. «Ruth e Luke torneranno a casa.»

24

Peter Miles – o Pieter Friedman – era davanti a loro nell'ex bunker di comando sovietico del complesso di Falkenhagen, un'ambientazione piuttosto insolita per il briefing che li attendeva.

Il bunker era enorme e scavato sottoterra per molti metri: per raggiungerlo, Jaeger dovette scendere sei rampe di scale strette. Aveva un soffitto alto, a volta, intersecato da una struttura a traliccio di massicce travi d'acciaio, che lo rendeva simile al nido di un gigantesco uccello robotico incassato nelle viscere della terra.

A sinistra e a destra erano imbullonate scale d'acciaio, che a loro volta conducevano a boccaporti scavati nelle pareti. Dove portassero questi pertugi era impossibile dirlo, dal momento che, dalla stanza principale, si dipartiva un labirinto di tunnel, tubature, travi verticali e condotti, più una serie di enormi cilindri di acciaio, forse dove i nazisti producevano le scorte di N-Stoff.

La stanza, spoglia e rimbombante, presentava ben poche comodità. Jaeger e il suo team sedevano su semplici sedie di plastica disposte a semicerchio attorno a uno spartano tavolo in legno. Raff e Dale erano presenti, insieme al resto del team che aveva partecipato alla spedizione in Amazzonia. Jaeger li guardò a uno a uno.

Il più vicino a lui era Lewis Alonzo, un afroamericano ex

125

membro dei Navy SEAL. Durante la spedizione in Amazzonia, Jaeger aveva capito di che pasta fosse fatto: grosso, muscoloso e indistruttibile, era uomo d'azione, ma di certo non raffinato.

A dirla tutta, aveva una mente notevole quanto il fisico. In poche parole, Alonzo mischiava in sé la prestanza di Mike Tyson e l'aspetto e l'intelletto brillante di Will Smith. Era anche genuino, indomito e generoso.

Jaeger si fidava di lui.

Accanto c'era Hiro Kamishi. Dalla figura decisamente più minuta, Kamishi era un ex membro delle forze speciali giapponesi, il Tokushu Sakusen Gun. Una sorta di samurai dei tempi moderni, Kamishi era un soldato di alto livello, un uomo formato secondo il credo del guerriero mistico orientale – il *bushido* –, con cui Jaeger aveva sviluppato una profonda affinità durante il periodo trascorso in Amazzonia.

Il terzo era Joe James, una specie di orso gigantesco e forse il più indimenticabile tra i componenti del team di Jaeger in Amazzonia. Con i capelli lunghi e scompigliati e la barba incolta, sembrava un incrocio fra un senzatetto e un biker degli Hell's Angels.

In realtà, era un ex membro del SAS della Nuova Zelanda, forse il più duro e rinomato della famiglia dello Special Air Service. Uomo del bush e cacciatore, aveva sangue maori nelle vene, il che faceva di lui un compagno di squadra perfetto per Takavesi Raffara.

Avendo partecipato a innumerevoli missioni operative del SAS, James aveva faticato a fare i conti con la perdita di tanti compagni lungo la strada, ma negli anni Jaeger aveva imparato a non fermarsi alle apparenze. James in quanto a senso pratico non aveva rivali e, altrettanto importante, aveva una mentalità creativa impareggiabile.

Jaeger aveva un profondo rispetto per le sue doti da operativo.

Poi c'era Irina Narov, certo, con la quale Jaeger a stento aveva scambiato due parole da quando era stato sottoposto ai quei brutali test.

Nelle ventiquattr'ore che erano trascorse, Jaeger aveva largamente fatto pace con l'accaduto, prendendo la cosa per quel che era: un classico caso di addestramento alla resistenza agli interrogatori, quello che nell'ambiente si chiamava "R2I".

Al termine di una difficilissima selezione, ogni aspirante membro del SAS era sottoposto all'R2I, che si componeva di tutto quello che Jaeger aveva patito nel bunker: shock, sorpresa, disorientamento e terribili giochi mentali.

Durante i giorni di test fisici e psicologici, i candidati venivano attentamente esaminati per valutare qualunque cosa potesse tradire la propensione a crollare o a vendere i compagni. Se avessero risposto a una qualunque delle domande che gli venivano poste, se avessero dato risposte che avrebbero tradito la missione, venivano espulsi dalla selezione.

Ecco perché i candidati ricorrevano come a un mantra a un'unica risposta che fungesse da ancora di salvezza: "Non posso rispondere a questa domanda, signore".

Lì a Falkenhagen, era successo tutto all'improvviso e tutto si era svolto in maniera così implacabile, che a Jaeger non era venuto in mente che si potesse trattare di una malvagia simulazione. E, con Narov che aveva recitato la sua parte alla perfezione, si era convinto di essere stato vittima del peggiore dei tradimenti.

Era stato ingannato, picchiato e portato al limite, ma era vivo, ed era un passo più vicino alla meta: trovare Ruth e Luke. E, al momento, quella era la sola cosa che contava.

«Signori, Irina, grazie per essere qui.» Le parole di Peter Miles riscossero Jaeger dai suoi pensieri e lo riportarono nel presente. L'anziano passò in rassegna con lo sguardo l'edificio di cemento e acciaio. «Il motivo per cui siamo qui è in gran parte radicato in questo luogo. Nella sua storia terribile. Nelle sue pareti oscure.»

Spostò l'attenzione sugli astanti. Lo sguardo di quell'uomo aveva un'intensità che Jaeger non aveva mai visto, un'intensità che pretendeva attenzione.

«Germania, primavera del 1945» esordì. «La madrepatria era stata occupata dagli Alleati e la resistenza dei tedeschi stava crollando in fretta. Molti importanti gerarchi nazisti erano già in mano alleata.

«I comandanti furono portati in un centro per gli interrogatori vicino a Francoforte, nome in codice Dustbin, pattumiera. Lì, cercarono di negare del tutto che il Reich avesse mai posseduto armi di uccisione di massa, o che avesse pianificato di usarle per vincere la guerra. Alla fine, però, uno dei prigionieri crollò e fece quella che sulle prime sembrò una serie di incredibili rivelazioni.

«Sottoposto a un intenso interrogatorio, rivelò che i nazisti avevano sviluppato tre terribili agenti chimici: i gas nervini Tabun e Sarin, e la leggendaria *Kampfstoffe* – un'arma chimica – chiamata N-Stoff, o sostanza-N. Nella confessione, spiegò anche fin nei minimi dettagli il Chemieplan di Hitler, il progetto di produrre migliaia di tonnellate di agenti chimici per annientare gli Alleati. L'aspetto straordinario è che questo piano ci era del tutto ignoto, quindi non avevamo alcuna difesa per contrastarlo.

«Come avrebbero potuto metterlo in atto? Anzitutto, come avrete notato, il complesso di Falkenhagen si trova molti metri sottoterra e, dal cielo, è pressoché invisibile. Era in posti come questo che gli agenti chimici più letali venivano prodotti. In secondo luogo, Hitler appaltò il programma di armi chimiche a un'industria privata, il grande complesso industriale della I.G. Farben, diretto da un certo Otto Ambros.»

Miles premette un bottone sul portatile e un'immagine venne proiettata sulla parete del bunker di comando. La foto mostrava un uomo di mezza età, con capelli biondi spettinati e occhi astuti, stranamente ridenti. In quello sguardo c'era un inconfondibile senso di scaltrezza.

«Ambros» annunciò Miles. «La mente che ha pensato la costruzione di queste fabbriche di morte. Un compito impossibile, se i nazisti non avessero avuto a disposizione una quantità apparentemente illimitata di schiavi. Gli impianti sotterranei come Falkenhagen furono costruiti dai milioni di anime infelici inviate ai campi di concentramento nazisti. Inoltre, alle pericolose catene di produzione lavoravano i prigionieri dei campi di concentramento, che erano comunque destinati alla morte.»

Miles lasciò aleggiare queste parole nell'aria, con tutta la loro portata. Jaeger si spostò, a disagio, sulla sedia.

Sentiva come se una strana e spettrale presenza fosse entrata nella stanza e, con dita di ghiaccio, gli avesse afferrato il cuore in tumulto.

25

«Gli Alleati trovarono massicce scorte di agenti chimici pronti per essere usati come armi» continuò Miles, «anche qui, a Falkenhagen. Si parlò persino di un'arma V a lunga gittata – il V-4, un successore del razzo V-2 –, che sarebbe stata in grado di sganciare gas nervini su Washington e New York. «La sensazione generale era che avessimo vinto la guerra per il rotto della cuffia. Per alcuni la cosa importante adesso era impadronirsi dell'esperienza degli scienziati nazisti in preparazione alla prossima guerra contro i russi, la guerra fredda. La maggior parte degli scienziati nazisti esperti di armi V venne mandata negli Stati Uniti a progettare missili per combattere la minaccia sovietica.

«A quel punto, però, i russi calarono l'asso. Nel pieno del processo di Norimberga, chiamarono un testimone a sorpresa: il generale di brigata Walter Schreiber, del corpo medico della Wehrmacht. Schreiber affermò che uno sconosciuto medico delle SS di nome Kurt Blome aveva condotto un progetto nazista più che segreto, il cui obiettivo era la guerra batteriologica.»

Gli occhi di Miles divennero due fessure. «Adesso, come tutti sapete, quelle batteriologiche sono le armi di distruzione di massa per eccellenza. Una bomba nucleare sganciata su New York potrebbe uccidere l'intera popolazione della città. Una testata caricata a Sarin potrebbe fare altrettanto. Però, sarebbe sufficiente un unico missile che porti la peste bubbonica per sterminare l'intera popolazione americana, per il semplice fatto che il batterio è autoreplicante. Una volta trasmesso, cresce nell'ospite umano e si diffonde, uccidendo tutti.»

«Il progetto di guerra batteriologica di Hitler aveva il nome in codice Blitzableiter, parafulmine, ed era mascherato da programma di ricerca sul cancro, per nascondere il suo vero obiettivo agli Alleati. Gli agenti chimici sviluppati in questo modo dovevano essere usati dietro ordine diretto del Führer, per ottenere la vittoria finale. Tuttavia, la rivelazione forse più sconvolgente di Schreiber fu che alla fine della guerra Kurt Blome venne reclutato dagli americani per ricreare il programma di guerra batteriologica, ma questa volta al soldo dell'Occidente.

«Durante la guerra, Blome aveva sviluppato una serie spaventosa di agenti chimici: peste, tifo, colera, antrace e altri. Aveva lavorato a stretto contatto con l'Unità 731 giapponese, che aveva ucciso mezzo milione di cinesi proprio con gli agenti chimici.»

«L'Unità 731 è una pagina oscura della nostra storia» intervenne una voce pacata. Era Hiro Kamishi, il componente giapponese del team di Jaeger. «Il nostro governo non si è mai scusato davvero. Sono stati i singoli individui a dover fare pace con le vittime.»

Per come Jaeger conosceva Kamishi, sarebbe stato del tutto nella sua natura mettersi in contatto con i familiari delle vittime dell'Unità 731 e chiedere perdono.

«Blome era il gran maestro indiscusso della guerra batteriologica.» Miles guardò gli astanti con occhi lucidi. «Ma c'erano cose che non avrebbe *mai* rivelato, nemmeno agli americani. Le armi del progetto Blitzableiter non furono usate contro gli Alleati per una semplice ragione: i nazisti stavano perfezionando un superagente chimico, che avrebbe davvero conquistato il mondo. Hitler aveva ordinato che venisse preparato, ma la velocità dell'avanzata degli Alleati aveva colto tutti di sorpresa. Blome e i suoi furono sconfitti, ma solo dal tempo.»

Miles guardò la persona che ascoltava seduta in silenzio, le mani strette su un sottile bastone da passeggio. «Adesso vorrei lasciare la parola a qualcuno che c'era di persona. Nel 1945 aveva solo diciott'anni. Joe Jaeger può raccontare meglio di tutti questo terribile evento storico.»

Mentre Miles aiutava lo zio Joe ad alzarsi, Jaeger sentì il cuore in tumulto. Nel profondo dell'anima, sapeva che il destino lo aveva portato a questo momento. Doveva salvare sua moglie e suo figlio ma, stando a quanto aveva appena sentito, adesso non erano in gioco solo le loro vite.

Lo zio Joe si fece avanti, appoggiandosi pesantemente al bastone. «Vi devo chiedere di portare pazienza, perché scommetto di avere il triplo dell'età di molti di voi.» Si guardò attorno pensieroso. «Da dove comincio? Penso sia meglio iniziare dall'Operazione Loyton.»

Posò lo sguardo su Jaeger. «Per gran parte della guerra ho prestato servizio nel SAS con il nonno di questo giovanotto. Forse è scontato, ma quell'uomo, Ted Jaeger, era mio fratello. Alla fine del 1944 venimmo entrambi inviati nel Nordest della Francia, per una missione chiamata Loyton. Il suo obiettivo era semplice: Hitler aveva ordinato alle sue armate di opporre un'ultima resistenza per fermare l'avanzata alleata. Il nostro compito era vanificare quel tentativo.

«Ci lanciammo con il paracadute e provocammo un bel po' di caos dietro le linee nemiche, facendo saltare ferrovie e uccidendo gli alti ufficiali nazisti. Questo, però, provocò la ritorsione del nemico, che ci diede la caccia senza pietà. Alla fine della missione, trentuno dei nostri erano stati catturati. Noi eravamo determinati a scoprire cosa ne fosse stato di loro. Purtroppo, il SAS venne smantellato poco dopo la guerra. Pensavano non servissimo più. Be', noi la vedevamo in modo diverso e, non per la prima volta, disobbedimmo agli ordini.

«Organizzammo un'unità clandestina, incaricata di cercare i nostri uomini. Non impiegammo molto a scoprire che erano stati torturati e uccisi barbaramente dai loro carcerieri nazisti. Quindi, ci mettemmo alla caccia degli assassini.

Chiamammo la nostra squadra con un nome altisonante: il SAS War Crimes Investigation Team, il team del SAS per le indagini sui crimini di guerra. Informalmente, ci chiamavamo i Secret Hunters, i cacciatori segreti.»

Joe Jaeger sorrise malinconico. «È straordinario cosa si possa ottenere con un piccolo bluff. Siccome agivamo allo scoperto, tutti pensavano che fossimo un'organizzazione legittima, ma non era così. La verità è che eravamo una squadra non autorizzata e illegale, che faceva ciò che pensavamo fosse giusto, e al diavolo le conseguenze. Erano tempi così. Erano tempi fantastici.»

Il vecchio sembrava sopraffatto dall'emozione, ma si costrinse a proseguire. «Negli anni successivi, scovammo gli assassini nazisti a uno a uno e, così facendo, scoprimmo che diversi dei nostri uomini erano finiti in un luogo di orrore puro, un campo di concentramento nazista chiamato Natzweiler.»

Per un attimo, gli occhi di zio Joe cercarono Irina Narov. Jaeger sapeva già che i due condividevano un legame speciale, era una delle tante cose sulle quali si era prefissato di chiedere spiegazioni alla donna.

«A Natzweiler c'era una camera a gas» continuò lo zio Joe. «Il suo scopo principale era testare le armi naziste su cavie umane, cioè i prigionieri del campo. Un medico delle SS supervisionava questi test. Si chiamava August Hirt, decidemmo che dovevamo parlare con lui.

«Hirt era scomparso, ma non era facile nascondersi dai Secret Hunters. Scoprimmo che anche lui stava lavorando in segreto per gli americani. Durante la guerra, aveva testato il gas nervino su donne e bambini innocenti. Tortura, brutalità e morte erano i suoi marchi di fabbrica. Ma gli americani erano più che disposti a proteggerlo, e noi sapevamo che non avrebbero mai permesso che finisse davanti alla corte. A quel punto prendemmo una decisione esecutiva: Hirt doveva morire. Quando però lui si rese conto delle nostre intenzioni, offrì un accordo: il più grande segreto dei nazisti in cambio della sua vita.»

Il vecchio si strinse nelle spalle. «Hirt ci svelò il piano dei nazisti per la Weltplagverwustung, la devastazione del mondo per mezzo di una malattia. Affermò che l'avrebbero ottenuta usando un batterio sconosciuto. Nessuno sembrava conoscerne la provenienza, ma era letale oltre misura. Quando Hirt l'aveva testato a Natzweiler, aveva dimostrato un tasso di mortalità del 99,999 per cento. Nessun essere umano sembrava possedere una resistenza naturale a questo virus. Era come se non fosse di questo pianeta, o quantomeno non del nostro tempo.

«Prima che lo uccidessimo – perché, credetemi, per nulla al mondo l'avremmo lasciato in vita – Hirt ci confessò il nome di questo germe, un nome datogli da Hitler in persona.»

Lo sguardo ardente di zio Joe si fermò su Jaeger. «Si chiamava *Gottvirus*, il virus di Dio.»

26

Lo zio Joe chiese un bicchiere d'acqua e Peter Miles glielo porse. Nessun altro si mosse: tutti, nel bunker, erano avvinti da quella storia.

«Riferimmo la nostra scoperta agli alti livelli della catena di comando, ma riscuotemmo scarso interesse. Cosa avevamo? Avevamo un nome – *Gottvirus* – ma poco altro...» Lo zio Joe alzò e abbassò le spalle con aria rassegnata. «Il mondo era in pace. L'opinione pubblica era stanca della guerra. Pian piano, tutta questa storia cadde nell'oblio. Per vent'anni nessuno se ne ricordò. E poi... Marburg.»

Lasciò vagare lo sguardo, perso in ricordi lontani. «Nella Germania centrale c'è una bella cittadina, Marburg. Nella primavera del 1967, si verificò un'epidemia nel laboratorio Behringwerke. Trentun tecnici vennero infettati, sette morirono. In qualche modo, si era manifestato un nuovo e ignoto agente patogeno. Venne chiamato virus di Marburg, o *Filoviridae*, perché aveva la forma di un filamento. La comunità scientifica non aveva mai visto niente di simile.»

Lo zio Joe vuotò il bicchiere. «Apparentemente, una spedizione di scimmie dall'Africa aveva diffuso il virus nel laboratorio. Quella, almeno, era la versione ufficiale. Squadre di cacciatori di virus vennero mandate in Africa affinché risalissero alla fonte del virus: dovevano trovare il suo habitat, la sua origine in natura. Non ci riuscirono. Non solo, ma non riuscirono nemmeno a trovare il suo organismo-ospite naturale, cioè l'animale che ne era il portatore. In poche parole, non c'era traccia di quel virus nella foresta pluviale africana da dove erano arrivate le scimmie.

«Ora, le scimmie vengono ampiamente usate negli esperimenti di laboratorio» continuò. «Vengono usate per sperimentare nuovi farmaci e questo genere di cose, ma sono utilizzate anche per testare le armi biologiche e chimiche, per la semplice ragione che se un agente chimico è in grado di uccidere una scimmia, molto probabilmente ucciderà anche un essere umano.»

Lo zio Joe cercò di nuovo lo sguardo di Jaeger. «Tuo nonno, il generale di brigata Ted Jaeger, iniziò a indagare. Come per molti di noi, il lavoro dei Secret Hunters era continuo. Ne emerse un quadro agghiacciante. Scoprimmo che, durante la guerra, il laboratorio della Behringwerke era un impianto della I.G. Farben, quindi faceva parte dell'impero di sterminio di massa di Otto Ambros. Non solo, ma nel 1967 lo scienziato a capo del laboratorio altri non era che Kurt Blome, il gran maestro della guerra batteriologica di Hitler.»

Lo zio Joe guardò gli astanti con occhi ardenti. «All'inizio degli anni Sessanta, Blome era stato contattato da un uomo che avevamo per lungo tempo creduto morto: l'ex generale delle SS Hans Kammler. Kammler era stato uno degli uomini più potenti del Reich, e uno dei più stretti confidenti di Hitler. Alla fine della guerra, però, sembrava scomparso dalla faccia della terra. Per anni Ted Jaeger gli diede la caccia e, alla fine, scoprì che Kammler era stato reclutato in un'organizzazione sponsorizzata dalla CIA con lo scopo di spiare i russi.

«Per via della sua notorietà, la CIA fece operare Kammler sotto diversi pseudonimi, fra cui Harold Krauthammer, Hal Kramer e Horace Konig. Negli anni Sessanta era arrivato ad avere un ruolo molto importante alla CIA e reclutò Blome per lavorare al suo progetto segreto.»

Lo zio Joe fece una pausa, mentre un'ombra gli passava sui tratti induriti del viso. «Con mezzi... poco ortodossi, riuscimmo a irrompere nell'appartamento di Marburg di Kurt Blome e trovammo i suoi documenti privati. Il suo diario rivelò una storia pazzesca, una storia che sarebbe stata incredibile in qualunque altro contesto. A quel punto, le cose cominciarono ad assumere significato. Un significato orribile e agghiacciante.

«Nell'estate del 1943, Hitler aveva ordinato a Blome di concentrarsi su un unico agente batteriologico. Quel batterio aveva già ucciso: due uomini, due tenenti delle SS, erano morti dopo esservi stati esposti. I due morirono in modo orribile: i loro corpi avevano iniziato a collassare dall'interno. I loro organi – fegato, reni, polmoni – si erano disintegrati, andando in putrefazione mentre loro erano ancora vivi. Le vittime erano morte rigettando fiotti di sangue denso e scuro – i resti dei loro organi liquefatti – e con espressioni spettrali che li facevano somigliare a zombie. Quando la morte li colse, avevano il cervello ormai ridotto in poltiglia.»

Il vecchio alzò lo sguardo sui presenti. «Potreste chiedervi cosa stessero facendo i due tenenti delle SS con quel batterio. Entrambi avevano prestato servizio in un'unità che si occupava di storia antica. Come ricorderete, secondo l'ideologia deviata di Hitler, i "veri tedeschi" erano una mitica razza del Nord, ariani alti, biondi e con gli occhi azzurri. Il che, naturalmente, è quantomeno bizzarro, se si considera che Hitler stesso era basso, moro e con gli occhi scuri.»

Lo zio Joe scosse la testa contrariato. «Quei due tenenti delle SS – archeologi dilettanti e cacciatori di leggende – avevano avuto il compito di "dimostrare" che la cosiddetta razza ariana governava la terra da tempo immemorabile. Inutile dire che si trattava di una missione impossibile, ma nel tentare di portarla avanti si erano imbattuti nel *Gottvirus*.

«A Blome venne ordinato di isolare questo misterioso agente patogeno e metterlo in coltura. Lo fece e scoprì che il virus aveva effetti a dir poco devastanti. Era perfetto. Un batterio donato da Dio. Il *Gottvirus* definitivo. Ne scrisse nel suo diario: "Questo agente patogeno non sembra di questo mondo; oppure proviene dai tempi dell'antica preistoria, ben prima che l'uomo moderno vivesse sulla terra".»

Lo zio Joe proseguì. «Prima di liberare il *Gottvirus* occorreva superare due ostacoli. Il primo, i nazisti avevano bisogno di una cura, sotto forma di una vaccinazione che potesse essere prodotta e somministrata in massa alla popolazione tedesca. Il secondo, dovevano modificare il mezzo di trasmissione del virus, dal contatto tramite i fluidi corporei alla trasmissione per via aerea. In altre parole, doveva funzionare come il virus influenzale: uno starnuto e si sarebbe diffuso nella popolazione nel giro di qualche giorno.

«Blome lavorò in modo febbrile. La sua era una corsa contro il tempo. Una corsa che, per nostra fortuna, perse. Il suo laboratorio venne occupato dagli Alleati prima che potesse perfezionare un vaccino o riprogrammare il metodo di trasmissione del virus. Il *Gottvirus* venne definito *Kriegsentscheidend*, la massima classificazione di sicurezza mai assegnata dai nazisti. Alla fine della guerra, il generale delle SS Hans Kammler era deciso a fare in modo che questo rimanesse il più grande segreto del Reich.»

Lo zio Joe si appoggiò al bastone, come un vecchio soldato che arrivava all'epilogo di una lunga storia. «Il racconto finisce qui. Il diario di Blome chiariva che lui e Kammler avevano messo al sicuro il *Gottvirus*, che ripresero a sviluppare alla fine degli anni Sessanta. C'è un'ultima cosa: nel suo diario, Blome scriveva di continuo la stessa frase. *"Jedem das Seine."* La scrisse moltissime volte: *Jedem das Seine...* che significa, "A ciascuno il suo".»

Passò lo sguardo sui presenti. In quegli occhi c'era un'espressione che Jaeger aveva visto di rado: la paura.

27

«Lavoro eccellente, l'operazione di Londra. A quanto ho capito, è rimasto ben poco, e soprattutto nessuna traccia dell'autore.»

Hank Kammler aveva espresso questo commento a una montagna d'uomo che stava seduto sulla panchina accanto a lui. Testa rasata e pizzetto, e minacciose spalle curve, Steve Jones aveva l'aria pericolosa.

Lui e Kammler si trovavano nel parco di West Potomac, a Washington. Attorno a loro, i ciliegi erano in fiore, ma nel viso butterato dell'uomo non c'era traccia di allegria. Più giovane di Kammler – aveva probabilmente la metà dei suoi sessantatré anni – Jones aveva un'espressione di pietra e gli occhi di un morto.

«Londra?» sbuffò Jones. «L'avrei potuto fare a occhi chiusi. Adesso cosa mi attende?»

Per quanto riguardava Kammler, il temibile aspetto di Jones e i suoi istinti omicidi erano utili, ma dubitava ancora di potersi fidare completamente di lui al punto di inserirlo nella propria squadra. Sospettava che Jones fosse il tipo d'uomo che era meglio tenere in gabbia e liberare solo in caso di guerra… o per far saltare in aria uno studio di montaggio di Londra, come gli era stato chiesto nella sua recente missione.

«Sono curioso. Perché lo odi così tanto?»

«Chi?» domandò Jones. «Jaeger?»

«Sì, William Edward Jaeger. Perché quest'odio implacabile?»

Jones si chinò in avanti, appoggiando i gomiti sulle ginocchia. «Perché odiare mi riesce bene. Ecco tutto.»

Kammler sollevò lo sguardo, godendosi il tiepido sole primaverile sulla pelle. «Vorrei comunque sapere perché. Sarebbe utile affinché io possa... fidarmi davvero di te.»

«Mettiamola così» replicò cupo Jones. «Se non mi avesse ordinato di lasciarlo in vita, Jaeger sarebbe già morto. L'avrei ammazzato quando ho rapito sua moglie e suo figlio. Avrebbe dovuto lasciarmi finire il lavoro quando ne ho avuto la possibilità.»

«Forse. Però preferisco torturarlo il più a lungo possibile.» Kammler sorrise. «La vendetta, come si dice, è un piatto che va servito freddo... E avendo in mano la sua famiglia, i mezzi per vendicarmi non mi mancano. Una vendetta lenta, dolorosa e di estrema soddisfazione.»

L'altro fece una risata crudele. «Ha senso.»

«Quindi, per tornare alla mia domanda: perché quest'odio implacabile?»

Jones fissò Kammler. Il suo era lo sguardo di un uomo senz'anima. «Lo vuole sapere davvero?»

«Sì. Sarebbe utile.» Kammler fece una pausa. «Ho perso quasi del tutto la fiducia nei miei... operatori dell'Europa dell'Est. Si stavano occupando di una certa faccenda per conto mio su un'isoletta al largo di Cuba e, qualche settimana fa, Jaeger ha dato loro una grossa batosta. Con altri due operatori è riuscito ad avere la meglio su trenta dei miei. Puoi capire perché non mi fido più di loro, perché preferirei usare te.»

«Dilettanti.»

Kammler annuì. «Sono arrivato alla stessa conclusione. Tornando a noi, perché odi Jaeger così tanto?»

Lo sguardo dell'uomo si fece pensieroso. «Qualche anno fa, stavo facendo la selezione per il SAS. C'era anche un ufficiale che rispondeva al nome di capitano William Jaeger dei Royal Marines. Un giorno mi vide prendere alcuni integratori e ritenne suo diritto imporre la sua morale deviata sugli affari miei.

«Stavo andando alla grande. Nessuno aveva risultati paragonabili. Poi arrivò la prova finale. Sessantaquattro chilometri in alta montagna, zuppi di pioggia. Al penultimo posto di controllo, lo staff dirigente mi fermò. Mi fecero spogliare e mi perquisirono. Fu lì che capii che Jaeger mi aveva denunciato.»

«Non mi sembra abbastanza per odiare qualcuno per tutta la vita» commentò Kammler. «Che genere di integratori stavi prendendo?»

«Prendevo delle pillole, di quelle che usano gli atleti per migliorare la velocità e la resistenza. Il SAS afferma di incoraggiare il pensiero laterale, di apprezzare le idee fuori dagli schemi e creative. Tutte cazzate. Se quello non era pensiero laterale, mi chiedo cosa lo sia. Non si sono limitati a buttarmi fuori dalla selezione: hanno fatto rapporto anche alla mia unità, e mi hanno espulso per sempre dall'esercito.»

Kammler chinò la testa. «Ti hanno beccato a usare sostanze dopanti? Ed è stato Jaeger a denunciarti?»

«Puoi starne certo. È un serpente, quello.» Jones tacque. «Hai mai provato a trovarti un lavoro quando il tuo curriculum dice che sei stato cacciato dall'esercito per uso di droghe? Ti dico una cosa: io odio i serpenti, e Jaeger è l'esemplare più infido e velenoso.»

«Allora è un bene che ci siamo incontrati.» Kammler passò lo sguardo sulle file di ciliegi. «Signor Jones, penso di avere un lavoro per te. In Africa. Ho bisogno che ti occupi di un affare che ho laggiù.»

«In Africa dove? Odio quel posto.»

«Possiedo una riserva di caccia in Africa orientale. La caccia grossa è la mia passione. Gli abitanti del posto stanno macellando le mie prede a una velocità sconcertante. Gli elefanti, in particolare, per via dell'avorio. E anche i rinoceronti. Al grammo, il corno di rinoceronte oggi vale più dell'oro. Ho bisogno di qualcuno che vada laggiù e tenga d'occhio la situazione.»

«Tenere d'occhio non è la mia specialità» replicò Jones, girando le enormi mani nodose e serrandole in pugni grossi come palle di cannone. «Sono più abituato a usare queste. O, ancor meglio, una lama, esplosivi al plastico e una Glock. Uccidi per vivere, vivi per uccidere.»

«Sono certo che, dove andrai, ce ne sarà più che bisogno. Mi servono una spia, un operativo e, molto probabilmente, un assassino. E il tutto in una persona sola. Quindi, cosa rispondi?»

«In tal caso – e se il compenso è adeguato – conti pure su di me.»

Kammler si alzò. Non offrì a Jones la mano. Quell'uomo non gli piaceva: da quando suo padre gli aveva raccontato le gesta degli inglesi in guerra, era restio a fidarsi di uno di loro. Hitler avrebbe voluto la Gran Bretagna al fianco della Germania negli anni del conflitto, per stringere un patto una volta che la Francia fosse caduta e unirsi contro il nemico comune: la Russia e il comunismo. Ma gli inglesi, cocciuti e ostinati fino alla fine, avevano rifiutato.

Sotto la guida miope e testarda di Churchill, avevano rifiutato di vederne l'opportunità, non avevano voluto capire che – presto o tardi – la Russia sarebbe diventata il nemico del libero pensiero. Se non fosse stato per gli inglesi – e i loro parenti scozzesi e gallesi – il Reich di Hitler avrebbe trionfato e il resto sarebbe stato storia.

Invece, a sette decenni di distanza, il mondo era pieno di deviati e rinnegati: socialisti, omosessuali, ebrei, disabili, musulmani e diversi di ogni tipo. Kammler detestava tutto questo. Odiava queste persone dalla prima all'ultima. Eppure, in qualche modo, questi *Untermenschen* – i subumani – si erano fatti strada nelle più alte sfere della società.

Adesso stava a Kammler – e a pochi eletti come lui – porre fine a questa stortura.

No, Hank Kammler era riluttante a fidarsi di un inglese, ma se poteva usare Jones, allora l'avrebbe fatto, e in quel momento decise di allettarlo ancor di più.

«Se va tutto come deve andare, potresti vendicarti definitivamente di Jaeger. Magari potresti placare la tua sete di vendetta.»

Per la prima volta da quando avevano iniziato a parlare, Steve Jones sorrise, anche se i suoi occhi restarono di ghiaccio. «In questo caso, sono il suo uomo. Conti su di me.»

Kammler si alzò per andarsene, ma Jones sollevò una mano per fermarlo.

«Una domanda. Perché lei lo odia, invece?»

Kammler aggrottò le sopracciglia. «Nella mia posizione, sono io quello che fa le domande, signor Jones.»

Jones non era tipo da farsi intimidire. «Io le ho detto le mie ragioni. Penso di avere diritto di conoscere le sue.»

Kammler fece un debole sorriso. «Se proprio vuoi saperlo, odio Jaeger perché suo nonno ha ucciso mio padre.»

28

Avevano interrotto il briefing di Falkenhagen per mangiare e riposare, ma Jaeger non era mai stato un dormiglione e avrebbe potuto contare sulle dita di una mano il numero di notti in cui, negli ultimi sei anni, aveva dormito sette ore di seguito.

In quelle circostanze dormire si era rivelato ancor più difficile, dato che aveva la testa piena di tutte le informazioni che lo zio Joe aveva fornito loro.

Il gruppo si riunì nuovamente nel bunker, e Peter Miles riprese il filo del discorso. «Oggi siamo convinti che l'epidemia del 1967 a Marburg sia stata frutto del tentativo di Blome di testare il *Gottvirus* sulle scimmie. Pensiamo che fosse riuscito a modificare il mezzo di trasmissione del virus, che a quel punto passava da un individuo all'altro per via aerea – motivo per cui gli addetti del laboratorio furono infettati –, ma facendo ciò ne aveva ampiamente ridotto la potenza.

«Tenemmo Blome sotto stretta sorveglianza» continuò Miles. «Aveva diversi collaboratori, ex nazisti che avevano lavorato per lui ai tempi del Führer, ma dopo l'incidente di Marburg la loro copertura era a rischio e avevano bisogno di una località remota dove miscelare i loro cocktail di morte, un luogo dove non sarebbero mai stati trovati.

«Per un decennio perdemmo le loro tracce.» Miles fece

una pausa. «Poi, nel 1976, il mondo dovette fare i conti con un nuovo orrore: il virus Ebola, che non aveva niente da invidiare al *Filoviridae*. Come nel caso di Marburg, si disse che l'agente patogeno era stato portato dalle scimmie e in qualche modo aveva fatto il salto di specie, arrivando all'uomo. Come per i fatti di Marburg, scoppiò in Africa centrale, vicino al fiume Ebola, da cui prese il nome.»

Gli occhi di Miles cercarono Jaeger e si fissarono su di lui. «Per essere sicuri della potenza di un agente patogeno, occorre testarlo sugli esseri umani. Noi non siamo identici ai primati, e un batterio in grado di uccidere una scimmia potrebbe non avere effetti sulle persone. Riteniamo che il virus Ebola sia stato deliberatamente diffuso da Blome per fare un test *in vivo* sugli esseri umani. Il virus dimostrò di avere una mortalità del 90 per cento: in altre parole, nove persone infettate su dieci morirono. Era di certo un virus mortale, ma non era ancora il *Gottvirus* originale. Ovviamente, Blome e i suoi si stavano avvicinando all'obiettivo. Immaginammo che stessero lavorando da qualche parte in Africa, ma il continente è vasto e ha ampie zone selvagge e inesplorate.»

Miles allargò le braccia. «Ed è qui che la traccia si perde.»

«Perché non lo avete chiesto a Kammler?» intervenne Jaeger. «Potevate trascinarlo in un posto come questo e scoprire cosa sapeva.»

«Non lo facemmo per due ragioni. La prima è che aveva raggiunto una posizione di reale potere all'interno della CIA, proprio come era accaduto a molti ex nazisti in ambito militare e nell'intelligence. La seconda ragione è che tuo nonno non ebbe scelta e dovette ucciderlo. Kammler aveva scoperto che si stava interessando al *Gottvirus*. La caccia era aperta e si sarebbe combattuta fino alla morte. Sono lieto di poter dire che Kammler perse.»

«Quindi è questo il motivo per il quale davano la caccia a mio nonno?» incalzò Jaeger.

«Proprio così» confermò Miles. «Il verdetto ufficiale fu suicidio, ma noi abbiamo sempre creduto che il generale Ted Jaeger sia stato ucciso dai fedelissimi di Kammler.»

Jaeger annuì. «Non si sarebbe mai tolto la vita. Aveva troppi motivi per vivere.»

Quando Jaeger era ancora un ragazzo, suo nonno era stato trovato morto nella sua macchina, con un tubo che entrava dal finestrino. La versione ufficiale era stata: suicidio con i gas di scarico causato dai traumi sofferti in guerra, ma pochi in famiglia ci avevano creduto.

«Quando tutto sembra perduto, spesso è utile seguire i soldi» continuò Miles. «Iniziammo quindi a battere quella pista, e una traccia ci portò in Africa. Oltre al nazismo, l'ex generale delle SS Kammler affermava di avere un'altra grande passione nella vita: la conservazione della fauna. A un certo punto aveva comprato un'enorme riserva di caccia, usando quelli che crediamo fossero soldi depredati dai nazisti durante la guerra.

«Dopo che tuo nonno uccise il generale Kammler, suo figlio Hank ereditò quella riserva. Temendo che portasse avanti lì il lavoro del padre, lo sorvegliammo per anni, monitorando la riserva per scovare segni della presenza di un laboratorio segreto. Non trovammo nulla. Niente di niente.»

Miles guardò i presenti e si fermò su Irina Narov. «E poi venimmo a sapere dell'aereo della Seconda guerra mondiale ritrovato in Amazzonia. Appena scoprimmo di che aereo si trattava, capimmo che doveva essere stato uno dei voli dell'operazione nazista Safe Haven, rifugio sicuro. Ecco perché Miss Narov si è unita al team per la spedizione in Amazzonia, nella speranza che quell'aereo militare rivelasse qualcosa, un indizio che ci portasse al *Gottvirus*.

«In effetti trovammo degli indizi, ma – soprattutto – la vostra ricerca indusse il nemico a uscire allo scoperto, costringendolo a rivelare le proprie intenzioni. Sospettiamo che le forze che vi hanno dato – e vi danno – la caccia siano al soldo di Hank Kammler, il figlio del generale delle SS e attualmente vicedirettore della CIA. Temiamo inoltre che abbia ereditato la missione del padre: riportare in vita il *Gottvirus*.»

Miles fece una pausa. «Questo è ciò che sapevamo fino a

146

qualche settimana fa. Poi voi avete salvato Leticia Santos, che era prigioniera degli uomini di Kammler, e avete recuperato i computer dei suoi carcerieri.»

Click. Flash. Miles proiettò un'immagine sulla parete del bunker.

Kammler H.
BV222
Katavi
Choma Malaika

«Le parole chiave trovate nelle email della banda di rapitori cubani» continuò. «Abbiamo analizzato le comunicazioni e crediamo che si tratti di scambi di messaggi fra il capo della banda – Vladimir – e Hank Kammler in persona.»

Miles fece un gesto con la mano in direzione dell'immagine. «Iniziamo dalla terza parola nella lista. Fra i documenti che avete scoperto nell'aereo in Amazzonia, ce n'era uno che indicava che un volo nazista aveva fatto rotta verso un posto chiamato Katavi. La riserva di caccia di Kammler si trova al confine occidentale dello Stato africano della Tanzania, vicino a un certo lago Katavi.»

«Ora, perché un volo dell'operazione Safe Haven di epoca nazista avrebbe dovuto essere mandato su quello specchio d'acqua? Vediamo la seconda voce dell'elenco: BV222. Durante la guerra, i nazisti avevano un centro di ricerca segreto a Travemunde, sulla costa tedesca, dove progettavano idrovolanti. Fu lì che svilupparono il Blohm & Voss BV222, il più grande idrovolante mai usato in guerra.»

«Questo è ciò che crediamo sia accaduto. Alla fine della guerra, la Tanzania era una colonia britannica. Kammler promise agli inglesi una serie di segreti nazisti in cambio della loro protezione e loro diedero il via libera a un volo verso il rifugio sicuro definitivo – il lago Katavi – usando un BV222. Il generale delle SS Hans Kammler era su quel volo. A bordo c'era anche il prezioso virus – congelato o in una qualche forma essiccata – anche se si trattava di un segreto che non avrebbe mai rivelato agli Alleati.

«Quando gli inglesi abbandonarono la colonia in Africa orientale, Kammler perse i suoi protettori, quindi decise di acquistare un ampio appezzamento di terra attorno al lago Katavi per organizzare il proprio laboratorio e sviluppare il *Gottvirus* in totale segreto.

«Ovviamente non abbiamo prove del fatto che questo laboratorio esista» continuò Miles. «Se c'è, ha una copertura perfetta. Hans Kammler gestisce una riserva di caccia assolutamente legale. C'è tutto il necessario: guardiacaccia, un team di conservazionisti professionali, un resort di lusso e una pista di decollo per i clienti. Ma è l'ultima voce della lista che offre un indizio finale.

«*Choma Malaika* è swahili, la lingua dell'Africa orientale. Significa *Burning Angels*, angeli in fiamme. Nel territorio della riserva di caccia di Kammler c'è il cosiddetto Burning Angels Peak, nella catena delle Mbizi Mountains, a sud del lago Katavi. Le Mbizi Mountains sono coperte da una fitta foresta e quasi del tutto inesplorate.»

Miles proiettò un'altra immagine, questa volta di un monte dal profilo frastagliato che svettava sulla savana. «Ovviamente, la presenza di queste parole-chiave nello scambio di email e l'esistenza di una montagna con lo stesso nome potrebbe essere solo una bizzarra coincidenza. Ma tuo nonno mi ha insegnato a non credere alle coincidenze.»

Puntò un dito sull'immagine. «Se Kammler ha un laboratorio per la produzione di armi batteriologiche, riteniamo sia nascosto nelle viscere di Burning Angels.»

29

Peter Miles terminò il briefing invitando tutti alla discussione, grazie alla vasta esperienza di cose militari dei presenti. «Faccio una domanda stupida» iniziò Lewis Alonzo, «qual è la cosa peggiore che può succedere?» Miles lo guardò con aria interrogativa. «Lo scenario apocalittico? Vuoi sapere se abbiamo a che fare con un pazzo?» Alonzo fece uno smagliante sorriso. «Sì, un vero fuori di testa. Un matto completo. Non fare giri di parole, spiegaci.» «Temiamo di essere in presenza di un batterio davanti al quale nessuno di noi sopravvivrebbe» rispose Miles con tono cupo. «Ma questo avverrebbe solo se Kammler e i suoi sono riusciti a renderlo utilizzabile come arma. Questo sarebbe uno scenario da incubo: una diffusione del virus a livello mondiale, con focolai simultanei che impediscano ai governi di sviluppare una cura. Sarebbe una pandemia con un tasso di mortalità senza precedenti. Un evento che cambierebbe il mondo, che ne rappresenterebbe la fine.»

Fece una pausa, lasciando che l'agghiacciante portata delle sue parole aleggiasse nella stanza. «Le intenzioni di Kammler e dei suoi, però, restano oscure. È ovvio che un agente chimico come quello avrebbe un valore inestimabile. Lo venderebbero al miglior offerente? Oppure opterebbero per il ricatto ai leader mondiali? Non lo sappiamo.»

«Un paio d'anni fa abbiamo simulato qualche possibile

scenario» commentò Alonzo. «Parteciparono gli alti papaveri dell'intelligence americana e ci elencarono le tre principali minacce alla sicurezza mondiale. La prima in assoluto era che un gruppo terroristico entrasse in possesso di un'arma di distruzione di massa. Questo potrebbe accadere in tre modi: acquisto di un dispositivo nucleare da uno Stato-canaglia, con buone probabilità un paese dell'ex blocco sovietico andato in rovina; intercettare un'arma chimica durante il trasporto da un paese all'altro, come per esempio il Sarin portato via dalla Siria per lo smaltimento; infine, dotarsi della tecnologia necessaria a costruire armi chimiche o nucleari.»

Guardò Peter Miles. «Questi tizi sapevano il fatto loro e nessuno ha mai menzionato l'eventualità che un pazzo figlio di puttana vendesse al miglior offerente un'arma batteriologica pronta.»

Miles annuì. «E avevano ragione. Il vero problema è diffonderla. Presumendo che abbiano perfezionato una versione trasmissibile per via aerea, è piuttosto facile salire a bordo di un aereo e agitare un fazzoletto sul quale è stata sparsa abbondante polvere di virus essiccato. E, ricordate, cento milioni di virus cristallizzati – una quantità pari alla popolazione di Inghilterra e Spagna messe insieme – sono talmente minuscoli che potrebbero stare sulla capocchia di uno spillo. «Una volta che il nostro uomo togliesse il fazzoletto dalla tasca, ci penserebbe il sistema di ricircolo dell'aria dell'aereo a fare il resto. Entro la fine del volo – mettiamo che sia un Airbus A380 – hai circa cinquecento persone infettate, e il bello è che nessuno se ne accorgerebbe. Qualche ora più tardi, i passeggeri sbarcano a Heathrow. Grande aeroporto, affollato di persone. Salgono a bordo di autobus, treni o metropolitane, e diffondono il virus con il solo respiro. Alcuni di loro sono in transito per New York, Rio, Mosca, Tokyo, Sydney o Berlino. Nei giro di quarantott'ore, il virus si è diffuso in tutte le città, le nazioni e i continenti... Ecco a lei, mister Alonzo, l'apocalisse.»

«Quanto dura il periodo di incubazione? Quanto ci mette la gente a capire che qualcosa non va?»

«Non lo sappiamo, ma se è simile a Ebola, si tratta di ventun giorni.»

Alonzo fischiò. «Un bel casino. Impossibile progettare qualcosa di peggio.»

«Proprio così.» Peter Miles sorrise. «Ma c'è un inghippo. Ricordate l'uomo che è salito a bordo dell'Airbus A380 con un fazzoletto cosparso di cento milioni di virus? Deve essere un personaggio bizzarro: infettando i passeggeri, ha infettato anche se stesso.» Si fermò. «Ovviamente, in certi gruppi terroristici i giovani disposti a dare la vita per una causa non mancano.»

«Lo Stato Islamico, al-Qaeda, AQIM, Boko Haram.» Jaeger elencò i soliti noti. «Là fuori è pieno di pazzi.»

Miles annuì. «Questo è esattamente il motivo per il quale temiamo che Kammler possa vendere l'agente chimico al miglior offerente. Alcuni di questi gruppi hanno fondi di guerra illimitati e, di certo, hanno i mezzi – attentatori suicidi – per diffondere l'agente chimico.»

Una nuova voce entrò nel discorso. «Questo scenario presenta solo un problema, un punto debole.» Era Narov. «Nessuno vende un simile agente patogeno se non possiede l'antidoto. Altrimenti, è come firmare la propria condanna a morte. E, se hai l'antidoto, l'uomo con il fazzoletto sarebbe immune. Sopravvivrebbe.»

«Forse» ammise Miles. «Ma tu vorresti essere quella persona? Ti affideresti al vaccino, un vaccino che con ogni probabilità è stato testato solo su topi, ratti e scimmie? E Kammler dove troverebbe gli esseri umani sui quali sperimentare i propri vaccini?»

Al solo menzionare i test sugli esseri umani, lo sguardo di Miles saettò verso Jaeger, come se ne fosse stato attratto in maniera irresistibile. Aveva l'aria quasi colpevole. Jaeger si chiedeva cosa ci fosse in quell'argomento che continuava a portare l'attenzione dell'uomo su di lui.

Questo comportamento stava cominciando a mettere seriamente a disagio Jaeger.

30

Jaeger si disse che avrebbe affrontato Miles sulla questione dei test sugli esseri umani in un secondo momento. «Giusto, andiamo al sodo» annunciò. «Qualunque cosa Kammler intenda fare con il *Gottvirus*, questa riserva di Katavi è il posto più probabile in cui lo troveremo, vero?»

«Secondo noi è così» confermò Miles.

«Allora, qual è il piano?»

Miles guardò lo zio Joe. «Diciamo che siamo aperti a ogni suggerimento.»

«Perché non rivolgersi semplicemente alle autorità?» azzardò Alonzo. «Si potrebbe mandare il Team Six dei SEAL a fare il culo a Kammler.»

Miles allargò le braccia. «Abbiamo indizi importanti, ma non uno straccio di prova. In più, non c'è nessuno di cui possiamo fidarci ciecamente. Il nemico è infiltrato ai più alti livelli del potere. Di certo, l'attuale direttore della CIA, Dan Brooks, che si è messo in contatto con noi, è affidabile. Ma anche lui ha dei timori, persino sul presidente. In poche parole, possiamo contare solo su noi stessi, sulla nostra rete.»

«Chi compone questa rete?» domandò Jaeger. «Di chi stai parlando?»

«I Secret Hunters» replicò Miles. «Formatisi dopo la Seconda guerra mondiale e sopravvissuti fino a oggi.» Fece un cenno in direzione dello zio Joe. «Purtroppo, del gruppo originale resta solo Joe Jaeger. La sua presenza qui con noi è una benedizione. Altre persone hanno preso le redini del gruppo. Una di queste è Irina Narov.» Sorrise. «E ci auguriamo che avremo sei nuove reclute, oggi presenti in questa stanza.»

«E i fondi? La copertura? La protezione dall'alto?» incalzò Jaeger.

Peter Miles fece una smorfia. «Belle domande... forse hai sentito parlare del treno dell'oro nazista scoperto di recente da un gruppo di cacciatori di tesori nelle montagne polacche. Ebbene, ce n'erano molti di questi treni, per lo più riempiti con il bottino razziato alla Reichsbank di Berlino.»

«Il tesoro di Hitler?» domandò Jaeger.

«Il tesoro per il suo Reich millenario. Alla fine della guerra, la sua ricchezza era in pericolo. Quando Berlino fu preda del caos, l'oro venne caricato sui treni e portato al sicuro. Uno di questi treni attirò l'attenzione dei Secret Hunters. Gran parte del suo carico era frutto di un bottino ottenuto in modo illegale, ma, una volta fuso, l'oro non si può rintracciare. Pensammo che sarebbe stato più al sicuro nelle nostre mani, come capitale operativo.» Scrollò le spalle. «Non possiamo permetterci di fare i difficili.

«Quanto al sostegno dall'alto, ne abbiamo un po'. In origine, i Secret Hunters si formarono sotto l'egida del ministero dell'Economia di guerra. Churchill istituì quel ministero per gestire le operazioni di guerra più segrete e, nelle intenzioni iniziali, doveva essere sciolto dopo la fine del conflitto. In realtà, ne esiste ancora un piccolo braccio esecutivo, con sede in un'anonima casa di epoca georgiana in Eaton Square, a Londra. Sono loro i nostri benefattori, sono loro che supervisionano e sostengono le nostre attività.»

«Credevo mi avessi detto che era stato il governo tedesco ad affittarvi questo posto.»

«I signori di Eaton Square hanno una rete di contatti piuttosto fitta. Solo ai più alti livelli, ovviamente.»

«Quindi, chi siete davvero?» incalzò Jaeger. «Chi sono i Secret Hunters? Quanti sono? Come sono organizzati? Chi sono i loro operatori?»

«Siamo tutti volontari. Veniamo chiamati quando serve. Per darti un esempio pratico, gli operatori dell'R2I – anche il capo degli interrogatori – appartengono alla nostra rete. Li abbiamo chiamati e hanno recitato una parte. Adesso se ne sono andati, e torneranno appena avremo bisogno di loro. Anche questo posto è operativo solo quando lo siamo noi. Altrimenti, resta in naftalina.»

«Okay, ipotizziamo di accettare» esordì Jaeger. «Dopo cosa succede?»

Click. Flash. Miles proiettò una diapositiva che mostrava una veduta aerea del Burning Angels.

«Choma Malaika fotografato dal cielo. Fa parte della riserva di caccia di Kammler, ma è totalmente inavvicinabile. È un santuario di riproduzione per elefanti e rinoceronti, nessuno può accedervi se non i dirigenti della riserva. In quella zona vige una regola: si spara a vista agli intrusi.

«L'aspetto che più ci preoccupa è cosa ci sia *sotto* quella montagna. C'è una serie di enormi caverne, in origine scavate dall'acqua, ma allargate in epoche più recenti dagli animali. A quanto pare, tutti i grandi mammiferi hanno bisogno di sale. Gli elefanti entrano nelle caverne per cercarlo e usano le zanne per estrarlo. Sono riusciti ad allargare i cunicoli a dimensioni pachidermiche, se mi perdonate il gioco di parole.

«Come potete notare, la principale struttura geologica è una caldera, un vulcano spento e collassato. Ha lasciato un anello frastagliato di pareti rocciose attorno a un massiccio cratere centrale, dove l'ex cono del vulcano è esploso. Gran parte del bacino del cratere viene inondato dalle acque stagionali, formando così un basso lago. Le caverne rimangono fuori dell'acqua e, cosa molto importante, sono tutte nella zona in cui vige la regola di Kammler: "Sparare a vista".»

Miles passò lo sguardo sui presenti. «Non abbiamo alcuna prova che in quelle grotte si celi qualcosa di sinistro. Dobbiamo andare laggiù e trovarle. Ed è qui che voi ragazzi entrate in scena; dopotutto, i professionisti siete voi.»

Jaeger guardò la foto aerea per diversi secondi. «Le pareti del cratere sembrano alte sugli ottocento metri. Potremmo effettuare un lancio HALO con il paracadute: ci buttiamo ad alta quota e apriamo poi i paracadute al riparo delle pareti del cratere. A quel punto atterreremmo senza essere visti e ci dirigeremmo nelle caverne… Il problema è non farsi scoprire una volta arrivati. Hanno certamente sistemato dei sensori di movimento agli ingressi delle caverne. Se fossi al loro posto, utilizzerei la videosorveglianza, le telecamere a infrarossi, illuminazione di sicurezza, bengala collegati a fili perimetrali e tutto il resto dell'armamentario. Questo è il problema con le caverne: hanno un solo ingresso, quindi sono facili da coprire.»

«Allora è semplice» intervenne una voce. «Entriamo sapendo che saremo individuati. Ci facciamo catturare dalla rete del ragno. Se non altro, scopriremo quasi di sicuro cosa stanno facendo laggiù.»

Jaeger si girò verso chi aveva parlato: Narov. «Fantastico. Problema uno: come ne usciamo?»

Narov liquidò la questione con un cenno della testa. «Combattiamo. Entriamo armati fino ai denti e, quando avremo trovato ciò che cerchiamo, ci facciamo strada sparando.»

«O moriamo nel tentativo.» Jaeger scosse la testa. «No, deve esserci un modo migliore.»

Per un secondo guardò Narov e gli angoli della bocca gli si incresparono in un sorriso malizioso.

«La sai una cosa? Forse ho un'idea. E sai qual è il bello? Ti piacerà da matti.»

31

«Si tratta di una riserva di caccia in piena regola, giusto?» domandò Jaeger. «Intendo, con la possibilità di escursioni, con gli alloggi e tutto il resto?»

Peter Miles annuì. «Sì. Il Katavi Lodge. Una struttura a cinque stelle.»

«Bene. Ipotizziamo che tu sia un visitatore, ma che tu sia un turista un po' indisciplinato e che, nel tornare al lodge tu decida di scalare il Burning Angels Peak, solo perché è lì. Il punto più alto della cima del cratere si trova fuori dai confini del santuario, la zona in cui sparano a vista, giusto?»

«Esatto» confermò Miles.

«Quindi te ne stai andando al lodge e ti accorgi di questa bellissima cima. Hai un po' di tempo da perdere e pensi che non ci sia niente di male. È una salita ripida, ma quando raggiungi la cima vedi una parete di nuda roccia che scende a picco nel cratere sottostante. Vedi l'imboccatura della caverna: buia, misteriosa, affascinante. Non sai che è un territorio proibito; d'altronde, come potresti immaginarlo? Decidi di scendere a esplorarlo. È così che entreremo nelle grotte, e almeno abbiamo una buona storia di copertura.»

«Dov'è la fregatura?» chiese Narov.

«Ricorda, non stai facendo un pensiero lineare. Il segreto è tutto qui. Che genere di persona non pensa in modo lineare? Non di certo un gruppo di operatori esperti come noi.» Jaeger scosse la testa. «Gli sposini in luna di miele, ecco chi. Una coppia di ricchi ed eleganti sposini, il genere di persona che va in luna di miele nelle riserve di caccia a cinque stelle.»

Jaeger spostò lo sguardo da Narov a James. «Ed è qui che entrate in scena voi due. Il signore e la signora Bert Groves: portafogli imbottiti di soldi e cervelli inebriati d'amore.»

Narov osservò l'imponente figura barbuta di Joe James. «Io e lui? Perché noi?»

«Tu, perché nessuno di noi è disposto a condividere il lodge con un uomo» rispose Jaeger. «E James perché quando si sarà rasato barba e capelli, sarà perfetto.»

James scosse la testa e sorrise. «E tu cosa farai, mentre io e la bellissima Irina ammireremo il tramonto africano?»

«Io vi coprirò le spalle» rispose Jaeger, «con le armi e tutto il resto.»

James si grattò la folta barba. «C'è un problema, a parte l'essere costretto a radermi… non sono sicuro di riuscire a tenere giù le mani da Irina. Intendo…»

«Frena l'entusiasmo, Casanova» lo interruppe Narov. «Sono capace di badare a me stessa.»

James scrollò le spalle con naturalezza. «Sul serio, c'è un problema. Kamishi, Alonzo e io siamo in convalescenza. Abbiamo la leishmaniosi cutanea e ci è proibita ogni attività fisica pesante. E, per ammissione di tutti, questa lo sarà.»

James non stava scherzando riguardo alla malattia. Al termine della spedizione in Amazzonia, lui, Alonzo e Kamishi erano rimasti intrappolati nella giungla per diverse settimane. Durante la loro epica esfiltrazione, erano stati mangiati vivi dai moscerini della sabbia, piccolissimi insetti tropicali grandi quanto la capocchia di uno spillo.

Gli insetti avevano deposto le larve sotto la pelle degli uomini, e queste si erano nutrite della carne viva. I morsi si erano trasformati in piaghe aperte ed essudative. L'unica cura possibile era una serie di iniezioni di Pentostam, un farmaco altamente tossico che, a ogni puntura, dava la sensazione di un acido che scorreva nelle vene. Il Pentostam era così nocivo che poteva indebolire il cuore e l'apparato respiratorio; ecco perché l'attività fisica intensa era vietata.

«C'è sempre Raff» propose Jaeger.

James scosse la testa. «Con tutto il dovuto rispetto, Raff non è credibile. Mi spiace, amico, è per via dei tatuaggi e dei capelli. Non ci crederebbe nessuno. E questo» guardò Jaeger «fa ricadere la scelta su di te.»

Jaeger scrutò Narov. Non appariva per nulla turbata a quella proposta, il che non stupiva affatto Jaeger: quella donna sembrava provare poche emozioni umane riguardo alle interazioni personali, specie i rapporti fra i sessi.

«E se gli uomini di Kammler ci dovessero riconoscere? Abbiamo motivo di credere che abbiano quantomeno una mia foto» obiettò Jaeger. Quella era la ragione principale che l'aveva indotto a non proporsi in prima battuta.

«Le opzioni sono due» intervenne una voce. Era Peter Miles. «Lascia anzitutto che ti dica che il tuo piano mi piace. In ogni caso, sarete camuffati. Al limite, si può ricorrere alla chirurgia plastica, ma per adottare soluzioni meno estreme, possiamo modificare il vostro aspetto senza dover usare il bisturi. In ogni caso, abbiamo chi può occuparsene.»

«Chirurgia plastica?» chiese Jaeger incredulo.

«Non è inconsueto. Miss Narov l'ha già fatto due volte, in occasione di altrettante missioni in cui sospettavamo che i suoi obiettivi conoscessero il suo aspetto. I Secret Hunters, infatti, hanno una lunga storia di operazioni chirurgiche.»

Jaeger alzò le mani. «Okay, sentite, non possiamo evitare di giocare all'Allegro Chirurgo?»

«Possiamo. In questo caso, tu tingerai i capelli di biondo» annunciò Miles. «E, per stare sul sicuro, tua moglie sarà un'affascinante brunetta.»

«Perché non una bellissima rossa?» suggerì James. «Molto più adeguato al suo temperamento.»

«Fatti una vita, Casanova» sibilò Narov.

«No, no. Un biondo e una bruna.» Peter Miles sorrise. «Fidatevi di me, sarà perfetto.»

Deciso questo, il briefing terminò. Erano tutti stanchi. Essere chiuso a metri sottoterra faceva sentire Jaeger stranamente inquieto e irritabile. Desiderava respirare aria fresca e starsene alla luce del sole.

Ma c'era una cosa che doveva fare prima. Si attardò nella stanza mentre tutti gli altri se ne andavano e si avvicinò a Miles, che era impegnato a raccogliere l'attrezzatura informatica.

«Posso parlarti in privato?»

«Certo.» L'anziano Miles si guardò attorno. «Siamo soli, credo.»

«Sono curioso» iniziò Jaeger. «Perché continui a ripetere la questione degli esperimenti sugli esseri umani? Perché sembri pensare che la cosa mi riguardi?»

«Ah, quello... non sono bravo a nascondere le cose, men che meno quando mi turbano...» Miles riaccese il portatile. «Lascia che ti mostri una cosa.»

Cliccò su un file e aprì un'immagine. La foto mostrava un uomo con la testa rasata, che portava una tuta bianca e nera a righe, appoggiato a una parete di mattoni grezzi. Teneva gli occhi serrati, le sopracciglia scure aggrottate e aveva la bocca aperta in un grido silenzioso. Miles guardò Jaeger. «La camera a gas di Natzweiler. Come per quasi tutto, i nazisti documentavano gli esperimenti con i gas nervini nel dettaglio. Esistono quattromila immagini come queste. Alcune sono ancor più disturbanti, perché mostrano i test sulle donne e i bambini.»

Jaeger cominciò ad avere una terribile sensazione riguardo a dove Miles voleva andare a parare.

«Parla chiaro. Ho bisogno di sapere.»

Il vecchio sbiancò. «Detesto doverlo dire e tieni a mente che queste sono solo mie supposizioni... ma Hank Kammler ha preso tua moglie e tuo figlio. Li tiene prigionieri. Lui – o i suoi uomini – ti ha mandato prova del fatto che sono ancora vivi, o quantomeno lo erano fino a poco tempo fa.»

Qualche settimana prima, Jaeger aveva ricevuto un'email con un allegato. Quando l'aveva aperto, si era trovato davanti all'immagine di Ruth e Luke in ginocchio, che tenevano in mano la prima pagina di un quotidiano, a dimostrazione del fatto che, in quella data, erano vivi. Faceva parte del piano per tormentare e distruggere Jaeger.

«Sto immaginando. Ha preso la tua famiglia e a un certo punto dovrà testare il suo *Gottvirus* su esseri umani, se vuole dimostrare al di là di ogni dubbio...»

Le parole del vecchio svanirono nel silenzio. Aveva gli occhi carichi di dolore. Evitò di dire il resto. Quanto a Jaeger, non aveva bisogno di altro.

Miles guardò Jaeger con aria indagatrice. «Ti chiedo di nuovo scusa per averti testato. Per l'R2I.»

Jaeger non rispose. Al momento, quella era l'ultima cosa che gli interessava.

32

Jaeger scalciò con gli scarponi, spingendosi in fuori e lasciando che la gravità facesse il resto. La corda sibilò attraverso il discensore, mentre lui si calava rapidissimo in corda doppia, con il fondo del cratere che si avvicinava a ogni secondo. A circa quindici metri sotto di lui, Narov era appesa alla sua imbragatura da scalata: un moschettone a D agganciato a una bietta, cioè un pezzo di metallo a cuneo piantato in una fenditura della roccia, con attaccato un solido cavetto di acciaio. Era ben ancorata, mentre aspettava che Jaeger la raggiungesse, dopo di che si sarebbero mossi per la calata successiva.

Gli ottocento metri di roccia quasi verticale che formavano l'interno del cratere di Burning Angels rappresentavano un totale di quattordici calate in corda doppia, con corde da sessanta metri, pressoché il massimo che un uomo può portare.

L'impresa non era facile.

Circa settantadue ore prima, Jaeger era piombato in un silenzio assoluto. Il briefing di Peter Miles non aveva lasciato molto all'immaginazione. Qui non si trattava più solo di Ruth e Luke, ma era in gioco la sopravvivenza dell'intera umanità.

Come spesso fanno gli sposini in luna di miele, lui e Narov erano arrivati in business class direttamente dall'aeroporto principale, prima di noleggiare un 4x4 diretti a ovest, nella savana africana arsa dal sole. Dopo un viaggio in auto di diciotto ore, avevano raggiunto il Burning Angels Peak, si erano fermati, avevano chiuso a chiave il veicolo a noleggio e avevano iniziato la loro epica scalata.

Gli scarponi di Jaeger toccarono la roccia, e lui spinse con forza, allontanandosi dalla parete. Nel fare questo, però, grossi pezzi di roccia si staccarono e piombarono giù, verso il punto in cui Narov era appesa alla sua imbragatura.

«Caduta massi!» gridò Jaeger. «Attenzione là sotto!»

Narov non si diede la pena di alzare lo sguardo. D'altronde non avrebbe avuto il tempo. Jaeger la vide afferrare a mani nude la parete, nell'intento di appiattirsi contro la sua superficie, premendo la faccia e il busto contro la pietra scaldata dal sole. Rispetto alla mole del cratere, Narov sembrava per certi versi piccola e fragile, e Jaeger trattenne il respiro mentre si abbatteva la piccola valanga.

All'ultimo momento, i massi si sbriciolarono su una stretta sporgenza di roccia poco sopra al punto in cui Narov era posizionata, ricadendo verso l'esterno e mancandola per qualche centimetro.

Fu questione di poco. Se anche solo un masso l'avesse colpita, avrebbe potuto frantumarle il cranio e Jaeger non sarebbe stato in grado di portarla tanto in fretta in ospedale.

Lasciò che l'ultimo pezzo di corda gli scivolasse tra le dita e si fermò accanto a Narov.

La donna lo guardò. «Le nostre vite sono già abbastanza in pericolo, qui. Non serve che ti ci metta anche tu.» Sembrava tranquilla, per nulla scossa.

Jaeger si assicurò alla sosta, liberò la corda dall'ancoraggio e la passò a Narov. «Tocca a te. Ah, stai attenta con le rocce. Alcune tendono a staccarsi.»

Come ben sapeva, Narov non era molto incline all'umorismo e di solito tendeva a ignorarlo quando la punzecchiava, il che rendeva tutto ancor più divertente.

Bofonchiò: «*Schwachkopf*».

Come Jaeger aveva imparato in Amazzonia, a Narov piaceva quella parolaccia tedesca che significava "idiota". Probabilmente l'aveva imparata durante il periodo trascorso con i Secret Hunters.

Mentre Narov si preparava, Jaeger guardò verso occidente, verso le fumanti viscere del cratere. Poteva vedere il punto in cui un enorme arco si apriva nella parete del cratere. Il varco consentiva al lago che si trovava a ovest del cratere di esondare durante la stagione delle piogge, alzando quindi il livello dell'acqua all'interno. Era esattamente questo che rendeva il luogo molto pericoloso. Il lago Tanganica, il lago d'acqua dolce più lungo al mondo, si estendeva verso nord per diverse centinaia di chilometri. La sua posizione isolata e l'età antichissima – circa venti milioni di anni – avevano consentito l'evoluzione di un ecosistema unico. Le sue acque ospitavano coccodrilli giganti, granchi enormi e pantagruelici ippopotami. Le foreste lussureggianti che circondavano il lago erano la dimora di branchi di elefanti selvaggi. E, con l'arrivo delle piogge, gran parte di questa vita veniva sospinta fuori dal bacino del lago e dentro al cratere di Burning Angels.

Tra Jaeger e quell'imponente arco si trovava uno dei principali specchi d'acqua della caldera, a stento visibile a causa della fitta vegetazione. Di certo, però, Jaeger ne udiva la presenza, dato che il rumore provocato dagli ippopotami che bevevano, e dai loro versi, lo raggiungeva chiaramente attraverso l'aria calda e umida.

In quel luogo era radunato un piccolo esercito di animali, che trasformava lo specchio d'acqua nella madre di tutte le pozzanghere. E, quando l'implacabile sole africano colpiva forte e la pozza cominciava a ritirarsi, i grossi animali erano costretti a stare sempre più vicini, diventando sempre più nervosi.

Senza dubbio quello era il tipo di terreno dal quale stare alla larga, e lo stesso valeva per i corsi d'acqua che collegavano le pozze, perché ospitavano i coccodrilli e, dopo aver incontrato uno di questi temibili rettili in Amazzonia, Jaeger e Narov non avevano voglia di ripetere l'esperienza.

Sarebbero stati quanto più possibile sulla terraferma.

Anche lì, tuttavia, i pericoli non mancavano.

33

Venti minuti dopo aver scatenato la caduta dei massi, i robusti scarponi Salewa di Jaeger toccarono con un tonfo il ricco suolo vulcanico nero del fondo del cratere, mentre la corda lo fece rimbalzare su e giù un paio di volte prima che trovasse finalmente l'equilibrio.

Tecnicamente, avrebbero fatto meglio a usare una corda statica – cioè con elasticità zero – per quell'incredibile serie di discese in corda doppia. Difficilmente, però, si opta per quella soluzione, perché in caso di caduta è l'elasticità della corda a rallentarla, in maniera analoga alla decelerazione alla fine di un salto con il bungee jumping.

Ma si tratta pur sempre di una caduta, e fa male.

Jaeger si sganciò, liberò la corda dall'ultimo attacco sopra di lui e la lasciò cadere con un sibilo ai suoi piedi. Poi, partendo dal centro, la avvolse e se la gettò in spalla. Gli ci volle qualche istante per osservare il percorso che lo aspettava. Il terreno davanti a lui aveva un aspetto surreale ed era molto diverso da quello che avevano trovato salendo.

Quando lui e Narov avevano affrontato le pareti esterne della montagna, il terreno si era dimostrato notevolmente friabile e infido sotto i piedi. Le piogge stagionali lo avevano dilavato, rendendolo simile a un intrico di profondi e bassi canaloni.

Arrivare sulla sommità si era rivelata una sfacchinata impossibile, disorientante sotto un caldo micidiale. Più volte avevano faticato nel buio di un burrone, la vista bloccata in ogni direzione, con difficoltà di orientamento. Era stato quasi impossibile trovare appigli sulla superficie secca e ghiaiosa, e a ogni passo avanti ne erano corrisposti diversi indietro.

Jaeger, però, aveva proseguito spinto da un pensiero incessante: quello di Ruth e Luke imprigionati nelle caverne sottostanti e tenuti sotto la terribile minaccia che Peter Miles aveva prefigurato. Ne avevano parlato solo qualche giorno prima, ma quell'immagine, quella terribile apparizione, era come impressa a fuoco nella mente di Jaeger.

Se nelle viscere di questa montagna era davvero celato un laboratorio per la produzione di armi batteriologiche – e la famiglia di Jaeger era molto probabilmente nascosta lì, pronta per fungere da cavia per gli ultimi test –, allora sarebbe servito un assalto da parte dell'intero team di Jaeger per neutralizzarlo. L'attuale missione era solo un tentativo per dimostrarne l'esistenza, in un modo o nell'altro.

Per il momento, avevano lasciato il resto del team – Raff, James, Kamishi, Alonzo e Dale – al bunker di Falkenhagen, intenti nei preparativi. Il gruppo stava valutando le opzioni per l'imminente attacco e radunando le armi e i kit necessari.

Jaeger si sentiva spinto dalla bruciante necessità di trovare la propria famiglia e fermare Kammler, ma al contempo sapeva quanto fosse vitale prepararsi adeguatamente a ciò che li aspettava. Se non l'avessero fatto, sarebbero caduti nella prima battaglia, e ancor prima che avessero la possibilità di vincere la guerra.

Quando era nell'esercito, una delle sue massime preferite era stata quella delle cinque "P": pianificazione perfetta previene pessima performance. O, per dirla in altre parole: se fallisci la preparazione, preparati a fallire. A Falkenhagen, il team stava dandosi da fare per essere pronto a tutto e non fallire quando avessero trovato il laboratorio di Kammler.

La sera prima, quando avevano raggiunto la sommità del crinale del cratere, Jaeger si era sentito doppiamente sollevato. "Un passo più vicino. Un passo avanti verso la terribile verità." A sinistra e a destra, si allargava il crinale frastagliato, ciò che restava di quello che, un tempo, erano stati fuoco rovente e magma: ormai era rimasto solo un profilo acuminato grigio, roccioso, cotto dal sole e spazzato dal vento.

Si accamparono lassù, o meglio su una cengia di roccia posizionata qualche metro sotto il crinale. A quella sporgenza dura, fredda e inospitale avevano potuto accedere solo con una discesa in corda doppia, il che li metteva al riparo dagli attacchi degli animali selvaggi. E nella tana di Hank Kammler c'erano predatori in abbondanza. Oltre a quelli più ovvi – leoni, leopardi e iene –, c'erano il grosso bufalo nero e gli ippopotami, che ogni anno uccidono più persone di ogni altra specie di carnivoro.

Possenti, territoriali, sorprendentemente veloci per la loro stazza, e assai protettivi nei confronti dei cuccioli, gli ippopotami sono gli animali più pericolosi dell'Africa. Il calo delle fonti idriche del Katavi li aveva indotti ad affollarsi in una massa serrata, irritabile e nervosa.

Se si mettono troppi topi in una gabbia, questi finiscono per mangiarsi a vicenda. Se si mettono troppi ippopotami in uno specchio d'acqua, ne scaturisce la madre di tutte le lotte dei pesi massimi. Se poi uno sventurato si ritrova nel mezzo del combattimento, nella migliore delle ipotesi viene ridotto a una poltiglia sanguinante sotto le zampe degli ippopotami lanciati alla carica.

Jaeger si era svegliato sul crinale del cratere e gli si era parata davanti agli occhi una vista mozzafiato: il fondo della caldera era un mare di nubi bianche e morbide. Illuminate dal rosa dell'alba, sembravano così solide da poterci camminare sopra, attraversando il cratere da una parte all'altra.

In realtà si trattava di una massa di bruma bassa, spinta verso l'alto dalla lussureggiante foresta che ricopriva gran parte dell'interno della caldera. E adesso che vi si era calato dentro, la vista – oltre che gli odori e i suoni – toglieva il fiato a Jaeger.

Avvolta la corda, Jaeger e Narov si misero in cammino.

Il loro arrivo, però, aveva già fatto scattare gli allarmi: uno stormo di fenicotteri si levò dal lago vicino, librandosi in cielo come un gigantesco tappeto volante rosa, mentre le loro grida acute e stridule echeggiavano tra le pareti del cratere. Quella visione era sbalorditiva: dovevano essere migliaia, attratti laggiù dai ricchi minerali depositati nelle acque vulcaniche del lago.

Qua a là, Jaeger vedeva i punti in cui un geyser – una sorgente d'acqua calda – eruttava nell'aria un getto fumante. Si prese qualche momento per controllare il percorso, poi fece segno a Narov di seguirlo.

Attraversarono di soppiatto quel paesaggio alieno, affidandosi solo ai gesti per indicarsi la strada. Istintivamente, capivano il silenzio l'uno dell'altra. In quel luogo c'era un'atmosfera irreale e sbalorditiva, sembrava di essere in un mondo perso nel tempo, quasi che nessun essere umano vi avesse mai messo piede prima.

Veniva quindi naturale percorrerlo in assoluto silenzio, senza farsi notare da creature che li avrebbero scelti come loro prede.

34

Gli scarponi di Jaeger ruppero una crosta di fango secco e cotto dal sole.

Si fermò alla pozza davanti a lui. Lo specchio d'acqua era basso, troppo basso per essere popolato da coccodrilli, e cristallino. L'acqua aveva l'aria di essere potabile, e marciare sotto il sole cocente gli aveva lasciato la gola secca come carta vetrata. Ma gli bastò immergere per un attimo le dita e assaggiare l'acqua con la punta della lingua per capire che i suoi sospetti erano fondati: "Quell'acqua avrebbe ucciso chiunque l'avesse bevuta".

Sgorgando da molti metri sottoterra ed essendo scaldata quasi al punto di ebollizione dal magma, era ancora calda al tocco; inoltre, era così salata da dare la nausea.

Il fondo del cratere era costellato di queste fumanti sorgenti vulcaniche, che ribollivano di gas tossici. Nei punti in cui il sole aveva seccato le acque, un sottile strato di sale si era cristallizzato sui margini, dando la bizzarra impressione che la brina si fosse stranamente palesata in questo terreno vicino all'Equatore.

Guardò Narov. «Salina» bisbigliò. «Non va bene. Ma nelle grotte dovrebbe esserci acqua in abbondanza.» Il caldo era soffocante e avevano continuamente bisogno di bere.

Narov annuì. «Muoviamoci.»

Quando Jaeger fece il primo passo nella pozza calda e

salmastra, la crosta bianca scricchiolò sotto i suoi scarponi coperti di fango. Davanti a loro si apriva un boschetto di baobab, gli alberi preferiti di Jaeger. I loro massicci tronchi tozzi erano di un grigio argenteo e lisci, e gli ricordavano i fianchi di un possente elefante maschio.

Jaeger si diresse verso gli alberi, superandone uno dalla circonferenza così ampia che sarebbero serviti sette uomini – il suo team al completo – per abbracciarlo. Dalla massiccia base, il tronco si innalzava statuario e tondeggiante, fino a una tozza corona di rami, simili a dita ricurve che si aprivano per afferrare l'aria.

La prima volta che Jaeger aveva avuto un incontro ravvicinato con un baobab era stata qualche anno prima, ed era stato memorabile. Durante un safari con Ruth e Luke, i tre si erano recati al Sunland Big Baobab, nella provincia sudafricana di Limpopo, famoso per la corona larga più di quaranta metri e l'età millenaria.

Quando hanno alcune centinaia di anni, i baobab iniziano a vuotarsi in maniera naturale, quindi nel millenario Sunland Baobab era stato costruito un pub. Jaeger, Ruth e Luke si erano seduti nel cuore cavernoso dell'albero e avevano bevuto latte di cocco ghiacciato, sentendosi una famiglia di Hobbit.

Jaeger si era ritrovato a giocare a chiapparello con Luke nell'interno dell'albero nodoso e ritorto, gracchiando la famosa frase di Gollum: "Il mio tesssoro. Il mio tesssoro". Ruth aveva persino prestato a Luke il suo anello nuziale per conferire maggiore autenticità alla scena. Quell'episodio era stato magico e divertentissimo e, a posteriori, decisamente commovente.

E adesso un boschetto di baobab faceva da sentinella alle fauci oscure e spalancate del covo di Kammler, il suo regno sotto la montagna.

Jaeger credeva nei portenti. I baobab erano lì per una ragione. Gli stavano parlando e gli dicevano: sei sulla strada giusta.

Si inginocchiò davanti a una decina di baccelli di frutti

caduti, tutti di un delicato colore giallo e simili a un uovo di dinosauro deposto sulla terra.

«Qui il baobab è noto come l'albero rovesciato» mormorò a Narov. «È come se fosse stato sradicato da un pugno gigantesco e ficcato di nuovo in terra nel verso sbagliato.» Sapeva tutto questo dal periodo che aveva trascorso sotto le armi in Africa, quando aveva imparato anche un po' della lingua locale. «Il frutto è ricco di antiossidanti, vitamina C, potassio e calcio: è il più nutriente al mondo. Non ha paragoni.»

Mise diversi baccelli nello zaino, suggerendo a Narov di fare altrettanto. Avevano con loro le razioni militari, ma nell'esercito aveva imparato a non perdere mai l'opportunità di raccogliere del cibo fresco da affiancare a quello secco che portavano con sé. Le razioni erano eccellenti perché duravano tanto e pesavano poco, ma non erano il massimo per la regolarità intestinale.

Dal boschetto di baobab echeggiò un forte suono di rami spezzati. Jaeger si guardò attorno con attenzione. Narov era altrettanto allerta, lo sguardo che scrutava il sottobosco e il naso che annusava l'aria.

Si sentì di nuovo il rumore, che sembrava provenire da un vicino boschetto di *Ocotea bullata*, volgarmente detto "legno che puzza", per via dell'odore acre che sprigiona quando il tronco o i rami vengono tagliati. Jaeger riconobbe il suono per ciò che era: un branco di elefanti in movimento e che, nel passare, faceva uno spuntino, strappando la corteccia e i rami più succosi e frondosi degli alberi.

Immaginava che avrebbero incontrato degli elefanti: le grotte erano state allargate enormemente dall'azione dei branchi nel corso dei decenni. Nessuno poteva sapere con certezza se gli animali erano stati attratti in quel luogo dal refrigerio dell'ombra o dal sale. Quale che fosse la ragione, avevano preso l'abitudine di trascorrere giorni e giorni sottoterra: lì sonnecchiavano in piedi e scavavano le pareti usando le enormi zanne come piedi di porco improvvisati. Con la proboscide si portavano i frammenti di roccia alla bocca e la frantumavano sotto i denti, rilasciandone così il sale contenuto nell'antico sedimento.

Jaeger si immaginava che il branco di elefanti fosse diretto all'ingresso della grotta, il che significava che lui e Narov dovevano arrivarci prima di loro.

Si scambiarono uno sguardo. «Andiamo.»

Correndo sul terreno bollente, attraversarono un ultimo spiazzo erboso che cresceva all'ombra della parete del cratere e sfrecciarono verso la zona più buia. Su di loro incombeva la parete di roccia con l'enorme e frastagliata imboccatura della caverna scavata dentro di essa, a circa venti metri di distanza. Qualche istante dopo – con il branco di elefanti alle calcagna – erano dentro.

Jaeger si guardò intorno. Il posto perfetto per posizionare un sensore di movimento era il punto più stretto dell'ingresso, ma sarebbero stati quasi inutili senza telecamere.

Esistevano diversi tipi di sensori di movimento, ma i più semplici avevano la forma e la dimensione di una pallottola. Quelli in uso all'esercito britannico erano dotati di otto sensori, più un dispositivo portatile per la trasmissione e la ricezione, che sembrava una piccola radio. I sensori venivano sotterrati poco sotto il livello del suolo ed erano in grado di individuare qualunque movimento del terreno nel raggio di venti metri, e avrebbero inviato un messaggio al ricevente.

Siccome l'ingresso della grotta distava circa venti metri, un dispositivo a otto sensori sarebbe stato sufficiente a coprire l'intera superficie. Vista però la quantità di animali che andavano e venivano, chiunque fosse stato di guardia avrebbe avuto bisogno di una videocamera con registrazione per verificare se il movimento fosse stato causato da un intruso ostile o da un branco di pachidermi golosi di sale.

Una volta posizionati, i sensori di movimento sarebbero stati impossibili da individuare. Era all'ipotetica telecamera nascosta, oltre che a eventuali cavi, che Jaeger era interessato. Non ne vedeva tracce evidenti, ma questo non significava nulla. Durante il periodo trascorso nell'esercito si era imbattuto in telecamere a circuito chiuso mascherate da pietre o feci di cane, solo per fare qualche esempio.

Lui e Narov proseguirono, con l'apertura della grotta davanti a loro che formava una specie di enorme cattedrale naturale. Adesso erano in penombra, quando gli ultimi accenni di luce prima del buio assoluto entravano senza ostacoli nelle viscere della montagna. Estrassero le lampade frontali Petzl. Il luogo in cui si stavano dirigendo rendeva inutile l'uso dei visori notturni, che funzionavano incrementando la luce ambientale – quella emanata dalla luna e dalle stelle – per consentire alle persone di vedere al buio. Una volta giunti alla meta, non ci sarebbero state luci, solo oscurità.

Avrebbero potuto usare il kit per immagini termiche, ma era pesante e ingombrante, e loro dovevano viaggiare leggeri e veloci. Inoltre, se fossero stati catturati, non avrebbero dovuto essere trovati in possesso di qualcosa che avrebbe potuto tradire il fatto che non erano solo una coppia di turisti avventurosi e zelanti.

Jaeger sistemò la sua Petzl sulla testa e ruotò il vetro della lente con la mano guantata per accenderla. Una luce azzurrina venne proiettata dalle lampadine gemelle allo xeno, muovendosi come uno spettacolo di laser nel cavernoso ambiente e fermandosi su uno strato di ciò che sembrava letame vecchio e secco, sparso in uno spesso strato sul terreno. Si avvicinò per esaminarlo.

L'intero pavimento della caverna era ricoperto di deiezioni di elefante, cosparse di frammenti di roccia masticati, a testimonianza della loro animalesca forza bruta. Avevano il potere di staccare le pareti della caverna e ridurle in polvere.

Adesso, il branco stava rumoreggiando dietro di loro.

Jaeger e Narov non avrebbero avuto una facile via di fuga.

35

Jaeger allungò una mano verso la schiena, all'altezza della cintura, per controllare che ci fosse ancora il rigonfiamento della pistola.

Avevano avuto lunghe e accese discussioni riguardo all'opportunità di andare armati e, se sì, con cosa. Da un lato, le armi non erano del tutto in linea con la parte degli sposini in luna di miele che stavano recitando. Dall'altro, calarsi in un posto come quello senza alcuna forma di protezione sarebbe stato potenzialmente suicida.

Quanto più ne parlavano, tanto più si erano convinti del fatto che andare completamente disarmati sarebbe stato quantomeno strano. Dopotutto, erano nell'Africa più selvaggia e sanguinaria. Nessuno si avventurava in posti del genere senza armi di difesa.

Alla fine, avevano entrambi optato per la P228, con un paio di caricatori. Niente silenziatori, ovviamente, perché quelli erano appannaggio di professionisti e assassini.

Accertatosi del fatto che la pistola fosse sempre al suo posto nonostante la lunga scarpinata, Jaeger guardò Narov. Anche lei aveva controllato la propria arma. Pur dovendosi comportare come neosposi, le vecchie abitudini erano dure a morire. Quegli automatismi gli erano stati inculcati impietosamente in testa per anni e anni, e loro non potevano smettere, dal giorno alla notte, di comportarsi come guerrieri d'élite: lo erano e basta.

Jaeger non era più nell'esercito da sette anni. Si era fatto da parte per fondare una società di avventure nella natura chiamata Enduro Adventures, un'impresa che aveva abbandonato quando Luke e Ruth erano stati rapiti. La loro scomparsa aveva a sua volta portato all'attuale missione: riprendersi i suoi cari e la sua famiglia e, potendo, evitare un disastro planetario.

La luce calò ancora e una serie di profondi sbuffi gutturali echeggiò in quello spazio ristretto. Gli elefanti stavano irrompendo nella caverna alle loro spalle, e quello era sufficiente a Jaeger e Narov per muoversi.

Indicando a Narov di fare come lui, Jaeger si abbassò, prese una manciata di letame e si spalmò le gambe dei semplici pantaloni militari, poi fece lo stesso con la maglietta e la pelle nuda delle braccia e del collo, prima di sollevare la maglietta e ripetere l'operazione sulla pancia e la schiena. Come ultima cosa, si spalmò il resto del letame di elefante sui capelli da poco tinti di biondo.

Il letame emanava un leggero odore di urina stantia e foglie fermentate, ma quella era la sola cosa che Jaeger riusciva a sentire. In realtà, per un elefante – il cui universo è definito anzitutto dal senso dell'olfatto – Jaeger sarebbe risultato un innocuo pachiderma, un esemplare dotato di proboscide.

Almeno, così sperava.

Jaeger aveva imparato questo trucco sulle pendici del Kilimangiaro, il monte più alto dell'Africa, dove aveva partecipato a un addestramento con uno dei più leggendari esperti di sopravvivenza del reggimento, che gli aveva spiegato come passare indenni in mezzo a un branco di bufali neri cospargendosi del loro letame dalla testa ai piedi. Aveva dato dimostrazione della veridicità delle sue parole facendo fare esattamente questo a ogni uomo della truppa, Jaeger compreso.

Come i bufali neri, gli elefanti non hanno una vista acuta se non in un campo visivo ridotto, quindi era improbabile che la luce delle torce di Jaeger e Narov li disturbasse.

Sono in grado di individuare cibo, predatori, zone di riproduzione e pericoli attraverso l'olfatto, che non ha uguali nel mondo animale. Posizionate alla base della proboscide, le narici sono così sensibili da poter individuare una fonte d'acqua nel raggio di quasi venti chilometri. Sono anche dotati di un acuto senso dell'udito, in grado di percepire suoni ben al di là della normale gamma sonora umana. In poche parole, se Jaeger e Narov avessero emanato l'odore di elefante grazie al letame, e fossero rimasti quasi del tutto in silenzio, il branco non avrebbe avvertito la loro presenza.

Proseguirono su una sporgenza piatta e ricoperta da uno spesso strato di letame secco, facendo volare nuvole di detriti nel passaggio. Qua e là si innalzavano cumuli di feci stantie, striate di chiazze verde scuro, come se qualcuno avesse passato mani di vernice nella caverna.

Jaeger immaginò si trattasse di guano.

Alzò la testa e i due fasci di luce illuminarono la volta sopra di lui, dove vide gruppi di nere figure scheletriche appese a testa in giù. Pipistrelli. Volpi volanti, per la precisione. A migliaia. Una poltiglia verde – il guano che risultava dalla digestione della frutta – colava dalle pareti.

"Carino" disse Jaeger a se stesso. Si stavano avventurando in una caverna cosparsa di feci dal pavimento al soffitto.

Alla luce della torcia di Jaeger, si aprirono un paio di occhietti arancioni: un pipistrello si era svegliato. Il bagliore della torcia Petzl ne destò altri e un'ondata di frenesia si allargò a tutta la colonia appesa al soffitto della grotta.

A differenza della maggior parte dei pipistrelli, le volpi volanti – chiamate anche pipistrelli giganti – non usano l'ecolocalizzazione, il sistema di sonar biologico con il quale stimano la distanza degli oggetti e degli ostacoli emettendo stridule grida le cui onde sonore rimbalzano contro le pareti e le cose. Sono invece dotati di grandi occhi bulbosi, che consentono loro di vedere nella penombra, ecco perché sono attratti dalla luce.

Il primo pipistrello gigante si mosse dal proprio appiglio

– fino a quel momento aveva tenuto gli artigli conficcati in una fessura del soffitto e le ali cartilaginose avvolte attorno al corpo come un mantello – e prese il volo. Scese a picco, senza dubbio scambiando la torcia di Jaeger per un raggio di sole che penetrava dall'ingresso della grotta.

Un attimo dopo, l'intera colonia fu su di lui.

36

Bam! Bam! Bam! Bam! Bam!

Jaeger sentì il primo pipistrello gigante sbattergli contro la testa, mentre l'orda di animali neri tentava di seguire il raggio di luce. La volta era alta oltre trenta metri e, a quella distanza, i pipistrelli sembravano minuscoli. Da vicino, invece, erano simili a mostri.

Avevano un'apertura alare fino a due metri e potevano pesare fino a due chili; un peso che, lanciato a forte velocità, avrebbe certamente ferito una persona. Gli occhi prominenti, che mandavano lampi di rosso acceso, e le brillanti file di denti disposte nei crani lunghi, stretti e ossuti conferivano loro un aspetto a dir poco demoniaco.

Jaeger venne buttato a terra, mentre decine di quelle forme spettrali sciamavano dall'alto. Alzò le braccia e schermò la luce coprendola con le mani a coppa, un gesto che gli servì anche per proteggersi la testa dai colpi.

Nell'istante esatto in cui ebbe soffocato la luce, i pipistrelli se ne andarono, attratti dai raggi solari che filtravano dall'ingresso della grotta. Mentre uscivano in volo, simili a una nera nube alata, l'elefante alla testa del branco barrì e sbatté le orecchie innervosito. Era chiaro che apprezzava i pipistrelli giganti quanto Jaeger.

«*Megachiroptera*» bisbigliò Narov. «Detta anche volpe volante. Adesso hai capito perché.»

«Direi piuttosto lupo volante.» Jaeger scosse la testa disgustato. «Decisamente non il mio animale preferito.»

Narov rise in silenzio. «Si affidano all'acutissimo senso della vista e dell'olfatto per individuare il cibo, frutta, di solito. Oggi è stato evidente che pensavano fossi tu il loro pasto.» Annusò in maniera ostentata. «Il che, però, mi sorprende. Puzzi di merda, "biondina".»

«Ah, ah» bofonchiò Jaeger. «Invece tu profumi di violetta, vero?»

"Biondina." Jaeger si sarebbe dovuto aspettare quel soprannome. Con le sopracciglia, e persino le ciglia, ossigenate, il suo aspetto era totalmente cambiato e, come spesso accade, quel camuffamento era sorprendentemente efficace.

I due si alzarono da terra, si sistemarono un po' e poi proseguirono in silenzio. Sopra alle loro teste gli ultimi spettrali versi dei pipistrelli svanirono. L'unico altro rumore proveniva da dietro le loro spalle: era il tonfo continuo di un centinaio di elefanti che procedeva nelle viscere della caverna facendo tremare la terra.

Su un lato della caverna correva un rigagnolo di acqua scura e stagnante, che usciva dall'imboccatura della grotta. Si arrampicarono su una serie di sporgenze che li portò più in alto di qualche metro rispetto al livello dell'acqua. Infine, valicarono un rialzo e davanti a loro si aprì una veduta mozzafiato.

Il fiume si allargava in una distesa d'acqua, andando a formare un ampio lago sotto Burning Angels: era così ampio che il raggio della torcia di Jaeger non riusciva nemmeno a raggiungere la sponda più lontana. Ancor più incredibili, però, erano le intricate forme che si estendevano fuori dall'acqua, in un'animazione bizzarra e apparentemente congelata.

Jaeger restò a osservare attonito la scena per diversi secondi, prima di rendersi conto in che cosa si fossero imbattuti. Si trattava di una giungla pietrificata: da una parte, i contorni frastagliati e scheletrici di gigantesche palme che uscivano dal lago in angolazioni innaturali; dall'altra, file serrate di tronchi di latifoglie che costellavano l'acqua come colonne di un tempio romano perduto.

Nella preistoria, quella doveva essere stata una lussureggiante foresta che un'eruzione vulcanica aveva sepolto sotto la cenere. Nel tempo, il vulcano si era innalzato e la giungla si era pietrificata. I vegetali si erano trasformati nei più incredibili dei minerali: l'opale, di un magnifico rosso screziato di blu e verde fluorescente; la malachite, una gemma dalle straordinarie sfumature concentriche di verde e rame; e schegge di selce liscia, lucente e nera come l'ebano.

Prestando servizio nell'esercito, Jaeger aveva viaggiato per quasi tutto il mondo, visitando alcuni dei luoghi più remoti che il pianeta aveva da offrire, ma era ancora capace di stupirsi e meravigliarsi davanti alle bellezze della natura, anche se raramente come in quel momento. Lì, infatti, in un luogo in cui si sarebbero aspettati solo buio e malvagità, si erano imbattuti in uno spettacolo senza precedenti né eguali.

Si girò verso Narov. «Non ti azzardare a lamentarti per dove ti ho portato in luna di miele!»

La donna non poté trattenersi dal sorridere.

Il lago doveva essere largo circa trecento metri, pari a tre campi da calcio; quanto alla lunghezza, quella era impossibile da stabilire. Sulla sponda meridionale correva una sporgenza, e quella era chiaramente la strada che dovevano prendere.

Quando si incamminarono, un pensiero attraversò la mente di Jaeger. Se lassù da qualche parte era situato il laboratorio segreto di Kammler, la sua oscura fabbrica di morte, dal lato in cui si trovavano non ce n'era traccia. Anzi, non c'era alcun segno di vita umana.

Nessuna impronta di scarponi.

Nessun sentiero percorso da persone.

Nessun indizio del passaggio di veicoli. Però, il sistema di caverne era chiaramente smisurato, quindi dovevano per forza esserci altri ingressi, altri passaggi scavati dall'acqua che portassero ad altre gallerie.

Proseguirono.

La sporgenza li costrinse ad avvicinarsi alla parete della caverna, che brillava seducente: la roccia era disseminata di una miriade di cristalli di quarzo che luccicavano di bianco-azzurrino alla luce delle torce, e avevano punte acuminate come rasoi. I ragni avevano tessuto le loro tele fra i cristalli, quindi l'intera parete sembrava ricoperta di una sottile pellicola di seta.

Le ragnatele erano piene di piccoli cadaveri: grasse falene nere, gigantesche farfalle dai colori sgargianti, enormi calabroni africani a righe gialle e arancioni, grandi come il mignolo di un uomo; tutti questi insetti erano intrappolati e mummificati nella seta. Ovunque si girasse, Jaeger vedeva ragni che banchettavano con le loro prede.

Acqua significa vita, ricordò Jaeger a se stesso. Il lago avrebbe attratto animali di ogni tipo. Qui, i predatori – i ragni – stavano in attesa. E il ragno dedicava il proprio tempo a intrappolare la vittima, come del resto molti altri predatori.

Mentre procedevano, questo pensiero non abbandonò la mente di Jaeger.

37

Jaeger alzò ancor più la guardia: non si aspettava che nelle profondità di Burning Angels ci fosse una fauna così ricca. Oltre ai cristalli lucenti e alle ragnatele brillanti, c'era anche qualcos'altro, qualcosa che sporgeva dalle pareti in angolazioni bizzarre. Si trattava delle ossa pietrificate degli animali che avevano abitato la giungla preistorica e ora fossilizzata: giganteschi coccodrilli, gli enormi avi degli elefanti e il peso massimo precursore dell'ippopotamo.

La sporgenza si restrinse, costringendo Jaeger e Narov ad appiattirsi contro la roccia.

Tra la sporgenza e la parete si apriva una netta fenditura e Jaeger vi guardò dentro. "C'era qualcosa laggiù."

Guardò più da vicino. La contorta e brutalizzata massa di un marrone giallastro somigliava alla carne e alle ossa di quello che un tempo doveva essere stato un essere vivente e che adesso aveva la pelle mummificata come cuoio.

Jaeger sentì una presenza alle sue spalle. «Cucciolo di elefante» sussurrò Narov mentre guardava nel crepaccio. «Si muovono al buio usando la punta della proboscide per orientarsi e questo deve essere caduto qui per errore.»

«Sì, ma se osservi quei segni» Jaeger puntò i raggi della torcia su un osso che appariva malamente mangiucchiato, «qualcosa ha fatto questo. Qualcosa di grosso e potente. Qualche carnivoro.»

Narov annuì. Da qualche parte, nella grotta, c'erano dei carnivori.

Per un istante, la donna puntò la luce attraverso il lago alle loro spalle. «Guarda» sussurrò. «Eccoli che arrivano.» Jaeger scrutò al di sopra della propria spalla. La colonna di elefanti si stava riversando nel lago. Man mano che l'acqua diventava più profonda, i più piccoli – gli adolescenti – finivano sotto con la testa, quindi sollevavano le proboscidi finché non restavano fuori solo le punte, con le narici che succhiavano avidamente aria, come attraverso un boccaglio.

Narov si girò a controllare il sentiero che lei e Jaeger stavano percorrendo. Si vedevano piccole figure grigie che procedevano in tutta fretta. Erano i più giovani del branco, i cuccioli. Siccome erano troppo piccoli per guadare, dovevano prendere la strada più lunga, passando per la terraferma.

«Dobbiamo sbrigarci» sussurrò Narov in tono davvero preoccupato.

Partirono di corsa.

Non avevano fatto molta strada, quando Jaeger lo sentì.

Un suono basso e spettrale ruppe il silenzio: era un misto fra il ringhio di un cane, il muggito di un toro e lo schiamazzo di una scimmia.

Echeggiò un grido di risposta, a seguito del quale Jaeger sentì un brivido corrergli lungo la schiena.

Se quella fosse stata la prima volta che sentiva quell'urlo, si sarebbe convinto che la caverna era abitata da un'orda demoniaca. Lo riconobbe invece per quello che era: "Iene".

Sopra di loro, sul sentiero, c'erano le iene, un animale che Jaeger conosceva bene.

Una sorta di incrocio fra un leopardo e un lupo, gli esemplari più grossi possono arrivare a pesare quanto un uomo adulto. Hanno mascelle così potenti da essere in grado di sbriciolare le ossa della preda, mangiandole. Di solito, mirano solo ai membri deboli, malati e anziani del branco, ma se accerchiate possono diventare pericolose quanto un branco di leoni.

O peggio.

Jaeger non dubitava che sul sentiero ci fosse un gruppo di iene pronte a tendere un'imboscata ai giovani elefanti.

Come a voler confermare i suoi timori, da dietro di lui un elefante maschio lanciò un grido di sfida alle iene, emettendo un suono assordante con l'enorme proboscide. Il barrito echeggiò come un tuono nelle gallerie, mentre l'elefante agitava le grandi orecchie e faceva ondeggiare la testa in direzione della minaccia.

L'elefante maschio cambiò direzione, portando con sé altri due. Mentre il grosso del branco proseguiva attraverso il lago, i tre maschi tagliarono attraverso l'acqua e in direzione della sporgenza di roccia da dove era arrivato il grido delle iene.

Jaeger non sottovalutò il pericolo. Gli elefanti stavano affrontando un branco di iene, e lui e Narov ci si trovavano in mezzo. Ogni attimo era vitale. Non c'era tempo di cercare una strada alternativa per evitare le iene, e non c'era tempo da perdere, per quanto fosse incerto riguardo il da farsi.

Jaeger mise la mano dietro la schiena ed estrasse la P228, poi guardò Narov. La donna aveva già l'arma in pugno.

«Spara alla testa!» sibilò, mentre si lanciavano in avanti. «Spara alla testa, perché una iena ferita è un killer implacabile...»

Le luci delle torce che portavano sulla testa saettavano mentre loro correvano, gettando bizzarre e spettrali ombre sulle pareti. Alle loro spalle, gli elefanti barrirono di nuovo e si avvicinarono.

Jaeger fu il primo a inquadrare gli avversari. Un'enorme iena maculata correva, con sguardo malvagio, in direzione del suono che producevano con i piedi e della luce delle torce. Aveva le tipiche zampe posteriori tarchiate, spalle massicce, collo corto e testa a forma di pallottola, oltre che la classica criniera scompigliata che si allungava sulla colonna vertebrale. Le mascelle dell'animale erano aperte in un ghigno, mostrando i canini corti e spessi, e file di enormi premolari spaccaossa.

Era come un lupo imbottito di steroidi.

La femmina di iena maculata è più grande del maschio e domina il branco. La bestia abbassò il capo e, accanto a lei, Jaeger vide altre paia di occhi lucenti. Contò sette animali in tutto, mentre dietro di lui gli elefanti maschi, furiosi, coprivano gli ultimi metri di lago.

Jaeger non esitò. A due mani e mirando in corsa, premette il grilletto.

Pam! Pam! Pam!

Tre proiettili da 9 mm penetrarono nel cranio della regina delle iene. L'animale cadde pesantemente, sbattendo con il busto sulla sporgenza di roccia, morta ancor prima di fermarsi. I suoi gregari ringhiarono e saltarono all'attacco.

Jaeger sentì Narov coprirgli le spalle, sparando in corsa.

La distanza fra loro e il branco rabbioso si era ridotta a qualche metro.

38

Mentre saltava per evitare i cadaveri insanguinati, Jaeger seguitava a sparare con la P228.

Gli anfibi toccarono terra oltre le iene morte, e continuò a correre mentre dietro di lui gli elefanti maschi stavano guadagnando terreno. Sotto le loro zampe, l'acqua ribolliva, mentre gli animali correvano con gli occhi che mandavano fulmini, le orecchie che sventolavano e le proboscidi che percepivano la minaccia.

Dal punto di vista degli elefanti, sul sentiero davanti a loro c'erano sangue e morte, e quella era la strada che i loro piccoli dovevano prendere. Per loro, la priorità assoluta era proteggere i piccoli. I cento elefanti che componevano il branco erano un'unica, grande famiglia estesa, e in quel momento i cuccioli erano in pericolo mortale.

Jaeger capiva la disperazione e la rabbia degli animali, ma ciò non significava che volesse trovarsi nei paraggi nel momento in cui queste si sarebbero riversate sul nemico.

Quando, istintivamente, controllò dietro di sé alla ricerca di Narov, si rese conto, con orrore, che non c'era. Jaeger si fermò di scatto, si girò e vide la donna chinata sulla carcassa di una iena, nel tentativo di spostarla dal sentiero.

«MUOVITI!» gridò Jaeger. «MUOVITI! ADESSO!» La sola risposta di Narov fu di raddoppiare gli sforzi per spostare il peso morto dell'animale. Jaeger esitò per un solo istante, poi fu di nuovo accanto a lei e afferrò le spalle un tempo potenti dell'animale mentre, insieme, lo sollevavano e lo lasciavano cadere nel crepaccio che si apriva di fianco al sentiero.

Erano appena riusciti nella loro impresa quando l'elefante di testa fu sopra di loro. Jaeger venne investito da un muro sonoro che sembrò mandargli in poltiglia le viscere, mentre l'elefante barriva la sua rabbia devastante. Pochi secondi dopo, abbassò le zanne, intrappolandoli sulla parte più stretta della sporgenza di roccia.

Jaeger trascinò Narov in un incavo della roccia, dove la volta della grotta si congiungeva con il lato interno della sporgenza. Appiattiti contro le spesse ragnatele e i cristalli acuminati come aghi, schermarono le torce con le mani, sdraiandosi immobili a terra.

Qualunque movimento avrebbe attratto la furia dell'elefante, ma se fossero rimasti fermi e zitti, nel buio, forse sarebbero sopravvissuti al massacro che si prospettava.

L'enorme elefante infilzò la prima iena, sollevandola sulle zanne e lanciandola, con un ampio movimento, nelle acque del lago.

La potenza dell'animale era spaventosa.

A uno a uno, i corpi delle iene vennero sollevati e scaraventati nel lago. Quando la sporgenza fu liberata dai cadaveri, l'elefante di testa sembrò calmarsi un poco. Jaeger stette a guardare, al contempo affascinato e spaventato, mentre il pachiderma usava la punta morbida e piatta della proboscide per saggiare il terreno.

Vedeva le enormi narici dilatarsi per cogliere gli odori: ognuno di essi aveva una storia da raccontare. Sangue di iena. Per l'elefante, quello era un buon segno. L'odore era però frammisto a qualcosa che l'animale non capiva: fumi di cordite. La nuvola di fumo emessa dal fuoco della pistola aleggiava densa nella fresca aria della caverna.

Il pachiderma appariva perplesso: "Cos'era quell'odore?".

La proboscide continuava a scandagliare e Jaeger ne vide la punta umida e rosa andare verso di lui. Quella appendice, spessa come il tronco di un albero e capace di sollevare fino a 250 chili, poteva avvilupparsi attorno alla coscia o al busto di un uomo e spappolarlo in un attimo, facendolo a pezzi e scagliandolo contro la parete di roccia.

Per qualche istante, Jaeger valutò di passare all'attacco. La testa dell'elefante non distava più di tre metri, era un colpo facile. Adesso ne vedeva chiaramente gli occhi, con le lunghe e sottili ciglia che brillavano alla luce della torcia.

Stranamente, sentì come se l'animale potesse vedere dentro di lui, persino nel momento in cui la proboscide si allungò per prendere contatto con la sua pelle. Quello sguardo aveva qualcosa di incredibilmente umano.

Jaeger abbandonò l'idea di aprire il fuoco. Anche se si fosse risolto a farlo, il che era improbabile, sapeva che una pallottola subsonica da 9 mm non avrebbe mai penetrato il cranio dell'animale.

Non gli restava che abbandonarsi alla carezza del pachiderma.

Quando la proboscide gli toccò la pelle del braccio, rimase paralizzato. Era un tocco gentile, come se una delicata brezza gli stesse increspando i peli. Avvertì il rumore dell'elefante che annusava il suo odore.

Jaeger si domandò cosa sentisse, e sperò con tutto se stesso che il trucco del letame funzionasse. Si chiese se l'odore umano fosse comunque percepibile al finissimo olfatto dell'animale. D'altronde, poteva essere altrimenti?

A poco a poco, l'odore familiare della propria specie sembrò calmare il grosso pachiderma. Ancora qualche carezza e annusata, poi la proboscide passò oltre. Jaeger stava coprendo Narov con il proprio corpo, quindi l'elefante poté riservarle solo qualche annusatina frettolosa.

Apparentemente soddisfatto, l'animale si dedicò al suo prossimo compito: guidare i cuccioli attraverso la poltiglia sanguinante che restava dal massacro delle iene. Prima che se ne andasse, però, Jaeger colse uno sguardo nei suoi occhi: erano occhi antichi, profondi e onniveggenti.

Era come se l'elefante sapesse. Sapeva in cosa si era imbattuto, ma aveva deciso di lasciarli in vita. Jaeger ne era convinto.

Il pachiderma si diresse verso i cuccioli, raggruppati sulla sporgenza di roccia, preda della paura e dell'incertezza. Usò la proboscide per tranquillizzarli e confortarli, prima di pungolare i primi affinché riprendessero la marcia.

Jaeger e Narov colsero l'occasione per darsela a gambe, incamminandosi, prima dei piccoli elefanti, verso la salvezza.

O almeno così credevano.

39

Proseguirono di corsa, a grandi falcate, lungo il sentiero. La sporgenza di roccia si allargò fino a diventare un'ampia distesa, dove il lago terminava in modo naturale. Il resto del branco era radunato lì e, a giudicare dai forti sussulti delle zanne che scavavano contro le pareti di roccia, quello era chiaramente anche il sito della loro miniera di sale. Ecco perché erano lì.

Jaeger si accucciò al riparo della parete della caverna. Aveva bisogno di riprendere fiato e di calmare il battito del cuore. Estrasse la bottiglia d'acqua e bevve avidamente.

Poi fece un cenno nella direzione da cui erano arrivati. «Cosa ti è venuto in mente di spostare il cadavere? La iena. Non importava dove fosse caduta: morta, era morta.»

«Quei cuccioli di elefante non avrebbero attraversato un sentiero bloccato da una iena morta. Stavo cercando di aprire loro la strada.»

«Sì, ma venti tonnellate di papà elefante stavano arrivando a fare il lavoro in modo pulito.»

Narov scrollò le spalle. «Adesso lo so, ma... l'elefante è il mio animale preferito. Non avrei mai potuto andarmene lasciando i piccoli in trappola.» Guardò Jaeger. «In ogni caso, papà elefante non ti ha torto un capello, giusto?»

Esasperato, Jaeger alzò gli occhi al cielo. Cos'altro avrebbe potuto dire?

Narov aveva un atteggiamento nei confronti degli animali magico e quasi infantile. Jaeger se n'era reso conto durante la loro spedizione in Amazzonia. A volte si comportava come se avesse una relazione più stretta con gli animali che con l'uomo, come se li capisse meglio degli esseri umani. Per di più, sembrava non fare distinzioni di specie; ragni velenosi, serpenti costrittori, pesci carnivori: a volte sembrava interessarsi a tutte le specie tranne a quella umana. Per lei, erano tutte creature di Dio, grandi o piccole. Quando poi era costretta a uccidere un animale per proteggere un compagno, come nel caso delle iene, era divorata dal rimorso.

Jaeger vuotò la bottiglia e la ripose nello zaino. Mentre aggiustava gli spallacci e si preparava a rimettersi in cammino, la luce della sua torcia colse per un attimo qualcosa che giaceva sotto di loro, in lontananza.

Nella grotta in cui si trovavano, la natura aveva scelto di non creare niente con le forme squadrate predilette dall'uomo: ecco perché un'anomalia geometrica, una differenza vistosa e innaturale, aveva catturato subito l'attenzione di Jaeger.

Un fiume si riversava nel lago dalle viscere della caverna e, immediatamente prima del punto di immissione, c'era un collo di bottiglia, una strettoia naturale.

E sul lato più vicino di questa strettoia c'era un edificio.

Era molto più simile a un rifugio della Seconda guerra mondiale, come il bunker di Falkenhagen, che alla cabina di un generatore elettrico o di un impianto di pompaggio dell'acqua. Valutandone la collocazione vicino all'acqua, Jaeger capì subito di cosa si trattava.

Si avvicinarono furtivi al bordo dell'acqua. Con l'orecchio appoggiato al cemento, Jaeger sentì un debole e ritmico ronzio provenire dall'interno, ed ebbe conferma dei suoi sospetti.

Quella era un'unità idroelettrica, collocata nel punto in cui l'acqua si incanalava veloce e potente nella strozzatura. Una tubazione convogliava parte del fiume all'interno dell'edificio, dove una serie di turbine – la forma moderna dell'antica ruota da mulino – giravano grazie alla spinta della corrente, la quale avrebbe a sua volta alimentato un generatore di elettricità. La struttura massiccia dell'edificio serviva a proteggere il macchinario dalla curiosità distruttrice degli elefanti.

Lo scetticismo di Jaeger svanì in un istante. Era evidente che sotto quella montagna ci fosse qualcosa, qualcosa che veniva nascosto nelle viscere della terra, qualcosa che – in quanto prodotto dall'uomo – aveva bisogno di energia elettrica.

Con il dito indicò l'oscurità. «Seguiamo il cavo. Ci porterà a ciò che utilizza questa corrente elettrica. Sotto la montagna...»

«Qualunque laboratorio ha bisogno di elettricità» lo interruppe Narov. «È qui! Siamo vicini.»

Gli occhi di Jaeger mandarono lampi. «Vieni, andiamo!»

Procedettero a passo spedito, seguendo il percorso del cavo che si addentrava nelle viscere della terra. Protetto da potenziali danni da un sarcofago di acciaio, serpeggiava all'interno della montagna. Passo dopo passo, si stavano avvicinando all'obiettivo.

Il cavo terminava in una parete.

La massiccia struttura tagliava di traverso l'intera larghezza della caverna. Alta diversi metri, più alta anche del più grande degli elefanti, aveva uno scopo molto evidente: fermare l'avanzata degli animali.

Nel punto in cui la parete incontrava il fiume, la struttura aveva delle paratoie che consentivano all'acqua di passare. Jaeger immaginava che lì ci fossero altre turbine e che l'unità a valle fosse quella ausiliaria.

Si fermarono alla fresca ombra della parete. Jaeger era animato da una feroce determinazione. La montagna stava per svelare i propri segreti, quali che fossero.

"Mancava poco."

Osservò la struttura. Si trattava di una distesa verticale di liscio cemento armato.

Quello era il confine, ma il confine di cosa?

Cosa c'era dietro?

Chi c'era dietro? Un'immagine di Ruth e Luke incatenati e imprigionati gli attraversò la mente.

"Sempre avanti. Non ti fermare." Quello era stato il mantra di Jaeger quando aveva prestato servizio nei Royal Marines. "In combattimento, accorcia la distanza." Durante tutto il tempo in cui aveva cercato la sua famiglia si era ripetuto queste parole, e adesso stava facendo altrettanto.

Scrutò attentamente la parete alla ricerca di eventuali appigli. Quasi assenti. Era impossibile scalarla. A meno che...

Si spostò verso il lato, dove il muro costruito dall'uomo incontrava quello eretto dalla natura. Lì doveva per forza esserci un punto debole; forse sarebbe stato possibile scalare dove la liscia struttura cozzava con i cristalli acuminati e gli affioramenti rocciosi, alcuni dei quali erano stati distrutti durante la costruzione.

Gli spuntoni di roccia erano stati rimossi per fare spazio alla struttura e non levigati, quindi presentavano sufficienti appigli per le mani e i piedi.

«Questa parete non è stata costruita per fermare le persone» bisbigliò Jaeger, mentre tracciava una mappa mentale del percorso di scalata. «Serve a impedire che gli elefanti, golosi di sale, proseguano oltre questo punto. Serve a proteggere ciò che si trova dall'altra parte.»

«Qualunque cosa ci sia ha bisogno di energia elettrica» mormorò Narov con lo sguardo acceso. «Adesso siamo vicini, molto vicini.»

Jaeger si tolse lo zaino e lo lasciò cadere ai suoi piedi. «Vado per primo. Quando sarò su, lega gli zaini e io li isserò. Tu formi la retroguardia.»

«Ricevuto. Dopotutto, sei tu il maestro della roccia.»

Sin da quando era bambino, la scalata era stata una passione di Jaeger. A scuola, per scommessa con un compagno, aveva scalato la torre campanaria in free climbing, cioè senza alcun tipo di imbragatura. Nel SAS, aveva servito nella Mountain Troop, il reparto specializzato in tutte le operazioni di guerra in montagna; e, durante la recente spedizione in Amazzonia, aveva eseguito una serie di pericolose ascese e discese.

In poche parole, se occorreva scalare qualcosa, quello che si lanciava nell'impresa era lui.

Gli ci vollero diversi tentativi, ma legando un sasso in fondo alla corda, che poi lanciò e incastrò, Jaeger riuscì a issarsi e afferrare uno degli affioramenti rocciosi più in alto. Con la corda attaccata lassù, aveva una specie di punto di ancoraggio e poté iniziare la scalata con un ragionevole grado di sicurezza.

Tenne addosso lo stretto necessario, riponendo tutta l'attrezzatura, persino la pistola, nello zaino. Tirandosi su con la mano sinistra, serrò le dita attorno a una sporgenza tondeggiante. Si trattava forse di una mandibola fossilizzata di una iena gigante preistorica? Al momento, la cosa non lo interessava.

I piedi fecero presa su sporgenze simili, e Jaeger usò i resti preistorici inglobati nella parete per issarsi di qualche metro. Afferrò poi la corda e si tirò fino al successivo appiglio solido.

La corda teneva bene e Jaeger fece progressi.

Adesso, la sola cosa che gli interessava era raggiungere la sommità della parete e scoprire cosa stesse custodendo, e nascondendo.

40

Jaeger cercò a tentoni il bordo della sommità. Quando finalmente le dita raggiunsero l'obiettivo,– con i muscoli delle spalle che bruciavano – si issò in cima, usando prima l'addome e poi le ginocchia per strisciare fin su.

Rimase lì, sdraiato, per diversi secondi, intento a calmare il respiro pesante e affannoso. In cima, la parete era ampia e piatta, a testimonianza dell'ingente sforzo che era stato profuso nella sua costruzione. Come aveva sospettato, il muro non serviva da ostacolo per gli esseri umani: era infatti privo di dissuasori come filo spinato. Non era previsto che qualcuno arrivasse fin lì senza invito e con l'intenzione di scalare la parete, questo era chiaro.

Chiunque avesse costruito questa barriera – e Jaeger non dubitava più che Kammler c'entrasse qualcosa – non immaginava che il luogo potesse essere scoperto. Era evidente che i progettisti avevano ritenuto quel posto impossibile da rintracciare, e quindi sicuro.

Jaeger si arrischiò a guardare dall'altra parte. I raggi della torcia frontale riverberarono da una superficie completamente immobile, nera, simile a uno specchio. Dietro la parete si celava un secondo lago, uno specchio d'acqua sito dentro una vasta galleria circolare.

Il luogo appariva completamente deserto, ma non fu questo che lasciò di stucco Jaeger.

In mezzo all'acqua c'era qualcosa di semplicemente straordinario. Sulla superficie a specchio del lago galleggiava un'apparizione che risultava al contempo inattesa e sconvolgente, ma anche stranamente familiare.

Jaeger cercò di dominare le emozioni e l'eccitazione, anche se aveva il cuore che batteva all'impazzata.

Sganciò la corda dal suo precario appiglio e l'assicurò correttamente attorno a un piccolo pinnacolo, prima di calarne un capo a Narov. La donna attaccò il primo zaino e Jaeger lo sollevò, poi ripeterono l'operazione con il secondo. Poi Narov scalò a sua volta la barriera, mentre Jaeger – seduto a cavalcioni sulla sommità – fungeva da punto di attacco.

Quando Narov fu accanto a lui, Jaeger puntò la torcia attraverso il lago. «Guarda un po'» sussurrò. «Rifatti gli occhi.»

Narov osservò la scena. Jaeger l'aveva vista rimanere senza parole in poche occasioni, questa era una di quelle.

«In principio ho creduto di sognare» commentò Jaeger. «Dimmi che sono sveglio. Dimmi che è tutto vero.»

Narov non riusciva a staccare lo sguardo da quello spettacolo. «Lo vedo. Ma come, in nome del cielo, sono riusciti a portarlo qui?»

Jaeger si strinse nelle spalle. «Non ne ho la più pallida idea.»

Calarono gli zaini dall'altra parte, prima di scendere a loro volta. Si accucciarono nel più assoluto silenzio, contemplando la prossima sfida che li attendeva, una sfida apparentemente impossibile. Se non a nuoto – e Dio solo sapeva cosa potesse abitare quelle acque – come sarebbero arrivati al centro del lago? E, se anche l'avessero fatto, come sarebbero saliti a bordo di ciò che stava alla fonda?

Jaeger si disse che forse se lo sarebbero dovuti aspettare. In un certo senso, erano stati avvisati durante il briefing a Falkenhagen. In ogni caso, trovarlo lì, e trovarlo intatto e in perfette condizioni, era strabiliante.

Al centro del lago, sotto la montagna, era ancorata la gigantesca forma dell'idrovolante Blohm & Voss BV222.

Anche da quella distanza era sbalorditivo: un gigantesco

esamotore, con il muso, un becco dall'aspetto crudele, legato a una boa. Il motoscafo dalle linee vintage assicurato al suo fianco appariva minuscolo al confronto dell'elegante ala che si allungava sopra di esso, a conferma dell'incredibile mole del velivolo.

Forse, però, ancor più delle dimensioni e della presenza dell'aereo militare, la cosa che sbalordiva più di tutto Jaeger era lo stato di perfetta conservazione in cui si trovava. Non una chiazza di guano di pipistrelli macchiava la fusoliera del BV222, che era dipinta di quello che doveva essere il suo verde militare originale. Allo stesso modo, la parte inferiore blu e bianca, che seguiva il profilo a V dello scafo, era totalmente priva di alghe o muschio.

Sopra il velivolo emergeva una foresta di torrette per le mitragliatrici: il BV222 era progettato per operare senza bisogno di scorta armata. Era un'imponente piattaforma armata volante che doveva essere in grado di abbattere qualunque caccia alleato.

Il Perspex delle torrette era trasparente e pulito come il giorno in cui era uscito dalla fabbrica. Lungo la fiancata correva una fila di oblò, che terminava sul muso con l'iconica insegna della Luftwaffe, una croce nera sovrapposta a una bianca.

Sembrava fosse stata appena dipinta.

Non si sa come questo BV222 sia stato parcheggiato lì per settant'anni, curato e manutenuto alla perfezione. Il più grande mistero, però, un mistero che Jaeger – per quanto si sforzasse – non riusciva a risolvere, era come diavolo quel velivolo fosse arrivato lì.

Con un'apertura alare di 46 metri, era troppo largo per entrare dall'ingresso della caverna.

Doveva essere opera di Kammler. Chissà come era riuscito a portarlo lì.

Perché lo aveva fatto?

A quale scopo?

Per un attimo, Jaeger si chiese se Kammler avesse organizzato il proprio laboratorio segreto per la guerra batteriologica all'interno di questo velivolo nascosto sotto la montagna, ma scartò l'idea non appena l'ebbe formulata. Se non fosse stato per le torce frontali, il BV222 sarebbe rimasto celato nell'oscurità più assoluta. Jaeger non dubitava che fosse deserto.

Mentre riposava, raccogliendo le idee, si rese conto del silenzio assoluto che regnava. La massiccia struttura di cemento della parete escludeva pressoché qualunque suono proveniente del sistema di grotte: il rumore provocato dagli elefanti che scavavano, il loro ritmico masticare frammenti di roccia, i passi pesanti e i barriti.

Lì, il silenzio era assoluto. Privo di vita. Spettrale. Desertico.

Era come se, in quel luogo, la vita si fosse fermata.

41

Jaeger indicò l'idrovolante, come a dire che non c'era altro modo di arrivarci se non a nuoto.

Narov annuì in silenzio. Cominciarono a spogliarsi, restando con addosso solo lo stretto indispensabile. Era una nuotata da centocinquanta metri, e l'ultima cosa di cui avevano bisogno era di essere appesantiti da zaini, marsupi e munizioni. Avrebbero lasciato tutto – vestiti e calzature compresi – tranne l'essenziale a riva.

Jaeger esitò solo quando si trattò di privarsi della pistola. Odiava l'idea di procedere disarmato. La maggior parte delle armi moderne funzionava perfettamente anche dopo un bagno, ma al momento era cruciale sbrigarsela in fretta con la gelida nuotata che li attendeva.

Posò la propria P228 accanto a quella di Narov sotto una piccola roccia, vicino al resto dell'equipaggiamento.

Jaeger, però, non fu sorpreso nel constatare che Narov aveva tenuto addosso un'arma. In Amazzonia aveva scoperto che la donna non si separava mai dal suo coltello da combattimento Fairbairn-Sykes, che rappresentava per lei una sorta di talismano, essendo – a quanto pareva – un dono del nonno di Jaeger.

La guardò. «Pronta?»

Le brillarono gli occhi. «Vediamo chi arriva prima.»

Jaeger prese mentalmente nota della posizione del velivolo, fissandosela in testa prima di spegnere la torcia. Narov fece altrettanto. Andando a tentoni, infilarono le Petzl in sacche Ziploc a tenuta stagna. Adesso era tutto buio, nero e scuro come la pece.

Jaeger si mise la mano davanti alla faccia. Non vedeva niente. L'avvicinò fino a toccarsi il naso con la palma, ma nemmeno così vedeva alcunché. Così addentro nella montagna, infatti, non penetrava il minimo raggio di luce.

«Stammi vicino» sussurrò. «Ah, un'altra cosa...»

Non terminò la frase. Si tuffò invece nelle gelide acque del lago, sperando di aver distanziato Narov e di essere in vantaggio. Sentiva che, a pochi metri da lui, la donna nuotava a un ritmo forsennato nel tentativo di raggiungerlo.

Jaeger, che nuotava con lunghe bracciate potenti per rimanere davanti, alzava la testa solo per fare un respiro veloce. Ex Royal Marine, si sentiva a casa sopra e dentro l'acqua. Il fascino del velivolo era irresistibile, ma il buio totale lo disorientava terribilmente.

Aveva quasi perso la speranza di aver nuotato nella giusta direzione quando, con la mano, toccò qualcosa di rigido. Sembrava acciaio, freddo e inflessibile. Immaginò si trattasse dei galleggianti dell'idrovolante. Si trasse fuori dall'acqua e si trovò su una superficie piatta.

Prese la torcia, la indossò e l'accese, illuminando la superficie del lago. Narov era dietro di lui di pochi secondi, quindi usò la luce per guidarla.

«Hai perso» bisbigliò punzecchiando la donna mentre usciva dall'acqua.

«Hai barato» rispose lei accigliata.

Jaeger si strinse nelle spalle. «In amore e in guerra, tutto è concesso.»

I due si accucciarono, aspettando qualche istante per riprendere fiato. Jaeger percorse la zona circostante con la torcia, facendo brillare alla luce l'enorme ampiezza dell'ala che si allungava sopra di loro. Durante il briefing a Falkenhagen gli avevano spiegato che il BV222 aveva in realtà due ponti, quello superiore era destinato a passeggeri e merci, mentre quello inferiore ospitava le postazioni delle mitragliatrici dalle quali era possibile difendere il velivolo.

Stando così vicino alla fusoliera, capiva anche perché. Da lì, infatti, poteva finalmente apprezzare la portata di quel velivolo, al quale non mancavano una grazia sbalorditiva e una presenza incredibile. Doveva entrare.

Si alzò e aiutò Narov a fare altrettanto. Non appena ebbe mosso un paio di passi, però, un urlo lacerò il silenzio. Un grido ritmico e squillante eruppe attraverso il lago, riecheggiando assordante sulle pareti rocciose.

Jaeger si paralizzò. Capì immediatamente cos'era successo: il BV222 doveva essere dotato di sensori a infrarossi. Al loro primo movimento, si erano esposti ai raggi invisibili del sensore, facendo così scattare l'allarme.

«Spegni la torcia» sibilò.

Qualche momento dopo piombarono nel buio assoluto, ma non durò a lungo.

Un potente fascio di luce si accese sulla riva meridionale del lago, dissipando anche la più piccola ombra e spazzando l'acqua, per poi fermarsi sull'aereo, quasi accecando Jaeger e Narov.

Lottando contro l'istinto di cercare copertura e prepararsi alla battaglia, Jaeger si riparò gli occhi dal bagliore.

«Ricorda» mormorò, «siamo una coppietta di neosposi del cavolo. Turisti. Chiunque ci sia laggiù, non siamo qui per combattere.»

Narov non rispose. Teneva gli occhi fissi su quello che si stava svelando attorno a loro, come fosse ipnotizzata. Il potente faro aveva illuminato gran parte della caverna, mostrando la forma luccicante del BV222 in tutta la sua sfolgorante e magica gloria.

Sembrava quasi il pezzo forte di un museo.

E, ancor più portentoso, sembrava perfettamente in grado di volare.

42

Un urlo echeggiò attraverso l'acqua. «Fermi dove siete! Non un passo!»

Jaeger si irrigidì. L'accento suonava europeo. Di certo non inglese. Forse tedesco? La parola "dove" era stata pronunciata con una leggera "f", che ricordava la lingua tedesca. Era Kammler? Impossibile. Il team a Falkenhagen lo stava tenendo sotto stretta sorveglianza, anche grazie all'abile assistenza dei contatti alla Central Intelligence Agency. E, in ogni caso, la persona che aveva parlato era troppo giovane per essere lui.

In più, c'era qualcosa di strano in quel tono: era privo dell'arroganza che ci si sarebbe aspettati da Kammler.

«Restate dove siete» ordinò di nuovo la voce con un evidente sfumatura di minaccia. «Stiamo arrivando.»

Si udì il rombo di un motore potente e la forma di un RIB, il gommone a chiglia rigida, uscì allo scoperto. L'imbarcazione attraversò la superficie del lago, arrivando ai piedi di Jaeger e Narov.

La persona a prua aveva una zazzera di capelli color sabbia arruffati sulla testa e una barba incolta sulle guance. Doveva essere alto più di un metro e ottanta, ed era bianco, a differenza degli altri uomini dell'equipaggio del gommone, che erano africani. Portava un'uniforme militare color verde e, come Jaeger aveva avuto modo di notare, imbracciava un fucile d'assalto.

Il resto dell'equipaggio era abbigliato e armato alla stessa maniera, e gli uomini tenevano Narov e Jaeger sotto tiro. L'uomo alto li fissò. «Cosa state facendo qui? Siete qui per sbaglio, immagino.»

Jaeger decise di fare il finto tonto. Porse la mano per stringerla al suo interlocutore, il quale non mosse un muscolo per prenderla.

«Lei è?» domandò l'uomo dalla barca, gelido. «E voglia per favore spiegarmi cosa fate qui.»

«Bert Groves, e questa è mia moglie, Andrea. Siamo inglesi. Siamo turisti. Be', sarebbe meglio dire "avventurieri". Non abbiamo potuto resistere all'attrattiva del cratere e siamo scesi a sbirciare. La grotta ci ha letteralmente risucchiati.» Indicò l'aereo militare. «Poi abbiamo visto questo... è davvero incredibile.»

L'uomo aggrottò le sopracciglia, mentre il sospetto gli increspava ancora la fronte. «La vostra presenza qui è notevolmente... avventurosa per dei turisti, e uso un eufemismo. E anche pericolosa da tanti punti di vista.» Indicò i suoi uomini. «Le mie guardie mi hanno detto che eravate bracconieri.»

«Bracconieri? Per niente al mondo.» Jaeger guardò Narov. «Ci siamo appena sposati. Immagino ci siamo fatti prendere dalla nostra avventura africana e non abbiamo riflettuto a fondo. Dev'essere lo spirito della luna di miele.» Si strinse nelle spalle a mo' di scusa. «Mi dispiace se abbiamo causato dei problemi.»

L'uomo sul gommone aggiustò la presa sul fucile. «Il signor e la signora Groves, questo nome mi è familiare. Non avete una prenotazione al Katavi Lodge, con arrivo domani mattina?»

Jaeger sorrise. «Esatto. Siamo proprio noi. Domattina alle undici. Per cinque giorni.»

Guardò Narov, facendo del proprio meglio per recitare la parte del neosposo innamorato. «Appena sposati, e determinati a vivere la vita al massimo!»

Lo sguardo dell'altro rimase impassibile. «Be', ovviamente se non siete bracconieri siete più che benvenuti.» Il tono, tuttavia, non era molto accogliente. «Sono Falk Konig, capo conservazionista della Katavi Game Reserve. Questa però non è la strada consigliabile per iniziare una luna di miele con safari, né per arrivare al lodge.»

Jaeger finse una risata. «Già, l'avevo immaginato. Come ho detto, non abbiamo potuto resistere alla scalata di Burning Angels Peak. E, una volta in cima, è impossibile fermarsi. Laggiù c'è un vero e proprio mondo perduto. E poi abbiamo visto gli elefanti entrare nella grotta. Insomma, uno spettacolo mozzafiato.» Scrollò le spalle. «Non siamo riusciti a trattenerci.»

Konig annuì rigido. «Sì, la caldera ospita un ecosistema molto ricco. Un habitat unico al mondo. È la riserva di riproduzione dei nostri elefanti e rinoceronti, ecco perché ne vietiamo l'accesso a *tutti i visitatori*.» Fece una pausa. «Devo avvertirvi: entro i confini della riserva di riproduzione le guardie possono sparare a vista. Gli intrusi possono essere uccisi sul colpo.»

«Comprendiamo» Jaeger guardò Narov. «Siamo davvero dispiaciuti per l'incomodo che abbiamo causato.»

Konig lo guardò, ancora sospettoso. «Signor Groves, signora, ciò che avete fatto è molto rischioso. La prossima volta, per favore, percorrete la strada consentita, oppure potreste non essere accolti nel più pacifico dei modi.»

Narov si allungò per stringere la mano a Konig. «Mio marito... lo scusi. È stata colpa sua. È testardo e pensa sempre di sapere tutto. Ho tentato di dissuaderlo...» Sorrise con aria adorante. «Ma è anche questo che amo di lui.»

Konig sembrò rilassarsi un po', ma Jaeger dovette trattenersi dal dare una risposta altrettanto ficcante. Narov stava recitando la sua parte alla perfezione. Persino troppo bene, e Jaeger ebbe quasi l'impressione che le stesse piacendo.

«Immagino.» Konig offrì a Narov una stretta di mano poco convinta. «Lei, però, signora Groves, non ha l'accento inglese.»

«Mi chiami Andrea» replicò Narov. «Oggigiorno, come sa, sono tanti gli inglesi che non sembrano tali. Se posso permettermi, nemmeno lei, signor Konig, sembra originario della Tanzania.»

«Sono tedesco, infatti.» Konig guardò l'enorme aereo alla fonda. «Sono un conservazionista tedesco esperto di fauna selvatica, vivo in Africa, lavoro con lo staff locale, ed è nostro compito anche sorvegliare questo velivolo.»

«È della Seconda guerra mondiale, vero?» chiese Jaeger fingendo ignoranza. «Intendo... è incredibile. Come, nel nome del cielo, è finito qui nelle viscere della terra? Di certo è troppo grande per essere passato dall'entrata della caverna.»

«Ha ragione» confermò Konig. Il suo sguardo tradiva ancora diffidenza. «Le ali sono state rimosse e l'aereo è stato portato qui nella stagione delle piogge. Credo fosse il 1947. Poi sono stati assoldati degli abitanti del luogo affinché portassero le ali, in un secondo momento, divise in sezioni.»

«Pazzesco. Ma perché qui in Africa? Voglio dire, com'è atterrato qui, e perché?»

Per una frazione di secondo, un'ombra scura attraversò il viso di Konig. «Questo non lo so. Questa parte della storia risale a molto prima che nascessi.»

Jaeger era certo che mentisse.

43

Konig fece un cenno con la testa in direzione dell'aereo. «Immagino siate curiosi.»

«Di vedere l'interno? Moltissimo!» rispose Jaeger in tono entusiasta.

Konig scosse la testa. «Purtroppo, è rigorosamente off limits. Accesso vietato, come del resto a tutta questa zona. Ma credo che ormai l'abbiate capito.»

«Capito» confermò Jaeger. «Però è un peccato. Accesso vietato da chi?»

«Dal proprietario del luogo. Katavi è un santuario di caccia privato, gestito da un americano di origini tedesche. Gli stranieri apprezzano anche questo, fa parte del nostro fascino. A differenza dei parchi nazionali gestiti dal governo, qui vige un'efficienza teutonica.»

«Si tratta di una riserva di caccia che funziona?» chiese Narov. «È questo che intende?»

«Più o meno. Qualcuno ha dichiarato guerra alla fauna selvatica africana e purtroppo i bracconieri la stanno vincendo. Ecco perché abbiamo introdotto la politica dello sparare a vista: è un tentativo disperato di vincere la guerra.»

Konig li guardò. «A causa di questa politica, voi oggi avete quasi perso la vita.»

Jaeger scelse di ignorare il commento. «Ha tutto il nostro appoggio» osservò con sincerità. «Massacrare un elefante per prendere le zanne o un rinoceronte per impossessarsi del corno è terribile. Un atto insensato.»

Konig chinò la testa. «Concordo. Di media perdiamo un elefante o un rinoceronte al giorno. È un'ecatombe.» Si fermò. «Adesso, però, basta domande, signori Groves.» Ordinò loro di salire a bordo del gommone. Non erano proprio sotto la minaccia delle armi, ma era chiaro che non avevano scelta. Il gommone si allontanò dall'idrovolante, che beccheggiò per effetto dell'onda di prora. Per essere così grande, il BV222 era innegabilmente bello e aggraziato, e Jaeger era determinato a trovare il modo di tornare lì e scoprirne i segreti.

Il RIB li portò nel punto in cui un tunnel di accesso si faceva strada verso l'uscita delle grotte. Konig premette un interruttore montato sulla parete e un passaggio scavato nella roccia prese vita, grazie a un sistema di illuminazione elettrica nascosto nel soffitto.

«Aspettate qui» ordinò. «Andiamo a prendere le vostre cose.»

«Grazie. Sa dove sono?» domandò Jaeger.

«Ovviamente. I miei uomini vi osservano da un po'.»

«Davvero. Wow. E come ci riuscite?»

«Be', abbiamo dei sensori posizionati nelle caverne. Come può immaginare, però, a causa del via vai degli animali vengono attivati di continuo. In ogni caso, nessun animale si addentra fin qui.» Scoccò a Jaeger e Narov uno sguardo penetrante. «O, quantomeno, non di consueto... Oggi, qualcosa ha sorpreso le mie guardie. Un suono inatteso. Una serie di spari.»

«Abbiamo sparato alle iene» intervenne Narov sulla difensiva. «Ce n'era un branco. L'abbiamo fatto per salvare gli elefanti. C'erano i cuccioli.»

Konig la zittì con un gesto. «So bene che avete ucciso le iene. Sono certamente una minaccia. Vengono qui per sbranare i cuccioli. Provocano il panico nei branchi, gli esemplari giovani finiscono calpestati, e non ce ne sono tanti. Le iene... noi stessi siamo costretti ad abbatterle, per ridurne il numero.»

«Quindi le sue guardie hanno sentito gli spari?» azzardò Jaeger.

«Sì. E mi hanno chiamato allarmate. Temevano che i bracconieri fossero giunti fin qui. Ecco perché sono arrivato e ho trovato... *voi*.» Fece una pausa. «Una coppia di sposini scalatori, speleologi e fustigatori di iene maculate. Bizzarro, non trova, signora Groves?»

Narov non fece una piega. «Lei si calerebbe qui dentro disarmato? Sarebbe folle.»

Il viso di Konig rimase impassibile. «Forse ha ragione. Mio malgrado, però, sono comunque costretto a requisire le vostre armi. E questo per due ragioni. Primo, avete oltrepassato una zona vietata. Nessuno a parte me e i miei uomini è autorizzato a portare armi qui.»

Guardò Narov e Jaeger. «E, secondo, perché il proprietario ha ordinato che chiunque venga trovato qui sia tratto in arresto. Immagino però che questa seconda regola non valga per gli ospiti del lodge. Mi riservo comunque di riflettere sulla cosa, e custodirò le vostre armi almeno finché non avrò discusso di questo con il proprietario.»

Jaeger si strinse nelle spalle. «Nessun problema. Là dove andremo non ci serviranno.»

Konig fece un sorriso tirato. «Ovviamente no. Al Katavi Lodge non servono armi.»

Jaeger seguì con lo sguardo due uomini di Konig che andavano a prendere l'equipaggiamento che lui e Narov avevano lasciato in riva al lago.

«Le pistole sono sotto una piccola roccia, accanto alle nostre cose!» gridò loro. Si girò verso Konig. «Immagino che non abbiamo dato un'ottima impressione, portando armi in una zona off limits come questa, giusto?»

«Ha ragione, signor Groves» replicò Konig. «Una pessima impressione.»

44

A beneficio degli astanti, Jaeger fece il gesto di riempire nuovamente il bicchiere di Narov, ma vide che era inutile, visto che aveva a malapena toccato il suo vino.

Narov fece una smorfia. «Non mi piace il sapore dell'alcol.» Jaeger sospirò. «Stasera devi scioglierti un po'. Devi essere all'altezza della tua parte.»

Aveva scelto una bottiglia di Saumur ghiacciato, uno spumante francese meno pretenzioso dello champagne. Aveva voluto ordinare qualcosa per festeggiare con la novella sposa, ma senza attirare troppo l'attenzione. E il Saumur, con l'etichetta blu e le scritte discrete in bianco e oro, gli era sembrato la scelta giusta.

Erano ormai da trentasei ore allo splendido Katavi Lodge, in una conca ai piedi delle Mbizi Mountains, un gruppo di bungalow imbiancati a calce, con morbide curve esterne studiate per ingentilire le linee dritte dei muri. Le stanze avevano i tradizionali soffitti alti con un ventilatore che le manteneva relativamente fresche.

Pale dello stesso tipo ruotavano pigre sopra la zona pranzo, muovendo lievemente l'aria del Veranda Restaurant del lodge. Collocato in un punto strategico per dominare lo stagno dove si abbeveravano gli animali, era in una posizione decisamente privilegiata. Quella sera lo stagno era molto affollato, con gli sbuffi nervosi degli ippopotami e i barriti degli elefanti che accompagnavano le conversazioni.

Con il passare delle ore, Jaeger e Narov vedevano sempre più ardua la sfida di tornare su quell'aereo da combattimento. Al Katavi Lodge si occupavano degli ospiti sotto ogni aspetto – cucina, lavanderia, pulizie, gite –, oltre all'itinerario quotidiano dei safari. Certo, il personale sapeva gestire benissimo una riserva di caccia, ma tutto questo lasciava ben poco spazio alle attività in proprio, come un ritorno non autorizzato alle grotte.

Jaeger, però, aveva fissa in mente una sola preoccupazione: anche Ruth e Luke erano nascosti in qualche punto sotto quella montagna? Erano prigionieri in un laboratorio, come topi in attesa del virus killer?

Per quanto Jaeger sapesse che lui e Narov dovevano interpretare la parte in modo convincente, si rodeva per la frustrazione. Dovevano muoversi, ottenere dei risultati. Konig, però, dubitava ancora di loro e non potevano fare nulla che alimentasse ulteriormente i suoi sospetti.

Jaeger bevve un sorso di Saumur: era perfettamente ghiacciato nel secchiello accanto a loro, e non poteva negare che fosse buono.

«Non trovi che tutto questo sia un po' strano?» chiese, abbassando la voce per non essere sentito dagli altri.

«Strano in che senso?»

«Il signore e la signora Groves? La faccenda della luna di miele?»

Narov lo fissò senza alcuna espressione. «Perché mai? Stiamo interpretando una parte. Perché dovrebbe essere strano?»

O Narov negava la realtà, oppure tutta quella sceneggiata, in un modo o nell'altro, le veniva naturale. Una situazione bizzarra. Per mesi Jaeger aveva cercato di sondare quella donna, di conoscerla davvero. Ma non si era mai sentito vicino al suo obiettivo.

Grazie alla trasformazione nel bunker di Falkenhagen, il nuovo look con i capelli corvini dava a Narov una sorta di bellezza celtica. E Jaeger fu colpito da come gli ricordasse in qualcosa Ruth, sua moglie.

Trovò quel pensiero decisamente spiazzante.

Come mai gli era passata un'idea simile per la testa? Probabilmente era colpa dell'alcol.

Una voce interruppe i suoi pensieri: «Signori Groves, vi state ambientando bene? La cena è stata di vostro gradimento?». Era Konig. La sera, il capo conservazionista della riserva faceva il giro dei tavoli per controllare che tutto andasse a dovere. Non sembrava particolarmente cordiale, ma almeno non li aveva fatti arrestare per la loro incursione dentro la montagna.

«Impossibile trovare difetti» rispose Jaeger. «Nemmeno uno.»

Konig indicò il panorama. «Fantastico, vero?»

«Stupendo.» Jaeger sollevò la bottiglia di Saumur. «Vorrebbe unirsi a noi per festeggiare?»

«No, grazie. Vi siete appena sposati, non credo vi serva compagnia.»

«Per favore, ci farebbe piacere» intervenne Narov. «Deve sapere molte cose sulla riserva. Siamo affascinati – stregati –, vero Spotty?»

L'ultima osservazione era rivolta a una gatta sdraiata sotto la sua sedia. Il lodge ospitava anche parecchi gatti e, ovviamente, Narov aveva adottato il meno attraente, quello che gli altri ospiti tendevano ad allontanare dalla tavola.

«Spotty» era una micia di razza incerta, bianca con le macchie nere. Magra come uno stecco, a un certo punto aveva perso l'uso delle zampe posteriori. Già una buona metà del persico del Nilo al forno – un pesce locale – di Narov era finita fra le fauci della gatta durante la cena, e la felina non avrebbe potuto essere più soddisfatta.

«Ah, vedo che lei e Paca avete fatto amicizia» osservò Falk con un tono di voce lievemente più dolce.

«Paca?» chiese Narov.

«La parola swahili per gatto.» Poi scrollò le spalle. «Non sarà molto originale, ma il personale l'ha trovata in un villaggio qui vicino, mezza morta. Era stata investita da una macchina. L'ho adottata e, visto che nessuno conosceva il suo vero nome, abbiamo cominciato a chiamarla Paca.»

«Paca.» Narov assaporò la parola per un attimo. Poi porse alla gatta quel che restava del suo pesce. «Ecco, Paca, ma non masticarlo troppo rumorosamente. C'è gente che sta ancora mangiando.»

La micia stese una zampa, fece cadere il pezzo di pesce e lo afferrò al volo.

Konig si concesse un breve sorriso. «Signora Groves, credo che lei ami moltissimo gli animali.»

«Animali» gli fece eco Narov. «Sono molto più schietti e onesti degli esseri umani. Vogliono mangiarti, oppure cercano coccole o cibo, o chiedono lealtà e amore, e te li restituiscono moltiplicati per cento. Poi non decidono d'impulso di mollarti per un'altra.»

Konig fece una risatina sommessa. «Signor Groves, forse dovrebbe preoccuparsi. E credo che mi unirò a voi, ma solo per un bicchiere. Domani mattina devo alzarmi presto.»

Fece cenno al cameriere di portare un terzo bicchiere. L'amore di Narov per la gatta meno attraente di Katavi Lodge sembrava averlo conquistato.

Jaeger versò il Saumur. «A proposito, ha uno staff fantastico. E dovrebbe fare i complimenti allo chef per la cena.» Pausa. «Ma, mi dica. Come funziona la riserva? Intendo dire, è un buon affare?»

«Da un certo punto di vista sì» rispose Konig. «Qui al lodge facciamo ottimi profitti. Io, però, sono anzitutto e in primo luogo un conservazionista. Per me la cosa più importante è proteggere gli animali. E, quanto a questo... in questo, per essere onesti, stiamo fallendo.»

«In che senso?» chiese Narov.

«Diciamo che non è il genere di conversazione da luna di miele. Sarebbe sconvolgente, soprattutto per lei, signora Groves.»

Narov indicò Jaeger. «Sono sposata con una persona che mi porta nel cratere di Burning Angels solo per il piacere di andarci. Credo di poter affrontare questa conversazione.»

Konig scrollò le spalle. «Bene, allora. Ma la avverto: quaggiù stiamo combattendo una guerra oscura e sanguinosa.»

211

45

«Ben pochi ospiti scelgono di arrivare qui in macchina come voi» cominciò Konig. «La maggior parte vengono in Africa con un programma molto fitto e poco tempo. Atterrano al Kilimanjaro International Airport e vengono portati qui con un piccolo aereo.

Arrivano e non vedono l'ora di mettere una spunta sugli animali che hanno visto. I Big Seven: leone, ghepardo, rinoceronte, elefante, giraffa, bufalo nero e ippopotamo. Appena li hanno visti tutti, molti prendono un volo per l'Amani Beach Resort, un luogo davvero magico sull'oceano Indiano. In swahili *amani* significa pace e, credetemi, è il posto perfetto per allontanarsi da tutto nella privacy più completa.»

Il viso di Konig si adombrò. «Io, però, trascorro le mie giornate in modo ben diverso: a fare in modo che sopravvivano abbastanza Big Seven per soddisfare i nostri ospiti. Sono un pilota, e faccio voli di pattuglia antibracconaggio. Be', forse dire "pattuglia" è esagerato. E lo è visto che non possiamo far nulla, perché i bracconieri sono pesantemente armati.»

Prese una mappa malconcia. «Passo le giornate volando sui transetti, le zone di campionamento, che vengono filmati, poi riversate in un sistema di mappatura computerizzato. In questo modo abbiamo una mappa a video in tempo reale degli incidenti con i bracconieri, che vengono localizzati nella posizione esatta. Si tratta di un sistema all'avanguardia e, mi creda, è tutto merito del mio capo, il signor Kammler, se possiamo permetterci di usarlo. Il governo ci dà ben pochi aiuti.»

"Kammler." Lo aveva detto. Non che Jaeger avesse mai dubitato di chi fosse a tirare le fila di quel posto, ma era gradevole averne la conferma definitiva.

Konig abbassò la voce. «Lo scorso anno avevamo 3200 elefanti. Un numero niente male, vero? Questo fino a quando le dico che lo scorso anno ne abbiamo perduti 700. Significa due elefanti uccisi ogni giorno. I bracconieri gli sparano con i fucili d'assalto, poi tagliano le zanne con una motosega e lasciano le carcasse a marcire al sole.»

Narov era inorridita. «Se le cose vanno avanti così, in cinque anni non resteranno più elefanti.»

Konig scosse la testa, scoraggiato. «Peggio ancora. Nei primi quattro mesi di quest'anno non ho volato un solo giorno senza trovare una carneficina… In questi quattro mesi abbiamo già perso quasi 800 elefanti. *In soli quattro mesi*. Siamo a un passo dalla catastrofe.»

Narov era impallidita per lo shock. «Ma è *disgustoso*. Dopo aver visto quel branco nella grotta… intendo tutti loro, e molti altri, che verranno massacrati… È difficile crederlo. Ma come mai questa recente impennata? Senza sapere il perché, è difficile contrastarla.»

«L'effetto positivo del sistema di mappatura è che ci permette di fare alcune deduzioni, come il centro dell'attività di bracconaggio. Adesso lo abbiamo ristretto a un villaggio, e a una certa persona. Si tratta di un commerciante libanese che acquista avorio. È stato il suo arrivo nella zona a scatenare l'impennata.»

«Perché non riferisce alla polizia le sue scoperte?» suggerì Jaeger. «O alle autorità preposte alla protezione della fauna? A chiunque si occupi di questi problemi.»

Konig fece una risata amara. «Signor Groves, siamo in Africa. Circola molto denaro, e tutti vengono unti a qualsiasi livello. Le possibilità che qualcuno agisca contro questo commerciante libanese sono pari a zero.»

«Ma che ci fa qui un libanese?» chiese Jaeger.

Konig si strinse nelle spalle. «L'Africa è piena di racket di loschi trafficanti libanesi. Immagino che questo abbia deciso di diventare il Pablo Escobar del commercio illegale d'avorio.»

«E che mi dice dei rinoceronti?» Era l'animale preferito dalla famiglia Jaeger, e lui sentiva un legame profondo con quelle splendide bestie.

«Con i rinoceronti le cose vanno ancora peggio. La riserva di riproduzione, quella dove spariamo a vista, è in gran parte destinata ai rinoceronti. Con qualche migliaio di elefanti, ci restano ancora branchi che possono riprodursi. Nel caso dei rinoceronti, abbiamo dovuto far arrivare per via aerea dei maschi adulti per aumentarne il numero. Per renderla possibile.»

Konig prese il bicchiere e lo vuotò. Era evidente che l'argomento della conversazione lo turbava. Senza chiedere nulla, Jaeger gliene versò un altro. .

«Se i bracconieri sono così pesantemente armati, lei deve essere uno dei principali bersagli» disse.

Konig fece un sorriso amaro. «Lo considero un complimento. Io volo a quota molto bassa e molto veloce. Appena sopra le cime degli alberi. Quando mi vedono e imbracciano le armi, io ormai sono passato. Un paio di volte ho trovato l'aereo sforacchiato dai proiettili» disse scrollando le spalle. «Ma non credo sia un prezzo esagerato.»

«Quindi lei vola sulla zona, individua i bracconieri, poi che fa?» chiese Jaeger.

«Se notiamo segni di attività, avvisiamo via radio le squadre a terra che cercano di intercettare la banda usando i nostri veicoli. I problemi sono i tempi di risposta, il personale, il livello di addestramento e, banalmente, le proporzioni, per non parlare della disparità delle armi. In breve, quando riusciamo ad arrivare in un punto vicino alle zanne o ai corni, e ai bracconieri, quelli se ne sono andati da un pezzo.»

«Deve avere paura» indagò Narov. «Per se stesso e per gli animali. Deve essere spaventato e furioso allo stesso tempo.»

Nella sua voce c'era una nota di vera ansia, e nei suoi occhi brillava una certa ammirazione. Jaeger non si sorprese. Narov e quel guerriero tedesco della protezione della fauna avevano un legame evidente: un amore condiviso per gli animali. Questo li avvicinava, e si trattava di una vicinanza dalla quale si sentiva stranamente escluso.

«A volte sì» ammise Konig. «Ma sono più spesso arrabbiato che impaurito. È la rabbia per le proporzioni della carneficina a farmi andare avanti.»

«Al suo posto sarei furiosa» disse Narov a Konig. Poi lo guardò dritto negli occhi. «Falk, vorrei vedere di persona. Possiamo volare con lei domani? Unirci al pattugliamento?»

Konig ci mise un secondo o due a rispondere. «Be', penso proprio di no. Non ho mai portato ospiti in volo con me. Vede, volo molto basso e molto veloce: è come stare sulle montagne russe, ma peggio. Non penso che vi divertireste. Poi c'è il rischio che ci sparino addosso.»

«Indipendentemente da questo, ci porterebbe?» insistette Narov.

«Non mi sembra davvero una buona idea. Non posso portare nessuno con me... E anche per motivi di assicurazione, non è semplicemente...»

«Noi non siamo due persone qualunque» lo interruppe Narov, «come forse si è già reso conto nella grotta. Poi credo che potremmo aiutarla. Onestamente penso che potremmo darle una mano a mettere fine a questa carneficina. Faccia uno strappo alla regola, Falk. Solo per questa volta, per il bene dei suoi animali.»

«Mia moglie ha ragione» aggiunse Jaeger. «Potremmo davvero aiutarla in questa circostanza.»

«Aiutarmi come?» chiese Konig. Era palesemente incuriosito. «Come mai potreste aiutarmi a combattere una carneficina come quella?»

Jaeger fissò Narov. Una specie di piano andava delineandosi nella sua testa, un piano che immaginava potesse funzionare.

46

Jaeger osservò il grosso tedesco. Era in gran forma e, se la sua vita avesse seguito un percorso diverso, sarebbe stato un ottimo soldato d'élite. Di certo aveva mostrato ben poca paura al loro primo incontro.

«Falk, la metteremo a parte di un segreto. Siamo entrambi ex militari. Forze speciali. Qualche mese fa abbiamo lasciato l'esercito e ci siamo sposati, e direi che tutti e due siamo in cerca di qualcosa: una causa che ci coinvolga e sia più grande di noi.»

«Forse l'abbiamo trovata» aggiunse Narov. «Oggi, qui con lei, a Katavi. Se possiamo aiutarla a fermare il bracconaggio, questo sarebbe per noi ben più importante di un mese di safari.»

Konig spostò lo sguardo da Narov a Jaeger, ancora un po' incerto se potesse o meno fidarsi di loro.

«Che cosa ha da perdere?» lo incitò Narov. «Le assicuro che possiamo darle una mano. Ma ci porti con sé in aereo in modo da poter vedere la configurazione del terreno.» Poi guardò Jaeger. «Mi creda, io e mio marito abbiamo affrontato ben di peggio dei bracconieri.»

Questo mise fine alla discussione. Konig aveva evidentemente un debole per la seducente Narov, almeno questo era chiaro. Senza dubbio era disposto a chiudere un occhio sulle regole e a mostrare la sua abilità di pilota. Ma l'argomento decisivo era stata la possibilità di proseguire la sua missione, di salvare i suoi animali.

Si alzò per andarsene. «Va bene, ma venite come indipendenti, non come ospiti del Katavi. Chiaro?»

«Certo.»

Strinse la mano a entrambi. «È assolutamente poco ortodosso, quindi, per favore, vi chiedo riservatezza. Appuntamento alle sette in punto al campo di volo. Dopo il decollo faremo colazione, se avrete ancora lo stomaco a posto.»

In quel momento, come spinto da un pensiero tardivo, Jaeger gli fece un'ultima domanda.

«Falk, sono curioso. Lei ha mai messo piede su quell'aereo nella grotta? Lo ha mai visto dentro?»

Colto alla sprovvista, Konig non poté nascondere l'evasività della sua risposta. «L'aereo da combattimento? Visto dentro? E perché mai? A essere sincero non ha per me alcun interesse.»

E con questo diede la buonanotte e se ne andò.

«Sta mentendo» disse Jaeger a Narov non appena furono sicuri di non essere sentiti. «Sul non aver mai messo piede su quell'aereo.»

«Sì» confermò Narov. «Se uno ti dice "a essere sincero" puoi stare certo che sta mentendo.»

Jaeger sorrise. Tipico di Narov. «La domanda è: perché? Su tutti gli altri fronti sembra genuino. Perché quindi mentire sull'aereo?»

«Penso che abbia paura, paura di Kammler. E, in base alla nostra esperienza, ne ha tutte le ragioni.»

«Allora ci uniamo alla pattuglia» disse Jaeger quasi fra sé e sé. «Ma questo come ci aiuta a tornare dentro quella montagna, a salire su quell'aereo?»

«Se non possiamo salirci, la cosa migliore è parlare con qualcuno che lo ha fatto, e quello è Konig. Konig sa tutto quello che succede qui. Conosce l'oscurità dietro la facciata scintillante, è al corrente di tutti i segreti. Ma ha paura a parlare. Dobbiamo portarlo dalla nostra parte.»

«Cuore e cervello?» chiese Jaeger.

«Prima il cuore, poi il cervello. Dobbiamo portarlo in un posto dove si senta abbastanza al sicuro per parlare. A dire il vero, dove si senta *obbligato* a parlare. E possiamo farlo aiutandolo a salvare i suoi animali.»

Tornarono insieme al bungalow, passando sotto i rami di un enorme albero di mango. Un gruppo di scimmie cominciò a strillare prima di lanciare loro addosso dei semi di mango rosicchiati.

"Bastarde sfacciate" pensò Jaeger.

Al loro arrivo, Jaeger e Narov avevano ricevuto un opuscolo che spiegava il comportamento corretto da tenere con le scimmie. Se una ti affrontava, dovevi evitare il contatto degli occhi. L'avrebbero considerata una sfida, e questo le avrebbe fatte arrabbiare. Bisognava arretrare in silenzio. E se una scimmia afferrava del cibo o un oggetto di scarso valore, dovevi cederglielo senza protestare e riferire l'accaduto a uno dei sorveglianti.

Jaeger non era del tutto d'accordo con quel consiglio. Nella sua esperienza, inevitabilmente la capitolazione portava a un'aggressione più pesante. Raggiunto il loro bungalow, fece scivolare il pesante pannello di legno che serviva da persiana alla grande porta a vetri. Jaeger si mise subito in allarme: avrebbe giurato di aver lasciato il pannello aperto.

Non appena dentro, fu chiaro che qualcuno era entrato in camera loro. Intorno all'enorme letto era stata abbassata la zanzariera. L'aria era fresca: qualcuno aveva acceso l'aria condizionata. E manciate di petali rossi punteggiavano i cuscini bianchi e immacolati.

Jaeger ricordò. Faceva parte del servizio. Mentre stavano cenando, una delle cameriere era entrata per aggiungere quel tocco da luna di miele. Lo aveva fatto anche la prima sera.

Spense l'aria condizionata. Nessuno dei due amava dormire con l'impianto acceso.

«Prendi tu il letto» gli disse Narov avviandosi verso il bagno. «Io sto sul divano.»

La notte precedente, Jaeger aveva dormito sul divano. Sapeva che era meglio non discutere. Si spogliò restando in boxer e indossò una vestaglia. Appena Narov finì, andò a lavarsi i denti.

Quando uscì dal bagno, la trovò sul letto avvolta in una coperta leggera. Sotto le lenzuola si vedevano chiaramente i contorni del suo corpo. Aveva gli occhi chiusi, e Jaeger immaginò che l'alcol l'avesse fatta addormentare di colpo.

"Credevo avessi detto che dormivi *tu* sul divano" borbottò mentre si preparava a sdraiarcisi sopra... di nuovo.

47

L'unico segno evidente che Jaeger notò in Narov dei postumi di una sbornia erano gli occhiali scuri. Era mattina presto e il sole doveva ancora alzarsi sulle pianure africane. O forse Narov li indossava soltanto per proteggere gli occhi dalla polvere sollevata dall'elicottero, che aveva un aspetto vecchiotto.

Konig aveva deciso di prendere l'elicottero Mi-17 HIP, di fabbricazione russa, della riserva di Katavi, anziché il leggero bimotore Otter. Era preoccupato che i suoi passeggeri potessero soffrire il mal d'aria, e l'elicottero era molto più stabile. Inoltre aveva in serbo una piccola sorpresa, e sarebbe stata possibile solo con l'elicottero.

Qualsiasi cosa fosse, doveva comportare un certo grado di rischio, perché aveva restituito a Jaeger e Narov le loro SIG Sauer P228.

«Questa è l'Africa» aveva spiegato Konig porgendo loro le armi. «Può accadere di tutto. Ma io sto infrangendo le regole, quindi vi prego di tenerle nascoste. Poi me le restituirete alla fine della gita di oggi.»

L'HIP era un grosso aggeggio dalle forme arrotondate dipinto di un orribile color grigio, ma questo non preoccupava eccessivamente Jaeger. Aveva compiuto numerose missioni su quel tipo di elicottero, e sapeva che era semplice e spartano come i classici progetti russi.

Era affidabile contro le pallottole, e ben meritava il soprannome che gli avevano dato le forze NATO, l'"autobus dei cieli". In teoria i militari britannici e americani non operavano con attrezzature di epoca sovietica, ma in pratica lo facevano. Un HIP era ideale per le operazioni discrete ed eventualmente negabili: da qui la familiarità di Jaeger con quel veicolo.

Konig cominciò a far ruotare le cinque pale dell'elicottero fin quando non si poterono più distinguere. Era di fondamentale importanza alzarsi in volo il più presto possibile. L'HIP avrebbe avuto la massima portanza nell'aria fresca del primo mattino. Con il crescere delle temperature durante il giorno, l'aria si sarebbe rarefatta rendendo il volo sempre più complesso.

Dall'abitacolo Konig alzò i pollici: erano pronti al decollo. Jaeger e Narov furono investiti da folate roventi di fumi di carburante avio mentre correvano verso il portello aperto e saltavano a bordo.

L'odore degli scarichi era esaltante per Jaeger, e gli riportava i ricordi di infinite missioni precedenti. Sorrise fra sé e sé. La polvere sollevata dalla turbolenza dei rotori aveva il profumo familiare dell'Africa: calore, terra cotta dal sole, un'età incommensurabile, una storia che affondava le radici in un passato preistorico.

L'Africa era il crogiolo dell'evoluzione, la culla nella quale l'umanità si era evoluta dal primo avo, simile a una scimmia. Mentre l'HIP si apriva la strada in cielo, Jaeger riusciva a vedere quella terra senza tempo, che ispirava timore, correre sotto di lui da ogni lato.

Sul fianco sinistro le colline gibbose delle Mbizi Mountains si ergevano come gli strati sbilenchi di una torta, di un color grigio fango nella luce che precedeva l'alba. A nord-est, a una certa distanza, si vedevano i due orli gemelli del Burning Angels Peak: quello verso est, lievemente più alto, era il punto dove Jaeger e Narov avevano compiuto l'ascesa e la discesa.

E in un luogo invisibile, nel profondo della montagna,

si nascondeva la forma imponente dell'idrovolante BV222. Dall'aria non era difficile per Jaeger immaginare come fosse rimasto nascosto nel territorio impervio delle Mbizi Mountains per sette lunghi decenni.

Si voltò a destra: chiazze di foresta si stendevano verso est per finire in un paesaggio simile alla savana, punteggiato dalle chiome piatte delle acacie. Corsi d'acqua in secca si snodavano come altrettanti serpenti fino all'orizzonte lontano.

Konig inclinò il muso dell'elicottero, che si slanciò in avanti con una rapidità notevole per una macchina con il muso schiacciato e le forme piene di protuberanze. Un attimo dopo superarono la radura della pista di volo e cominciarono ad accelerare sopra un fitto terreno boscoso, praticamente sfiorando le cime degli alberi. Il portellone era aperto e offriva a Jaeger e Narov la migliore vista possibile.

Prima del decollo, Konig aveva spiegato l'obiettivo della spedizione di quel giorno: volare su una serie di transetti sopra la pianura alluvionale del lago Rukwa, dove i grandi animali che si potevano cacciare si riunivano intorno ai pochi, ampi stagni. Il lago Rukwa era uno dei territori prediletti dai bracconieri. Konig aveva avvertito i suoi passeggeri che avrebbe dovuto tenere l'elicottero più basso della pancia di un serpente, e di prepararsi a un'azione evasiva se fossero finiti sotto il fuoco nemico.

Jaeger cercò con la mano la P228 che aveva con sé. La sfilò dalla cintola e abbassò con il pollice la leva di rilascio del caricatore. Era mancino, ma si era imposto di sparare con la destra perché quasi tutte le armi erano studiate per i destrorsi.

Estrasse il caricatore semivuoto – quello con cui aveva sparato al branco di iene – e lo mise nella tasca laterale dei pantaloni da combattimento. Era una grossa tasca, molto profonda, ideale per infilarci le munizioni usate. Poi prese dalla tasca della giacca di pile un caricatore pieno e lo infilò nell'arma. Lo aveva già fatto migliaia di volte, sia in addestramento sia in missione, e anche quel giorno eseguì l'operazione senza quasi pensare.

Si inserì nell'interfono dell'elicottero grazie alle cuffie che lo collegavano direttamente all'abitacolo. Poteva sentire Konig e il suo copilota, un ragazzo del posto che si chiamava Urio, mentre si scambiavano i punti di riferimento e i dettagli del volo.

«Curva secca su sentiero sterrato» riferì Konig. «Fianco sinistro, quattrocento metri.»

Copilota: «Controllo, 50 chilometri da Rukwa».

Pausa. Poi di nuovo Konig. «Velocità relativa: 95 nodi. Direzione: 085 gradi.»

Copilota: «Controllo. Quindici minuti all'avvio delle videocamere».

A quella velocità – oltre 160 chilometri orari – avrebbero raggiunto la piana del Rukwa a breve e, in quel momento, avrebbero avviato le videocamere.

Copilota: «ETA stagno Zulu Alpha Mike Bravo Echo Zulu India quindici minuti. Ripeto, stagno Zambezi in quindici. Cercare il *kopje* a testa di cane, poi passare cento metri a est...».

Konig: «Roger».

Attraverso il portellone aperto, Jaeger riusciva a scorgere di tanto in tanto un'acacia passare veloce. Le vedeva vicine al punto di poter stendere la mano e quasi toccare le cime degli alberi mentre Konig volava fra una e l'altra descrivendone i contorni.

Konig pilotava bene. Se avesse abbassato anche di poco l'HIP, i rotori avrebbero tranciato i rami.

Continuarono ad avanzare veloci, con il rumore che escludeva qualsiasi possibilità di conversazione. Le turbine logore dell'HIP e il meccanismo del rotore facevano un baccano assordante. Nel comparto posteriore, insieme a Jaeger e Narov, viaggiavano altre tre persone. Due erano guardie della riserva, armate di fucili d'assalto AK-47: il terzo era l'addetto al carico dell'elicottero, la persona che gestiva merce e passeggeri.

Quest'ultimo continuava a muoversi da un portellone all'altro guardando verso l'alto. Jaeger sapeva cosa stava facendo: controllava che non uscissero fumo o olio dalle turbine, e che i rotori non fossero sul punto di spezzarsi. Si appoggiò al sedile per godersi il volo: era stato infinite volte su un HIP.

Avrà anche avuto l'aspetto, e il rumore, di un catorcio, ma non aveva mai sentito di uno che fosse caduto.

48

Jaeger prese un'*havabag*, come i militari chiamavano un sacchetto di carta kraft pieno di cibo. Ce n'erano parecchi in una borsa frigo fissata al pavimento dell'HIP.

Se eri un membro dell'esercito britannico, il meglio che potevi sperare da un'havabag era un panino stantio con prosciutto e formaggio, una lattina calda di Panda Cola, un sacchettino di patatine ai gamberetti e un KitKat. Il contenuto sembrava non variare mai, omaggio del catering della RAF.

Jaeger sbirciò nel sacchetto. Uova sode avvolte nell'alluminio, ancora calde; pancake preparati la mattina stessa con aggiunta di sciroppo d'acero; salsicce e pancetta alla griglia su fette di toast imburrato; un paio di brioche fragranti e un sacchetto di plastica con frutta fresca appena tagliata: ananas, anguria e mango.

C'erano anche un termos di caffè appena fatto, acqua calda per il tè e acqua minerale ghiacciata. Avrebbe dovuto immaginarlo, considerando con quale cura il catering del Katavi Lodge si occupava degli ospiti e dello staff.

Cominciò a mangiare. Accanto a lui – postumi della sbronza o meno – anche Narov si stava dando da fare.

La colazione era ormai finita quando iniziarono i primi guai. Era circa metà mattina e Konig aveva già sorvolato una serie di transetti nella zona del lago Rukwa senza scovare nulla.

All'improvviso fu obbligato a lanciare l'HIP in una serie di manovre violente, con il rumore assordante delle turbine che echeggiava dal terreno mentre l'elicottero si abbassava fin quasi a toccare la polvere.

L'addetto al carico sbirciò dal portellone e indicò con il pollice verso il retro.

«Bracconieri!» urlò.

Jaeger sporse la testa nel violento vortice d'aria, appena in tempo per vedere un gruppo di persone che veniva inghiottito dalla fitta nuvola di polvere. Colse il lampo di un'arma alzata, ma anche se il tiratore fosse riuscito a sparare qualche colpo, sarebbe arrivato troppo tardi per colpire il bersaglio.

Era quello il motivo del volo a bassissima quota: quando i cattivi si fossero accorti dell'HIP, quello sarebbe stato ormai lontano.

«Le videocamere sono in funzione?» chiese Konig nell'interfono.

«In funzione» confermò il copilota.

«A beneficio dei nostri passeggeri» annunciò Konig, «quella era una banda di bracconieri, probabilmente formata da una dozzina di persone. Armate di AK-47 e di quelli che sembravano RPG. A sufficienza per farci saltare tutti in aria. Oh, e spero che la vostra colazione sia ancora nello stomaco!»

Jaeger fu sorpreso dall'equipaggiamento dei bracconieri: gli AK-47 potevano danneggiare gravemente l'HIP. Quanto al colpo diretto di un RPG – un lanciarazzi –, quello li avrebbe fatti saltare in aria.

«Stiamo semplicemente rilevando il loro percorso, e sembra stiano tornando da… un'uccisione.» La tensione di Konig era palpabile anche attraverso l'interfono. «Sembravano trasportare delle zanne. Ma potete vedere in che brutta situazione siamo. Sono superiori a noi per numero e per arsenale. E, quando sono armati fino ai denti come adesso, abbiamo ben poche possibilità di arrestarli, o di sottrarre loro l'avorio.»

«Fra pochi secondi saremo sopra la zona più a rischio, uno stagno» aggiunse. «Quindi state pronti.»

Un attimo dopo, l'elicottero ebbe un'improvvisa decelerazione mentre Konig lo faceva virare bruscamente, volando in cerchio su quello che doveva essere lo stagno. Jaeger sbirciò fuori dal portellone di destra. Si ritrovò a osservare quasi direttamente il terreno. A parecchie decine di metri dal bagliore verde e stagnante dell'acqua individuò due sagome informi grigie.

Ormai gli elefanti avevano perduto il loro portamento e la loro grazia magica. Rispetto ai maestosi animali che lui e Narov avevano incontrato nelle profondità della grotta di Burning Angels, quelli erano diventati un mucchio immobile di carne priva di vita.

«Come potete vedere, hanno catturato e incatenato un cucciolo d'elefante» annunciò Konig con la voce strozzata per l'emozione. «Lo hanno usato per attirare i genitori. Hanno sparato al maschio e alla madre, poi li hanno macellati. Le zanne non ci sono più.

«Conosco per nome molti degli animali di qui» proseguì. «Il grande maschio sembra Kubwa-Kubwa, grande-grande in swahili. La maggior parte degli elefanti non supera i settant'anni di età, ma Kubwa-Kubwa ne aveva ottantuno. Era il vecchio del branco, e uno dei più vecchi della riserva.

«Il cucciolo è vivo, ma sarà decisamente traumatizzato. Se riusciamo a raggiungerlo e a tranquillizzarlo, forse riuscirà a sopravvivere. Se siamo fortunati, le altre matriarche potrebbero prenderlo sotto la propria protezione.»

Konig sembrava decisamente calmo. Ma, come ben sapeva Jaeger, affrontare giorno dopo giorno tutta quella pressione e quello stress chiedeva un tributo.

«Ecco la vostra sorpresa» annunciò Konig in tono cupo. «Avevate detto di voler vedere questo… vi porto giù. Qualche minuto a terra per poter osservare da vicino l'orrore. Le guardie vi scorteranno.»

Quasi istantaneamente, Jaeger sentì l'HIP cominciare a perdere quel poco di quota che aveva. Mentre riduceva la velocità, con la coda che scendeva verso una stretta radura, l'addetto al carico si sporse dal portellone per controllare che le pale del rotore non si impigliassero nelle acacie.

Quando le ruote toccarono il caldo terreno africano, si sentì un sobbalzo, e l'addetto al carico alzò il pollice. «Buono!» urlò. «Scendete!»

Jaeger e Narov saltarono dal portellone. Piegati in due, con la testa abbassata, corsero lungo una fiancata fin quando non ebbero più i rotori sopra la testa, che stavano sollevando una tempesta di polvere e vegetazione. Si rannicchiarono appoggiandosi su un ginocchio, pistola alla mano, in caso qualche bracconiere fosse rimasto in zona. Le due guardie della riserva si affrettarono a raggiungerli. Una alzò il pollice in direzione dell'abitacolo, Konig rispose e un attimo dopo l'HIP decollò in verticale e scomparve.

I secondi passarono.

Il rumore ritmico e vibrante dei rotori svanì.

Poco dopo neppure l'elicottero si sentì più.

Le guardie si affrettarono a spiegare che Konig stava tornando a Katavi per prendere un'imbragatura. Se fossero riusciti a lanciare un dardo e addormentare l'elefantino, avrebbero potuto imbragarlo sotto l'HIP e riportarlo alla riserva. Lì lo avrebbero allevato e tenuto fino a quando non avesse superato il trauma e, a quel punto, avrebbe potuto riunirsi al branco.

Jaeger vedeva il senso di tutto questo, ma non apprezzava particolarmente la situazione in cui si trovavano: circondati dalle carcasse degli elefanti da poco massacrati e armati di sole due pistole, fra lui e Narov. Le guardie sembravano tranquille, ma dubitava del loro sangue freddo se la situazione fosse precipitata.

Si alzò in piedi lanciando un'occhiata a Narov.

Mentre si facevano strada verso la scena di quell'indicibile carneficina, poteva vedere gli occhi di lei bruciare di rabbia.

49

Si avvicinarono alla forma tremante dell'elefantino traumatizzato con la maggior cautela possibile. Era sdraiato su un fianco, apparentemente troppo esausto per riuscire a reggersi in piedi. Sul terreno i segni della sua lotta recente: la corda che lo teneva legato all'albero gli aveva inciso in profondità la carne di una zampa mentre si dibatteva per liberarsi. Narov si inginocchiò accanto al cucciolo. Abbassò la testa e gli sussurrò all'orecchio parole dolci per rassicurarlo. Gli occhietti, delle dimensioni di quelli di un uomo, roteavano per la paura, ma alla fine la voce di lei sembrò calmarlo. Rimase vicina all'animale per quella che parve un'eternità.

Alla fine si voltò con le lacrime agli occhi. «Daremo la caccia ai responsabili di tutto questo.»

Jaeger scosse la testa. «Dài… noi due armati solo di pistole. Non è questione di coraggio, è da pazzi.»

Narov si alzò in piedi fissando Jaeger con uno sguardo sconvolto. «Allora andrò da sola.»

«E lui…» Jaeger indicò l'elefantino. «Ha bisogno di protezione.»

Narov tese un dito in direzione delle guardie. «E loro? Sono armati meglio di noi.» Poi guardò verso ovest, nella direzione in cui erano andati i bracconieri. «A meno che qualcuno non dia loro la caccia, questa situazione continuerà fino a quando verrà ucciso l'ultimo animale.» Aveva un'espressione di furia fredda e determinata. «Dobbiamo colpirli duramente, senza pietà, con la stessa crudeltà che loro hanno usato qui.»

«Irina, ho capito. Ma almeno pianifichiamo come farlo al meglio. Konig è andato via da venti minuti. Sull'HIP c'erano degli AK di scorta. Il minimo che possiamo fare è andarci adeguatamente armati. Poi l'elicottero è carico di acqua e cibo. Senza tutto questo, avremo finito ancor prima di cominciare.»

Narov lo fissò, senza parlare, ma Jaeger intuiva che stava vacillando.

Jaeger controllò l'orologio. «È la una. Per l'una e mezzo possiamo entrare in azione, e i bracconieri avranno due ore di vantaggio su di noi. Se ci sbrighiamo, possiamo farcela, possiamo prenderli.»

Lei dovette accettare che quella era la voce della ragione.

Jaeger decise di andare a controllare le carcasse. Non sapeva cosa aspettarsi, ma ci andò comunque. Cercò di comportarsi in modo spassionato: ispezionare la scena del delitto come un soldato. Eppure scoprì di non riuscire a trattenere le emozioni.

Non si era trattato di un lavoro accurato e professionale. Jaeger immaginò che gli elefanti avessero caricato per proteggere il piccolo e, probabilmente, i bracconieri erano andati in panico. Avevano tempestato quelle bestie, un tempo possenti, in modo indiscriminato, utilizzando fucili d'assalto e mitra per abbatterle.

Una cosa era certa: gli animali non dovevano aver avuto una morte rapida e indolore. Avevano percepito il pericolo, o forse sapevano persino di essere attirati verso una tragica fine. Ma erano accorsi comunque, per tutelare la loro famiglia, caricando per difendere il loro piccolo.

Con Luke che ormai mancava da tre lunghi anni, Jaeger non poteva fare a meno di mettere le due cose in relazione. Lottò contro emozioni inattese, faticando a trattenere le lacrime.

Jaeger si voltò per andarsene, ma qualcosa lo fermò. Gli sembrò di vedere del movimento. Controllò nuovamente, temendo quello che avrebbe scoperto. Certo, incredibilmente uno dei possenti animali respirava ancora.

La rivelazione fu come un pugno nello stomaco. I bracconieri avevano abbattuto il maschio a fucilate, gli avevano tagliato le zanne e lo avevano lasciato in una pozza del suo stesso sangue. Crivellato di proiettili, stava morendo di una morte lenta e straziante sotto il rovente sole africano.

Jaeger sentì montare la rabbia. Quell'animale, un tempo possente, era ormai ben oltre qualsiasi speranza di salvezza.

Seppur disgustato, sapeva cosa doveva fare.

Si voltò, dirigendosi verso una delle guardie, e prese in prestito un AK-47. Poi, con le mani che tremavano per la rabbia e l'emozione, puntò l'arma contro la splendida testa dell'animale. Per un solo istante ebbe la sensazione che la bestia aprisse gli occhi.

Con la vista oscurata dalle lacrime, Jaeger fece fuoco, e l'animale colpito esalò l'ultimo respiro.

Stordito, Jaeger raggiunse Narov. Lei stava ancora confortando l'elefantino, ma lui capì dal suo sguardo addolorato che sapeva che cosa era stato obbligato a fare. Ormai la faccenda era diventata personale per entrambi.

Lui si accucciò accanto a lei. «Hai ragione: dobbiamo dar loro la caccia. Non appena avremo preso dei viveri dall'HIP, ci metteremo in marcia.»

Qualche minuto più tardi, il rumore delle pale dei rotori attraversò l'aria rovente. Konig era in anticipo. Atterrò con l'HIP nella radura mentre i rotori sollevavano una nuvola soffocante di polvere e detriti. Le ruote toccarono terra e Konig spense le turbine. Jaeger stava per correre verso l'elicottero per aiutare a scaricare quando il suo cuore mancò un battito.

Aveva intravisto un rapido movimento nella boscaglia, il riflesso rivelatore del sole sul metallo. Vide una figura alzarsi dai cespugli portandosi alla spalla un lanciarazzi. Era a una distanza di quasi trecento metri, quindi Jaeger non poteva fare nulla con una pistola.

«RPG! RPG!» urlò.

Un attimo dopo sentì il rumore inconfondibile dello sparo di un proiettile perforante. Di norma gli RPG erano famosi per la loro imprecisione, a meno che non facessero fuoco da breve distanza. Quello schizzò fuori dalla boscaglia, dirigendosi verso l'HIP come un birillo da bowling adagiato su un fianco, lasciandosi dietro una scia di calore che pareva il respiro di un drago.

Per un attimo Jaeger pensò che avrebbe mancato il bersaglio, ma all'ultimo istante si conficcò sul retro dell'elicottero, davanti al rotore di coda. Ci fu il lampo accecante di un'esplosione che strappò l'intera sezione di coda dall'elicottero, e l'impatto lo fece ruotare di novanta gradi.

Jaeger non esitò un istante. Si alzò in piedi mettendosi a correre mentre urlava a Narov e alle guardie l'ordine di formare un cordone difensivo mettendo le armi fra loro e gli assalitori. Riusciva già a sentire le prime raffiche, e non dubitò che i bracconieri stessero avvicinandosi per ucciderli.

Nonostante le fiamme che fuoruscivano dalla coda devastata dell'HIP, Jaeger si lanciò nel comparto di carico squarciato e deformato. Un fumo denso e acre gli volteggiava intorno mentre cercava eventuali sopravvissuti. Konig era arrivato con quattro guardie di rinforzo, e Jaeger vide subito che tre di loro erano crivellate di schegge, e sicuramente morte.

Afferrò il quarto uomo, ferito ma ancora vivo, lo sollevò, lo trascinò fuori dall'elicottero colpito e lo posò fra i cespugli prima di tornare alla ricerca di Konig e del copilota.

Ormai il fuoco lambiva tutto l'elicottero e le fiamme stavano attaccando ovunque. Jaeger doveva muoversi in fretta o Konig e Urio sarebbero arsi vivi. Se però avesse cercato di affrontare le fiamme senza protezione non ce l'avrebbe mai fatta.

Mise a terra lo zaino e ne estrasse una grossa bombola di spray con la scritta COLDFIRE stampigliata su sfondo nero opaco. Girò l'ugello verso di sé e si spruzzò dalla testa ai piedi prima di precipitarsi verso l'HIP con la bomboletta in mano. Il Coldfire era una sostanza miracolosa. Aveva visto soldati spruzzarlo sulle mani, poi metterle sotto un lancia-fiamme senza sentire nulla.

Fece un respiro profondo e si gettò nel fumo, verso il cuore delle fiamme. Era incredibile, ma non si sentiva bruciare, non sentiva il calore. Sollevò la bomboletta e lasciò uscire la schiuma che, in pochi secondi, penetrò nei vapori tossici e spense le fiamme.

Avanzando a fatica, raggiunse l'abitacolo, slacciò le cinture di Konig e portò fuori dall'HIP il tedesco privo di sensi. Konig pareva aver preso una botta alla testa, ma per il resto sembrava relativamente indenne. Ormai Jaeger era zuppo di sudore e, tossendo per il fumo, tornò un'altra volta all'elicottero e aprì a forza l'altro portello dell'abitacolo.

Con un ultimo guizzo di energia, afferrò il copilota e cominciò a trascinarlo verso la salvezza.

50

Jaeger e Narov stavano camminando velocemente ormai da tre ore buone. Sfruttando la copertura di un uadi, un corso d'acqua in secca, erano riusciti a superare la banda di bracconieri senza che questi dessero segno di averli individuati. Proseguirono in direzione di un fitto boschetto di acacie dal quale riuscirono a osservare i bracconieri mentre passavano. Dovevano valutarne il numero, le armi, le forze e le debolezze, per capire in che modo colpirli al meglio.

Nei pressi dell'elicottero avevano respinto la banda con la potenza del fuoco difensivo, e stabilizzato i feriti. Poi avevano richiesto un elisoccorso e se ne stava occupando il Katavi Lodge. Pensavano di portare via l'elefantino insieme ai feriti.

Jaeger e Narov, però, se ne erano andati ben prima che tutto questo accadesse, all'inseguimento dei bracconieri.

Dalla copertura del boschetto di acacie avevano osservato la banda che si avvicinava. Dieci uomini erano armati. L'addetto all'RPG che aveva colpito l'elicottero, insieme all'addetto al caricamento, era alla retroguardia, quindi in tutto erano in dodici. Agli occhi addestrati di Jaeger sembravano equipaggiati fino ai denti. Avevano lunghe bandoliere di munizioni sul petto, e le tasche gonfie di caricatori, oltre a una rastrelliera di granate per gli RPG.

Dodici bracconieri con un vero e proprio armamento da guerra. Non era il genere di situazione che apprezzava.

Mentre osservavano il gruppo, videro che si passavano fra loro l'avorio: quattro enormi zanne insanguinate. A turno avanzavano vacillando sotto il peso di una zanna sulla spalla prima di cederla a un altro.

Jaeger non dubitava che quel compito richiedesse molta energia. Lui e Narov si erano messi all'inseguimento leggeri, eppure erano zuppi di sudóre. Jaeger aveva la sottile maglietta di cotone attaccata alla schiena. Avevano preso qualche bottiglia d'acqua dall'elicottero, che però stava già finendo. E quei tizi, i bracconieri, stavano portando un carico diverse volte più pesante del loro.

Jaeger immaginò che una zanna pesasse circa quaranta chili. E pensò che, ben presto, avrebbero interrotto la marcia e montato un campo. Per forza. Ormai mancava poco al crepuscolo, e avrebbero avuto bisogno di mangiare, bere e riposare.

Questo significava che il piano che stava elaborando, forse, sarebbe stato realizzabile.

Tornò a nascondersi nel uadi, facendo segno a Narov di imitarlo. «Hai visto abbastanza?» sussurrò.

«Abbastanza da aver voglia di ammazzarli tutti» sibilò lei in risposta.

«La penso come te. Peccato che ingaggiare un combattimento in campo aperto sia suicida.»

«Hai un'idea migliore?» borbottò la donna.

«Forse.» Jaeger cercò nello zaino e prese il Thuraya, un telefono satellitare compatto. «A quanto ci ha detto Konig, l'avorio degli elefanti è pieno, come un dente enorme. Ma, come in tutti i denti, alla base c'è uno spazio vuoto: la cavità pulpare, che è ricca di tessuto molle, cellule e vene.»

«Ti sto ascoltando» grugnì Narov. Jaeger intuiva che, nonostante tutto, Narov avrebbe voluto andare a colpirli in quello stesso istante.

«Prima o poi la banda dovrà fermarsi. Si accamperanno per la notte, e lì entreremo in scena noi. Ma senza colpirli, non ancora.» Le mostrò il Thuraya. «Infiliamo questo ben in profondità nella cavità pulpare, poi lasciamo che Falkenhagen tracci il segnale. Questo ci porterà alla loro base. Nel frattempo, ci dotiamo di un'attrezzatura più adeguata. Poi andiamo a colpirli quando e dove vorremo noi.»

«Come faremo ad avvicinarci a sufficienza?» chiese Narov. «A impiantare il satellitare?»

«Non lo so, ma dovremo fare quello che sappiamo fare meglio. Osservare, studiare. Troveremo il modo.»

Gli occhi di Narov brillarono. «E se qualcuno telefonasse?»

«Lo mettiamo in vibrazione, in modalità silenziosa.»

«E se vibrando dovesse cadere fuori dalla zanna?»

Jaeger sospirò. «Adesso stai facendo la difficile.»

«È facendo la difficile che resto viva.» Narov cercò nel suo zaino ed estrasse un aggeggio minuscolo, non più grande di una monetina. «Che ne dici di questo? Un sistema di tracciamento GPS, un Retrievor alimentato a energia solare. Accurato fino a un metro e mezzo. Immaginavo che ce ne servisse uno per controllare il personale di Kammler.»

Jaeger tese la mano. Di certo era possibile inserirlo in profondità in una zanna, se solo fossero riusciti ad avvicinarsi abbastanza.

Narov non glielo diede. «Una condizione: sarò io a piazzarlo.»

Jaeger la fissò per un attimo. Narov era esile, agile e in gamba, questo lo sapeva, e non dubitava che riuscisse a muoversi più silenziosamente di lui.

Sorrise. «Okay.»

Continuarono ad avanzare faticosamente per altre tre ore. Alla fine i bracconieri si fermarono. L'enorme sole africano, rosso sangue, stava scendendo rapidamente oltre l'orizzonte. Jaeger e Narov si avvicinarono silenziosi, strisciando sulla pancia lungo uno stretto burrone che terminava in una chiazza di fango scuro e puzzolente, a indicare le ultime propaggini di uno stagno.

I bracconieri si erano accampati sull'altra sponda, una mossa di buon senso. Dopo una lunga giornata di marcia, avevano bisogno di acqua. Lo stagno, però, sembrava un pozzo di fango marcescente. Il calore si era leggermente attenuato, ma restava comunque forte da impazzire, e tutte le creature striscianti, ronzanti, pungenti sembravano essersi date convegno lì. Quel posto brulicava di mosche grosse come topi, ratti delle dimensioni di un gatto e moscerini dal morso cattivo.

Quello che più preoccupava Jaeger, però, era la disidratazione. Ormai da più di un'ora avevano prosciugato l'ultima acqua rimasta, e gli restavano in corpo ben pochi fluidi da espellere con il sudore. Sentiva arrivare un forte mal di testa. Anche mentre stava sdraiato lì, completamente immobile, a osservare i bracconieri, la sete era insopportabile.

Entrambi avevano bisogno di reidratarsi, e in fretta.

Scese l'oscurità e si alzò un vento leggero che asciugò le ultime gocce di sudore dalla pelle di Jaeger. Era sdraiato nella polvere, immobile come un sasso, e fissava l'oscurità della notte con Narov accanto.

Attraverso i rami delle acacie filtravano la luce tremolante delle stelle e un pallido accenno di luna. Intorno a loro le lucciole volavano nell'oscurità e il loro bagliore fosforescente di un verde-blu fluttuava magicamente sull'acqua.

L'assenza di luce era un colpo di fortuna: in una missione come quella, l'oscurità era la loro migliore alleata.

Più Jaeger osservava, più si rendeva conto che l'acqua – per quanto fosse ributtante – offriva il percorso di avvicinamento ideale.

51

Nessuno dei due aveva idea di quanto fosse profonda l'acqua, ma attraversandola sarebbero riusciti a penetrare nel cuore del campo nemico. Sull'altra sponda della pozza, il bagliore del fuoco acceso dai bracconieri si rifletteva sulla superficie stagnante.

«Pronta a entrare in azione?» bisbigliò Jaeger dando un leggero colpetto con il piede agli anfibi di Narov.

Lei annuì. «Muoviamoci.»

Era passata mezzanotte, e da almeno tre ore il campo era silenzioso. Nel tempo trascorso a osservare non avevano notato alcun segno della presenza di coccodrilli.

Era il momento.

Jaeger si voltò, lasciandosi scivolare nell'acqua e trovò sotto gli anfibi un terreno solido. Si era appoggiato sullo strato di detriti, spesso e attaccaticcio, che formava il fondo dello stagno. Era nell'acqua fino alla vita, ma la sponda lo proteggeva alla vista.

Intorno a loro, creature invisibili e senza nome strisciavano e sguazzavano. Non si sorprese notando che, in acqua, non vi era neppure un accenno di corrente: era stagnante, fetida e nauseante, puzzava di feci animali, malattie e morte.

In breve, era perfetta: i bracconieri, infatti, non avrebbero mai pensato di doversi guardare da un attacco proveniente da lì.

Nel periodo trascorso nel SAS, Jaeger aveva imparato ad

apprezzare quello che le persone normali temevano: abitare la notte, gradire l'oscurità. Era il mantello perfetto per nascondere i movimenti suoi e dei compagni da occhi ostili, e sperava che avrebbe funzionato anche in questo caso.

Era stato addestrato a scovare proprio il genere di ambiente che la gente comune normalmente evitava: deserti bruciati dal sole, boscaglie isolate e ostili, paludi fetide. Nessuna persona sana di mente ci sarebbe andata, e questo significava che un gruppetto di operatori d'élite poteva attraversarli senza farsi vedere.

Un bracconiere non sarebbe mai sceso in quella pozza disgustosa e maleodorante in cui si nascondevano Jaeger e Narov, e proprio per questo era perfetta, nonostante i numerosi svantaggi.

Jaeger si inginocchiò, lasciando a pelo d'acqua solo gli occhi e il naso e tenendo la pistola in mano. In quel modo sarebbe riuscito a dare nell'occhio il meno possibile mentre strisciava e si trascinava silenziosamente in avanti. Badò soprattutto a tenere la P228 fuori dall'acqua. Sebbene gran parte delle pistole funzionasse ancora anche se bagnata, era sempre meglio tenerle all'asciutto: l'acqua sporca avrebbe potuto rovinare l'arma.

Guardò Narov. «Contenta?»

Lei annuì, con gli occhi che brillavano pericolosamente alla luce della luna. Jaeger affondò le dita della mano sinistra nella poltiglia viscida e appiccicaticcia mentre si spingeva in avanti con i piedi. Sguazzava in una massa di vegetazione marcia e in putrefazione, e la mano affondava fino al polso a ogni spinta.

Pregò che nella pozza non ci fossero serpenti, poi cercò di non pensarci più.

Avanzò per tre minuti, contando ogni spinta che si dava con la mano e con i piedi e trasformandola in una rozza valutazione della distanza percorsa. Lì dentro lui e Narov si muovevano alla cieca, e gli serviva farsi un'idea di dove fosse il campo dei bracconieri. Quando, secondo i suoi calcoli, avevano coperto quasi settanta metri, diede il segnale di fermarsi.

Si avvicinò alla sponda sinistra e sollevò la testa di qualche centimetro. Sentì vicinissima la presenza di Narov, che era praticamente attaccata alla sua spalla. Insieme uscirono dallo stagno con le pistole in pugno. Ognuno dei due coprì la metà del terreno che si stendeva davanti a loro sussurrando all'altro i particolari che notava e formandosi così un ritratto del campo nemico il più rapidamente possibile.

«Fuoco da campo» sibilò Jaeger. «Due tizi seduti accanto. Sentinelle.»

«Dove stanno guardando?»

«Verso sud-est, lontano dallo stagno.»

«Luci?»

«Nessuna visibile.»

«Armi?»

«AK. Poi vedo persone a destra e sinistra del fuoco: stanno dormendo. Ne conto... otto.»

«Quindi dieci rilevati. Due non visti.»

Narov osservò verso destra e verso sinistra, esaminando la sua porzione di terreno.

«Vedo le zanne, e un tizio che fa la guardia.»

«Arma?»

«Fucile d'assalto a tracolla.»

«E con questo ne manca uno.»

Entrambi si rendevano conto che il tempo passava, ma era importante rintracciare anche il bracconiere che mancava all'appello. Restarono qualche altro minuto in osservazione, ma non riuscirono a individuare l'ultimo uomo.

«Vedi altre misure di sicurezza? Fili per l'allarme? Trappole esplosive? Sensori di movimento?»

Narov scosse la testa. «Nulla di visibile. Avanziamo un po': dovremmo trovarci esattamente vicino alle zanne.»

Jaeger scivolò nuovamente nel fango e procedette. Sentiva i rumori di bestie misteriose agitarsi nella fitta oscurità. Con gli occhi a livello dell'acqua riusciva a percepire da ogni lato qualcosa di disgustoso che si muoveva. E, ancora peggio, sentiva qualcosa scivolargli sotto gli abiti.

Sotto la maglietta, intorno al collo, persino all'interno delle cosce, poi provò la sensazione di una lieve puntura quando una sanguisuga lo morse e cominciò a succhiare avidamente, riempiendosi del suo sangue.

Ripugnante, rivoltante.

Ma in quel momento non poteva far nulla.

Chissà per quale motivo – probabilmente a causa dell'adrenalina – Jaeger sentiva l'impellente bisogno di fare pipì. Ma la regola aurea dell'attraversamento di un terreno come quello era: non pisciare mai. Facendolo, rischiavi di aprire l'uretra e farla risalire da una miriade di germi, batteri e parassiti.

C'era persino un *pesciolino* – il candirù, o «pesce stuzzicadenti» – che si inseriva negli orifizi stendendo poi le spine in modo da non riuscire più a estrarlo. Il solo pensiero fece rabbrividire Jaeger. Di certo non avrebbe pisciato, per nessuna ragione. Si sarebbe trattenuto fino al completamento della missione.

Alle fine si fermò per scandagliare una seconda volta il terreno. Subito alla loro sinistra le quattro enormi zanne luccicavano misteriosamente alla luce della luna, a circa trenta metri di distanza. L'unica sentinella voltava loro le spalle e guardava verso la boscaglia, il luogo dal quale poteva provenire un'eventuale minaccia.

Narov prese in mano il sistema di tracciamento GPS. «Vado» sussurrò.

Per un attimo Jaeger fu tentato di ribattere, ma non era il momento. «Ti copro io.»

Narov si fermò un istante, poi raccolse una manciata di terra schifosa dalla riva e se la spalmò sul viso e sui capelli.

Si voltò verso Jaeger. «Come sto?»

«Affascinante.»

E con ciò strisciò sulla riva come un serpente fantasma e sparì.

52

Jaeger contò i secondi. Calcolava che fossero passati sette minuti e non c'era ancora traccia di Narov. Si aspettava che ricomparisse da un momento all'altro. Aveva gli occhi incollati alle sentinelle accanto al fuoco, ma per il momento non davano cenno di aver percepito problemi.

Eppure la tensione era insopportabile.

All'improvviso sentì un suono strano, gorgogliante, provenire dalla direzione del mucchio d'avorio. E guardò per un attimo in quella direzione, per controllare. La sentinella solitaria era scomparsa alla vista.

Vide le guardie accanto al fuoco irrigidirsi. Aveva il cuore che batteva all'impazzata mentre le fissava attraverso il mirino della sua SIG.

«Hussein?» gridò uno di loro. «Hussein!»

Evidentemente anche loro avevano sentito il rumore. La sentinella solitaria non rispose, e Jaeger immaginò il motivo del suo silenzio.

Una delle persone accanto al fuoco si alzò in piedi. Le sue parole, in swahili, arrivarono fino a Jaeger. «Andrò a dare un'occhiata. Probabilmente è andato a pisciare.» E si avviò attraverso la boscaglia in direzione dell'avorio, in direzione di Narov.

Jaeger stava per sollevarsi in riva e correre in suo aiuto quando notò qualcosa. Una figura stava strisciando verso di lui attraverso la boscaglia. Certo, era Narov, ma si muoveva in modo strano.

Quando si avvicinò, si rese conto del motivo: stava trascinandosi dietro una zanna. Con quel carico non ce l'avrebbe mai fatta. Jaeger uscì allo scoperto, si chinò e si mise a correre, afferrò la pesante zanna e tornò barcollando da dove era venuto.

Si calò nell'acqua facendo scivolare la zanna accanto a sé. Narov lo raggiunse. Faticava a credere che nessuno li avesse notati.

Senza dire una parola, i due cominciarono ad allontanarsi in silenzio. Non c'era bisogno di parlare. Se Narov avesse fallito la sua missione, glielo avrebbe detto. Ma perché diavolo si era portata dietro una zanna?

All'improvviso un rumore di spari spezzò il silenzio della notte. *Tat! Tat! Tat!*

Jaeger e Narov si immobilizzarono. Erano tre raffiche di AK, e provenivano dalla direzione del mucchio di zanne. Senza dubbio avevano scoperto l'operato di Narov.

«Spari di avvertimento» borbottò Jaeger. «Danno l'allarme.»

Ci fu una serie di urla irose mentre in tutto il campo i bracconieri si svegliavano. Jaeger e Narov si abbassarono ulteriormente nell'acqua, con le facce premute contro il fango. Potevano soltanto restare del tutto immobili e cercare di immaginare cosa stesse succedendo con l'udito.

Si sentirono voci gridare e scarponi battere il terreno. Poi il rumore di armi che venivano caricate. I bracconieri urlavano confusamente. Jaeger percepì una persona avvicinarsi alla riva, a pochi metri da dove si nascondevano. Si fermò a osservare l'acqua, e Jaeger si rese conto che li attraversava con lo sguardo. Si preparò a sentire un grido d'allarme, agli spari, allo strazio delle pallottole che trapassavano carne e ossa.

Poi una voce gridò in tono di comando: «In quel buco di merda non c'è nessuno, idiota! Cominciate a cercare, là fuori!».

La figura si voltò e corse verso la boscaglia. Jaeger intuì che il grosso delle ricerche si stava allontanando mentre i bracconieri si disponevano a ventaglio per setacciare il terreno circostante. Li aveva salvati il fatto di restare in quello specchio d'acqua fetida e piena di malattie.

Si allontanarono strisciando lentamente fino a quando raggiunsero il punto da cui erano partiti. Dopo aver controllato che non ci fossero bracconieri, si issarono all'asciutto e recuperarono gli zaini da dove li avevano nascosti.

Per un attimo Narov si fermò, estrasse il coltello e pulì la lama nell'acqua.

«Uno di loro doveva morire. Ho preso quella» disse indicando la zanna «come copertura, per farlo sembrare un furto.»

Jaeger annuì. «Idea brillante.»

Di tanto in tanto sentivano un urlo o una raffica echeggiare nell'oscurità. Le ricerche parevano essersi spostate verso est e verso sud, lontano dalla pozza. Evidentemente i bracconieri erano spaventati e davano la caccia a spettri e ombre.

Jaeger e Narov lasciarono la zanna nascosta sul bassofondo e si avviarono attraverso la boscaglia. Li aspettava un lungo cammino, e cominciavano a sentire appieno gli effetti della disidratazione. Ma una priorità era ancora più pressante dell'acqua.

Quando Jaeger immaginò che si fossero allontanati abbastanza per non essere scoperti, diede l'alt. «Devo fare pipì. Poi dobbiamo controllare se abbiamo addosso sanguisughe.»

Narov annuì.

Bandite le formalità, Jaeger le voltò le spalle e si calò i pantaloni. L'inguine era una massa di esseri che si contorcevano.

Aveva sempre odiato le maledette sanguisughe. Letteralmente. Anche più dei pipistrelli, erano l'animale che detestava maggiormente. Dopo aver banchettato per un'ora buona con il suo sangue, ognuno di quei grassi corpi neri era tanto pieno da raggiungere una lunghezza parecchie volte superiore al normale. Le prese a una a una e le lanciò lontano, e ciascuna lasciò una scia di sangue lungo la sua gamba.

Finito l'inguine, si sfilò la maglietta e ripeté la stessa procedura sul collo e sul petto. Le sanguisughe iniettavano un anticoagulante che continuava a far scorrere il sangue per un certo periodo: quando ebbe finito, il suo corpo era tutto insanguinato.

Narov gli voltò la schiena e si abbassò i pantaloni.

«Ti serve una mano?» chiese lui scherzando.

Lei grugnì. «Nei tuoi sogni. Sono circondata da sanguisughe, te compreso.»

Lui scrollò le spalle. «Bene, dissanguati pure.»

Terminato il lavoro delle sanguisughe, cominciarono a ripulire le pistole. Era un lavoro di estrema importanza perché il fango e l'umidità avrebbero potuto penetrare nel meccanismo. Poi si avviarono a passo veloce verso est.

Non restavano loro né cibo né acqua, ma probabilmente ce n'erano in abbondanza fra i rottami dell'elicottero.

Se mai ci fossero arrivati.

53

Jaeger e Narov continuavano a passarsi fra loro la fiaschetta. Era stata una fortuna trovarla fra i rottami dell'elicottero. Anche se Narov beveva di rado, erano esausti e un po' di whisky serviva a sollevare il morale.

Erano arrivati poco prima di mezzanotte e avevano trovato il posto completamente deserto. Anche l'elefantino non c'era più, ma questa era una buona notizia. Almeno, speravano, erano riusciti a salvare un animale. Avevano svuotato l'HIP di acqua, bibite e cibo, saziando così la sete e la fame. Poi Jaeger aveva fatto qualche telefonata dal Thuraya. La prima a Katavi, e si era sentito sollevato parlando con Konig. Il capo conservazionista della riserva aveva la scorza dura, almeno quello era chiaro. Aveva ripreso conoscenza e si era rimesso a lavorare al caso.

Jaeger gli aveva spiegato a grandi linee cosa avevano intenzione di fare lui e Narov. Aveva chiesto che un volo andasse a prenderli, e Konig aveva promesso di decollare alle prime luci dell'alba. Jaeger, inoltre, lo aveva avvisato di aspettare la consegna di un carico sul primo volo che fosse arrivato, dicendogli però di non aprire le casse.

La seconda telefonata era stata per Raff, a Falkenhagen, per comunicargli un elenco di attrezzature e armi. Raff aveva promesso di spedirlo a Katavi entro ventiquattr'ore, grazie a una valigia diplomatica britannica. Alla fine Jaeger aveva informato Raff del dispositivo di tracciamento GPS che dovevano tenere d'occhio. Lui e Narov avevano bisogno di sapere quando non fosse più stato in movimento, perché avrebbe voluto dire che i bracconieri erano arrivati alla loro base.

Terminate le telefonate, si erano seduti appoggiandosi a un tronco di acacia e avevano aperto la fiaschetta. Erano rimasti per un'ora buona seduti insieme, a condividere whisky e progetti. La mezzanotte era passata da un pezzo quando Jaeger si rese conto che la fiaschetta era quasi vuota.

La scrollò sentendo l'ultimo goccio di whisky sciaguattare dentro. «L'ultimo sorso, compagna russa? E adesso di che parliamo?»

«Perché dobbiamo parlare? Ascolta la boscaglia, è come una sinfonia. Poi c'è la magia del cielo.»

Si appoggiò all'indietro, e Jaeger la imitò. Il cicaleccio degli insetti notturni creava un ritmo ipnotico, la splendida distesa del cielo si allargava come un drappo di seta sopra di loro.

«Eppure questa è un'opportunità rara» osò dire Jaeger. «Solo noi due, e nessun altro per chilometri intorno.»

«E di cosa vorresti parlare?» mormorò Narov.

«Sai una cosa? Credo che dovremmo parlare di te.» Jaeger aveva mille domande che non era mai riuscito a porre a Narov, e quello era il momento migliore.

Narov scrollò le spalle. «Non sono poi così interessante. Cosa c'è da dire?»

«Potresti cominciare a dirmi come mai conoscevi mio nonno. Intendo, se per te era come un nonno, questo farebbe di noi qualcosa come due fratelli perduti da tempo o qualcosa di simile?»

Narov rise. «Non esattamente. È una lunga storia, ma cercherò di essere breve.» La sua espressione si fece seria. «Nell'estate del 1944 Sonia Ol'ščanevskij, una ragazza russa, venne presa prigioniera in Francia. Aveva combattuto con i partigiani e faceva loro da collegamento radio con Londra.

«I tedeschi la portarono in un campo di concentramento,

uno che tu già conosci: Natzweiler. Era il campo dei prigionieri del *Nacht und Nebel*, quelli che Hitler aveva deciso dovessero sparire nella notte e nella nebbia. Se i tedeschi si fossero resi conto che Sonia era un agente del SOE, l'Esecutivo operazioni speciali britannico, l'avrebbero torturata e giustiziata, come facevano con tutti gli agenti catturati. Per fortuna non se ne accorsero.

«La misero al lavoro nel campo, un lavoro da schiavi. C'era in visita un alto ufficiale delle SS. Sonia era una donna bellissima, e lui la scelse come compagna di letto.» Narov fece una pausa. «Con il tempo, lei trovò il modo di evadere. Riuscì a sottrarre alcune assi di legno da un porcile e si costruì una scala per fuggire.

«Utilizzando quella scala, lei e due compagni superarono la recinzione elettrificata. Sonia riuscì ad arrivare alle linee americane, dove incontrò due ufficiali britannici assegnati alle forze americane: due agenti del SOE. Raccontò loro di Natzweiler e, quando le forze alleate riuscirono a sfondare, le condusse al campo.

«Natzweiler fu il primo campo di concentramento scoperto dagli Alleati. Nessuno avrebbe mai immaginato che potessero esistere simili orrori. Gli effetti che quella liberazione ebbe sui due ufficiali britannici furono incalcolabili.» Il viso di Narov si oscurò. «In quel momento, Sonia era incinta ormai di quattro mesi. Aspettava un figlio dall'ufficiale delle SS che l'aveva violentata.»

Narov si fermò osservando il cielo sopra di sé. «Sonia era mia nonna. Tuo nonno – nonno Ted – era uno di quei due ufficiali. Rimase colpito da quello che aveva visto, e dalla forza di Sonia, al punto di offrirsi di fare da padrino al bambino che doveva nascere. Quel bambino era mia madre. Ecco come ho conosciuto tuo nonno.»

«Sono la nipote di uno stupro nazista» annunciò Narov a bassa voce. «Quindi capirai perché per me si tratta di qualcosa di personale. Fin da quando ero piccola, tuo nonno ha visto qualcosa in me. Mi ha perfezionata, mi ha forgiata, perché prendessi il suo testimone.» Si voltò verso

Jaeger. «Mi ha addestrata per diventare il capo operativo dei Secret Hunters.»

Rimasero in silenzio per quella che sembrò un'eternità. Jaeger aveva talmente tante domande da farle che non sapeva da dove cominciare. Quanto bene aveva conosciuto nonno Ted? Gli aveva mai fatto visita a casa della famiglia Jaeger? Si era addestrata con lui? E come mai il nonno aveva mantenuto il segreto con il resto della famiglia, lui compreso?

Jaeger era stato molto vicino al nonno, lo aveva ammirato, ed era entrato nell'esercito ispirato dal suo esempio. In un certo senso lo feriva che il nonno non avesse mai fatto parola con lui di tutto questo.

Alla fine il freddo ebbe la meglio su di loro. Narov si avvicinò a Jaeger. «Pura sopravvivenza, tutto qui» mormorò.

Jaeger annuì. «Siamo adulti. Cos'è il peggio che potrebbe succedere?»

Stava sprofondando nel sonno quando sentì la testa di lei posarsi sulla sua spalla, e le sue braccia avvolgersi intorno al suo petto mentre si stringeva a lui.

«Ho ancora freddo» mormorò con voce assonnata.

Sentiva il suo respiro che sapeva di whisky, ma anche l'odore caldo e forte del suo corpo tanto vicino a lui, e cominciò a girargli la testa.

«Siamo in Africa, non fa poi così freddo» mormorò mentre le metteva un braccio intorno alle spalle. «Va meglio adesso?»

«Un po'» Narov si tenne stretta a lui. «Ma ricordati, io sono di ghiaccio.»

Jaeger trattenne una risata. Lasciarsi andare era una vera tentazione, abbandonarsi a quell'atmosfera rilassata, intima e inebriante.

Sentiva una parte di sé tesa e nervosa: doveva riuscire a trovare e salvare Ruth e Luke. Ma un'altra parte – quella lievemente ubriaca – rammentò per un attimo cosa significassero le carezze di una donna. E, nel suo intimo, le desiderava.

In fondo, in quel momento non stava tenendo stretta a

sé una donna qualunque. Narov era di una bellezza decisamente notevole. E, alla luce della luna, sembrava assolutamente uno schianto.

«Sai, signor Bert Groves, se interpreti una parte per un certo tempo, cominci a credere che sia realtà» mormorò. «Soprattutto quando vivi molto a lungo vicino alla cosa che desideri davvero, ma sai di non poterla avere.»

«Non possiamo farlo» si costrinse a dire Jaeger. «Ruth e Luke sono là, da qualche parte sotto quella montagna. E sono vivi, di questo sono sicuro. Non può mancare molto.»

Narov sbuffò. «Quindi è meglio morire di freddo? *Schwachkopf*.»

Malgrado la sua classica imprecazione, però, lei non mollò la presa. E lui nemmeno.

54

Le ultime ventiquattr'ore erano state frenetiche. Il kit che avevano ordinato a Raff era arrivato come richiesto, e in quel momento si trovava sul fondo degli zaini che portavano in spalla.

La sola cosa che avevano dimenticato di chiedere erano due passamontagna di seta nera per nascondere il viso. Avevano dovuto improvvisare. Per avvalorare la copertura della luna di miele, Narov aveva portato con sé delle sottili calze nere. Infilate sulla testa con due tagli al posto degli occhi, erano la soluzione migliore che avevano potuto trovare.

Quando Raff li aveva avvisati che il dispositivo di tracciamento GPS si era fermato, Jaeger e Narov avevano individuato il loro bersaglio. E, per pura fortuna, Konig conosceva l'edificio dove erano state portate le zanne. Era il luogo in cui si credeva che il trafficante libanese avesse la sua base, con un contingente scelto di guardie del corpo a completare il servizio.

Konig aveva spiegato come il trafficante fosse il primo anello di una catena globale di commercio illegale. I bracconieri avrebbero venduto a lui le zanne e, ad affare concluso, la merce sarebbe stata contrabbandata altrove, con un viaggio che terminava invariabilmente in Asia, il primo mercato per questo genere di articoli illegali.

Jaeger e Narov erano partiti da Katavi con la loro macchina, un Land Rover Defender bianco che avevano noleggiato in loco sotto falso nome. Sulle portiere portava il nome del noleggiatore, WILD AFRICA SAFARIS, diversamente dalle Toyota del Katavi Lodge che sfoggiavano il logo della riserva.

Avevano avuto bisogno di un uomo di fiducia che potesse restare alla macchina quando loro si fossero avviati a piedi. E una sola persona rispondeva a questi requisiti: Konig. Una volta messo al corrente del loro piano – avute rassicurazioni che non sarebbe stato possibile risalire al Katavi dopo l'attacco – si mise a loro disposizione.

Al calare del crepuscolo lo avevano lasciato al Land Rover, ben nascosto in un uadi, ed erano svaniti nella luce piatta e spettrale attraversando la savana asciutta e i cespugli con l'aiuto del GPS e della bussola. Erano attrezzati con radio SELEX Personal Role con auricolari. Le SELEX, grazie alla loro portata di quasi cinque chilometri, avrebbero permesso di restare in contatto fra loro e con Konig.

Non avevano avuto l'opportunità di testare le armi principali sparando, ma i mirini erano azzerati in fabbrica a 230 metri, sufficienti per la missione di quella notte.

Jaeger e Narov si fermarono a trecento metri dall'edificio indicato dal dispositivo di tracciamento GPS. Passarono venti minuti proni su una cresta leggermente sopraelevata, osservando in silenzio il luogo. Sotto il ventre di Jaeger il terreno tratteneva ancora il calore del giorno.

Il sole era ormai calato, ma le finestre dell'edificio erano illuminate come un albero di Natale. Alla faccia della sicurezza. Bracconieri e contrabbandieri, evidentemente, non credevano esistesse un pericolo reale e presente, né una minaccia. Pensavano di essere al di sopra della legge. Quella sera avrebbero imparato che le cose non stavano proprio così.

Per quella missione, sia Jaeger sia Narov seguivano una sola legge: la propria.

Jaeger esaminò l'edificio, contando sei guardie visibili, armate di fucili d'assalto. Stavano sedute fuori, sul davanti della casa, riunite intorno a un tavolo a giocare a carte, con le armi appoggiate al muro o appese alle cinghie e portate sulla schiena.

La lanterna antivento illuminava i loro visi di un caldo bagliore.

"C'è abbastanza luce per uccidere."

Su un angolo del tetto piatto dell'edificio, Jaeger individuò quella che ritenne una mitragliatrice leggera, nascosta con qualche coperta da eventuali occhi curiosi. Bene, se le cose fossero andate secondo i piani, tutti i nemici sarebbero stati freddati ancor prima di potersi avvicinare a quell'arma.

Prese il visore termico leggero e osservò di nuovo l'edificio, prendendo mentalmente nota di dove si trovavano gli uomini. Li vedeva come macchie di un giallo brillante e, sullo schermo nero del visore, il calore del corpo li faceva sembrare persone in fiamme.

Trasportata dall'aria, la musica arrivava fino a lui.

Su un lato del tavolo da gioco c'era una grossa radio stereo che trasmetteva una sorta di ritmo pop-arabo distorto e cantilenante, a rammentare che gran parte di loro dovevano essere uomini del trafficante libanese.

«Ne conto dodici» sussurrò Jaeger. Il microfono era in modalità "aperto", quindi non c'era bisogno di schiacciare pulsanti.

«Dodici persone» confermò Narov. «Più sei capre, qualche gallina e due cani.»

Giusto: doveva occuparsene. Gli animali potevano anche essere addomesticati, ma avrebbero comunque percepito una presenza umana estranea, e avrebbero potuto dare l'allarme.

«Ti occupi tu dei sei che stanno fuori, sul davanti?» chiese Jaeger.

«Va bene.»

«Okay, appena sono in posizione, spara al mio segnale. Poi avvisami via radio quando sei pronta a entrare.»

«Capito.»

Jaeger prese dallo zaino una sottile valigetta nera e la aprì. All'interno c'era un fucile da sniper smontato, un VSS compatto, il Vintorez "Thread Cutter". Accanto a lui, Narov aveva già cominciato a montarne uno identico al suo.

Avevano scelto il VSS, di fabbricazione russa, perché era ultraleggero e avrebbe permesso loro di muoversi in maniera rapida e silenziosa. La sua portata utile era di cinquecento metri, quindi meno della metà di molti fucili da sniper, ma pesava soltanto 2,6 chili. Inoltre aveva un caricatore da venti colpi, mentre gran parte dei fucili di precisione erano *bolt action*, quindi ogni colpo doveva essere incamerato singolarmente.

Con il Thread Cutter si potevano colpire diversi bersagli in rapida successione.

Altrettanto importante era che fosse progettato specificamente come arma silenziata: impossibile sparare senza il silenziatore. Come la P228, sparava proiettili pesanti, subsonici, da 9 mm. Sarebbe stato inutile usare un fucile di precisione silenziato se, a ogni sparo, emetteva un crack assordante quando il proiettile superava il muro del suono.

I colpi da 9 mm avevano la punta di tungsteno per poter perforare blindature leggere e anche pareti. Grazie alla bassa velocità alla volata, perdevano energia più lentamente, quindi la portata e la potenza di quell'arma erano notevoli rispetto al peso e alle dimensioni.

Jaeger lasciò Narov e aggirò l'edificio verso est, muovendosi piegato, ma velocemente. Fece in modo di restare sottovento rispetto all'edificio, perché gli animali non potessero percepire il suo odore nell'aria spaventandosi. Mantenne una buona distanza da qualsiasi possibile luce di sicurezza, quelle che vengono attivate dal movimento, e rimase sul terreno basso e coperto.

Jaeger si fermò a poco più di cinquanta metri dalla casa. Studiò il bersaglio attraverso il visore termico prendendo mentalmente nota di dove si erano spostate le persone. Fatto questo, si mise in posizione sdraiata, con il calcio tubolare del VSS poggiato nell'incavo della spalla, sostenendo la pesante canna silenziata con un gomito a terra.

Ben poche armi erano indicate quanto il VSS per uccidere

in silenzio e nel buio. Eppure un fucile di precisione era valido se lo era il suo operatore. Pochi erano più bravi di Jaeger, in particolare quando agiva in missione segreta e cacciava nelle tenebre.

Quella sera si sarebbe dato parecchio da fare.

55

Una lieve brezza soffiava da ovest scendendo dalle Mbizi Mountains.

Il mirino del fucile permetteva a Jaeger di compensare l'angolo di caduta del proiettile e la velocità del vento. Valutò che il vento soffiasse a circa 9 chilometri orari, quindi aggiustò la mira per sparare una tacca a sinistra del bersaglio.

Sulla cresta, Narov avrebbe regolato il mirino di due tacche a sinistra e di una tacca più in alto, per compensare il fatto che l'arma veniva utilizzata quasi al limite della sua portata utile.

Jaeger rallentò il respiro e cercò di raggiungere la calma e la concentrazione assolute necessarie a uno sniper. Non si faceva illusioni sulle sfide che li aspettavano: lui e Narov avrebbero dovuto colpire bersagli multipli in rapida successione. Un ferito avrebbe potuto far saltare il fattore sorpresa.

Poi c'era un uomo – il Grande capo libanese – che Jaeger voleva prendere vivo.

Con il VSS non si vedeva la vampata, quindi i proiettili sarebbero arrivati dall'oscurità e il nemico avrebbe avuto ben poche possibilità di rispondere al fuoco. Ma sarebbe bastato un grido d'allarme per compromettere l'attacco.

«Okay, sto esaminando l'edificio» sussurrò Jaeger. «Adesso ne conto sette fuori e sei dentro. Fa tredici: tredici bersagli.»

«Bene. I sette sono miei.»

Narov aveva risposto con la calma glaciale di una perfetta professionista. Se mai al mondo fosse esistito uno sniper che Jaeger stimava più di se stesso, probabilmente quello era Narov. In Amazzonia aveva scelto un'arma da sniper, e Jaeger non dubitava minimamente del perché.

«Bersagli esterni seduti intorno a un tavolo, testa e spalle molto ben visibili» sussurrò Jaeger. «Dovrai sparare alla testa. Ti sta bene?»

«Un morto è morto comunque.»

«Se non l'avessi notato, quelli fuori stanno fumando» aggiunse Jaeger.

Le sigarette brillavano nel buio come minuscoli spilli incandescenti ogni volta che uno degli uomini dava un tiro. E illuminavano bene le facce, rendendoli bersagli più facili.

«Qualcuno dovrebbe dirgli che il fumo uccide» mormorò Narov.

Jaeger trascorse gli ultimi secondi ripassando le mosse che avrebbe fatto per uccidere gli uomini all'interno. Dalla direzione da cui tirava, immaginava di poterne uccidere tre su sei sparando attraverso il muro.

Studiò quei tre, e immaginò che stessero guardando la televisione. Riusciva a distinguere le loro forme sedute intorno al rettangolo brillante di quello che, probabilmente, era un televisore a schermo piatto.

Si chiese cosa trasmettesse: calcio o un film di guerra?

In un modo o nell'altro, per loro lo spettacolo era quasi finito.

Decise di sparare alla testa. Era più semplice sparare al corpo – il bersaglio era più grande – ma quei colpi spesso non erano immediatamente letali. Jaeger aveva impresse nel cervello le leggi auree dello sniper. La cosa fondamentale era che ciascun colpo alla testa andava sparato e accompagnato senza perdere la mira.

Diceva scherzando la stessa cosa a Luke quando facevano pipì.

Jaeger fece un sorriso amaro, poi trasse un profondo respiro ed esalò a lungo. «Attacco ora.»

Si sentì un lieve sibilo. Poi, senza fermarsi, spostò l'arma verso destra di una frazione, sparò di nuovo, la riportò verso sinistra e lasciò partire il terzo proiettile.

In tutto erano passati appena due secondi.

Aveva visto le tre sagome contorcersi e muoversi di scatto quando i proiettili le avevano colpite prima di accasciarsi in un mucchio informe. Per un altro secondo non spostò l'occhio dal mirino. Le scintille del proiettile con la punta di tungsteno avevano fatto diventare di un bianco abbagliante il reticolo del mirino di Jaeger. Immaginò che nelle pareti corresse del metallo, forse le condutture o i fili elettrici.

I secondi passarono senza che ci fossero movimenti visibili di chi era stato colpito, e senza che si sentisse alcun rumore. Probabilmente il ritmo arabo che usciva dallo stereo aveva soffocato ogni suono.

La voce di Narov spezzò il silenzio. «Sette abbattuti. Muovo dalla cresta sul davanti della casa.»

«Bene. Muovo adesso.»

Jaeger si alzò agile in piedi con l'arma sulla spalla, e cominciò a correre sul terreno scuro. Già un'infinità di volte si era mosso veloce e silenzioso per una missione di ricerca e distruzione.

Solo.

Nell'oscurità.

A caccia della preda.

Giunse davanti alla casa, saltò sopra il lavoro di Narov e spostò con un calcio una sedia che gli sbarrava la strada verso l'ingresso. Lo stereo continuava a urlare il suo ritmo, ma nessuno dei sette uomini era in grado di apprezzarlo.

Quando Jaeger stava per fare irruzione, la porta si spalancò e una figura rimase inquadrata dalla luce proveniente dall'interno. Probabilmente aveva sentito qualcosa di sospetto e stava uscendo per indagare. Era un tizio scuro di carnagione dalla corporatura possente. Teneva davanti a sé un AK-47, ma la presa sul fucile era abbastanza rilassata.

Jaeger sparò correndo. *Zip! Zip! Zip!* In rapida successione, tre proiettili da 9 mm fuoriuscirono dalla canna del Thread Cutter centrando il tizio al petto.

Jaeger saltò per superare l'uomo accasciato mentre bisbigliava nel microfono a Narov. «Sono dentro!»

In quel momento Jaeger stava facendo mentalmente due conteggi diversi. Uno era a sei: aveva sparato sei colpi del caricatore da venti. Era fondamentale tenere il conto, per evitare di trovarsi il caricatore vuoto e sentire il fatale "click dell'uomo morto", ovvero quando tiravi il grilletto e non succedeva niente.

Il secondo conteggio era quello degli uomini: "Undici abbattuti".

Entrò nel corridoio male illuminato. Pareti bianche, segnate qua e là da sporcizia e graffi. Con l'occhio della mente, Jaeger vedeva pesanti zanne d'elefante trascinate lungo quel corridoio, mentre il sangue imbrattava le pareti. Erano centinaia, come su un nastro trasportatore che faceva avanzare morte e omicidi insensati.

Gli spettri di quei massacri sanguinosi sembravano infestare anche le ombre.

Jaeger rallentò, muovendosi in punta di piedi con la grazia di un ballerino, ma del tutto privo di intenti benevoli. Sentì chiudere un frigorifero dietro una porta alla sua destra. Poi il tintinnio delle bottiglie.

Una voce chiamò parlando quello che doveva essere arabo libanese. La sola parola che Jaeger riconobbe fu un nome: Georges.

Konig gli aveva detto il nome del trafficante d'avorio libanese: si chiamava Georges Hanna. Jaeger immaginò che uno dei suoi uomini fosse andato a prendere al capo una birra gelata.

Una figura uscì dalla porta stringendo in mano le bottiglie di birra. Non ebbe il tempo di accorgersi della presenza di Jaeger, né per un lampo di sorpresa e terrore negli occhi, prima che il VSS sparasse di nuovo.

Due proiettili lo colpirono alla spalla sinistra appena sopra il cuore, facendolo roteare e lanciandolo contro il muro.

Le bottiglie caddero a terra e il rumore dei vetri infranti echeggiò lungo il corridoio.

Una voce chiamò da una stanza in fondo. Le parole avevano un tono ironico e furono seguite da una risata. Ancora nessun segno evidente di allarme. Probabilmente chi parlava credeva che il tizio fosse ubriaco e avesse fatto cadere le bottiglie.

Una striscia rossa avanzò lungo il muro indicando la traiettoria del morto fino al pavimento. Era crollato lentamente, ripiegandosi su se stesso con un tonfo che suonò vuoto e umido.

"Dodici", contò la voce nella testa di Jaeger. Se i conti erano giusti, ormai ne doveva restare solo uno: il Grande capo libanese. Konig gli aveva mostrato una foto, e Jaeger l'aveva incisa nella memoria.

«Muovo per prendere Beirut» sussurrò.

Per l'assalto avevano deciso di usare un linguaggio semplice. L'unica parola in codice era per il loro bersaglio, e avevano scelto il nome della capitale del Libano.

«In trenta secondi sono dentro» replicò Narov con il respiro affannoso mentre correva verso l'ingresso.

Per un istante Jaeger fu tentato di aspettarla. Due teste, e due fucili, erano meglio di una. Ma ormai ogni secondo era prezioso. Il loro obiettivo era quello di annientare la banda e chiudere l'operazione.

Adesso la cosa più importante era tagliare la testa del serpente.

56

Jaeger si fermò per un attimo, estraendo dal fucile il caricatore mezzo vuoto e inserendone uno nuovo: nel caso fosse
servito.

Mentre avanzava, sentiva il suono attutito di un televisore giungere da destra, davanti a lui. Colse qua e là qualche
parola in inglese. Calcio. Una partita di Premier League. O
qualcosa di simile. Nella stanza avrebbe trovato i corpi dei
tre uomini ai quali aveva sparato attraverso il muro. Prese mentalmente nota di far controllare a Narov che fossero
tutti morti.

Avanzò silenzioso verso la porta socchiusa davanti a lui,
fermandosi a un passo di distanza. Dall'interno giungevano voci soffocate. Sembrava una contrattazione, in inglese.
Di certo là dentro c'era qualcuno oltre al libanese. Sollevò
la gamba destra e spalancò la porta con un calcio.

Nella furia carica di adrenalina del combattimento, il tempo sembrava rallentare fino a un ritmo atavico, e un secondo pareva durare una vita.

Jaeger percorse la stanza con lo sguardo, cogliendo in un
microsecondo i dettagli fondamentali.

Quattro persone, due sedute a un tavolo.

Uno, all'estrema destra, era il trafficante libanese, con il
polso appesantito da un Rolex d'oro. Lo stomaco sporgen-
te parlava di una vita di eccessi. Era vestito con un abito da

safari di sartoria, anche se Jaeger dubitava che avesse mai visto davvero la savana.

Di fronte a lui un tizio di colore, con una camicia dozzinale, pantaloni grigi e scarpe stringate nere. Jaeger immaginò che fosse la mente dell'operazione di bracconaggio.

La minaccia più importante per Jaeger, però, era in piedi davanti alla finestra: due tizi pesantemente armati dall'aspetto cattivo. Bracconieri navigati, senza dubbio, assassini di elefanti e rinoceronti.

Uno aveva la cinghia di una mitragliatrice di traverso sul petto, in stile Rambo. Fra le mani la forma inconfondibile di un PKM, l'equivalente russo della mitragliatrice media inglese: perfetta per abbattere gli elefanti nelle pianure aperte, non era una scelta adeguata per un combattimento ravvicinato.

Il secondo personaggio aveva un RPG-7, il classico lanciarazzi russo. Fantastico per far saltare in aria un veicolo o abbattere un elicottero. Ma non l'ideale per fermare Will Jaeger tra le mura di una stanza angusta.

La mancanza di spazio era in parte dovuta all'avorio impilato in un angolo. Decine di zanne enormi, ciascuna che finiva con una rosetta frastagliata e piena di sangue nel punto in cui i bracconieri l'avevano segata dagli animali massacrati.

Zip! Zip! Zip!

Jaeger inchiodò i bracconieri armati con colpi alla testa, esattamente in mezzo agli occhi. Mentre stavano cadendo, li crivellò con altri sei proiettili, tre nel petto di ciascuno. Erano spari dovuti più alla rabbia che al desiderio di essere certo che fossero morti.

Colse il lampo di un movimento mentre il grosso libanese cercava di prendere un'arma. *Zip!*

Un grido lacerò la stanza mentre Jaeger piazzava una pallottola nella mano del grassone, aprendo un grande foro lacero nella palma. Poi si voltò rapidamente e inquadrò nel mirino l'africano, sparando anche a lui alla mano da distanza molto ravvicinata.

Quella mano stava avanzando a tentoni sul tavolo, cercando di raccogliere e nascondere una pila di dollari in banconote, che ormai si stavano inzuppando del suo sangue.

«Ho Beirut, ripeto, ho Beirut» riferì Jaeger a Narov. «Tutti gli ostili abbattuti, ma controlla la seconda stanza sulla destra con il televisore. Tre ostili, verifica che siano morti.»

«Ricevuto. Mi sposto adesso nel corridoio.»

«Quando hai finito, metti in sicurezza l'ingresso. In caso ci sia sfuggito qualcuno o abbiano chiamato rinforzi.»

Da sopra la canna del fucile, Jaeger fissò i due, che avevano gli occhi spalancati per lo shock e la paura. Tenendo il dito pronto sul grilletto, e reggendo il Thread Cutter con una sola mano, portò l'altra verso la schiena e prese la pistola. Lasciò quindi il Thread Cutter, che rimase appeso alla cinghia sul petto, e mirò con la P228. Per quello che aveva in mente gli serviva una mano libera.

Pescò nella tasca ed estrasse un minuscolo aggeggio nero rettangolare. Era una SpyChest Pro MiniCam, un videoregistratore piccolissimo e ultracompatto a prova di stupido. Lo collocò sul tavolo e lo accese con palese ostentazione. Come quasi tutti gli uomini d'affari libanesi, sicuramente anche il trafficante parlava un inglese passabile.

Jaeger sorrise, ma i suoi tratti rimasero indecifrabili dietro la calza che lo mascherava. «Signori, lo spettacolo ha inizio. Voi rispondete a tutte le mie domande e magari vi lascerò in vita. E tenete le mani sul tavolo, dove io possa vederle sanguinare.»

Il grasso libanese scosse la testa incredulo. I suoi occhi mostravano palesemente la paura oltre allo sguardo fisso di chi è scioccato. Eppure Jaeger percepiva che il suo spirito di resistenza – la sua arrogante certezza di essere in una posizione inattaccabile – non era del tutto spezzato.

«Che cosa, in nome di Dio?» chiese sputando le parole attraverso i denti stretti per il dolore. Aveva un accento pesante, il suo inglese era incerto, eppure lo si capiva abbastanza. «Chi diavolo sei?»

«Chi sono io?» ringhiò Jaeger. «Sono il tuo peggior incubo. Sono il tuo giudice, la giuria e, probabilmente, il tuo giustiziere. Vedi, signor Georges Hanna, sono io a decidere se vivi o muori.»

Almeno in parte quella di Jaeger era una messinscena per instillare paura nei suoi avversari. Però, al contempo, era anche consumato da una furia bruciante per ciò che quelle persone avevano fatto, per la carneficina che avevano compiuto.

«Sai il mio nome?» Gli occhi del libanese schizzavano dalle orbite. «Ma sei pazzo? I miei uomini. Le mie guardie. Pensi che ti lasceranno uscire vivo da qui?»

«Di solito i cadaveri non oppongono una particolare resistenza. Quindi comincia a parlare, a meno che tu non voglia unirti a loro.»

La faccia del trafficante si contorse in una smorfia. «Sai una cosa? Vaffanculo.»

Jaeger non apprezzava particolarmente quello che stava per fare, ma doveva obbligare quel bastardo a parlare, e in fretta. Doveva spezzare la sua resistenza, e c'era un solo modo.

Abbassò la canna della P228, la spostò lievemente verso destra e sparò al ginocchio del trafficante. Mentre questi cadeva dalla sedia, sangue e frammenti di osso cominciarono a macchiare l'abito da safari.

Jaeger si avvicinò e, chinandosi, colpì il grassone sul naso con il calcio della pistola. Con un rumore di ossa spezzate, un fiotto di sangue cominciò a colare sul davanti della camicia bianca.

Jaeger lo fece alzare in piedi prendendolo per i capelli e lo spinse nuovamente sulla sedia. Poi estrasse il coltello Gerber e gli inchiodò al tavolo la mano buona.

A quel punto, spostò lo sguardo sul capo dei bracconieri locali, con gli occhi che lanciavano saette dietro il velo distorto della maschera.

«Stai guardando?» sibilò. «Perché se fai casino, finisci come lui.»

Il bracconiere era immobilizzato dal terrore. Jaeger riusciva a vedere che se l'era fatta addosso. Immaginò di essere ormai riuscito a portare quei tizi dove voleva.

Alzò la pistola fino a quando la bocca scura della canna

arrivò all'altezza della fronte del trafficante. «Se vuoi vivere, comincia a parlare.»

Jaeger sparò una raffica di domande, addentrandosi sempre più nei particolari del traffico d'avorio. Arrivarono le risposte: strade per uscire dal paese, destinazioni e acquirenti oltreoceano, e i nomi dei funzionari corrotti che facilitavano a ogni livello il traffico in aeroporti e dogane, nella polizia e persino una manciata di ministri. Poi, alla fine, le importantissime coordinate bancarie.

Una volta spremuto al libanese tutto quello che poteva, Jaeger spense la videocamera e se la mise in tasca.

Poi si voltò e sparò due colpi in fronte a Georges Hanna.

Il grosso libanese crollò su un fianco, la mano ancora inchiodata al tavolo. Con il suo peso, trascinò con sé il tavolo, ribaltandolo, e il suo corpo finì accasciato lì accanto, appoggiato al mucchio di avorio depredato.

Jaeger si girò. Il bracconiere locale, in quel momento, era in piena stanchezza adrenalinica. Aveva perduto qualsiasi energia e la sua mente, ormai, aveva ben scarso controllo sul corpo. La paura gli aveva ottenebrato del tutto il cervello.

Jaeger si chinò fino ad avvicinare il viso a quello del bracconiere. «Hai visto che fine ha fatto il tuo amico qui. Come ho detto, io sono il tuo peggiore incubo. Sai cosa faccio di te? Ti lascerò vivere, un privilegio che tu non hai mai concesso a un rinoceronte o a un elefante.»

Poi, per due volte, calò il calcio della pistola sul viso dell'uomo. Esperto di Krav Maga – un sistema di autodifesa sviluppato dall'esercito israeliano – Jaeger sapeva fin troppo bene che un colpo sferrato con le mani poteva fare altrettanto male a te che al tuo avversario. Si potevano rimediare denti affondati in una mano o dita dei piedi rotte per aver tirato un calcio su una parte rigida e non cedevole dell'avversario, come per esempio il cranio; quindi, era sempre meglio utilizzare un'arma per proteggersi dai colpi. Da qui l'uso del calcio della pistola.

«Adesso ascoltami bene» annunciò con voce che aveva una tranquillità inquietante. «Ti lascerò vivere perché tu possa avvertire i tuoi compagni. Riferisci loro da parte mia» disse indicando con il pollice il cadavere del libanese «che questo accadrà a voi – *a tutti voi* – se dovesse morire anche un solo altro elefante.»

Jaeger ordinò all'uomo di alzarsi e lo portò in corridoio, dove Narov stava a guardia dell'ingresso.

Spinse il bracconiere verso di lei. «Questo è il tipo che ha orchestrato il massacro di diverse centinaia fra le creature più belle di Dio.»

Narov lo osservò con occhi gelidi. «È lui l'assassino degli elefanti? Quest'uomo?»

Jaeger annuì. «Sì. E lo portiamo con noi. Almeno per una parte del tragitto.»

Narov estrasse il coltello. «Un respiro fuori posto, la minima scusa, e ti sbudello.»

Jaeger rientrò, dirigendosi verso la cucina. C'era una specie di fornello: un bruciatore collegato a una bombola di gas. Si chinò e aprì il rubinetto del gas, che emise un sibilo rassicurante. Poi afferrò la lanterna da tempesta accesa e la piazzò a metà del corridoio.

Mentre si affrettava a uscire dalla casa nel buio, un pensiero lo colpì. Era ben consapevole che le loro recenti azioni erano molto al di fuori della legge. E si chiese come mai questo non lo preoccupasse. Dopo essere stato testimone del massacro degli elefanti, però, i confini fra giusto e sbagliato si erano inevitabilmente sfumati.

Cercò di capire se fosse un bene, o semplicemente un riflesso di quanto la sua bussola morale fosse andata fuori rotta. Sotto molti aspetti ciò che era morale era diventato un vago ricordo. O forse era tutto chiarissimo. In un certo senso, non aveva mai visto le cose con altrettanta chiarezza. Se avesse ascoltato il suo cuore, sepolto profondamente sotto il dolore che era diventato il suo compagno di strada, aveva ben pochi dubbi di aver fatto la cosa giusta.

Se ti univi al diavolo e prendevi di mira gli indifesi – come aveva fatto la banda dei bracconieri – dovevi aspettarti di pagarne il prezzo.

57

Jaeger si chinò a spegnere la videocamera SpyChest. Lui, Narov e Konig erano seduti nella privacy del bungalow di Konig. Avevano appena guardato la confessione di Georges Hanna, dal sanguinoso principio alla macabra fine.

«Ecco qui» disse Jaeger porgendo la videocamera a Konig. «Qui c'è tutto. Spetta a lei decidere cosa farne. Ma, comunque sia, quel cartello di bracconieri africani ha chiuso per sempre.»

Konig scosse la testa sbalordito. «Non stavate scherzando. Avete inchiodato tutta la rete. E in termini di conservazione questo cambia le regole del gioco. Poi aiuterà a prosperare le comunità locali che si occupano degli animali selvaggi.»

Jaeger sorrise. «Lei ha aperto la porta. Noi abbiamo semplicemente oliato i cardini.»

«Falk, lei ha avuto un ruolo chiave» aggiunse Narov. «E lo ha interpretato alla perfezione.»

In un certo senso Konig *aveva* avuto un ruolo chiave. Aveva protetto le spalle di Jaeger e Narov, sorvegliando la macchina della fuga. E mentre si allontanavano dalla scena, la casa piena di gas era esplosa in una palla di fuoco mandando in cenere tutte le prove.

Konig raccolse grato la SpyChest. «Questo... cambierà tutto.» Li osservò per un secondo. «Sento di dover trovare un modo per ripagarvi. Questa non è la vostra guerra, la vostra battaglia.»

Era il momento. «Sa, una cosa ci sarebbe» azzardò Jaeger. «Il BV222, l'aereo da guerra sotto la montagna. Ci piacerebbe vederlo dentro.»

Il viso di Konig si incupì. Scosse la testa. «Ah, questo... questo non è possibile.» Una pausa. «Sapete, ho appena ricevuto una telefonata del signor Kammler, il capo. Di tanto in tanto controlla. Ho dovuto riferirgli della vostra... trasgressione. Della deviazione nel suo dominio sotto la montagna. Non ne è stato esattamente felice.»

«Ha chiesto se ci avete arrestati?» si informò Jaeger.

«Sì, ma gli ho risposto che era impossibile. Come si possono arrestare due cittadini stranieri per aver fatto qualcosa che non è un crimine? In particolare se sono ospiti paganti del lodge. Sarebbe stato semplicemente ridicolo.»

«Lui come ha reagito?»

Konig scrollò le spalle. «Come sempre, arrabbiandosi molto. Ha sproloquiato per un po'.»

«Poi?»

«Poi gli ho detto che voi avevate ideato un piano per eliminare la banda dei bracconieri, che anche voi amavate la natura selvaggia. Che eravate dei veri conservazionisti. A quel punto mi è sembrato che si rilassasse un po'. Ma ha ribadito che il BV222 è off limits per tutti tranne lui stesso e... una o due altre persone.»

Jaeger fissò Konig con un'occhiata interrogativa. «Quali altri, Falk? Chi sono?»

Konig distolse lo sguardo. «Ah... alcune persone. Chi sono non ha importanza.»

«*Lei* ha accesso a quell'aereo, vero Falk?» chiese Narov.

«Certo che ce l'ha.»

Konig scrollò le spalle. «Va bene, sì. O almeno lo avevo in passato.»

«Allora potrebbe organizzarci una breve visita?» insistette lei. «*Do ut des*, eccetera?»

Per tutta risposta, Falk si chinò e prese qualcosa dalla scrivania. Era una vecchia scatola da scarpe. Esitò per un attimo prima di porgerla a Narov.

«Ecco, prenda. Sono filmini, tutti girati dentro il BV222. Sono parecchie decine. Credo che non resti neppure un centimetro dell'interno non documentato.» Konig alzò una spalla in atteggiamento di scusa. «Voi mi avete dato un filmato fantastico. Questo è il meglio che posso offrirvi in cambio.» Tacque un istante, fissando Narov con sguardo afflitto. «Ma vi prego di una cosa. Non guardateli fin quando non ve ne sarete andati.»

Narov sostenne il suo sguardo. Jaeger poteva leggere negli occhi di lei una vera compassione. «Va bene, Falk. Ma perché?»

«Sono... in un certo senso sono personali, oltre a riprendere l'idrovolante.» Scrollò le spalle. «Non guardateli fin quando non ve ne sarete andati. Vi chiedo solo questo.»

Jaeger e Narov annuirono. Jaeger non dubitava dell'onestà di Konig, e non vedeva l'ora di guardare quei filmati. Sulla strada del ritorno si sarebbero fermati da qualche parte per vederne qualcuno.

In un modo o nell'altro, ormai sapevano cosa c'era sotto quella montagna. Avrebbero sempre potuto tornare, paracadutandosi in forze se fosse servito, e aprirsi la strada combattendo fino all'idrovolante.

Ma in quel momento la priorità era il sonno. Non vedeva l'ora di riposarsi. Il suo corpo non era più sostenuto dall'impeto dell'assalto e sentiva ondate di stanchezza.

Quella notte, senza dubbio, avrebbe dormito come un sasso.

58

Fu Narov a svegliarsi per prima: in un istante aveva afferrato la P228 da sotto il cuscino dopo aver sentito bussare disperatamente alla porta.

Erano le 3.30 del mattino, non certo l'ora migliore per
essere strappati a un sonno profondo. Attraversò la stanza e andò ad aprire la porta, piazzando la pistola in faccia
a... Falk Konig.

Narov preparò un caffè mentre un Konig visibilmente
provato cominciava a spiegare il motivo della sua irruzione. A quanto pareva, quando aveva riferito della loro incursione nelle grotte, Kammler aveva chiesto di vedere i video
della sorveglianza. Konig non ci aveva fatto troppo caso e
aveva spedito via email qualche spezzone. Aveva appena
ricevuto una telefonata.

«Il vecchio sembrava molto agitato, nervoso. Vuole che vi
trattenga almeno per ventiquattr'ore. Ha detto che, dopo i
risultati che avete ottenuto con i bracconieri, eravate il genere di persone che poteva fargli comodo. Mi ha chiesto di
reclutarvi, dicendo di usare ogni mezzo necessario per far
sì che non ve ne andaste. Aggiungendo, eventualmente, di
mettere fuori uso la vostra macchina.»

Jaeger non dubitava che Kammler, in un modo o nell'altro, lo avesse riconosciuto. A quanto pareva la versione bion-
da non era a prova di stupido quanto credevano i trucca-
tori di Falkenhagen.

«Non so che fare. Dovevo dirvelo.» Konig si era piegato sulle ginocchia, come se provasse un forte dolore. Jaeger immaginò che la tensione e i nervi gli stessero torcendo lo stomaco. Sollevò appena la testa dicendo: «Non credo che abbia una buona ragione per volervi trattenere qui, penso che stia mentendo. C'era qualcosa nella sua voce... Qualcosa... di quasi predatorio.»

«Quindi, Falk, lei cosa suggerisce?» chiese Narov.

«Dovete andarvene. A volte il signor Kammler ha dimostrato di avere... lunghi tentacoli. Andatevene. Ma usate una delle Toyota del Katavi Lodge. Farò prendere il vostro Land Rover a due miei uomini e li manderò in una direzione diversa. In questo modo avremo una macchina civetta.»

«E quei ragazzi faranno da esca?» chiese Jaeger. «L'esca in una trappola.»

Falk scrollò le spalle. «Forse. Ma dovete sapere che non tutti i nostri dipendenti sono quello che sembrano. Le bande di bracconieri hanno offerto mazzette quasi a tutti, e non tutti hanno rifiutato. Per alcuni la tentazione si è rivelata troppo forte. Gli uomini che manderò sul Land Rover hanno venduto molti nostri segreti, hanno parecchio sangue innocente sulle mani. Quindi, se accadrà loro qualcosa, sarà...»

«La punizione divina?» suggerì Narov completando la frase al suo posto.

Lui fece un lieve sorriso. «Qualcosa di simile, sì.»

«Sono molte le cose che non ci sta dicendo, vero Falk?» chiese Narov. «Questo Kammler, il suo aereo sotto la montagna: ne ha paura, vero?» Fece una pausa. «Sa, è sempre più facile condividere un fardello. Magari potremmo aiutarla.»

«Ci sono cose che non si possono cambiare» borbottò Falk. «O contro cui nulla si può.»

«Bene, ma perché non comincia a dirci di cosa ha paura?» insistette Narov.

Konig si guardò intorno nervoso. «Okay, ma non qui. Vi aspetterò accanto alla vostra macchina.» Si alzò per andarsene. «E non chiedete aiuti quando uscite. Non chiedete un facchino per le valigie. Non so di chi ci possiamo fidare.

Dirò che ve ne siete andati in segreto, durante la notte. Ma, per favore, fate in modo che la mia storia sia convincente.» Un quarto d'ora dopo Jaeger e Narov avevano pronti i bagagli. Viaggiavano leggeri, e avevano già consegnato a Falk il kit e le armi che avevano utilizzato per l'assalto. Lui li avrebbe portati a breve al lago Tanganica, dove li avrebbe gettati in acqua perché non venissero mai scoperti.

Erano arrivati al parcheggio del lodge. Konig li aspettava con una persona al suo fianco: era Urio, il copilota.

«Conoscete Urio» annunciò Konig. «Di lui mi fido ciecamente. Vi porterà a sud, verso Makongolosi: nessuno va mai in quella direzione. Quando vi avrà messo su un volo, rientrerà con la macchina.»

Urio li aiutò a caricare tutto sul retro della Toyota, poi afferrò il braccio di Jaeger. «Sono in debito con lei. Le devo la vita. Vi porterò fuori di qui. Con me al volante non vi accadrà nulla.»

Jaeger lo ringraziò, poi Konig trascinò lui e Narov nell'ombra, parlando con una voce che era poco più di un sussurro. Dovettero chinarsi per sentirlo.

«Dunque, c'è un'attività collaterale di cui non sapete niente, la Katavi Reserve Primates Limited, abbreviato in KRP. La KRP esporta scimmie, ed è la prediletta del signor Kammler. Come avete visto, qui intorno le scimmie sono come la peste, ed è quasi una benedizione ogni volta che le ingabbiano.»

«E?» sollecitò Narov.

«In primo luogo il livello di segretezza che circonda la KRP non ha precedenti. Le scimmie vengono radunate qui, ma le esportazioni partono da un posto diverso, che io non ho mai visto. Non ne conosco neppure il nome. I dipendenti vengono portati là bendati, e vedono soltanto un campo di volo malconcio dove scaricano le casse degli animali. Mi sono sempre chiesto il perché di tanta segretezza.»

«Ha mai fatto domande in proposito?» chiese Jaeger.

«Sì. Kammler ha risposto semplicemente che si tratta di un settore molto concorrenziale e che non vuole che i suoi rivali sappiano dove tiene le scimmie subito prima del trasporto. A suo dire, se lo sapessero, proverebbero a far ammalare gli animali. E se esportasse un carico di primati malati, non sarebbe positivo per gli affari.»

«Dove esporta?» chiese Jaeger.

«America, Europa, Asia, Sud America... In tutte le grandi città del mondo. Ovunque un laboratorio medico sperimenti i farmaci sui primati.»

Konig restò in silenzio per un attimo. Anche con quella luce fioca, Jaeger riusciva a vedere che era turbato. «Per anni ho scelto di credergli, di credere che fosse un'attività legittima. Questo fino al caso del... ragazzo. Le scimmie vengono portate al luogo di esportazione con un aereo privato, un Buffalo. Lo conoscete?»

Jaeger annuì. «Viene utilizzato per trasportare merci da e per luoghi difficili. Ne ha in dotazione anche l'esercito americano. Porta circa nove tonnellate di carico.»

«Esattamente. Oppure, nel caso dei primati, circa cento scimmie nelle casse. Il Buffalo trasporta i primati da qui al luogo di esportazione. Parte carico e torna vuoto. Sei mesi fa, però, è arrivato qui con un carico inatteso: un clandestino.»

Konig stava parlando più rapidamente, come se non vedesse l'ora di liberarsi di un peso dopo che aveva cominciato a parlare. «Il clandestino era un ragazzo, un keniota di circa dodici anni. Un ragazzino degli slum di Nairobi. Li conoscete?»

«Un po'» rispose Jaeger. «Sono enormi. A quanto so, ci vivono milioni di persone.»

«Almeno un milione.» Konig si fece cupo. «Allora io non c'ero, ero in congedo. Il ragazzino è sgusciato fuori dall'aereo e si è nascosto. Quando i miei lo hanno trovato, era più morto che vivo. Ma negli slum li fanno tosti. Se arrivi ai dodici anni, sei un sopravvissuto.

«Non sapeva esattamente la sua età, ma è normale per i bambini di là. Raramente hanno occasione di festeggiare il compleanno.» Konig rabbrividì, quasi fosse disgustato da quanto stava per dire. «Il ragazzo ha raccontato al mio personale una storia incredibile. Ha detto che faceva parte di un gruppo di orfani che erano stati rapiti. Niente di strano fin qui. I ragazzini degli slum vengono venduti abitualmente, succede di continuo. «Ma la storia di quel ragazzino... era surreale.» Konig si passò la mano fra i capelli biondi e scomposti. «Diceva di essere stato rapito e di essere stato portato in volo in una località misteriosa. Erano in diverse decine. In principio le cose non erano poi andate così male: li nutrivano e si occupavano di loro. Poi, un giorno, gli avevano fatto delle iniezioni.

«Erano stati messi dentro un'enorme stanza chiusa, dove la gente entrava soltanto indossando quella che lui descriveva come una tuta spaziale. Gli passavano il cibo attraverso fessure nel muro. A metà dei bambini avevano fatto le iniezioni, all'altra metà no. Chi non aveva fatto le iniezioni aveva cominciato ad ammalarsi.

«In principio avevano cominciato a starnutire e il naso aveva iniziato a colare.» Konig ebbe un conato di vomito.

«Poi avevano cominciato ad avere gli occhi vacui e rossi e l'aspetto di zombie, di morti viventi.

«Ma, sapete il peggio?» Konig rabbrividì nuovamente.

«Quei ragazzini sono morti piangendo sangue.»

59

Il conservazionista tedesco pescò da una tasca un oggetto e lo lanciò a Narov. «Una chiavetta. Foto del bambino. Quando stava con noi, quelli del mio staff gli hanno scattato delle foto.» Guardò Narov, poi Jaeger. «Io non ho il potere di fare niente. È qualcosa di molto più grande di me.»

«Vada avanti» lo rassicurò Narov.

«Non c'è più molto da dire. Sono morti tutti i ragazzi che non avevano fatto l'iniezione, mentre quelli che l'avevano fatta, i sopravvissuti, sono stati condotti all'aperto, nella giungla circostante. Era stata scavata una grande fossa. Gli hanno sparato e li hanno buttati nella fossa. Il ragazzo non è stato colpito, ma è caduto fra i cadaveri.»

La voce di Konig divenne un sussurro. «Immaginate, lo hanno sepolto vivo. Non si sa come, è riuscito a scavarsi una via d'uscita. Era notte. Ha trovato la strada per il campo di volo e si è arrampicato a bordo del Buffalo, che lo ha portato qui... Il resto lo sapete.»

Narov mise una mano sulla spalla di Konig. «Falk, ci deve essere qualcosa di più. *Pensi.* È molto importante. Qualsiasi particolare, qualsiasi cosa riesca a ricordare.»

«Forse una cosa c'è. Il ragazzo ha detto che, arrivando in quel posto, ha volato sopra il mare. Quindi immaginava che le sue disavventure si fossero svolte su un'isola. Ecco perché sapeva di dover salire sull'aereo se voleva avere una possibilità di fuga.»

«Un'isola dove?» chiese Jaeger. «Ci pensi, Falk. Qualsiasi particolare, qualsiasi cosa.»

«Il ragazzino ha detto che il volo da Nairobi è durato circa due ore.»

«La velocità di crociera di un Buffalo è di circa 480 chilometri orari» osservò Jaeger. «Questo vuol dire che l'isola deve essere in un raggio di 960 chilometri da Nairobi, quindi in qualche punto dell'oceano Indiano.» Fece una pausa. «Ha un nome? Il nome del ragazzo?»

«Simon Chucks Bello. Simon è il nome inglese, Chucks quello africano. È swahili. Significa "grande opera di Dio".»

«Bene, e che ne è stato di questo ragazzino? Dov'è adesso?»

Konig scrollò le spalle. «È tornato negli slum. Ha detto che era l'unico posto dove si sentisse al sicuro. Lì c'era la sua famiglia, e intendeva la famiglia degli slum.»

«Bene, quanti Simon Chucks Bello ci sono negli slum di Nairobi?» chiese Jaeger. Era una domanda rivolta più a se stesso che a Konig. «Un ragazzino di dodici anni con quel nome: riusciremo a trovarlo?»

Falk scrollò le spalle. «Probabilmente ce ne sono a centinaia. E la gente degli slum si occupa dei suoi ragazzini. È stata la polizia keniota a rastrellarli: li ha venduti per poche migliaia di dollari. La legge degli slum è: non fidarti di nessuno, in particolare delle autorità.»

Jaeger guardò Narov, poi Konig. «Allora, prima che noi due usciamo di scena, c'è altro che dovremmo sapere?»

Konig scosse la testa, cupo. «No, credo che sia tutto. È abbastanza, vero?»

I tre tornarono alla macchina. Appena la raggiunsero, Narov andò ad abbracciare rigidamente il tedesco. Jaeger ne fu colpito perché non l'aveva mai vista offrire a nessuno una semplice vicinanza fisica. Un abbraccio spontaneo.

Era la prima volta.

«Grazie, Falk. Grazie di tutto» gli disse. «E in particolare per tutto quello che fa qui. Ai miei occhi lei è... un eroe.»

Per un attimo le loro teste si toccarono mentre gli dava un goffo bacio d'addio.

Jaeger salì sulla Toyota. Urio era al volante con il motore acceso. Un attimo dopo, Narov li raggiunse.

Stavano per avviarsi quando Narov stese una mano per fermarli. Guardò Konig attraverso il finestrino aperto. «È preoccupato, vero Falk? C'è altro? Ha altro da dire?» Konig esitò. Era evidentemente combattuto. Poi qualcosa sembrò scattare dentro di lui. «C'è qualcosa... di strano. Mi sta tormentando. Lo scorso anno Kammler mi ha detto che aveva smesso di preoccuparsi degli animali selvaggi. Ha detto: "Falk, tieni vivo un migliaio di elefanti. Mille basteranno".»

Tacque. Narov e Jaeger lasciarono che il silenzio restasse sospeso nell'aria. "Dagli tempo." Il motore diesel della Toyota batteva a un ritmo costante mentre il conservazionista cercava il coraggio per continuare.

«Quando viene qui, gli piace bere. Penso che si senta tranquillo e al sicuro nell'isolamento di questo posto. È nel suo rifugio, vicino al suo aereo da guerra.» Konig scrollò le spalle. «L'ultima volta che è stato qui, ha detto: "Non c'è niente di cui preoccuparsi Falk, ragazzo mio. Ho nelle mani la soluzione finale a tutti i problemi. La fine, e un nuovo inizio".

«Sapete, sotto molti aspetti il signor Kammler è un brav'uomo» proseguì Konig sulla difensiva. «Il suo amore per gli animali selvaggi è, o era, genuino. Parla delle sue preoccupazioni per la terra. Di estinzione. Parla della crisi della sovrappopolazione. Dice che siamo come una piaga, che la crescita dell'umanità va limitata. E in un certo senso, naturalmente, ha ragione.

«Ma mi fa rabbia. Parla della gente di qui, degli africani, il mio staff, *i miei amici*, come fossero dei selvaggi. Si lamenta del fatto che i neri hanno ereditato il paradiso, poi hanno deciso di uccidere tutti gli animali. Ma lei sa chi acquista l'avorio? Il corno di rinoceronte? Sa chi guida i massacri? Sono gli *stranieri*. Tutto viene contrabbandato oltremare.»

Konig si accigliò. «Sa, lui parla delle persone di qui definendole *Untermenschen*. Fino a quando non l'ho sentita pronunciare da lui, pensavo che nessuno usasse più quella parola, pensavo che fosse morta con il Reich. Ma quando è ubriaco, lui dice queste cose. Naturalmente lei sa che cosa significa.»

«*Untermenschen*, subumani» confermò Jaeger.

«Esattamente. Quindi lo ammiro perché ha creato questo posto. Qui, in Africa, dove le cose possono essere molto difficili. Lo ammiro per quello che dice sulla conservazione, perché afferma che stiamo rovinando la terra con la cieca ignoranza e l'avidità. Ma lo detesto per le sue atroci opinioni, per le sue idee *naziste*.»

«Deve andarsene da qui» osservò tranquillo Jaeger. «Deve trovare un posto dove fare quello che fa, ma lavorando con brave persone. Questo luogo – *Kammler* – la consumerà. La masticherà e la sputerà lontano.»

Konig annuì. «Probabilmente ha ragione. Ma amo questo posto. Ce n'è un altro così al mondo?»

«Non c'è» confermò Jaeger. «Ma lei deve comunque andarsene.»

«Falk, c'è del male qui in paradiso» aggiunse Narov. «E quel male viene da Kammler.»

Konig fece spallucce. «Forse. Ma è qui che ho investito la mia vita e il mio cuore.»

Narov lo osservò a lungo. «Falk, come mai Kammler pensa di potersi fidare tanto di lei?»

Konig si strinse nelle spalle. «Sono tedesco come lui, e come lui amo gli animali selvaggi. Gestisco questo posto, il suo rifugio. Combatto le battaglie... combatto le sue battaglie.» La voce vacillò. Era chiaro che stava arrivando al cuore del problema. «Ma soprattutto... soprattutto perché siamo una famiglia. Sono carne della sua carne e sangue del suo sangue.»

Il tedesco, alto e snello, guardò verso l'alto, con gli occhi vuoti. Torturato. «Hank Kammler... è mio padre.»

60

In alto sopra le pianure africane, il drone Reaper MQ9 della · General Dynamics, il successore del Predator, si stava preparando a mietere morte. Dal muso tondeggiante del drone partì verso terra un fascio invisibile che cominciò a "designare" il bersaglio con la punta rovente di un laser.

Circa ottomila metri più sotto procedeva la forma inconfondibile di un Land Rover bianco, con la scritta WILD AFRICA SAFARIS dipinta sulle portiere, e i suoi occupanti erano del tutto ignari della minaccia.

Svegliati nel cuore della notte, erano stati mandati a fare una commissione urgente. Dovevano recarsi all'aeroporto di Kigoma, il più vicino, situato circa trecento chilometri a nord di Katavi, per recuperare alcuni pezzi di ricambio per l'elicottero HIP.

O, almeno, così Konig aveva detto loro.

Il sole si era alzato da poco e si trovavano a circa un'ora di distanza dall'aeroporto. Erano ben decisi a concludere al più presto la commissione per fare una sosta fuori programma nel viaggio di ritorno. Dovevano passare preziose informazioni ai bracconieri locali, informazioni che avrebbero fruttato loro parecchio denaro.

Non appena il fascio laser del Reaper "agganciò" il Land Rover, si aprirono le staffe che trattenevano una bomba a guida laser GBU-12 Paveway. Il sottile proiettile grigio canna di fucile partì dall'ala del drone e scese verso terra mentre il sistema di puntamento si agganciava al punto rovente disegnato dal laser sul tetto del Land Rover.

Le pinne posteriori si ripiegarono per eseguire al meglio la funzione di guida cosiddetta "bang-bang". Effettuando minute regolazioni in base al movimento del veicolo, le pinne guidarono la bomba intelligente in una traiettoria di volo a zig-zag, correggendola di continuo.

Stando alla Raytheon, il fabbricante della Paveway, il probabile errore circolare della GBU-12 era di poco più di un metro. In altre parole, in media la Paveway colpiva a meno di un metro e venti dalla punta rovente del laser. Considerando che il Land Rover Defender che correva nella savana africana era largo un metro e mezzo e lungo quattro, il margine di errore era ampio.

Pochi secondi dopo lo sgancio, la Paveway attraversò la nuvola di polvere sollevata dalla jeep.

Accidentalmente, quella specifica bomba non era intelligente quanto gran parte delle sue simili. Cadde a terra a un metro dal Land Rover, di fianco al parafango anteriore sinistro.

Questo non cambiò l'esito della missione omicida.

La Paveway detonò con un'enorme esplosione perforante, e l'onda d'urto lanciò una tempesta di schegge contro il Land Rover facendolo cappottare più volte su se stesso, come se una mano enorme lo avesse afferrato per ridurlo all'oblio.

La jeep rotolò diverse volte prima di fermarsi adagiata su un fianco. Le fiamme stavano già avvolgendo la carcassa contorta e gli sfortunati passeggeri.

A quasi tredicimila chilometri di distanza, nel suo ufficio di Washington DC, Hank Kammler era chino sullo schermo di un computer e stava guardando in diretta l'attacco del Reaper.

«Addio, signor William Jaeger» sussurrò. «Che liberazione!»

Poi digitò sulla tastiera ed entrò nel sistema di posta elettronica criptata. Spedì un messaggio, allegando un video a bassa risoluzione dell'attacco del Reaper poi, con un click del mouse, accese IntelCom, una versione di Skype dell'esercito americano, sicura e criptata. In sostanza, attraverso IntelCom, Kammler poteva fare ovunque nel mondo telefonate irrintracciabili.

Dopo qualche squillo della classica suoneria di IntelCom, una voce rispose.

«Steve Jones.»

«Il Reaper ha attaccato» annunciò Kammler. «Ti ho appena spedito via email un video con le coordinate GPS. Prendi una macchina del Katavi Lodge e va' a controllare. Trova quel che ne resta e assicurati che i cadaveri siano quelli giusti.»

Steve Jones si accigliò. «Credevo avesse detto di volerlo torturare il più a lungo possibile. Questo la priva – *ci priva* – della vendetta.»

L'espressione di Kammler si fece più dura. «È vero, ma stava arrivando troppo vicino. Jaeger e la sua graziosa amichetta si sono spinti fino a Katavi. Troppo vicini. Quindi mi ripeto: ho bisogno di sapere se i loro cadaveri sono nella carcassa di quella macchina. Se in qualche modo se la sono cavata, devi rintracciarli e finirli.»

«Eseguo» confermò Jones.

Kammler uscì dal programma e si appoggiò allo schienale della sedia. In un certo senso era un peccato aver dovuto mettere la parola fine alla tortura di William Jaeger, ma a volte gli capitava di stancarsi di giocare. E, sotto un certo aspetto, era sensato che Jaeger fosse morto a Katavi, il luogo al mondo prediletto da Kammler.

E, rispetto a quanto stava per accadere, il suo personale santuario.

Steve Jones fissò il cellulare mentre un'espressione accigliata gli si dipingeva sui lineamenti grossi e animaleschi. Il bimotore leggero Otter avanzava sopra la savana africana sballottato da sacche di aria calda e turbolenze.

Jones imprecò. «Jaeger morto... Che cazzo vado a fare là? Mi manda a raccattare qualche pezzo di cadavere arrostito...» Si rese conto che qualcuno lo stava osservando. Guardò verso l'abitacolo. Il pilota – un crucco sballato e un po' matto di nome Falk Konig – lo fissava intensamente. Era chiaro che aveva ascoltato la telefonata.

Le vene del collo cominciarono a pulsargli e, sotto la maglietta, i muscoli si tesero pronti ad aggredire.

«Che c'è?» ringhiò. «Cosa hai da fissare? Fa' il tuo lavoro e tieni in aria questo cazzo di aereo.»

61

Jaeger scosse la testa sconvolto. Non riusciva a superare lo shock per quell'ultima rivelazione. «L'avresti immaginato?» Narov si riaccomodò sul sedile e chiuse gli occhi. «Immaginato cosa? Gli ultimi giorni sono stati una sorpresa dopo l'altra. E sono stanca. Ci aspetta un lungo volo e vorrei dormire.»

«Che Falk fosse il figlio di Kammler.»

Narov sospirò. «Avremmo dovuto capirlo. È chiaro che non siamo stati abbastanza attenti durante il briefing a Falkenhagen. Quando il generale delle SS Hans Kammler è stato reclutato dagli americani questi, fra le altre cose, lo hanno obbligato a cambiare nome in Horace Konig. Suo figlio ha voluto riprendere il cognome Kammler, per rivendicare il glorioso passato della famiglia. È chiaro che il nipote del generale Kammler non lo considerava altrettanto glorioso e ha deciso di tornare a Konig: Falk Konig.»

Lanciò a Jaeger un'occhiata fulminante. «Avremmo dovuto capirlo non appena si è presentato. Dormi, dunque, magari ti si affina un po' il cervello.»

Jaeger fece una smorfia. La vecchia Irina Narov era tornata. In un certo senso gli dispiaceva: preferiva la versione di Katavi.

Avevano noleggiato un aereo leggero che faceva rotta dal minuscolo aeroporto provinciale di Makongolosi direttamente su Nairobi. Non appena atterrati, avevano intenzione di rintracciare Simon Chucks Bello, e questo voleva dire entrare nel mondo caotico e senza legge degli slum di Nairobi. Narov si agitò sotto la coperta in dotazione sull'aereo. Il piccolo aeroplano veniva sballottato dalla turbolenza, quindi lei non riusciva a dormire. Accese la luce di cortesia e chiamò la hostess. Arrivò subito, visto che il volo era privato ed erano gli unici passeggeri.

«Avete del caffè?»

La hostess sorrise. «Certo. Come lo vuole?»

«Bollente, nero, forte, senza zucchero.» Narov guardò Jaeger, che stava cercando di dormire. «Ne porti due tazze.» Narov diede un colpetto a Jaeger. «Non credo che tu stia dormendo.»

Jaeger borbottò. «No, ormai no. Mi pareva che avessi detto di voler dormire.»

Narov si accigliò. «Mi passano troppe cose per la testa. Ho ordinato...»

«Caffè» disse Jaeger completando la frase. «Ho sentito.» Gli diede un colpetto più forte. «Allora svegliati.»

Jaeger rinunciò al tentativo di riposare. «Va bene, va bene.»

«Dimmi: che cosa ha in mente Kammler? Mettiamo insieme i pezzi del puzzle e vediamo cosa esce.»

Jaeger cercò di scuotersi dal torpore. «Bene. Come prima cosa andiamo a cercare il ragazzino e verifichiamo la sua storia. Secondo. Torniamo a Falkenhagen per avere accesso alle loro risorse e ai loro specialisti. Tutte le persone e tutto quello che ci serve per portare avanti questa faccenda sono là.»

Arrivò il caffè, e rimasero seduti tranquillamente a bere. Fu Narov a rompere il silenzio. «Allora, come facciamo a trovare il ragazzo?»

«Hai visto il messaggio di Dale. Lui conosce gente negli slum. Ci incontreremo là e insieme troveremo il ragazzo.» Jaeger tacque. «O meglio, lo troveremo se è ancora vivo, se è disposto a parlare e se esiste davvero. Un mucchio di "se".»

«Che collegamento ha Dale con gli slum?»

«Qualche anno fa si è offerto volontario per insegnare ai ragazzini degli slum a usare una videocamera. Si è messo in coppia con un tizio che si chiama Julius Mburu, che è cresciuto lì. Era un delinquente di piccola tacca, poi ha visto la luce. Adesso gestisce la Mburu Foundation, e insegna agli orfani a fare video e a fotografare. Dale lo ha messo in cerca del ragazzo utilizzando la sua rete.»

«Pensa che riusciremo a trovarlo?»

«Lo spera. Non è ottimista.»

«È un inizio» Narov si interruppe. «Che ne pensi dei video di Falk?»

«I suoi filmini?» Jaeger scosse la testa. «Che suo padre è un gran bastardo. Immagina di festeggiare il decimo compleanno di tuo figlio su un BV222 sepolto sotto una montagna. Con un gruppo di vecchi che insegnano a Falk e ai suoi amici a fare il saluto nazista. Bambini vestiti con i *Lederhosen*. E le bandiere naziste appese tutto intorno. Non c'è da meravigliarsi se Falk gli ha voltato le spalle.»

«Il BV222 è il luogo sacro di Kammler» osservò pacata Narov. «Il suo santuario al Reich Millenario. Quello che non è mai esistito e quello che spera di far nascere.»

«Sembrerebbe proprio così.»

«E per trovare l'isola di Kammler? Se il ragazzo esiste davvero, come scoprire dov'è l'isola?»

Jaeger bevve un sorso di caffè. «Sarà dura. Nel raggio di 960 chilometri da Nairobi esistono centinaia di possibilità. Forse migliaia. Ma ho messo in caccia il mio amico Jules Holland. Lo porteranno a Falkenhagen e comincerà a indagare. Fidati, se c'è una persona in grado di trovare l'isola, quella è l'Acchiapparatti.»

«E se la storia del ragazzo è vera?» insistette Narov. «Noi che facciamo?»

Jaeger fissò lo sguardo lontano, verso il futuro. Per quanto cercasse di non badarci, non riusciva a evitare che preoccupazione e tensione si sentissero nella voce.

«Se il ragazzo non racconta storie, Kammler ha perfezionato il *Gottvirus* e lo ha sperimentato. Tutti i ragazzi che non hanno fatto l'iniezione sono morti. Questo significa che è letale quasi al cento per cento. È il virus di Dio. E, visto che tutti i ragazzini che hanno fatto l'iniezione sono sopravvissuti, sembra che abbia trovato anche l'antidoto. Adesso gli serve soltanto un'arma per diffonderlo.»

«Questo se intende usarlo.»

«Da quanto ci ha detto Falk, tutto indica che lo farà.»

«Quanto pensi che manchi?»

«Falk ha detto che il ragazzo è scappato sei mesi fa. Quindi Kammler ha avuto almeno questi sei mesi per pensare a come diffonderlo. Deve assicurarsi che sia infettivo per via aerea, quindi che si diffonderà il più lontano e il più rapidamente possibile. Se ci è riuscito, sta per rendere la sua visione una realtà.»

L'espressione di Narov si fece cupa. «Meglio trovare quell'isola. E farlo il più presto possibile.»

62

Avevano ordinato un pasto in volo che, a sorpresa, si rivelò decisamente buono. Preconfezionato, congelato e riscaldato in microonde, ma gradevole. Narov aveva scelto pesce: un piatto di salmone affumicato, scampi e cappesante serviti con salsa di avocado.

Jaeger la osservò curioso mentre spingeva il cibo intorno al piatto, ridisponendolo con precisione maniacale. Non era la prima volta che la vedeva effettuare questa separazione. Sembrava incapace di cominciare a mangiare fino a quando non aveva sistemato i diversi tipi di cibo in modo che non potessero toccarsi – contaminarsi? – fra loro.

Indicando il piatto, disse. «Sembra buono. Ma come mai isoli il salmone affumicato dalla salsa? Hai paura che litighino?»

«I cibi di colore diverso non dovrebbero mai toccarsi» replicò Narov. «Il peggio è il rosso sul verde. Come il salmone sull'avocado.»

«Bene... ma perché?»

Narov lo fissò. La missione condivisa – la sola intensità emotiva dei giorni appena passati – sembrava averla addolcita un poco.

«Gli esperti dicono che sono autistica altamente funzionale, ma comunque autistica. Sindrome di Asperger. Io rientro "nello spettro", dicono. Il mio cervello è collegato in modo diverso. Quindi i cibi rossi e quelli verdi non possono toccarsi.» Guardò il piatto di Jaeger. «Francamente me ne frego delle etichette, e il modo in cui muovi il cibo nel piatto come fosse un miscelatore di cemento mi fa venir voglia di vomitare. Agnello poco cotto infilzato sulla forchetta insieme ai piselli: "Ma come puoi fare una cosa simile?".»

Jaeger rise. Apprezzava molto come era riuscita a volgere la sua stessa osservazione contro di lui.

«Luke aveva un amico – Daniel, il suo migliore amico – autistico. È il figlio dell'Acchiapparatti. Un ragazzino fantastico.» Poi il senso di colpa lo fece ammutolire. «Ho detto "aveva un amico". Volevo dire "ha". Luke *ha* un amico. Al presente, e lui è ancora con noi.»

Narov scrollò le spalle. «Usare il tempo verbale sbagliato non influisce sul destino di tuo figlio. Non sarà un verbo a decidere se vivrà o morirà.»

Se Jaeger non fosse ormai stato così abituato ai modi di Narov, probabilmente le avrebbe mollato un pugno. Era un suo tipico commento: privo di empatia, il classico commento da elefante nella cristalleria.

«Grazie per la comprensione» ribatté lui. «Per non dire della simpatia.»

Narov rispose perplessa. «Vedi, è questo che non capisco. Pensavo di dirti qualcosa che era meglio sapessi. È logico, e credevo di esserti d'aiuto. Ma dal tuo punto di vista... che cosa? Credi che sia stata scortese?»

«Sì, qualcosa del genere.»

«Molti autistici sono bravissimi a fare una cosa. Sono eccezionalmente dotati. Li chiamano eruditi. Autistici eruditi. Spesso si tratta della matematica o della fisica, o di una memoria prodigiosa, o di creatività artistica. Ma spesso siamo incapaci di molte altre cose. Riuscire a comprendere come gli altri – i cosiddetti normali – tendono a pensare non è uno dei nostri punti di forza.»

«Dunque qual è il tuo dono? A parte il tatto e la diplomazia?»

Narov sorrise. «Direi di no. So di essere difficile. Lo capisco. Ecco perché posso sembrare così sulla difensiva. Per esempio, non capisco come mai il consiglio che ti ho dato riguardo a tuo figlio ti abbia fatto tanto arrabbiare. Per me era qualcosa di ovvio. Era logico, e io cercavo di aiutarti.»

«Bene, capito. Ma dunque, qual è il tuo dono?»

«Io eccello in una cosa, qualcosa che è una vera ossessione: la caccia. La nostra attuale missione. Senza troppi giri di parole, in sostanza si potrebbe dire *uccidere*. Ma io non la vedo così. Io lo considero liberare la terra da un male indescrivibile.»

«Ti dispiace se ti faccio un'altra domanda?» chiese Jaeger. «È abbastanza... personale.»

«Per me tutta questa conversazione è stata molto personale. Normalmente non parlo con gli altri del mio... dono. Vedi, io lo considero tale. E ritengo di essere dotata, e in modo straordinario. Non ho mai incontrato un'altra persona – un cacciatore – dotato quanto me.» Fece una pausa guardando Jaeger. «Fino a quando non ti ho conosciuto.»

Lui sollevò la tazza del caffè. «Berrò a questo. A noi, una fratellanza di cacciatori.»

«Sorellanza» lo corresse Narov. «Allora, la domanda?»

«Perché parli in modo tanto strano? Intendo dire che la tua voce ha una sorta di tono strano, piatto, da robot. Quasi come se fosse priva di sentimenti.»

«Hai mai sentito parlare di ecolalia? No? Non la conosce quasi nessuno. Immagina di essere un bambino e di sentire pronunciare le parole, ma *tutto* quello che tu senti sono le parole. Non senti le intonazioni, il ritmo, la poesia o l'emozione del linguaggio, perché *non puoi*. Non capisci le inflessioni date dalle emozioni perché il tuo cervello non è pronto a sentirle. Io sono così. Ed è stato grazie all'ecolalia che ho imparato a parlare: imitando senza capire.

«Mentre crescevo nessuno mi capiva. I miei genitori si sedevano con me davanti alla televisione. Io sentivo parlare l'inglese della regina, poi l'inglese americano, e mia madre mi faceva guardare anche i film in russo. Non capivo la differenza fra gli accenti. Non capivo di non dover mimare – fare eco – a quelli sullo schermo. Quindi il mio accento è un misto di molti modi di parlare senza essere tipico di nessuno.»

Jaeger infilzò un altro succulento pezzo di agnello, resistendo alla tentazione di compiere un gesto impensabile e aggiungere qualche pisello. «Che mi dici dello Specnaz? Non avevi detto di aver lavorato con le forze speciali russe?»

«Mia nonna, Sonia Ol'ščanevskij, si è trasferita in Inghilterra dopo la guerra. Lì sono cresciuta io, ma la mia famiglia non ha mai dimenticato che la nostra patria era la Russia. Dopo il crollo dell'Unione Sovietica, mia madre ci ha riportati là. Ho fatto là quasi tutte le scuole, poi sono entrata nell'esercito russo. Che altro dovevo fare? Ma non mi sono mai sentita a mio agio, neppure nello Specnaz. Troppe regole stupide e insensate. Mi sono sempre sentita a casa solo in un posto: i ranghi dei Secret Hunters.»

«Berrò a questo» annunciò Jaeger. «Ai Secret Hunters, e al fatto di poter completare un giorno la nostra missione.»

Poco dopo il pasto, entrambi si addormentarono. Quando Jaeger si svegliò, trovò Narov rannicchiata accanto a lui. Aveva passato un braccio sotto il suo e appoggiato la testa alla sua spalla. Riusciva a sentire il profumo dei suoi capelli e il suo respiro sulla pelle.

Si rese conto di non aver voglia di farla spostare. Stava abituandosi alla loro reciproca vicinanza. E sentì, ancora una volta, una fitta di rimorso.

Erano andati a Katavi fingendo di essere una coppia in luna di miele; e se ne andavano sembrandolo ancora.

63

Il Boeing 747 dall'aspetto malconcio giunse al terminal merci dell'aeroporto di Heathrow, a Londra. La sola cosa degna di nota era che mancava la classica fila di oblò lungo le fiancate. Del resto gli aerei cargo di solito non trasportano nulla di vivo, quindi i finestrini non servono. Il carico di quel giorno, però, faceva eccezione. Decisamente vivo, era formato da un gruppo di animali molto arrabbiati e molto stressati.

Per tutte le nove ore del volo erano rimasti rinchiusi e privi di qualsiasi luce, quindi non erano affatto contenti. Grida e urla di rabbia echeggiavano in tutta la stiva del 747. Mani piccole, ma forti, scuotevano le porte delle gabbie. Gli occhi grandi e intelligenti dei primati – pupille castane orlate di giallo – guizzavano da una parte all'altra in cerca di una via di fuga.

Ma non c'era.

Jim Seaflower, il funzionario capo della quarantena al Terminal 4 di Heathrow, faceva in modo che non ve ne fossero. Stava ordinando di trasportare il carico di primati verso l'enorme centro di quarantena su un lato della pista battuta dalla pioggia. In quel periodo la quarantena dei primati veniva applicata con particolare severità, e per motivi che Seaflower ben comprendeva.

Nel 1989 una spedizione di scimmie dall'Africa era atterrata al Dulles di Washington DC con un volo simile a quello. Al loro arrivo, le gabbie degli animali erano state portate con un camion dall'aeroporto verso un laboratorio – una "casa delle scimmie", come veniva definita in gergo – a Reston, uno dei sobborghi chic della città.

All'epoca le leggi sulla quarantena erano meno severe. Le scimmie avevano cominciato a morire in massa. I dipendenti del laboratorio si erano ammalati. E si era scoperto che tutta la spedizione era affetta da Ebola.

Alla fine, gli specialisti della difesa chimica e biologica dell'esercito americano avevano dovuto entrare nel laboratorio e "bombardare" il posto uccidendo tutti gli animali. Centinaia e centinaia di scimmie malate erano state messe a morte. La casa delle scimmie di Reston era diventata zona morta. Non era stato permesso che nulla, neppure il più minuscolo organismo, sopravvivesse. Poi venne sigillata e abbandonata, praticamente per sempre.

Il virus non aveva ucciso migliaia di persone – o forse milioni – solo perché non si trasmetteva per via aerea. Se l'"Ebola di Reston", il nome con cui era diventata nota, fosse stata più simile a un'influenza, probabilmente si sarebbe diffusa fra la popolazione come un turbine virale.

Per fortuna l'epidemia era rimasta contenuta. Nello shock che seguì, però, vennero approvate leggi più dure e severe sulla quarantena, leggi che Jim Seaflower doveva far rispettare quel giorno all'aeroporto di Heathrow.

A suo parere, un mese e mezzo di quarantena era un provvedimento piuttosto draconiano, ma molto probabilmente le nuove leggi erano giustificate dai rischi. Poi, in fondo, davano a lui e al suo staff un lavoro decente, affidabile e ben pagato, quindi di che doveva lamentarsi?

Mentre osservava lo scarico delle casse con gli animali dall'aereo – ciascuna portava stampigliata su un lato la scritta KATAVI RESERVE PRIMATES LIMITED – notò che si trattava di un gruppo piuttosto ben in salute. Di solito qualche animale non sopravviveva al viaggio: ci pensava lo stress. Ma nessuna di quelle scimmie era morta.

Sembravano molto energiche.

Non si aspettava niente di meno dai primati della Katavi Reserve. Aveva supervisionato decine di spedizioni della KRP, e sapeva che si trattava di un'azienda di prim'ordine. Si chinò per guardare dentro una delle gabbie. Era sempre opportuno farsi un'idea dello stato di salute generale di ciascuna spedizione, in modo da gestire meglio la quarantena. Se c'erano primati malati, andavano isolati in modo che gli altri non subissero il contagio. Il cercopiteco grigioverde, con il ciuffo bianco e il muso nero, si ritirò in un angolo. I primati non amano il contatto diretto degli occhi con gli umani. Lo considerano un comportamento minaccioso.

Ma il piccolino era un bell'esemplare.

Seaflower passò a un'altra gabbia. Questa volta, mentre sbirciava all'interno, l'occupante caricò le sbarre, picchiandole rabbiosamente con i pugni e scoprendo i canini. Seaflower sorrise. Anche quel piccolino era sicuramente pieno di energia.

Stava per andarsene quando l'animale gli starnutì in faccia.

Si fermò, lo osservò, ma per il resto sembrava perfettamente sano. Probabilmente si trattava soltanto di una reazione all'aria fredda e umida di Londra, pensò.

Una volta trasferiti tutti i settecento primati nei box della quarantena, la giornata lavorativa di Jim era finita. In realtà si era fermato due ore in più per supervisionare l'ultima fase della spedizione.

Lasciò l'aeroporto avviandosi verso casa, e fermandosi per una birra al suo pub. C'era la solita folla che, come sempre, chiacchierava davanti a una birra e qualche snack. Del tutto ignara.

Jim pagò un giro. Asciugò la schiuma di birra dalla barba con il dorso della mano e condivise con gli amici qualche pacchetto di patatine e noccioline salate.

Dal pub rientrò a casa, in famiglia. Salutò la moglie alla porta con un abbraccio lievemente alcolico e arrivò appena in tempo per dare ai tre bambini il bacio della buonanotte.

In molte case nell'area di Londra, lo staff di Jim a Heathrow stava facendo la stessa cosa.

Il giorno successivo i bambini andarono a scuola. Le mogli e le ragazze andarono qua e là: a far la spesa, al lavoro, a far visita ad amici e parenti. Respirando. Ovunque e sempre respirando.

Gli amici di Jim del pub andarono al lavoro prendendo metropolitane, treni e autobus che li portarono ai quattro angoli dell'immensa e animata metropoli. Respirando. Ovunque e sempre respirando.

In tutta Londra – una città di otto milioni e mezzo di anime – il male si stava diffondendo.

64

I movimenti di Steve Jones erano sorprendentemente agili per una montagna di uomo come lui. Usando pugni e calci, assestò una serie di colpi rapidissimi, che investirono l'avversario con forza spaventosa, lasciandogli ben poco tempo per riprendersi o rispondere.

Il sudore colava dal petto seminudo mentre schivava, si abbassava e piroettava continuando a picchiare senza pietà nonostante il caldo rovente. Ogni colpo era più violento del precedente, e ciascuno era tirato con una ferocia che avrebbe spezzato ossa e danneggiato organi interni.

Jones immaginava che i suoi pugni e calci stessero fracassando Jaeger; o meglio, stessero riducendo quella faccia tanto perbene a una poltiglia sanguinante.

Aveva scelto un angolo in ombra per allenarsi, ma anche lì il torpore del mezzogiorno rendeva doppiamente stancante un'attività fisica tanto intensa. Jones amava il brivido della sfida. Spingere se stesso al limite: ecco cosa gli dava il senso di sé, del proprio valore. Era sempre stato così.

Ben pochi uomini erano in grado di assestare – o incassare – punizioni fisiche tanto estreme e prolungate. Come aveva imparato nelle forze armate – prima che Jaeger lo facesse buttare fuori per sempre – "più ti alleni duramente, più lotterai facilmente".

Alla fine decise di smettere, afferrando il pesante sacco

RDX, che aveva appeso al ramo di un albero, per fermarlo. Vi si appoggiò per un istante, riprendendo fiato, prima di voltarsi e dirigersi verso il suo bungalow.

Non appena arrivò, scalciò via le scarpe e si gettò sudato sul letto. Senza dubbio al Katavi Lodge sapevano come far vivere gli ospiti nel lusso. Il personale, invece, era pessimo: Falk, l'idiota hippy e un po' matto, e la sua banda di neri locali abbraccia-alberi. Fletté i muscoli doloranti. Con chi diavolo avrebbe bevuto quella sera?

Tese la mano verso il comodino, afferrò una confezione di pillole e ne inghiottì parecchie. Non aveva smesso di assumere stimolanti. Perché mai avrebbe dovuto farlo? Gli davano un vantaggio, lo rendevano inarrestabile, imbattibile. Le forze armate avevano avuto torto, torto marcio. Se il SAS lo avesse ascoltato, in quel momento le avrebbero prese tutti. Grazie ai farmaci, tutti avrebbero potuto diventare supereroi.

Come lui. O almeno così credeva.

Si appoggiò ai cuscini, digitò qualcosa e caricò IntelCom, inserendo i numeri di Hans Kammler.

Kammler rispose subito. «Dimmi.»

«Trovato» annunciò Jones. «Non avrei mai detto che un Land Rover potesse somigliare tanto a una scatola di sardine schiacciata. Tutto bruciato. Distrutto.»

«Eccellente.»

«Questa è la buona notizia.» Jones si passò la mano enorme fra i capelli cortissimi. «La cattiva notizia è che c'erano solo due corpi dentro, ed erano di due locali ben arrostiti. Se Jaeger e la sua donna erano su quella macchina, sono fuggiti. Ed escludo che fosse possibile, date le circostanze.»

«Ne sei certo?»

«Sicuro come l'oro.»

«È un sì, vero?» sbottò Kammler. A volte trovava insopportabile il modo di esprimersi di quell'inglese, per non parlare delle sue maniere decisamente rozze.

«Affermativo. Roger. È un sì.»

Kammler avrebbe trovato esasperante quel sarcasmo sottile, se non fosse stato per il fatto che quell'uomo era quanto di meglio ci fosse fra gli assassini prezzolati. E, in quel momento, aveva bisogno di lui.

«Tu sei sul posto. Cosa pensi che sia successo?»

«Semplice. Jaeger e la sua donna non sono partiti su quella macchina. Se lo avessero fatto, i loro corpi adesso sarebbero sparsi per la savana africana. E non lo sono.»

«Hai controllato se manca una delle macchine del lodge?»

«Manca una Toyota. Konig dice che l'hanno trovata posteggiata in un piccolo aeroporto provinciale. Uno dei suoi la riporterà indietro domani mattina.»

«Quindi Jaeger ha rubato una macchina ed è fuggito.»

"Elementare, Watson" disse fra sé e sé Jones, sperando che Kammler non avesse colto. Doveva stare attento. In quel momento il vecchio era il suo unico committente, e lo pagava un bel mucchio di soldi per stare lì. Non voleva che tutto saltasse proprio adesso.

Aveva messo gli occhi su un angolo di paradiso. Una casetta in riva al lago, in Ungheria, un paese dove immaginava avessero il buon senso di odiare gli stranieri – non bianchi – quasi quanto lui. E contava che il lavoretto per Kammler gli fruttasse abbastanza per realizzare quel sogno.

Per tornare ai problemi del momento, se Jaeger era sopravvissuto all'attacco del Reaper, per lui esisteva ancora la possibilità di ucciderlo. Lui e anche la donna. Avrebbe assaporato il momento in cui l'avesse fatta a pezzi davanti agli occhi di Jaeger.

«Bene, quindi Jaeger è vivo» annunciò Kammler. «Dovremmo volgere questo a nostro vantaggio. Diamo un giro di vite alla guerra psicologica, colpiamolo con qualche immagine della sua famiglia. Lo carichiamo psicologicamente e lo attiriamo. Quando lo avremo innervosito abbastanza, lo finiremo.»

«Niente male» grugnì Jones. «Una sola cosa: lasci a me l'ultima parte.»

«Tu, signor Jones, continua a darmi risultati e potrei anche accettare.» Kammler fece una pausa. «Dimmi, che ne pensi di fare una visitina alla sua famiglia? Si trova su un'isola non lontano da dove sei ora. Possiamo portarti lì con un volo diretto. Come credi che reagirebbe il tuo amicone Jaeger a una bella foto di sua moglie e suo figlio insieme a te? "Saluti da un vecchio amico." Quel genere di cosa, insomma.» Jones fece un sorriso maligno. «Adoro l'idea. Lo distruggerà.»

«Una cosa. Da quell'isola gestisco un'attività di esportazione di scimmie. Laggiù ho un laboratorio a elevata sicurezza per fare ricerche su alcune pericolose malattie dei primati. In alcuni luoghi è vietato l'accesso: i laboratori che sviluppano le cure per quei patogeni.»

Jones scrollò le spalle. «Non me ne fregherebbe niente, neppure se lei surgelasse pezzi di neonato africano. Mi porti là.»

«Il luogo dove svolgo questa attività è strettamente segreto» aggiunse Kammler, «per scoraggiare eventuali concorrenti. Vorrei che lo tenessi segreto anche tu.»

«Capito» confermò Jones. «Mi porti ovunque si trovi la famiglia di Jaeger e diamo inizio allo spettacolo.»

65

Nel corso degli anni Nairobi si era conquistata, meritatamente, il nome di "Nairubo". Era un luogo caotico e senza legge, un luogo dove può accadere qualsiasi cosa.

Jaeger, Narov e Dale si inoltrarono lentamente nel caos del centro, facendosi largo a colpi di clacson nelle strade affollate di macchine con i paraurti che si toccavano, di *matatus* scassati – minibus-taxi dipinti a colori vivaci – e di persone che trascinavano ingombranti carretti. Non si sa come ma, nonostante la calca, la massa caotica di gente e macchine continuava a muoversi.

A malapena.

Jaeger aveva trascorso parecchio tempo in quella città, che era un punto di transito verso le zone dove le forze armate britanniche si addestravano alla guerra nel deserto, in montagna e nella giungla. Eppure non aveva mai messo piede nei brulicanti slum di Nairobi, e per ottime ragioni. Qualsiasi straniero – *mzungu* – abbastanza folle da addentrarsi nella città proibita tendeva a svanire nel nulla. Laggiù nel ghetto una persona con la pelle bianca non avrebbe avuto molte possibilità.

La strada asfaltata lasciò il posto a un sentiero pieno di solchi, mentre la macchina sollevava una nuvola di polvere. Il paesaggio urbano era completamente cambiato. Gli isolati del centro, con i palazzi per uffici di vetro e cemento, erano scomparsi e stavano attraversando un ammasso di tuguri di legno sgangherati e bancarelle.

Ai lati della strada polverosa figure accovacciate vendevano la loro merce: montagne di pomodori, rosso sangue sotto la luce violenta del sole; pile di cipolle color pulce; montagne di pesce essiccato, con le scaglie luccicanti di un marrone dorato; una valanga di scarpe consunte e polverose, conciate e con i tacchi consumati, ma comunque in vendita.

Davanti a Jaeger il panorama si aprì: una vallata ampia e poco profonda, coperta dalla foschia soffocante dei fuochi delle cucine e da montagne fumanti di immondizia. Baracche di legno e plastica sorgevano una sopra l'altra, sparpagliate in una confusione senza speranza, con stretti vicoli che serpeggiavano in mezzo al caos. Qua e là individuò macchie di colori brillanti: la biancheria stesa ad asciugare in mezzo al fumo puzzolente e tossico. Ne rimase subito affascinato, ma in un certo senso anche sconvolto.

Come si poteva vivere là?

Come riuscivano a sopravvivere in mezzo a quella povertà priva di leggi?

La macchina superò un uomo che tirava un carretto, tenendo con le mani le aste di legno ormai consunte per il passare degli anni. Era a piedi nudi e indossava pantaloncini e maglietta a brandelli. Jaeger guardò il suo viso, lucido di sudore. Nel momento in cui i loro occhi si incontrarono, lui percepì l'abisso che li separava.

Il carrettiere faceva parte dell'orda formicolante degli abitanti dello slum che placava l'insaziabile fame di quella città. Non era quello il mondo di Jaeger, e lui lo sapeva. Era un territorio alieno, eppure in qualche modo lo attirava come la fiamma della candela attira le falene.

Il terreno che Jaeger prediligeva era la giungla. Lo entusiasmava la sua diversità antica, selvaggia, primordiale. E quel posto era l'essenza della giungla urbana. Se riuscivi a sopravvivere lì, con le sue gang, la droga, le baracche e i locali dove si beveva *changaa*, un alcolico illegale, potevi sopravvivere ovunque.

Mentre guardava quello squallore caotico, percependone il flusso rudimentale e il polso, Jaeger sentì che il ghetto lanciava una sfida. In qualsiasi ambiente nuovo e ostile, dovevi imparare da coloro che sapevano come lottare e sopravvivere lì, e lui avrebbe dovuto farlo. Quello era un luogo di regole inespresse e di gerarchie non scritte. Il ghetto aveva le proprie leggi per proteggere i suoi abitanti, e per questo gli estranei si tenevano alla larga.

In albergo, Dale li aveva informati nel dettaglio. I kenioti più benestanti non si facevano mai vedere nel ghetto. Era un luogo di cui vergognarsi, da tenere rigorosamente nascosto; un luogo dove mancava la speranza e regnavano brutalità e disperazione. Ecco perché Simon Chucks Bello e i suoi amici orfani potevano sparire senza lasciare traccia, venduti per poche migliaia di dollari.

La macchina di fermò davanti a un bar.

«Eccoci» annunciò Dale. «Ci siamo.»

Gli abitanti del ghetto li fissarono. Fissarono la macchina, perché c'erano ben pochi Land Rover Discovery nuovi in quella parte della città, o meglio c'erano ben poche macchine in assoluto. Fissarono Dale – quel *mzungu* ricco che osava inoltrarsi nel loro territorio – e gli altri che scendevano dal Discovery.

Jaeger lì si sentiva un alieno; molto diverso, forse più diverso di quanto si fosse mai sentito prima. E stranamente vulnerabile, cosa preoccupante. Quella era una giungla nella quale non era mai stato addestrato a operare, un terreno che non avrebbe mai permesso di mimetizzarsi.

Mentre lui, Narov e Dale avanzavano verso il bar – scavalcando una fetida fogna a cielo aperto, fatta di cemento fessurato e scrostato – gli sembrava di avere un bersaglio appuntato sulla schiena.

Superò una donna accucciata accanto a una bancarella sgangherata. Ai suoi piedi, su una stufa alimentata a carbone, friggevano pesciolini in una padella di olio bollente. Restava a fissare con sguardo vacuo il caos della vita in attesa di un cliente.

Sul marciapiede li aspettava un personaggio decisamente particolare: tozzo, con il petto ampio e spalle massicce. Jaeger capiva che aveva una forza notevole ed era indurito dalle battaglie: un lottatore di strada nato. La faccia era piatta e piena di cicatrici, eppure aveva un'espressione stranamente aperta: un'isola di calma in mezzo al caos.

Indossava una maglietta con la scritta I FOUGHT THE LAW, ho combattuto contro la legge.

Jaeger riconobbe la frase degli anni della sua adolescenza. Allora era un fan sfegatato dei Clash. Per un attimo le parole gli tornarono alla mente: *Breaking rocks in the hot sun, I fought the law and the law won...*

Aveva ben pochi dubbi su chi fosse quel tizio.

Era Julius Mburu, il loro passaporto per lo slum.

66

Jaeger strinse forte le dita intorno alla bottiglia fresca, teso e a disagio. Fece scorrere lo sguardo intorno al bar, con i mobili di plastica malconci e le pareti unte e macchiate di fumo. Un terrazzino di cemento grezzo si affacciava sulla strada sottostante, rumorosa e satura di gas di scarico.

I clienti si affollavano intorno ai tavoli, fissando la televisione in una sorta di estasi. La voce del commentatore rimbombava uscendo dal minuscolo schermo collocato sopra il bar, dove le bottiglie erano disposte in fila dietro una fitta rete metallica. Stavano trasmettendo una partita della Premier League inglese: il calcio era molto seguito in Africa, e ancora di più negli slum, dove era quasi una religione.

La mente di Jaeger, però, era rivolta unicamente a Simon Chucks Bello.

«Dunque, l'ho trovato» annunciò Mburu con voce roca e profonda. «Non è stato facile. Si era nascosto bene, molto bene.» Guardò Dale. «E ha paura. Dopo quello che ha passato, non è ben disposto verso i *mzungu*.»

Dale annuì. «Comprensibile. Ma dimmi, tu gli credi?»

«Sì.» Lo sguardo di Mburu passò da Dale a Jaeger, a Narov, poi si riportò su Dale. «Nonostante quello che pensate, i ragazzi di qui sanno distinguere giusto e sbagliato. Non mentono, o almeno non su una schifezza come quella.» Gli occhi ebbero un lampo di sfida. «Nel ghetto esiste una fratellanza, qualcosa che non troverete mai fuori di qui.»

Era chiaro che Mburu non aveva avuto una vita facile. Jaeger lo aveva intuito dalla mano dura e callosa che aveva afferrato la sua per dargli il benvenuto. Si vedeva anche nei segni sul viso e nell'ingiallimento intorno agli occhi scuri. Jaeger indicò il bar con un gesto. «Allora? Possiamo incontrarlo?»

Mburu fece un lieve cenno d'assenso. «È qui. Ma a una condizione. State a quello che dice il ragazzo: se non ci sta – se non vuole venire con voi – resta qui.»

«Va bene, d'accordo.»

Mburu si voltò gridando a persone invisibili. «Alex! Frank! Portatelo qui.»

Dall'ombra emersero tre figure: due ragazzini più grandi – adolescenti grossi e muscolosi – che tenevano fra loro un ragazzino più piccolo.

«Io gestisco un ente, la Mburu Foundation, che si occupa di istruzione e sviluppo negli slum» spiegò Mburu. «Alex e Frank sono due dei miei ragazzi. E questo» disse indicando il più piccolo «è uno dei più in gamba della Mburu Foundation. Simon Chucks Bello, come avrete immaginato.»

L'aspetto di Simon Chucks Bello era davvero particolare. I capelli, sporchi e ispidi, erano ritti come se avesse preso la scossa. Indossava una maglietta rossa con stampata la Tour Eiffel e la parola PARIS scritta sotto. Era di diverse taglie troppo grande, e gli pendeva sul fisico ossuto.

Uno spazio molto largo fra i denti anteriori gli dava un aspetto ancora più insolente, da persona che ha esperienza della vita. Dove finivano i pantaloncini laceri spuntavano ginocchia segnate e graffiate, e le unghie dei piedi nudi erano fessurate e rotte. Incomprensibilmente, tutto sembrava aggiungere qualcosa al suo fascino indefinibile.

Eppure, in quel momento, Simon Chucks Bello non stava sorridendo.

Jaeger provò a rompere il ghiaccio. Guardò la televisione. «Sei tifoso del Manchester United? Oggi le stanno prendendo.»

Il ragazzino lo guardò. «Vuoi parlare di calcio perché

pensi che con il calcio io mi apra. A me piace il Manchester United, a te piace il Manchester United, quindi, all'improvviso, diventiamo amici. Ci fa sembrare uguali.» Tacque un attimo. «Signore, come mai non mi dici perché sei venuto?» Jaeger alzò le mani mimando la resa. Certo il ragazzino aveva carattere. E gli piaceva. «Ci hanno raccontato una storia. Per prima cosa vorremmo sapere se è vera.»

Simon Bello alzò gli occhi al cielo. «Ho raccontato quella storia migliaia di volte. Devo farlo ancora?»

Con l'aiuto di Mburu, lo convinsero a fornirne una versione condensata. Ed era esattamente la stessa che Falk Konig aveva riferito, con una sola, ma notevole eccezione. Il ragazzino aveva parlato molto del "capo", come lo chiamava lui, il *mzungu* che comandava sull'isola sorvegliando tutti gli orrori che vi accadevano.

Dalla descrizione Jaeger immaginò che si trattasse di Hank Kammler.

«Quindi Kammler era lì» borbottò Narov.

Jaeger annuì. «Così sembra. Immagino che non dovremmo sorprenderci se Falk ha sorvolato su questo particolare. Kammler non è esattamente il padre che vorresti.»

Jaeger illustrò al ragazzino il patto che gli proponevano. Volevano portarlo via dallo slum, giusto il tempo di essere certi che fosse al sicuro. Temevano che chi lo aveva rapito potesse tornare, soprattutto se avessero saputo che era ancora vivo.

Per tutta risposta Simon chiese una bibita. Jaeger ordinò da bere per tutti. Dal modo in cui il ragazzino coccolava la bottiglia di Fanta, Jaeger capiva che era un piacere raro.

«Voglio il vostro aiuto» annunciò Simon appena vuotata la bottiglia.

«Siamo qui per questo» rispose Jaeger. «Quando saremo lontani da questo posto…»

«No, voglio il vostro aiuto adesso» lo interruppe il ragazzino. Guardò Jaeger. «Voi fate qualcosa per me, io faccio qualcosa per voi. Mi serve il vostro aiuto adesso.»

«Cosa hai in mente?»

«Ho un fratello malato. Dovete aiutarlo. Voi siete *mzungu*, potete permettervelo. Come ho detto: voi fate qualcosa per me io faccio qualcosa per voi.»

Jaeger fissò Mburu con sguardo interrogativo. Per tutta risposta, Mburu si alzò in piedi. «Venite, seguitemi. Vi farò vedere.»

Attraversò la strada e li condusse a un banchetto all'aperto. Un bambino, che poteva avere circa nove anni, era seduto solo e stava mangiando con scarsa convinzione una zuppa di lenticchie. Era magro come uno stecco e la mano che teneva il cucchiaio tremava visibilmente. Sul fisico scheletrico pendeva una maglietta nera della Mburu Foundation.

Dal modo in cui Simon Bello si rivolse al bambino e lo confortò, Jaeger immaginò che fosse suo fratello.

«Ha la malaria» osservò Jaeger. «Deve essere malaria. Riconoscerei ovunque quel tremolio.»

Mburu raccontò la storia del bambino. Si chiamava Peter ed era malato da parecchie settimane. Avevano cercato di portarlo da un medico, ma non potevano permettersi la parcella. La madre era morta, e il padre era schiavo della *changaa*, il distillato illegale, e letale, che fermentavano negli slum.

In breve, Peter non aveva nessuno che si occupasse di lui, e Jaeger capiva che aveva un disperato bisogno di aiuto. Non gli sfuggì neppure che Peter doveva avere circa la stessa età di Luke quando era scomparso.

Guardò Simon Bello. «Va bene, facciamolo. Portiamolo da un medico. Dov'è la clinica più vicina?»

Per la prima volta il ragazzino sorrise. «Vi accompagno.»

Mentre stavano per andarsene, Julius Mburu li salutò. «Con Alex e Frank siete al sicuro. Ma venite a salutarmi prima di partire.»

Jaeger lo ringraziò, poi lui, Narov e Dale seguirono Simon Bello, Peter e i ragazzi di Mburu nel labirinto di vicoli stretti e serpeggianti. Mentre si inoltravano nello slum, il puzzo di fogna li assalì, insieme al rumore di molti esseri umani stipati vicinissimi. Jaeger provò una sensazione di claustrofobia e vertigine.

Di tanto in tanto il loro percorso era sbarrato da pesanti cancellate di lamiera ondulata, inchiodate a pezzi di legno scovati dagli abitanti nelle discariche. Erano coperti di graffiti.

Simon Bello ne tenne aperto uno per farli passare. Jaeger gli chiese a cosa servissero.

«I cancelli?» il viso di Simon si rabbuiò. «Per fermare i poliziotti quando fanno le retate. Come quando hanno preso me.»

67

Se, per gli standard occidentali, il Miracle Medical Centre era un postaccio sporco e fatiscente, per quelli che vivevano lì era evidentemente quanto di meglio ci fosse. Mentre erano in coda in attesa del medico, Jaeger, Narov e Dale sentirono addosso occhiate molto strane. Si era raccolto un gruppo di ragazzini che li osservava curioso e li indicava. Alex andò a prendere qualche pannocchia arrostita, le spezzò e offrì la prima a Jaeger. Non appena finito di mangiare i chicchi saporiti, i ragazzini cominciarono a lanciare in aria a turno quello che restava, sghignazzando come matti. Simon Chucks Bello si rivelò il più abile, e concluse la sua esibizione con un ballo sfrenato che fece sbellicare tutti dalle risate. Sentendo tutto quel baccano, il medico si sporse dalla finestra dicendo loro di calmarsi.

Nessuno sembrava preoccuparsi particolarmente per Peter. In quel momento Jaeger fu colpito dal pensiero che ammalarsi in quel modo – in pratica sull'orlo della morte – era qualcosa di normale per quei ragazzi. Accadeva sempre. Non hai i soldi per il medico? E chi li ha qui? E quante sono le possibilità che arrivi un bianco per portarti in ospedale? Praticamente nulle.

Dopo qualche esame preliminare, il medico spiegò che, molto probabilmente, Peter aveva la malaria *e* il tifo. Avrebbero dovuto trattenerlo per una settimana per essere certi che potesse cavarsela. Jaeger sapeva a cosa mirava il medico: sarebbe costato parecchio.

«Quanto?» chiese.

«Novecentocinquanta scellini kenioti» rispose il medico. Jaeger fece un rapido conto mentale: corrispondeva a meno di quindici dollari americani. Porse al medico una banconota da mille scellini e lo ringraziò per tutto quello che aveva fatto. Mentre stavano uscendo, una giovane infermiera arrivò correndo. Jaeger si chiese se qualcosa non andava: forse avevano deciso di aggiungere qualche extra visto che, palesemente, il costo non gli era sembrato esoso.

Tese la mano porgendogli una banconota da cinquanta scellini. Gli stava dando il resto.

Jaeger fissò stupefatto il denaro. Mburu aveva ragione. Una simile onestà, in un ambiente come quello, ti faceva sentire umile. Porse il denaro a Simon Bello.

«Ecco. Prendi un'altra Fanta per te e per i tuoi amici.» Poi gli scompigliò i capelli. «Allora, siamo bravi? Ti va bene stare con noi per un po'? Oppure serve il permesso di tuo padre?»

Simon si aggrottò. «Mio padre?»

«Il papà tuo e di Peter.»

Simon guardò Jaeger. «Bah. Peter non è il mio vero *fratello*. È il mio fratello del ghetto. Io non ho nessuno, sono orfano. Pensavo lo sapessi. Julius Mburu è la persona più simile per me a una famiglia.»

Jaeger rise. «Bene. Mi hai fregato!» Il ragazzino era in gamba e aveva grinta. «Ma ti va bene venire con noi adesso che abbiamo risolto la faccenda del fratello del *ghetto*?»

«Sì, immagino di sì. Se va bene a Julius.»

Tornando verso la macchina, Jaeger affiancò Narov e Dale. «La testimonianza del ragazzo è fondamentale per inchiodare Kammler. Ma dove possiamo portarlo? Un posto lontano da tutto dove poterlo nascondere?»

Dale scrollò le spalle. «Non ha passaporto, non ha documenti: nulla, neppure un certificato di nascita. Non sa quanti anni ha, e neppure quando è nato. Quindi non andrà lontano tanto presto.»

Jaeger ripensò a qualcosa che gli aveva detto Falk Konig *en passant*. Guardò Narov. «Ti ricordi il posto di cui ci ha parlato Konig? Amani. Un resort lontano, appartato sulla spiaggia. Completamente isolato.» Si voltò verso Dale. «L'Amani Beach Resort, nell'oceano Indiano molto a sud di Nairobi. Pensi di poter controllare? Se ti sembra il posto giusto, potresti portarlo lì almeno fino a quando non riusciamo a ottenere i documenti?»

«Deve essere meglio di qui, poco ma sicuro.»

Svoltarono in un vicolo, dirigendosi verso la strada sterrata. All'improvviso, Jaeger udì l'urlo di una sirena. I ragazzi accanto a lui si irrigidirono, con gli occhi spalancati per la paura. Un attimo dopo si sentì il rumore secco di uno sparo. Uno solo, vicino, che echeggiò lungo i vicoli serpeggianti. Poi il rumore di passi pesanti provenire da ogni direzione: alcuni fuggivano dai guai ma altri – soprattutto ragazzi – correvano per avvicinarsi al tumulto.

«Poliziotti» sibilò Simon Bello.

Fece cenno a Jaeger e agli altri di seguirlo mentre avanzava e si accucciava dietro un angolo.

«Se avete dubbi su quello che vi ho detto, se dubitate che i poliziotti possano fare quello che hanno fatto a me, bene, guardate.» E indicò con un dito in direzione della folla che si stava raccogliendo.

Jaeger individuò un poliziotto keniota, pistola alla mano. A terra davanti a lui un ragazzino adolescente. Gli avevano sparato a una gamba e pregava di aver salva la vita.

Simon spiegò cosa stava succedendo, con la voce tesa, sussurrando. Riconobbe il ragazzino a terra: aveva cercato di diventare un delinquente del ghetto, ma era troppo tenero per farcela. Era uno sfaccendato, ma non era un delinquente incallito. Quanto al poliziotto, era tristemente famoso. Gli abitanti del ghetto lo conoscevano con un soprannome: "Scalp", lo scalpo. Era stato lui a guidare la retata durante la quale erano stati catturati Simon e gli altri orfani.

Con il passare dei secondi, la folla del ghetto andava crescendo, ma tutti avevano paura di Scalp. Questi brandì la pistola urlando al ferito di muoversi. Il ragazzino si alzò barcollando, e vacillò sulla gamba insanguinata, con il viso che era una maschera di dolore e terrore. Scalp lo spinse lungo un vicolo vicino, verso la cima della collina dove erano in attesa le macchine della polizia, cariche di altri uomini armati.

La folla fu percorsa da un sussulto di rabbia feroce. Scalp riusciva a percepire un senso di minaccia tutto intorno. I poliziotti sapevano bene che lo slum poteva infiammarsi in un parossismo di violenza se spinto al limite.

Scalp cominciò a picchiare il ragazzino ferito con la pistola e a urlargli di muoversi più in fretta. La folla del ghetto si avvicinò e, all'improvviso, Scalp sembrò aver perso la partita. Alzò la pistola e sparò alla gamba sana del ragazzino. Ululando per il dolore, questi cadde a terra.

In quel momento una parte della folla avanzò, ma Scalp si mise ad agitare la pistola in faccia a loro.

Il ragazzo ferito aveva alzato entrambe la mani, pregando di aver salva la vita. Jaeger riusciva a sentirlo mentre implorava pietà, ma Scalp sembrava ormai preda di una folle sete di sangue, ubriaco del potere della pistola. Aprì nuovamente il fuoco, sparando questa volta al corpo del ragazzo. Poi si chinò, piazzandogli la canna della pistola contro la tempia.

«È morto» annunciò Simon Bello a denti stretti. «Fra un secondo sarà morto.»

Per un istante il ghetto sembrò trattenere il respiro, poi il rumore di uno sparo attraversò la calca, echeggiando per i vicoli pieni di rabbia.

A quel punto la folla perdette il controllo. Le persone si lanciarono in avanti urlando di rabbia. Scalp alzò la pistola e cominciò a sparare in aria, facendole arretrare. Nello stesso tempo chiese rinforzi via radio urlando.

La polizia arrivò a passo di carica lungo il vicolo verso il punto degli scontri. Jaeger sentiva che il ghetto stava per esplodere. L'ultima cosa che avevano bisogno in quel momento era restare coinvolti in quella situazione. A vol-

311

te, lo aveva imparato, la discrezione è la parte migliore del coraggio.

Dovevano salvare Simon Bello, ed era quella la loro priorità.

Afferrò il ragazzino e, urlando agli altri di seguirlo, se la diede a gambe.

68

La grossa e potente Audi correva sulla Autobahn a tutta velocità. Raff era andato a prenderli all'aeroporto ed era chiaro che aveva fretta. In realtà erano tutti di fretta e, visto che Raff guidava bene, Jaeger non era particolarmente preoccupato.

«Quindi avete trovato il ragazzo?» chiese Raff senza staccare gli occhi dalla strada buia.

«Sì.»

«Allora esiste davvero?»

«La storia che ci ha raccontato non avrebbe potuto inventarsela nessuno, men che meno un orfano degli slum.»

«Cosa avete saputo? Che vi ha detto?»

«Quello che ci ha detto Konig è praticamente tutta la storia. Il ragazzino ha aggiunto solo qualche particolare di poco conto, niente di significativo. Allora, siamo vicini a trovare quell'isola? L'isola di Kammler?»

Raff sorrise. «Sì, potremmo esserlo.»

«Tipo?» insistette Jaeger.

«Aspetta il briefing. Appena arriviamo a Falkenhagen. Aspetta quello. E il ragazzino adesso dov'è? Al sicuro?»

«Dale lo ha portato in quell'albergo. Camere adiacenti. Il Serena: ricordi?»

Raff annuì. Lui e Jaeger ci erano stati un paio di volte durante i cambi di turno a Nairobi quando erano nell'esercito.

Per essere un albergo del centro, era una rara oasi di tranquillità e pace.

«Non possono restare lì» osservò Raff dicendo qualcosa di ovvio. «Li noteranno.»

«Sì, lo abbiamo immaginato. Dale lo sta portando in un rifugio isolato, Amani Beach, a parecchie ore da Nairobi verso sud. È il meglio che siamo riusciti a trovare per il momento.» Venti minuti dopo, scesero nell'oscurità e nel deserto del bunker di Falkenhagen. Considerando la prova alla quale Jaeger era stato sottoposto proprio lì, era strano che trovasse abbastanza gradevole tornarci.

Svegliò Narov. Durante il viaggio si era assopita accoccolandosi sul sedile posteriore dell'Audi. Nelle ultime ventiquattr'ore non avevano praticamente dormito. Dopo essersi districati con il ragazzo nella tensione e nel caos dello slum, avevano viaggiato in continuazione.

Raff controllò l'orologio. «Il briefing è all'una. Avete venti minuti. Vi accompagno alle vostre stanze.»

Arrivato in camera, Jaeger si sciacquò la faccia con un po' d'acqua: non aveva tempo per fare la doccia. A Falkenhagen aveva lasciato qualche effetto personale: passaporto, telefono e portafoglio. Poiché era andato a Katavi sotto pseudonimo, aveva dovuto fare in modo che nulla, al cento per cento, lo potesse collegare a Will Jaeger.

Peter Miles gli aveva fatto trovare in camera un MacBook Air, e voleva controllare la posta. Attraverso ProtonMail – un servizio di posta elettronica ultrasicuro – sapeva di poter leggere i messaggi senza rischiare troppo che Kammler e i suoi potessero monitorarli.

Prima di scoprire ProtonMail, il loro intero sistema di comunicazioni era stato hackerato. Utilizzavano un account email dal quale i messaggi non venivano mai spediti; bastava accedere all'account con una password condivisa da tutti e leggere le bozze.

Avrebbe dovuto essere un sistema sicuro, visto che i messaggi non venivano spediti.

Ma non lo era.

Quelli di Kammler lo avevano hackerato e lo avevano utilizzato per torturare Jaeger, dapprima con le foto di Leticia Santos prigioniera, poi con immagini della sua famiglia. Jaeger si trattenne. Non riusciva a resistere all'impulso – la tentazione oscura – di controllare. Sperava che quelli di Kammler avrebbero prima o poi fatto un errore, inviando via email qualcosa – magari un'immagine – dalla quale poter ricavare una traccia su dove si trovavano. Qualcosa attraverso il quale rintracciare loro, e la sua famiglia.

Nella cartella delle bozze c'era un messaggio. Come sempre era vuoto e conteneva soltanto un link a un file su Dropbox, un sistema di archiviazione online. Senza dubbio doveva far parte della guerra di nervi in corso con Kammler.

Jaeger fece un respiro profondo e l'oscurità scese su di lui come una nube nera.

Con mani tremanti aprì il link e cominciò a scaricarsi un'immagine che, una riga dopo l'altra, riempì lo schermo.

Si vedeva una donna dai capelli scuri, emaciata, inginocchiata accanto a un ragazzo, entrambi con indosso solo la biancheria. Lei, con gesto protettivo, teneva un braccio intorno al ragazzo.

Il ragazzo era Luke, il figlio di Jaeger. Aveva le spalle magre e cadenti, come se portasse addosso il peso del mondo nonostante l'atteggiamento protettivo della madre. Di fronte a sé teneva un lenzuolo strappato, come un vessillo.

Sopra c'era scritto: PAPÀ – AIUTACI.

L'immagine svanì e fu sostituita da una schermata bianca, vuota, con un messaggio scritto in nero:

Vieni a prendere la tua famiglia.
Wir sind die Zukunft.

Wir sind die Zukunft, noi siamo il futuro. Era il biglietto da visita di Hank Kammler.

Jaeger strinse le mani a pugno per fermarne il tremito, poi le picchiò ripetutamente contro il muro.

Dubitava di poter andare avanti. Non poteva più farlo. Ogni uomo aveva il proprio punto di rottura.

69

All'aeroporto Jomo Kenyatta del Kenya stavano caricando un Boeing 747 cargo. Un carrello a forche sollevava una dopo l'altra le casse marcate con il logo della KRP e le sistemava nella stiva.

Terminate le operazioni di carico, il volo si sarebbe diretto verso la costa est degli Stati Uniti, all'aeroporto Dulles di Washington. L'America importava ogni anno circa 17.000 primati per esperimenti medici. Nel corso degli anni, la KRP si era aggiudicata una buona fetta di quel mercato.

Un altro volo della KRP era in partenza per Pechino, un terzo per Sydney, un quarto per Rio de Janeiro... Entro quarantott'ore, tutti i voli sarebbero atterrati e il male sarebbe stato compiuto appieno.

In tutto questo, Hank Kammler aveva appena ricevuto un aiuto inatteso, anche se non lo avrebbe mai saputo.

Kammler odiava i russi quasi quanto gli inglesi. La potente Wehrmacht di Hitler, la sua macchina da guerra, si era fermata definitivamente sul fronte orientale, impantanata in un deserto innevato. L'Armata Rossa aveva avuto un ruolo fondamentale nella successiva sconfitta.

Di conseguenza, Mosca era il secondo obiettivo di Kammler dopo Londra. Un 747 cargo era da poco atterrato all'aeroporto cittadino di Vnukovo. In quel momento Sergei Kalenko, il funzionario di Vnukovo addetto alla quarantena, era indaffarato a controllare il trasferimento dei primati in gabbia nei box vicini.

Ma quella era la Russia di Vladimir Putin, dove tutto era più o meno negoziabile. Kalenko aveva appena dato ordine di impilare da un lato qualche decina di gabbie, che contenevano trentasei cercopitechi verdi.

La Centrium – la più grande azienda di esperimenti sui farmaci in Russia – aveva finito gli animali per un test su un farmaco in corso in quel momento. Ogni giorno di ritardo sarebbe costato all'azienda circa 50.000 dollari. In Russia il denaro – le mazzette – parlava, quindi Kalenko non avrebbe obiettato se qualche decina di primati avesse evitato la quarantena. Il rischio, a suo parere, era irrilevante. In fondo la KRP non aveva mai spedito un carico di animali malati, e non si aspettava che lo avesse fatto in quel caso.

Le gabbie vennero rapidamente caricate sul pianale di un camion e coperte con un telo verde scuro. Poi Kalenko intascò un grosso fascio di banconote e il camion si allontanò rapidamente nella notte ghiacciata di Mosca.

Osservò le luci rosse posteriori scomparire prima di mettere la mano nella voluminosa tasca del cappotto. Come molti dipendenti dell'aeroporto, di tanto in tanto Kalenko prendeva un sorso di vodka per difendersi dal freddo terribile. In quel momento si concesse un sorso in più per festeggiare quel colpo di fortuna.

Il riscaldamento sul camion della Centrium era guasto. Per tutto il giorno anche l'uomo al volante aveva lottato contro il gelo, soprattutto con l'arma della bottiglia. Mentre si dirigeva verso il grande complesso della Centrium, attraversò con il camion il primo di una serie di squallidi quartieri della periferia sud-est della città.

Il camion passò su una lastra di ghiaccio. Le reazioni dell'autista – intontito dall'alcol – furono troppo lente di una frazione di secondo. In un istante, il camion era slittato fuori strada e rotolato lungo una scarpata innevata, mentre il telone si strappava e il carico si disperdeva sul terreno.

I primati urlarono e strepitarono per la paura e la rabbia.

La portiera del camion, per l'impatto, si era aperta con un'angolazione strana. L'autista, intontito e insanguinato, scese barcollando e crollò nella neve.

La porta della prima gabbia venne spalancata da una mano terrorizzata. Dita piccole, ma fortissime, toccarono quello strano mantello freddo e brillante, quel biancore sconosciuto. L'animale, confuso, sentì odore di libertà – o una sorta di libertà – ma sarebbe davvero riuscito ad avanzare su quella superficie ghiacciata?

Più in alto, lungo la strada, le macchine cominciarono a fermarsi. Vedendo quello che era successo, alcuni iniziarono a riprendere la scena con il cellulare, ma uno o due cercarono di essere d'aiuto. Mentre scivolavano lungo la scarpata ghiacciata, le scimmie li sentirono arrivare.

In quel momento o mai più.

La prima uscì dalla gabbia lasciando dietro di sé una nuvola di neve polverosa mentre correva verso le ombre più vicine. Anche altre gabbie si erano aperte, e gli animali seguirono l'esempio della prima scimmia.

Quando l'autista terminò il controllo del carico, dodici scimmie mancavano all'appello. Una dozzina di cercopitechi verdi era fuggita lungo le strade coperte di neve di quel sobborgo di Mosca, infreddolite, affamate e spaventate. L'autista non poteva assolutamente lanciare l'allarme: aveva eluso le severe leggi sulla quarantena. Lui, Kalenko e la Centrium sarebbero finiti in guai seri se la polizia fosse stata avvertita.

Le scimmie avrebbero dovuto cavarsela da sole.

L'incidente aveva liberato le scimmie su una strada che correva lungo la Moscova. Le scimmie, come un plotone improvvisato, si radunarono in riva al fiume stringendosi insieme per scaldarsi.

Una vecchia signora stava percorrendo la riva del fiume. Vide le scimmie e, temendo di avere le traveggole, cominciò a correre. Mentre scivolava e incespicava sulla superficie ghiacciata, il pane fresco che portava nella borsa della spesa si sparse lungo il sentiero. Le scimmie affamate le furono addosso in un lampo. La donna – intontita e confusa – cercò di respingerle con la mano guantata.

Una scimmia ringhiò. La donna non badò all'avvertimento, e la bestia la morse con i canini, strappando i guanti e lasciandole una striscia di sangue sul dorso della mano. La donna urlò, mentre la saliva della scimmia si mescolava con il sangue rosso che le colava dalla mano.

A un grido del capo autoproclamato del plotone, le scimmie afferrarono tutto il pane possibile e fuggirono nella notte correndo, arrampicandosi e cercando altro cibo.

Qualche centinaio di metri più avanti, lungo il fiume, stava finendo un corso del doposcuola. I ragazzi di Mosca stavano imparando il Sambo, un'arte marziale dell'era sovietica perfezionata in origine dal KGB, ma sempre più diffusa a livello popolare.

Le scimmie vennero attratte dal rumore e dal calore. Dopo un attimo di esitazione, il capo guidò il plotone attraverso una finestra aperta. Il riscaldamento soffiava correnti di aria calda nella sala, dove i ragazzi stavano concludendo la serata.

Una delle scimmie starnutì. Le goccioline si diffusero nell'atmosfera e vennero trasportate con il calore nella sala. I ragazzi, sudati e ansimanti, stavano respirando affannosamente per immagazzinare aria.

In una città di circa undici milioni di anime ignare si stava diffondendo il male.

70

Peter Miles si alzò. Sapendo a quale intensa pressione tutti loro erano sottoposti, parlò con molta calma. Ma in quel momento, Jaeger non si sentiva affatto tranquillo. Per lui la sfida era levarsi dalla mente la terribile immagine di sua moglie e di suo figlio, PAPÀ – AIUTACI, e concentrarsi su quello che li aspettava.

Almeno quella volta *aveva* ottenuto dalla foto qualcosa di potenzialmente utile: qualcosa che avrebbe potuto aiutarlo a rintracciare i suoi familiari e i loro carcerieri.

«Siete tutti benvenuti» cominciò Miles, «ma in particolare William Jaeger e Irina Narov che sono tornati. Nella stanza ci sono molte facce nuove. Tranquilli, sono tutti membri fidati della nostra rete. Ve li presenterò a poco a poco, e sentitevi liberi di fare qualsiasi domanda.»

Per qualche minuto riassunse quello che avevano scoperto Jaeger e Narov, sia alla Katavi Reserve sia nello slum di Nairobi, prima di arrivare al fulcro della questione.

«Falk Konig ha rivelato che suo padre, Hank Kammler, gestisce un'attività segretissima di esportazione di scimmie – la Katavi Reserve Primates – da un'isola al largo dell'Africa orientale. I primati vengono spediti per via aerea in tutto il mondo per essere usati nella ricerca medica. Il livello di segretezza che circonda le operazioni sull'isola non ha precedenti.

«Allora, quanto è probabile che questo centro per l'esportazione delle scimmie sia anche il laboratorio della guerra biologica di Kammler? Molto probabile, direi. Durante la guerra, Kurt Blome – il padre del *Gottvirus* – aveva installato il suo impianto per la guerra batteriologica al largo della costa della Germania, nel Baltico, sull'isola di Riems. Il motivo è che su un'isola puoi sperimentare un patogeno con la ragionevole probabilità che non si diffonderà altrove. In breve, è una perfetta incubatrice isolata.»

«Ma ancora non sappiamo che cosa intenda fare Kammler con il virus» lo interruppe qualcuno. Era Hiro Kamishi, come sempre la voce equilibrata della ragione.

«Non lo sappiamo» confermò Miles. «Ma con il *Gottvirus* in mano a Kammler, abbiamo l'architetto di una cospirazione tesa a far rivivere il Reich di Hitler che possiede l'arma più temibile al mondo. E basterebbe quello per prospettare uno scenario terrificante, senza pensare all'uso preciso che intende farne.»

«Abbiamo qualche idea in più su cosa sia esattamente il *Gottvirus*?» interruppe una voce. Era Joe James. «Da dove viene? Come fermarlo?»

Miles scosse la testa. «Purtroppo no. In tutte le nostre ricerche non abbiamo trovato in alcuna documentazione, da nessuna parte, accenni all'esistenza del virus. Ufficialmente le due SS che lo hanno scoperto – i tenenti Herman Wirth e Otto Rahn – risultano morti "per cause accidentali". Secondo i documenti ufficiali, i due sono andati a fare trekking sulle Alpi tedesche, si sono persi e sono morti congelati nella neve. Eppure, stando al racconto di Blome, sono stati loro a scoprire il *Gottvirus*, e quella scoperta li ha uccisi. In breve, i nazisti hanno epurato il *Gottvirus* da tutti i documenti ufficiali.»

«Quindi la domanda da un milione di dollari» azzardò Jaeger «è dove si trova l'isola di Kammler. Da quanto ho capito potremmo avere un'idea.»

«Per quel genere di lavoro non serve molto spazio» fu la risposta di Miles. «Lavorando sulla base di un'isola delle dimensioni di Riems, ci sono circa mille possibili candidate al largo della costa dell'Africa orientale, e questo rendeva una sfida trovare quella giusta. Fino a quando...»

Osservò i presenti, e il suo sguardo si posò su una persona precisa. «A questo punto passerei la parola a Jules Holland. Lui ci può spiegare meglio.»

Un personaggio dall'aspetto arruffato si fece avanti. Sovrappeso, vestito in modo trasandato, con i capelli ingrigiti raccolti in una coda di cavallo disordinata, sembrava fuori luogo nell'ex bunker del comando nucleare sovietico. Si voltò verso i presenti e sorrise, mostrando i denti sporgenti. «Jules Holland, ma per quelli che mi conoscono bene sono l'Acchiapparatti, abbreviato in Ratto. Sono un hacker che lavora per i buoni. Principalmente. Sono piuttosto bravo, se mi è consentito. E, di solito, abbastanza costoso.

«Sono qui grazie ai buoni uffici di Will Jaeger» disse facendo un lieve inchino. «E devo dire che sono molto felice di poter dare una mano.»

Il Ratto guardò Peter Miles. «Questo signore mi ha fornito le informazioni. Non molto su cui lavorare: trovami un'isola che sia più grande di un francobollo dove quel pazzo nazista potrebbe aver installato il suo laboratorio per la guerra batteriologica.» Fece una pausa. «Ho avuto incarichi più semplici. Ci è voluto un po' di intuito. Che si tratti o meno di un laboratorio per la guerra batteriologica, la sola cosa che *sappiamo* è che è un'organizzazione che esporta scimmie. E grazie a questo ci sono arrivato: la chiave sono state le scimmie.»

Holland tirò indietro qualche ciocca di capelli. «Le scimmie vengono catturate dentro la riserva di Katavi e nei dintorni, poi da lì sono trasportate in aereo sull'isola. Dunque, ogni volo lascia una traccia, e diversi voli lasciano diverse tracce. Quindi io... ehm... ho visitato senza autorizzazione il computer del Controllo del traffico aereo della Tanzania. Si è rivelato decisamente compiacente.

«Ho trovato circa una quarantina di voli interessanti della KRP negli ultimi anni, tutti diretti verso la stessa località.» Si fermò. «A circa 160 chilometri al largo della costa della Tanzania si trova Mafia Island. Sì, "Mafia", come quella dei cattivi siciliani. Mafia Island è un luogo turistico d'élite molto rinomato. Fa parte di una catena di isole, un arcipelago. All'estremo sud dell'arcipelago si trova Little Mafia Island, piccola e isolata.

«Fino a circa vent'anni fa, Little Mafia era disabitata. Gli unici visitatori erano i pescatori locali, che si fermavano là a riparare le barche di legno. È coperta da una fitta foresta – giungla, ovviamente – ma non ha sorgenti d'acqua, quindi è impossibile restarci a lungo.

«Vent'anni fa venne rilevata da un acquirente privato straniero. Per farla breve, anche i pescatori hanno smesso di fermarsi: chi aveva occupato l'isola non era esattamente amichevole. Per avvicinarci al punto, una popolazione di scimmie ha traslocato lì insieme agli umani, e si sono rivelate meno che accoglienti. Molte erano malate in modo orribile, terribile. Occhi vitrei e un aspetto da zombie, da morti che camminano. E sanguinavano molto.»

Holland osservò cupamente gli astanti. «I locali hanno trovato un nuovo nome per l'isola, che temo sia assolutamente adeguato. La chiamano Plague Island, l'isola dell'epidemia.»

71

«Little Mafia – Plague Island – è la struttura da dove Kammler esporta i primati» spiegò Holland. «Bastano le registrazioni del traffico aereo a provarlo. Cosa possa significare questa informazione, e cosa farne... bene, immagino che la decisione spetti a voi, uomini – e donne – d'azione.»

Cercò Jaeger con lo sguardo. «E prima che tu me lo chieda, amico mio. Sì, ho lasciato la mia solita firma: "Con i complimenti dal Ratto". Forse dovrei maturare con gli anni, ma sembra che io non riesca a resistere alla tentazione.»

Jaeger sorrise. Sempre lo stesso, vecchio Acchiapparatti. Un genio indipendente che ha passato la vita a infrangere regole come un anarchico.

Holland tornò a sedersi e Peter Miles riprese il suo posto. «Jules lo fa sembrare facile, ma non lo è stato affatto. Grazie a te ora abbiamo una posizione. Adesso prendiamo in considerazione lo scenario da incubo. Non si sa come, ma Kammler spedisce il virus lontano dall'isola e lo libera in tutto il mondo. Lui e i suoi scagnozzi sono immuni perché hanno fatto l'iniezione, e se ne stanno in qualche luogo sicuro ad aspettare che il mondo vada a rotoli. Senza dubbio deve trattarsi di un posto sottoterra, probabilmente simile a questo.

«Nel frattempo il *Gottvirus* si mette al lavoro. Il patogeno equivalente più simile che conosciamo è Ebola. La dose letale di Ebola Zaire è di cinquecento particelle infettate dal virus, un numero che potrebbe essere prodotto da un'unica cellula umana. In altre parole, il sangue di una persona infettata si trasforma in una pappa virale e può infettare *miliardi* di persone.

«Una minima quantità di Ebola, se dispersa nell'aria, può infettare un'intera località. Ebola disperso nell'aria sarebbe come plutonio. Anzi, sarebbe molto più pericoloso perché, diversamente dal plutonio, è *vivo*. Si replica, si riproduce moltiplicandosi esponenzialmente.

«E qui parliamo dello scenario da incubo per Ebola, un virus che abbiamo potuto studiare per quasi trent'anni. Questo, invece... è del tutto sconosciuto. Un killer di ferocia inimmaginabile che infetta intere aree e ha un tasso di mortalità del cento per cento. Gli esseri umani sono privi di immunità.»

Miles tacque. Non riusciva più a nascondere un'espressione preoccupata. «Se il *Gottvirus* colpisce la popolazione umana, provocherà una vera e propria devastazione. Il mondo che conosciamo cesserà di esistere. Se Kammler dovesse riuscire a scatenarlo, potrà starsene tranquillo ad aspettare che il virus sviluppi il suo malvagio potere, poi uscire – immunizzato – in un mondo nuovo. Vi prego quindi, signore e signori, di volermi perdonare il tono melodrammatico ma, per la salvezza dell'umanità, Kammler e il suo virus devono essere fermati.»

Indicò fra gli astanti un uomo con i capelli brizzolati. «Bene, adesso passo la parola a Daniel Brooks, direttore della CIA. E, come presentazione, vorrei dire che la nostra protezione dall'alto è appena diventata molto più seria.»

«Signori, signore» esordì Brooks in tono brusco. «Sarò breve. Avete fatto un lavoro fantastico, un lavoro incredibile. Ma non basta ancora per inchiodare Hank Kammler, vicedirettore della mia Agenzia. Per questo ci servono prove incontestabili e, a quanto sappiamo, quell'impianto sull'isola potrebbe anche essere un legittimo centro di controllo delle malattie di una società di esportazione di primati.»

L'espressione di Brooks si fece torva. «Detesto dirlo, ma devo muovermi con estrema cautela. Kammler ha amicizie potenti, fino al presidente. Non posso dargli la caccia senza prove decisive. Trovatemi quelle prove e avrete tutto l'appoggio – ogni diavolo di risorsa – che possono utilizzate le forze militari americane e la comunità dell'intelligence. Nel frattempo, possiamo mettervi a disposizione alcune risorse segrete e, aggiungerei, non ufficialmente.»

Brooks si risedette, e Miles lo ringraziò. «Un'ultima cosa. Jaeger e Narov sono partiti dalla riserva di Katavi con una Toyota 4x4 del lodge. Il loro Land Rover è partito più o meno contemporaneamente, guidato da due uomini del personale. Parecchie ore dopo, è stato distrutto da un drone Reaper. È stato Hank Kammler a ordinare la missione, senza dubbio pensando che Jaeger e Narov fossero i passeggeri. In breve, sa che gli stiamo alle costole. La caccia è aperta: voi cacciate lui, e lui caccia noi.

«Vorrei rammentarvi che, se usate qualsiasi apparecchio di comunicazione personale, lui vi troverà. Ha a sua disposizione i servizi del personale più tecnologicamente avanzato della CIA. Se usate email non sicure siete fregati. Se tornate al vostro indirizzo di casa, vi rintraccerà là. Qui si tratta di uccidere o di essere uccisi. Utilizzate soltanto i sistemi di comunicazione forniti: intendo dire mezzi sicuri e criptati. Sempre.»

Miles li guardò uno per uno. «Non fate errori. Con questo intendo dire che, se parlate su linee non sicure, se spedite email su reti aperte, siete morti.»

72

Ottomila chilometri al di là dell'Atlantico, l'architetto del male stava dando l'ultimo ritocco a un messaggio di estrema importanza. I membri del Werwolf di Kammler – i veri figli del Reich, coloro che erano rimasti fermi e risoluti per oltre settant'anni – stavano per riscuotere la loro ricompensa.

Una ricompensa splendida.

Il momento era quasi arrivato.

Il colonnello Hank Kammler rilesse il paragrafo conclusivo, limandolo per l'ultima volta:

Riunite le vostre famiglie e recatevi nei vostri rifugi. È iniziato. È stato scatenato. Fra sei settimane comincerà a mordere. Avete questo lasso di tempo prima che i nostri avversari raccolgano tempesta. Noi, che siamo fra i pochi prescelti, siamo sull'orlo di una nuova era. Di un'alba nuova. Sarà un nuovo millennio, nel quale noi, i figli del Reich – gli ariani –, entreremo in possesso una volta per sempre dell'eredità che ci spetta di diritto.

Da lì ricostruiremo, nel nome del Führer.

Avremo distrutto per creare di nuovo.

La gloria del Reich sarà nostra.

Wir sind die Zukunft.

HK

Kammler la lesse nuovamente, e andava bene.

Premette il pulsante "invio".

Poi si accomodò meglio sulla sedia di pelle e osservò una foto in cornice sulla sua scrivania. L'uomo di mezza età con l'abito gessato somigliava parecchio a Kammler; avevano lo stesso naso sottile, aquilino; gli stessi occhi azzurro ghiaccio carichi di arroganza; lo stesso sguardo che tradiva la facile presunzione di avere potere e privilegi per diritto di nascita, potere e privilegi che spettavano loro dalla notte dei tempi.

Non era difficile immaginare che si trattasse di padre e figlio.

«Finalmente» sussurrò la persona seduta, quasi stesse parlando alla foto. «*Wir sind die Zukunft.*»

Lo sguardo si soffermò un attimo più a lungo sull'immagine incorniciata, ma i suoi occhi erano rivolti verso l'anima: pozze minacciose di pesante oscurità che risucchiava qualsiasi cosa buona. La vita, l'innocenza vi erano trascinate e soffocate senza pietà.

"Londra" rifletté Kammler. Londra, la sede del governo britannico; la sede delle *War Rooms* del defunto Winston Churchill, dalle quali aveva organizzato la resistenza al glorioso Reich di Hitler quando ogni tentativo di sfida sembrava vano.

Quei maledetti britannici avevano resistito abbastanza a lungo da attirare gli americani nella guerra. Senza di loro, ovviamente, il Terzo Reich avrebbe trionfato e governato – come intendeva il Führer – per mille anni.

Londra. Era semplice giustizia che l'oscurità cominciasse da lì. Kammler digitò per visualizzare il link di IntelCom. Poi fece il numero e una voce rispose.

«Dimmi, allora, come stanno i miei animali?» chiese Kammler. «Katavi? I nostri elefanti prosperano nonostante l'avidità degli indigeni?»

«La popolazione di elefanti aumenta ogni giorno» rispose la voce di Falk Konig. «Gli scontri sono diminuiti, soprattutto da quando i nostri amici Bert e Andrea...»

«Dimenticali!» lo interruppe Kammler. «Hanno eliminato il trafficante libanese e la sua banda. Ma ti posso assicurare che le loro motivazioni non erano del tutto altruistiche.»

«Mi stavo chiedendo...» la voce di Falk si affievolì. «In un modo o nell'altro, hanno fatto qualcosa di buono.»

Kammler sbuffò. «Niente se paragonato a quello che intendo fare io: ho intenzione di ucciderli tutti, fino all'ultimo bracconiere, fino all'ultimo trafficante, e fino all'ultimo acquirente: tutti.»

«Allora perché non assumi Bert e Andrea?» insistette Konig.

«Sono brave persone. Professionisti. E amano gli animali selvaggi, soprattutto Andrea. Sono ex militari e cercano lavoro. Se vuoi sconfiggere i bracconieri, potresti usare loro per avviare una campagna.»

«Non sarà necessario» sbottò Kammler. «Ti piacevano, vero?» La voce era intrisa di sarcasmo. «Ti sei fatto dei nuovi amici?»

«In un certo senso, sì» replicò Konig in tono di sfida. «Sì, è vero.»

La voce di Kammler si addolcì, ma proprio per questo divenne ancor più sinistra. «C'è qualcosa che non mi hai detto, ragazzo mio? So che le nostre opinioni di tanto in tanto divergono, ma i nostri interessi comuni restano allineati. La conservazione. La protezione degli animali selvaggi. I branchi. È questo l'importante. Non c'è nulla che possa minacciare Katavi, vero?»

Kammler percepì l'esitazione del figlio. Sapeva che aveva paura di lui, o meglio del genere di persone – gli operativi – che a volte mandava a Katavi: come quello che era lì in quel momento, il temibile Jones dalla testa rasata.

«Sai che non dovresti mai nascondermi nulla?» lo lusingò Kammler. «Ne soffrirebbero gli animali selvaggi. I tuoi elefanti, il tuo rinoceronte. I nostri amati animali. Lo sai, vero?»

«È solo... che ho parlato loro del ragazzo.»

«Quale ragazzo?»

«Quello dello slum che è comparso qui qualche mese fa.

329

Nulla di...» ancora una volta la voce di Konig si affievolì, poi tacque.

«Se non era niente, non vedo motivo di non condividere la cosa con me, giusto?» proseguì Kammler in tono mellifluo, ma con una punta di reale minaccia nella voce. «Era solo la storia di un ragazzino che è salito da clandestino su uno dei voli... Nessuno ne ha cavato un senso.» «Un ragazzo degli slum, hai detto?» Kammler rimase in silenzio per un lungo istante. «Dobbiamo andare a fondo di questa faccenda... Bene, fra non molto sarò lì con te, entro le prossime quarantott'ore. Allora potrai dirmi tutto. Prima, però, ho un paio di questioni da sbrigare qui. Nel frattempo arriverà da voi un'infermiera che deve farti un'iniezione. È il richiamo di una vaccinazione che hai fatto da bambino. Eri troppo piccolo per ricordartene, ma fidati, è meglio farla per precauzione.»

«Papà, ho trentaquattro anni» protestò Konig. «Non ho bisogno di una balia.»

«È già in volo» replicò Kammler con tono che non ammetteva repliche. «Io arriverò poco dopo. Ritorno al mio rifugio. E, quando arriverò, non vedo l'ora che tu mi parli di quel ragazzo, quello dello slum. Abbiamo molte cose da raccontarci...»

Kammler lo salutò e chiuse la telefonata.

Falk non era esattamente il figlio che avrebbe desiderato ma, nello stesso tempo, non era così male. Condividevano una passione importante: la conservazione. E nel nuovo mondo di Kammler la vita degli animali selvaggi, l'ambiente – la salute del pianeta – sarebbero migliorati ancora una volta. I pericoli che il mondo stava affrontando – riscaldamento globale, sovrappopolazione, estinzioni, distruzione dell'habitat – sarebbero stati scongiurati in un istante.

Kammler si era avvalso di simulazioni computerizzate per prevedere il numero di morti causato dalla pandemia in arrivo. La popolazione mondiale sarebbe stata eclissata quasi completamente, riducendosi a poche centinaia di migliaia di anime.

La razza umana era una vera e propria piaga sulla terra. Sarebbe stata spazzata via dalla madre di tutte le piaghe. Era tutto così perfetto.

Senza dubbio alcune popolazioni isolate sarebbero sopravvissute. Quelle che vivevano su isole remote e visitate raramente; le tribù che abitavano nel profondo della giungla. E, naturalmente, le cose dovevano andare così. In fondo il Quarto Reich avrebbe avuto bisogno degli indigeni – *Untermenschen* – come schiavi.

Sperava che, una volta che la pandemia avesse esaurito il suo corso, Falk avrebbe visto la luce. In ogni caso, lui era tutto quello che restava a Kammler. La moglie era morta di parto, e Falk era il loro primo, e unico, figlio.

Con l'ascesa del Quarto Reich, Kammler era deciso a farne un erede degno della causa.

Digitò un altro numero IntelCom.

Rispose una voce. «Jones.»

«Hai un nuovo incarico» annunciò Kammler. «La storia di un ragazzino degli slum ha fatto il giro del Katavi Lodge. La cosa mi interessa particolarmente. Ci sono due membri dello staff che farebbero qualsiasi cosa per qualche birra. Prova per primo con Andrew Asoko; se non ne sa niente, parla con Frank Kikeye. Poi fammi sapere che cosa scopri.»

«Capito.»

«Un'altra cosa. Oggi arriverà un'infermiera che deve fare un'iniezione a Falk Konig, il mio capo conservazionista. Accertati che lui le permetta di farla. Non mi interessa se lo devi obbligare con la forza, ma deve fare quell'iniezione. Capito?»

«Capito. Un'iniezione. E la storia di un ragazzino.» Tacque. «Ma mi dica, quando potrò avere un incarico davvero piacevole come picchiare Jaeger?»

«I due incarichi che ti ho appena dato sono di vitale importanza» sbottò Kammler. «Prima vedi di concludere quelli.»

Poi chiuse la conversazione.

Jones non gli piaceva, ma era una perfetta macchina da sterminio, e solo questo importava. Quando poi sarebbe stato il momento di incassare il primo assegno, molto generoso, non sarebbe più stato in vita, come il resto dell'umanità... con l'eccezione dei prescelti.

La storia del ragazzino dello slum, però, era preoccupante. Qualche mese prima, era stato riferito a Kammler che una fossa sull'isola non era integra. Immaginavano che fosse opera di qualche animale selvatico. Ma era possibile che qualcuno fosse sopravvissuto, e fuggito?

In ogni caso era meglio che Jones indagasse a fondo.

Kammler mise da parte le preoccupazioni e pensò ad altro.

La resurrezione del Reich, ormai, era alle porte.

73

Jaeger sapeva benissimo che, per portare un piccolo gruppo di operatori d'élite su un bersaglio lontano molto rapidamente, e tenendo un profilo davvero basso, il modo migliore era con un aereo di linea.

Fingendosi passeggeri qualunque, gli uomini potevano spostarsi fra nazioni e continenti su un normalissimo aereo, seguendo una rotta e restando a un'altitudine aperta ai voli commerciali. Giunti sul bersaglio, potevano lanciarsi in caduta libera con un paracadute, restando così invisibili ai radar, mentre il volo proseguiva verso la propria destinazione come se non fosse mai accaduto nulla di strano.

Sfruttando l'offerta di tacito supporto da parte di Daniel Brooks, il direttore della CIA, Jaeger e il suo team erano stati aggiunti all'ultimo momento alla lista dei passeggeri del volo British Airways 987 diretto da Berlino Schönefeld a Perth, in Australia. All'arrivo a destinazione, il volo BA 987 avrebbe avuto sei passeggeri in meno: alle 4.00, ora locale, si sarebbero lanciati in un punto al largo della costa dell'Africa orientale.

È impossibile aprire in volo i portelloni di un aereo di linea a causa dell'enorme differenza di pressione fra interno ed esterno. Le uscite sono sigillate, in parte grazie alla pressione più elevata della cabina, e vengono chiuse dall'interno. Se anche qualcuno fosse riuscito a sbloccare un portellone durante il volo, la differenza di pressione avrebbe reso l'apertura impossibile.

Il portellone di questo particolare Boeing, invece, era stato appositamente adattato e aveva una "gabbia di lancio". Grazie a un accordo top-secret con le forze speciali britanniche, un paio di aerei della British Airways, apparentemente normali, erano stati modificati per facilitare questi lanci segreti da alta quota, e il volo BA 987 era uno di questi. In una sezione isolata della fusoliera era stata eretta una sorta di gabbiotto di acciaio rinforzato che aveva un portello delle dimensioni di un uomo. Proprio da lì Jaeger e il suo team sarebbero saltati nell'aria rarefatta e ululante.

Erano distribuiti a coppie in tutto l'aereo, e Jaeger e Narov avevano avuto un colpo di fortuna. Viaggiavano infatti in business class, gli unici posti disponibili con un preavviso di poche ore, il solo tempo che Brooks aveva avuto a disposizione per caricarli su quel volo. Il direttore della CIA poteva contare sulla discreta collaborazione di aziende di alto livello: quando una persona con la sua influenza chiedeva qualcosa, la gente tendeva ad accontentarla.

Il pilota del volo BA 987 – un ex pilota dell'aviazione militare – avrebbe aperto i portelloni della zona cargo su ben specifiche coordinate GPS. Avrebbe anche provveduto a disattivare manualmente tutti i sistemi di allarme. Non si trattava di una manovra pericolosa, e i portelloni sarebbero rimasti semiaperti solo per pochi secondi.

Jaeger il suo team avrebbero indossato l'equipaggiamento da caduta libera e il paracadute nella zona destinata all'equipaggio, invisibili agli altri passeggeri. Nella zona di carico del Boeing 747-400 – la cui depressurizzazione è indipendente dal resto dell'aereo –, una fila di sei enormi zaini era stata messa da parte, insieme a una montagna di kit da caduta libera e di armi.

Dopo il lancio, i portelloni della zona cargo si sarebbero richiusi, e il volo BA 987 avrebbe proseguito sulla propria rotta come se nessun passeggero non registrato si fosse mai lanciato.

I motivi di un inserimento così rapido e ultrasegreto erano semplici. Il tempo era fondamentale, e se Little Mafia Island fosse stata quello che sospettavano, di certo i controlli predisposti da Kammler non sarebbero stati secondi a nessuno. Senza dubbio aveva utilizzato mezzi della CIA – satelliti, droni, aerei spia – per mantenere una sorveglianza permanente sull'isola, per non parlare dei sistemi di sicurezza che, di sicuro, aveva installato a terra.

Un eventuale attacco sarebbe stato eseguito da vicino e nella giungla, dove la visibilità raramente superava le poche decine di metri quando andava bene. Riposta nella zona di carico del 747 c'era una mezza dozzina di Heckler & Koch MP7, una pistola mitragliatrice dalla canna ultracorta. Lunga appena 63,5 centimetri, era perfetta per il combattimento ravvicinato e la guerra nella giungla.

Ogni arma era dotata di silenziatore per evitare che emettesse il tipico rumore secco. Con un caricatore da 40 colpi, la MP7 era molto efficace, soprattutto perché sparava proiettili perforanti appositamente realizzati. Il DM11 Ultimate Combat aveva un'anima d'acciaio placcato in rame che lo rendeva ideale per penetrare in qualsiasi edificio o bunker che Kammler avesse eventualmente eretto sull'isola.

Il team di Jaeger era formato da sei persone, e sapevano che si sarebbero trovati in notevole inferiorità numerica. Fin lì niente di nuovo, notò Jaeger.

Lewis Alonzo e Joe James avevano organizzato il kit da lancio e i paracadute. Saltare da un aereo di linea che volava a oltre dodicimila metri di altezza richiedeva un'attrezzatura decisamente specialistica da caduta libera. Hiro Kamishi – una sorta di specialista della difesa CBRN (chimica, biologica, radiologica e nucleare) – aveva scelto le tute protettive che avrebbero indossato.

Qualsiasi tipo di attacco a una struttura come quella rappresentava una prospettiva scoraggiante. La giungla era uno degli ambienti più ostili nei quali operare, ma quella non era una giungla normale. Probabilmente brulicava di uomini di Kammler, oltre che di personale del laboratorio.

Inoltre poteva essere invasa da primati malati e infetti, e in qual caso avrebbe dovuto essere considerata un'enorme zona a rischio biologico di livello 4, il più pericoloso di tutti, che denota contaminazione da patogeno con mortalità senza precedenti.

Le prove suggerivano che Little Mafia Island – Plague Island – presentasse tutte quelle minacce: Jaeger e il suo team non solo avrebbero combattuto contro la giungla e gli uomini della sicurezza di Kammler, ma avrebbero dovuto affrontare anche qualsiasi malattia mortale aleggiasse lì intorno.

Il morso di una scimmia infetta e rabbiosa; un ramo aguzzo che strappava guanti, maschera o soprascarpe se per caso inciampavi; una pallottola o una scheggia che tagliavano la tuta protettiva. In uno qualsiasi di questi casi, sarebbero rimasti vulnerabili all'infezione di un patogeno per il quale non conoscevano cure. .

Per contrastare quella minaccia, avrebbero indossato le "tute spaziali" per il rischio biologico di livello 4, simili a quelle degli astronauti. All'interno sarebbe stata pompata in continuazione aria pura filtrata per mantenere costantemente una pressione positiva nella tuta. Nel caso si fosse strappata, il flusso d'aria in uscita avrebbe evitato che il patogeno killer potesse entrare, almeno per un tempo sufficiente perché l'operatore potesse riparare lo strappo. Ogni membro della squadra avrebbe tenuto sempre a portata di mano un rotolo di robusto nastro adesivo telato, uno strumento vitale per chiunque operasse in zone contaminate di livello 4.

Jaeger si accomodò meglio nel lussuoso sedile e cercò di scacciare dalla mente tutte quelle paure. Aveva bisogno di rilassarsi, concentrarsi e ricaricare le batterie.

Stava per addormentarsi quando la voce di Narov lo svegliò di colpo.

«Spero che tu li trovi» osservò pacata. «Tutti e due. Vivi.»

«Grazie» borbottò Jaeger. «Ma questa missione... riguarda qualcosa di più della mia famiglia.» Si girò verso Narov. «È in gioco il futuro di tutti noi.»

«Lo so. Ma per te, la tua famiglia... trovarli... L'amore è l'emozione umana più potente.» Guardò Jaeger con gli occhi che brillavano intensi. «Io dovrei saperlo.»

Anche Jaeger aveva sentito crescere quella vicinanza fra loro. Nelle ultime settimane era come se fossero diventati inseparabili, come se uno non potesse operare – funzionare – in assenza dell'altra. E sapeva troppo bene che, salvando Ruth e Luke, tutto sarebbe cambiato.

Narov sorrise malinconica. «Comunque ho già detto troppo, come è mia abitudine.» Scrollò le spalle. «È impossibile, naturalmente. Quindi dimentichiamo. Dimentichiamoci di *noi*, e andiamo in guerra.»

74

Un Boeing 747-400 vola intorno ai dodicimila metri di altitudine. Per lanciarsi da quell'altezza – all'incirca tremila metri oltre la cima dell'Everest – e sopravvivere è necessaria un'attrezzatura ad alta tecnologia, per non parlare dell'addestramento.

Le forze speciali all'avanguardia hanno sviluppato un modello completamente nuovo per questi lanci, designato con l'acronimo HAPLSS: High Altitude Parachutist Life Support System, ovvero un sistema di respirazione per paracadutisti che compiono lanci da alta quota.

A dodicimila metri l'atmosfera è tanto rarefatta che bisogna respirare da una bombola di ossigeno per evitare di soffocare, e morire, rapidamente. Occorre tuttavia utilizzare la giusta combinazione di gas, oppure il paracadutista potrebbe soffrire di decompressione da altitudine, più comunemente nota come il "male dei palombari", ovvero gli stessi sintomi dei sommozzatori che risalgono dalle profondità.

Nel corso di un normale lancio da alta quota, da circa novemila metri, la velocità terminale, ovvero la massima velocità che si raggiunge in caduta libera, è all'incirca di 320 chilometri orari. Tuttavia, più l'aria è rarefatta, più veloce è la caduta. Saltando da dodicimila metri, la velocità terminale sarebbe di circa 440 chilometri orari.

Se Jaeger e il suo team avessero cercato di aprire i paracadute a quella velocità, avrebbero riportato gravi ferite a causa dell'impatto, oppure la calotta sarebbe esplosa. Il paracadute sarebbe uscito dallo zaino e, probabilmente, avrebbero sentito solo una serie di strappi mentre il tessuto si squarciava, lasciando un mosaico di tela lacerata che sbatteva inutilmente sopra di loro.

In breve, se avessero aperto i paracadute a una qualsiasi quota superiore ai diecimila metri, e a velocità terminale, con ogni probabilità non sarebbero arrivati vivi a terra. Ecco perché la procedura standard con l'HAPLSS prevedeva di scendere in caduta libera per seimila metri, fino a quando l'aria più densa avrebbe rallentato la caduta.

Jaeger aveva insistito per avere un occhio dal cielo sul bersaglio, una risorsa aerea a guardia permanente sopra Plague Island. Di conseguenza Peter Miles si era messo in contatto con la Hybrid Air Vehicles, la società che gestiva l'Airlander 50, l'aeromobile più grande del mondo.

Si trattava di un moderno dirigibile riempito di elio – e non di idrogeno – quindi un gas inerte. Diversamente dallo Zeppelin, noto durante la Prima guerra mondiale, non sarebbe sicuramente esploso in una palla di fuoco. Lungo 122 metri e largo oltre 60, era progettato per la costante sorveglianza aerea di una vasta zona – e la sorveglianza a lungo termine di obiettivi specifici – ed era equipaggiato con radar modernissimi e scanner a infrarossi.

Con una velocità di crociera di 195 chilometri orari e un'autonomia di quasi 4300 chilometri, avrebbe potuto volare da una costa all'altra dell'Africa. Inoltre il suo equipaggio aveva lavorato a stretto contatto con Jaeger e il suo team nel corso della precedente missione in Amazzonia.

Una volta giunto sulla costa orientale africana, l'Airlander sarebbe rimasto continuamente in volo per tutta la durata della missione. Per sorvegliare Little Mafia Island non avrebbe avuto bisogno di restare direttamente sopra l'isola, visto che poteva farlo anche da una distanza di settanta chilometri.

Se poi avesse attirato l'attenzione di Kammler, aveva una

copertura fantastica: sotto le acque di quel tratto di oceano Indiano giacevano alcune fra le riserve di gas più ricche del mondo. I cinesi – attraverso la China National Offshore Oil Corporation – stavano valutando diverse concessioni in quella zona. Ufficialmente l'Airlander si trovava lì per conto della CNOOC con compiti di ricognizione aerea.

L'Airlander era arrivato sopra Little Mafia Island circa trentasei ore prima e, da quel momento, aveva trasmesso una gran quantità di foto aeree. La giungla sembrava quasi del tutto intatta, con l'eccezione di un campo di volo in terra battuta lungo appena a sufficienza per far atterrare un Buffalo o un aereo simile.

Ovunque Kammler avesse collocato le gabbie delle scimmie, i laboratori e gli alloggi, sembravano essere abilmente nascosti: posizionati sotto i fitti alberi della giungla oppure interrati. Questo rendeva la missione del team molto più impegnativa e, a sua volta, le funzioni dell'Airlander ancora più utili.

L'Airlander 50 inviato in Africa orientale era in realtà una versione top-secret sviluppata dell'aeromobile. A poppa della gondola di volo, appesa sotto l'enorme scafo tondeggiante, c'era una zona cargo, abitualmente riservata ai carichi pesanti che l'aeromobile era in grado di trasportare. L'Airlander in questione, però, era leggermente diverso. Si trattava di una portaerei volante con una piattaforma per le mitragliatrici e una pesante capacità letale. Due droni britannici Taranis – un aereo da guerra a elevatissima tecnologia e invisibile – erano stati caricati nella zona cargo che fungeva anche da equipaggiatissimo ponte di volo.

Con un'apertura alare di dieci metri, e di poco più lungo, il Taranis – che prendeva il nome dal dio celtico del tuono – misurava circa un terzo del Reaper americano. E con una velocità di Mach 1 – circa 1225 chilometri orari – era due volte più veloce nell'aria. Grazie ai due comparti interni per missili, il Taranis aveva una forza d'urto notevole, e la tecnologia *stealth* lo rendeva invisibile a qualsiasi nemico.

Questa conversione dell'Airlander a portaerei aveva preso ispirazione da un dirigibile precedente la Seconda guerra mondiale, l'USS *Macon*, la prima portaerei volante. Il *Macon*, che utilizzava una tecnologia ormai vecchia di decenni, aveva una serie di trapezi appesi sotto lo scafo a forma di sigaro. I biplano Sparrowhawk potevano volare sotto il dirigibile e agganciarsi a questi trapezi: da lì, poi, il dirigibile li issava a bordo con un verricello.

Ispirato al *Macon*, l'Airlander 50 portava anche un Wildcat Lynx AW-159, un elicottero britannico in grado di trasportare otto persone. Il Wildcat era stato caricato a bordo per estrarre Jaeger e il suo team da Little Mafia Island una volta completata la missione.

A quel punto Jaeger sperava ardentemente che sarebbero stati in otto grazie all'aggiunta di Ruth e Luke.

Era certo che sua moglie e suo figlio fossero prigionieri sull'isola. A dire il vero ne aveva le prove, anche se non ne aveva parlato con gli altri: si trattava di un'informazione che non si sentiva pronto a condividere. La posta in gioco era troppo alta e non voleva rischiare che qualcuno lo distogliesse dalla missione per lui più importante.

La foto che Kammler gli aveva inviato via email mostrava Ruth e Luke in ginocchio in una gabbia. Su un lato di quella gabbia era stampigliato il nome KATAVI RESERVE PRIMATES in caratteri ormai sbiaditi.

Jaeger, "Il cacciatore", stava arrivando.

75

Lanciarsi dal portello semiaperto della stiva di un 747 significava saltare attraverso uno spazio esiguo, come quello di una bara, ma non c'era altro modo.

Jaeger balzò in avanti, in quel vuoto oscuro e turbolento, e venne immediatamente colpito dal flusso d'aria che sembrava un uragano. Ne sentiva la forza, che lo faceva roteare mentre gli enormi motori a getto rombavano e sbuffavano come un dragone subito sopra di lui.

Pochi attimi dopo era fuori dal punto peggiore e stava piombando a razzo verso terra come un missile di forma umana.

Subito sotto di lui riusciva a distinguere la sagoma spettrale di Lewis Alonzo, l'uomo che si era lanciato subito prima: lo vedeva come un puntino più scuro nel buio della notte. Jaeger stabilizzò la propria posizione, poi accelerò mettendosi a testa in giù nel tentativo di raggiungere Alonzo.

Assunse la forma a delta, con le braccia strette lungo i fianchi e le gambe dritte dietro di sé, fino a somigliare a un'enorme punta di freccia lanciata verso l'oceano. Mantenne la posizione fino a quando si trovò a una quindicina di metri da Alonzo, poi si rimise con braccia e gambe a stella. La resistenza lo aiutò a rallentare e a stabilizzarsi.

Poi, nella corrente ululante, voltò la testa verso l'alto alla ricerca di Narov, il numero cinque del gruppo. Era una sessantina di metri sopra di lui, ma stava recuperando rapidamente. Dietro di lei si vedeva un'altra punta di freccia umana: Hiro Kamishi, l'ultimo uomo.

Molto sopra Kamishi, riusciva a distinguere a malapena la forma spettrale del volo BA 987 che avanzava possente nell'oscurità, e le sue luci che ammiccavano rassicuranti. Per un attimo pensò ai passeggeri: dormivano, mangiavano, guardavano un film, beatamente ignari della piccola parte che avevano interpretato nel dramma in pieno svolgimento. Un dramma che avrebbe deciso anche il corso della vita di tutti loro.

Lanciandosi da dodicimila metri, Jaeger e la sua squadra sarebbero rimasti in caduta libera per soli sessanta secondi. Controllò rapidamente l'altimetro: doveva tenerlo d'occhio per non rischiare di oltrepassare l'altezza di apertura del paracadute con conseguenze potenzialmente devastanti.

Nello stesso momento stava rivedendo mentalmente, e in modo rapidissimo, il piano dell'assalto. Avevano scelto di lanciarsi una decina di chilometri a est del bersaglio, sopra l'oceano aperto. In quel modo avrebbero potuto lasciarsi trasportare, non visti, dalla corrente pur trovandosi a portata di mano di Plague Island.

Raff era in testa al gruppo, ed era suo compito scegliere il punto preciso dove atterrare. Aveva cercato una zona priva di alberi e altri ostacoli, oltre che, ovviamente, di postazioni nemiche. La priorità assoluta, in quel momento, era quella di tenere unito il gruppo. Sarebbe stato praticamente impossibile trovare qualcuno se si fosse perso durante la caduta libera.

Molto sotto di sé, Jaeger vide la prima calotta dispiegarsi come un lampo nell'oscurità.

Dopo una rapida occhiata all'altimetro, decise che era giunto il momento di aprire il paracadute. Afferrò la maniglia a strappo sul petto e tirò. Un istante dopo il paracadute pilota, spinto dalla molla, schizzò verso l'alto, trascinando con sé la calotta principale.

Jaeger si preparò alla violenta decelerazione e al rombo assordante che sarebbe seguito. Già stava pregustando il dopo, la calma e il relativo silenzio della discesa che gli avrebbero permesso di ripensare ancora una volta al piano di attacco.

Non accadde nulla. Là dove avrebbe dovuto vedere una forma spettrale aprirsi nell'oscurità sopra di lui c'erano soltanto spazio vuoto e qualcosa di simile a un groviglio che sbatteva con violenza nell'aria, girando e contorcendosi vorticosamente.

In un attimo, Jaeger capì cos'era successo: probabilmente una delle funi del paracadute si era impigliata nella calotta principale impedendone l'apertura.

La sua sola possibilità era tirare i freni o le bretelle e liberare le funi. Se ci fosse riuscito, avrebbe avuto sopra la testa un paracadute completamente o parzialmente gonfio e, forse, avrebbe potuto evitare di "tagliare" e aprire quello di emergenza.

Ma il tempo non era dalla sua parte.

Pochi secondi dopo, superò in picchiata Alonzo. Ormai era già sceso di oltre trecento metri e ogni secondo che passava lo avvicinava sempre più a un impatto devastante con l'oceano: a quella velocità sarebbe stato come sbattere sul cemento. Certo, entrando in una vasca da bagno l'acqua può dare la sensazione di essere morbida e accogliente, ma un impatto di oltre cento metri al secondo sarebbe stato letale.

Ormai l'adrenalina gli circolava in corpo come un incendio che, alimentato a benzina, si propaga in un bosco.

Dopo qualche frenetico tentativo di liberare le funi, Jaeger si rese conto che erano troppo aggrovigliate. Poteva solo tagliarle. Afferrò la maniglia del paracadute di emergenza attaccata al petto.

"Dacci dentro" urlò a se stesso. "Devi sbloccare quella maniglia."

76

Qualsiasi cosa fosse successa a Jaeger al momento dell'uscita dall'aereo o nella caduta libera, ormai gli restava soltanto un'opzione.

Allungandosi, si strappò dalle spalle le cinghie dell'apertura di emergenza, sganciando il paracadute principale, che venne risucchiato nell'aria sopra di lui e scomparve. Afferrò poi il laccio ad anello attaccato alla cinghia della spalla destra e lo tirò, facendo aprire il paracadute di emergenza. Un attimo dopo sentì uno schiocco, come quello di una vela quando prende il vento, e sopra di lui si aprì un'enorme ala di seta.

Jaeger rimase appeso nel silenzio e nella tranquillità mormorando preghiere di ringraziamento. Sollevò la testa per controllare il paracadute di emergenza, ma tutto sembrava a posto.

Si ritrovava circa novecento metri più in basso degli altri, quindi doveva rallentare notevolmente la propria discesa. Afferrò le maniglie direzionali tirandole con forza e facendo entrare l'aria in tutta l'ampiezza della vela, poi effettuò piccole regolazioni per ridurre la velocità.

Guardando oltre i propri piedi cercò Raff, il leader del gruppo. Abbassò i visori notturni che portava sopra il casco da lancio, li accese in modalità infrarossi, e si mise a osservare nell'oscurità. Cercava il debole segnale di una luce stroboscopica a infrarossi che emetteva lampi.

Non vedendone, dedusse di essere passato da numero quattro a numero uno. Anche lui aveva una luce a infrarossi sul casco e sperava che avrebbe potuto guidare gli altri. Accese la sua unità GPS. Gli mostrò una riga di puntini che andava dalla sua attuale posizione al punto esatto dove intendevano atterrare. Poteva permettersi di non spegnere il GPS: a quell'altitudine – circa seimila metri – nessuno avrebbe potuto vederla da terra. Calcolò di avere una velocità di circa 55 chilometri orari e il vento prevalente lo spostava verso ovest. Altri otto minuti e sarebbero stati sopra Plague Island.

Sotto la tuta HAPLSS di Goretex, Jaeger indossava l'abbigliamento invernale, compresi un paio di guanti di seta sotto le pesanti muffole di Goretex. Eppure sentiva le mani quasi paralizzate dal freddo mentre regolava la linea di volo per aiutare gli altri a raggiungerlo.

Nel giro di qualche minuto, nel cielo notturno sopra di lui apparvero cinque luci stroboscopiche: il gruppo era al completo. Lasciò che Raff lo superasse per riprendere la posizione di testa e continuarono a scendere, sei figure solitarie sul buio tetto del mondo.

Quando Jaeger aveva studiato le foto aeree dell'Airlander, aveva individuato un'unica zona possibile per l'atterraggio: la pista di volo in terra battuta. C'era il rischio che fosse pesantemente sorvegliata, ma era la sola zona non coperta dagli alberi.

Questo non era piaciuto né a lui né agli altri. Atterrare lì sarebbe stato come finire in pasto al nemico, ma sembrava la sola opzione possibile.

Poi Kamishi aveva elencato quello che dovevano fare al momento dell'atterraggio, e non era uno zucchero.

Avrebbero dovuto trovare un posto dove cambiarsi togliendo il kit di sopravvivenza – la tuta di volo da altitudine HAPLSS – e indossare le tute spaziali per il rischio biologico di livello 4. Il tutto mentre potevano essere atterrati direttamente in un nido di vespe.

Le pesanti tute HAPLSS erano un vero salvavita per il calore che garantivano e per l'ossigeno, ma avrebbero offerto una protezione molto scarsa in una zona contaminata di livello 4. La squadra aveva bisogno di un ambiente sicuro dove indossare respiratori per purificare l'aria e tute spaziali.

Il kit comprendeva maschere FM54 – le stesse che avevano indossato andando a salvare Leticia Santos – collegate da tubi antischiacciamento sagomati a S a una serie di filtri funzionanti a batteria che andavano a formare una sorta di zaino spaziale sulla schiena dell'operatore. L'unità filtro avrebbe pompato aria pulita nelle ingombranti tute spaziali, le Trellchem EVO 1BS, verde oliva, realizzate in Nomex con uno strato protettivo in Viton resistente agli agenti chimici, che fornivano una protezione totale.

Mentre si trasformavano da gruppo di paracadutisti da lancio in altitudine in operatori di zona contaminata a livello 4, i membri del team sarebbero rimasti estremamente vulnerabili, e questo escludeva di poter atterrare sulla pista di volo. Restava solo un'altra possibilità: una piccola striscia di sabbia bianca incontaminata sul lato occidentale dell'isola.

Dalle foto aeree "Copacabana Beach", come l'avevano soprannominata, sembrava un'opzione appena accettabile. Con la bassa marea c'erano forse una quindicina di metri di sabbia fra il punto in cui finiva la giungla e quello dove cominciava un mare azzurro brillante. Se tutto fosse andato bene, si sarebbero cambiati lì per poi spostarsi nella giungla e andare a colpire la struttura di Kammler, arrivando con il fattore sorpresa dal buio della notte.

Quello, almeno, era il piano.

Una persona, però, avrebbe dovuto restare sulla spiaggia. Il suo ruolo era quello di creare una "linea di decontaminazione", ovvero una tenda di decontaminazione improvvisata completa di kit per ripulirsi con una spazzola. Una volta che la squadra fosse tornata dalla giungla, a missione conclusa, avrebbe dovuto annaffiare le tute con secchiate di acqua salata addizionata di EnviroChem, una potente sostanza chimica che uccideva i virus.

Igienizzate le tute, le avrebbero sfilate e si sarebbero spazzolati una seconda volta per decontaminare la pelle nuda. Poi avrebbero superato la linea fra sporco e pulito per entrare nell'universo non contaminato, lasciandosi alle spalle il kit CBRN.

Da una parte della linea ci sarebbe stata una zona contaminata di livello 4.

L'altra – la spiaggia aperta, spazzata dalle onde – si sperava fosse sicura e incontaminata. O almeno quella era la teoria. E Kamishi – il loro specialista CBRN – era il candidato più ovvio per organizzare la linea di decontaminazione.

Jaeger guardò verso ovest, nella direzione di Plague Island, ma non riuscì ancora a distinguere nulla. Il suo paracadute venne colpito da una raffica di vento e gocce di pioggia cominciarono a picchiettare sulla pelle esposta, ciascuna come una minuscola lama tagliente.

Purtroppo riusciva soltanto a vedere un'oscurità fredda e impenetrabile.

77

Mentre seguiva la traiettoria tracciata da Raff, Jaeger aveva la testa piena di immagini di Ruth e Luke. Le ore successive avrebbero fatto chiarezza. Nel bene o nel male. Avrebbe trovato la risposta alla domanda che lo tormentava da tre anni. O sarebbe riuscito nella missione apparentemente impossibile di salvare Ruth e Luke, oppure avrebbe scoperto la terribile verità: che uno dei due, o entrambi, erano morti.

Nell'ultimo caso, avrebbe saputo a chi rivolgersi.

Le loro recenti missioni e le confessioni di Narov – la storia oscura e traumatica della sua famiglia, il suo legame con il defunto nonno di Jaeger, il suo autismo, il loro legame che si stava stringendo – lo avevano attratto pericolosamente vicino a lei.

Se fosse volato troppo vicino al sole di Narov, Jaeger sapeva per certo che si sarebbe bruciato.

Jaeger e i suoi compagni erano ancora in alto, impossibili da individuare con qualsiasi sistema di difesa conosciuto. I radar rimbalzano sugli oggetti solidi, con angoli – le ali metalliche di un aereo o le pale del rotore di un elicottero –, ma deviano intorno alle sagome umane e proseguono indisturbati. Durante il lancio erano rimasti praticamente in silenzio, quindi il rischio che venissero sentiti era molto scarso. Erano vestiti tutti di nero, appesi a paracadute neri, e quasi invisibili dal suolo.

Si stavano avvicinando a un grande ammasso di nuvole che stava formandosi sul mare. Avevano già superato una formazione di nuvole bagnate, ma nulla di spesso o importante come quelle. Non potevano far altro che attraversarle. Scivolarono dentro la spessa nebbia grigia che divenne sempre più fitta e impenetrabile. Mentre attraversava la massa opaca, Jaeger sentiva le goccioline ghiacciate che si condensavano sulla pelle esposta e gli colavano sulla faccia formando minuscoli rivoli. Quando ne emerse era letteralmente congelato.

Individuò subito Raff, che si trovava di fronte a lui alla sua stessa altezza. Ma quando si voltò per cercare il resto del team dietro di sé, non vide tracce né di Narov né degli altri.

Mentre durante la caduta libera le comunicazioni sono impossibili per la forza della corrente d'aria, quando si scende con il paracadute è possibile comunicare via radio. Jaeger premette il tasto e parlò nel microfono.

«Narov – Jaeger. Dove sei?»

Ripeté più volte la chiamata, ma senza avere risposta. Lui e Raff avevano perso il resto del gruppo che, probabilmente, era ormai fuori portata della radio.

La voce di Raff salì nell'aria. «Coraggio. Arriveremo all'IP e ci riorganizzeremo a terra.» IP era il punto di impatto, in questo caso la "Copacabana Beach".

Raff aveva ragione. Non potevano fare assolutamente nulla dopo aver perso il contatto radio con gli altri, e un traffico radio eccessivo avrebbe potuto farli individuare.

Parecchi minuti dopo, Jaeger notò Raff che accelerava mentre cominciava la discesa verticale girando a spirale, puntando all'isola e alla piccola striscia di sabbia. Toccò terra con un gran tonfo.

A trecento metri, Jaeger tirò le leve metalliche di rilascio per liberare lo zaino, che scivolò via e rimase appeso circa sei metri sotto di lui.

Poi lo sentì toccare il suolo.

Per rallentare la discesa fece *flaring* e, pochi secondi dopo, i suoi anfibi si infilarono nella sabbia che, sotto la luce lunare brillava di un blu biancastro surreale. Fece diversi passi di corsa mentre la vela di seta scendeva lentamente al suolo, diventando un mucchietto accanto al mare.

Sganciò immediatamente la MP7 dalla spalla destra e inserì un colpo in canna. Era a qualche decina di metri da Raff ed era tutto intero.

«Pronto» sibilò nella radio.

I due si trovarono nel punto di raccolta. Un momento dopo Kamishi scese dal cielo e atterrò vicino a loro.

Ma non c'era traccia del resto del team di Jaeger.

78

Hank Kammler ordinò una bottiglia di Le Parvis de la Chapelle del 1976. Non eccessivamente vistoso, ma comunque un rosso francese di qualità. Aveva resistito alla tentazione di aprire una bottiglia del migliore champagne. Aveva molto da celebrare, ma non gli piaceva cominciare i festeggiamenti in anticipo. Non si può mai sapere.

Accese il portatile e, non appena collegato, lasciò vagare lo sguardo sulla scena che si svolgeva sotto di lui. Lo stagno era meravigliosamente attivo. Le forme ingobbite, tondeggianti, lucide degli ippopotami oziavano soddisfatte nel fango. Un branco di graziose antilopi roane – o erano nere?, Kammler non era mai stato in grado di distinguerle – si faceva strada verso l'acqua torbida, timoroso dei coccodrilli.

Tutto sembrava andar bene in paradiso, e questo migliorò ulteriormente il suo umore già euforico. Poi digitò qualcosa sulla tastiera per controllate l'account email che Jaeger aveva visitato qualche giorno prima. Kammler lo verificava regolarmente. Poteva dire quali messaggi Jaeger aveva letto, e quando.

La fronte si aggrottò.

I messaggi più recenti, quelli architettati da lui e da Steve Jones, non erano ancora stati letti. Kammler ne aprì uno, gustando appieno il suo intento oscuro, ma nello stesso tempo seccato che la sua nemesi non l'avesse ancora visto.

L'immagine si svelò, mostrando la forma inconfondibile della testa rasata di Jones accucciato accanto alla moglie e al figlio di Jaeger, con le massicce braccia nude intorno alle loro spalle e la faccia illuminata da un sorriso decisamente sinistro.

Le parole apparvero da sole sotto la foto: "Ciao da un vecchio amico".

Un vero peccato, si disse Kammler, che Jaeger non se la fosse ancora gustata. Era un colpo da maestro. E questo, a sua volta, gli fece pensare dove potessero essere in quel momento Jaeger e il suo gruppo.

Controllò l'orologio. Stava aspettando compagnia. Proprio in quel momento la sagoma imponente di Steve Jones si accomodò sulla sedia di fronte alla sua, praticamente bloccandogli la visuale.

Era tipico di quell'uomo. Aveva la sensibilità – e la delicatezza – di un dinosauro. Kammler guardò il vino: aveva chiesto un solo bicchiere.

«Buonasera. Immagino che gradiresti una Tusker.» La Tusker era una marca di birra keniota popolare fra turisti ed espatriati.

Gli occhi di Jones divennero fessure. «Non tocco mai quella roba. È africana, e questo vuol dire che è poco alcolica. Prenderò una Pilsner.»

Kammler ordinò la birra. «Allora, ci sono novità?»

Jones si versò da bere. «Il suo uomo, Falk Konig, ha preso la medicina. All'inizio era riluttante, ma non ha fatto discussioni.»

«E? Fatto progressi per il ragazzo?»

«Pare che sia arrivato qui, circa sei mesi fa, come clandestino su un aereo da trasporto. E ha raccontato una storia stranissima. A me sembra una montagna di palle.»

Gli occhi di Kammler – freddi e predatori come quelli di un rettile – si fissarono su Jones. «A te potranno sembrare sciocchezze, ma ho bisogno di sentirle. Tutte.»

Jones narrò una storia che somigliava molto a quella riferita diversi giorni prima da Konig a Jaeger e Narov. Alla fine Kammler sapeva quasi tutto, compreso il nome del ragazzo. E, naturalmente, non dubitava che il racconto fosse accurato al cento per cento.

Si sentì afferrare dalle fredde grinfie dell'incertezza, da un'assurda paura dell'ultimo minuto. Se quella stessa storia era giunta alle orecchie di Jaeger, come l'aveva interpretata? Che cosa aveva dedotto? E dove lo avevano portato i suoi ragionamenti?

Nella storia del ragazzo c'era forse qualcosa che avrebbe potuto rivelare il più ampio piano di Kammler? Non credeva. Come avrebbe potuto? I sette voli erano già atterrati alle loro destinazioni. Le stive erano state vuotate e, a quanto ne sapeva Kammler, i primati in quel momento erano parcheggiati in quarantena.

Questo voleva dire che il genio era uscito dalla bottiglia.

E nessuno lo avrebbe fatto rientrare.

Nessuno avrebbe potuto salvare la popolazione mondiale da quello che, anche in quel momento, si stava diffondendo.

Non visto.

Non rilevato.

Neppure sospettato.

Nel giro di poche settimane avrebbe cominciato a sollevare la sua orribile testa. I primi sintomi sarebbero stati simili all'influenza. Non troppo allarmanti. Poi sarebbero cominciate le emorragie.

Molto prima di quel momento, tutta la popolazione mondiale sarebbe stata infetta. Il virus si sarebbe diffuso ai quattro angoli del pianeta e sarebbe stato inarrestabile.

Poi capì.

La forza di quell'intuizione gli mandò il vino di traverso. Quasi gli schizzarono gli occhi dalle orbite, e il polso accelerò, mentre contemplava qualcosa di assolutamente impensabile. Afferrò un tovagliolo e si asciugò distratto il mento. Era molto difficile, quasi impossibile, eppure restava una minima possibilità.

«Tutto bene?» chiese una voce. Era Jones: «Sembra che lei abbia visto un fantasma».

Kammler liquidò la domanda con un gesto. «Aspetta» sibilò. «Ho bisogno di silenzio. Per riflettere.»

Strinse i denti, digrignandoli. La sua mente era un vortice di pensieri mentre ragionava su come contrastare quel nuovo e imprevedibile pericolo.

Alla fine spostò lo sguardo su Jones. «Dimentica tutti gli ordini che ti ho dato. Concentrati invece esclusivamente su un unico incarico. Ho bisogno che mi trovi quel ragazzo. Non mi interessa quanto può costare, dove devi andare, quale dei tuoi... camerati hai bisogno di assoldare, *ma trovalo*. Trova quel dannato ragazzino ed eliminalo in modo definitivo.»

«Okay» confermò Jones. Era ben diverso da dover seguire Jaeger, ma almeno era una specie di caccia all'uomo. Qualcosa in cui affondare i denti.

«Ho bisogno di qualcosa su cui lavorare, un punto di partenza, una traccia.»

«Ti darò tutto. Gli abitanti degli slum usano i telefoni. Cellulari, Internet da mobile. Metterò in ascolto i miei uomini migliori per cercare, monitorare, piratare. Lo troveranno. A quel punto subentrerai tu e gli chiuderai la bocca per sempre. Ci siamo capiti?»

Jones fece un sorriso crudele. «Perfettamente.»

«Bene, comincia a prepararti. Dovrai viaggiare, probabilmente dovrai andare a Nairobi. Avrai bisogno di aiuto. Trova le persone, offri loro qualsiasi somma chiedano, ma sistema questa faccenda.»

Jones se ne andò con in mano il bicchiere mezzo pieno di birra. Kammler passò al computer. Le dita volarono sulla tastiera per fare una telefonata via IntelCom. Venne deviata in un grigio ufficio anonimo, in un complesso di bassi edifici altrettanto grigi, nascosti in una zona verde e boscosa nell'isolata Virginia rurale, sulla costa orientale degli Stati Uniti.

Quell'ufficio era sovraccarico dei più avanzati apparecchi al mondo per l'intercettazione dei segnali e il tracciamento.

Sulla parete accanto all'ingresso una piccola targa di ottone recitava: CIA – DIVISION OF ASYMMETRIC THREAT ANALYSIS (DIVISIONE ANALISI MINACCIA ASIMMETRICA) (DATA).

Rispose una voce. «Harry Peterson.»

«Sono io» annunciò Kammler. «Ti sto mandando un file su una persona specifica. Sì, dalla vacanza in Africa orientale. Devi usare qualsiasi mezzo a disposizione – Internet, email, telefoni cellulari, prenotazioni di viaggi, passaporti, *qualsiasi cosa* – per trovarla. L'ultima posizione conosciuta pare sia la baraccopoli di Mathare, a Nairobi, la capitale del Kenya.»

«Capito, signore.»

«È una faccenda che deve avere assolutamente la massima priorità, Peterson. Tu e i tuoi uomini dovete mollare tutto – assolutamente tutto – per concentrarvi su questo incarico. Ci siamo capiti?»

«Sì, signore.»

«Fatemi sapere appena trovate qualcosa. Non importa che sia giorno o notte, contattatemi immediatamente.»

«Capito, signore.»

Kammler chiuse la telefonata. Il suo polso stava cominciando a normalizzarsi. "Non esagerare" disse a se stesso. Come qualsiasi minaccia, poteva essere gestita. Eliminata.

Il futuro era ancora tutto suo al cento per cento.

79

Jaeger sentì un crepitio nell'auricolare. Messaggio in arrivo. «Vi abbiamo persi nella nuvola.» Era Narov. «Siamo in tre, ma ci è voluto un po' per trovarci. Siamo atterrati sulla pista di volo.»

«Ricevuto» rispose Jaeger. «Restate fuori dal campo visivo. Arriveremo alla vostra posizione.»

«Una cosa. Qui non c'è nessuno.»

«Ripeti.»

«Il campo di volo. È completamente deserto.»

«Bene, state nascosti. Lasciate accesi i segnalatori sulla luce stroboscopica.»

«Credimi, qui non c'è un'anima» ripeté Narov. «È come se tutto questo posto... È deserto.»

«Stiamo muovendo.»

Jaeger e Raff si prepararono ad avviarsi lasciando Kamishi a guardia della linea di decontaminazione.

Jaeger dispose sulla sabbia gli indumenti per la camminata spaziale su Plague Island. Lo spesso materiale resistente agli agenti chimici della tuta Trellchem luccicava in modo sinistro alla luce della luna. Mise lì accanto le soprascarpe e i pesanti guanti di gomma. Su una roccia vicina appoggiò l'importantissimo rotolo di nastro telato.

Poi guardò Raff. «Mi vesto per primo.»

Raff si avvicinò per aiutarlo. Jaeger cominciò a indossare la tuta entrandoci faticosamente con i piedi. Poi la sollevò fino alle ascelle e la issò sulle spalle infilando le maniche. Con l'aiuto di Raff chiuse la cerniera lampo e infilò il casco che gli avvolgeva completamente la testa.

Poi tese le mani indicando il nastro telato. Raff lo prese, fissando i polsi della tuta ai guanti di gomma e ripeté la stessa operazione sulle caviglie con gli stivali.

Il nastro sarebbe stata la loro prima linea di difesa.

Jaeger girò un interruttore, attivando l'aria del sistema di respirazione. Si sentì un debole ronzio mentre i motorini elettrici cominciavano a immettere aria pulita e filtrata, gonfiando la sua tuta fino a quando la gomma rinforzata divenne rigida. La sentiva già terribilmente calda, scomoda e costrittiva, e per di più ogni volta che provava a muoversi era rumorosa.

Kamishi aiutò Raff a vestirsi, e ben presto furono pronti a entrare nella giungla.

Raff esitò per un attimo, guardando Jaeger da dietro il visore. La sua faccia era coperta dalla maschera FM54 come quella di Jaeger. In quel modo avevano una doppia linea di difesa.

Jaeger vide Raff muovere le labbra. Le parole riverberarono nel suo auricolare dandogli la sensazione di essere soffocate e distanti.

«Ha ragione Narov. Qui non c'è nessuno, lo sento. Quest'isola… è deserta.»

«Non puoi saperlo» ribatté Jaeger. Dovette alzare la voce per farsi sentire sopra il pulsare dell'aria.

«Qui non c'è nessuno» ripeté Raff. «Quando stavamo per atterrare hai forse visto una luce? Un bagliore? Movimento? Qualsiasi cosa?»

«Dobbiamo ancora bonificare questo posto. Per prima cosa il campo di volo. Poi i laboratori di Kammler. Tutto, insomma.»

«Sì, lo so. Ma fidati, qui non c'è nessuno.»

Jaeger lo guardò attraverso la barriera dei visori. «Se hai ragione, che cosa significa? Cosa vuol dire?»

Raff scosse la testa. «Non so, ma di certo nulla di buono.»

Jaeger aveva la stessa sensazione, ma c'era qualcosa di diverso che lo rodeva, qualcosa che lo faceva star male fisicamente.

"Se quest'isola è deserta, Kammler dove ha portato Ruth e Luke?"

Si avviarono, muovendo pesantemente verso il muro scuro della foresta come due astronauti, senza però il beneficio dell'assenza di gravità a facilitare il cammino. Mentre entravano goffamente nella giungla che li attendeva, entrambi portavano una corta pistola mitragliatrice MP7 a bandoliera sul petto.

L'oscurità calò su di loro non appena giunsero sotto la copertura degli alberi. I rami eliminavano completamente la luce ambientale. Jaeger premette l'interruttore della torcia attaccata all'MP7 e un raggio di luce penetrò le tenebre mentre faceva strada.

Davanti a lui c'era un muro quasi impenetrabile di vegetazione, la giungla con le fitte piante striscianti, le gigantesche foglie di palma a ventaglio e rampicanti grossi come la coscia di un uomo. Grazie al cielo dovevano fare solo poche centinaia di metri per arrivare al campo di volo.

Jaeger era avanzato goffamente di qualche passo sotto la fitta volta della giungla quando percepì un movimento sopra di sé. Una forma curva, sconosciuta, schizzò davanti a lui dai grossi rami di un albero, saltando con una sicurezza acrobatica e un'agilità quasi impossibile. Jaeger sollevò la mano destra, con l'enorme guanto, per bloccare il movimento e tirò un pugno con la sinistra, mirando al collo della creatura con un colpo classico di Krav Maga.

Nel combattimento a mani nude si doveva colpire duro, e subito, picchiando ripetutamente sulle zone più vulnerabili dell'avversario, e la migliore era il collo. Qualsiasi bestia fosse quella, era troppo agile: o forse i movimenti di Jaeger erano limitati dalla tuta. Si sentiva come impantanato nel fango.

Il suo assalitore schivò i primi colpi e, un attimo dopo,

Jaeger sentì qualcosa di potente avanzare strisciando intorno al collo. Qualsiasi cosa fosse, cominciò a stringere. La forza di quella cosa, rispetto alle dimensioni, era incredibile. Jaeger sentì un fiotto di adrenalina corrergli per il corpo mentre la sua tuta si raggrinziva e si deformava, e quattro arti possenti si chiudevano intorno alla sua testa.

Lottò con le mani per liberarsi poi, all'improvviso, ebbe un'apparizione scioccante: un muso, con gli occhi rossi, rabbioso e ringhiante, e la creatura colpì con i canini, le zanne lunghe e gialle che gli sfregiavano il visore.

Non si conosce il motivo, ma per i primati le forme umane rinchiuse in una tuta spaziale sono ancor più terrificanti e provocatorie di quelle in carne e ossa. E, come Jaeger già sapeva grazie ai briefing a Falkenhagen, un primate – seppure piccolo come questo – poteva essere un avversario temibile.

A maggior ragione quando aveva il cervello alterato da un'infezione virale.

Jaeger mirò agli occhi, uno dei punti più vulnerabili del corpo. Le dita guantate li toccarono e ci infilò i pollici, cercando di premere il più a fondo possibile: una classica mossa di Krav Manga che non richiedeva particolare agilità o velocità.

Le dita scivolarono e ruotarono su una sostanza viscida e untuosa: la sentiva anche attraverso i guanti. L'animale perdeva un liquido – sangue – dalle orbite.

Jaeger affondò ulteriormente i pollici estraendo un bulbo oculare. Alla fine la scimmia mollò la presa e saltò via con un grido di dolore e rabbia. Come ultima cosa tirò via la coda, l'appendice che aveva avvolto intorno al collo di Jaeger per strangolarlo.

Fece un balzo disperato cercando di nascondersi, seppur ferita e ormai spacciata. Jaeger, afferrata l'MP7, sparò: un colpo fu sufficiente per ucciderla.

La scimmia cadde a terra morta.

Jaeger si chinò per esaminarla, facendo scivolare il raggio della torcia sulla forma senza vita. Sotto il pelo rado, la pelle del primate era coperta di chiazze rosse e gonfie.

E nel punto in cui la pallottola le aveva squarciato il petto, Jaeger riuscì a vedere un fiume di sangue che non somigliava affatto a un sangue normale. Era nero, putrido e viscoso. Una mortale coltura di virus.

L'aria rombava nelle orecchie di Jaeger come un treno espresso che correva in una galleria lunga e buia. E si chiese quale sensazione si provasse vivendo con quel virus in corpo.

Quella di essere sul punto di morire, ma senza sapere cosa ti stava uccidendo.

Con il cervello in poltiglia per la febbre e la rabbia.

Gli organi che si dissolvevano sotto la pelle.

Jaeger ebbe un brivido: quel posto era il male.

«Tutto bene, amico?» chiese Raff via radio.

Jaeger annuì cupamente, poi fece cenno di avanzare. Proseguirono.

Le scimmie e gli esseri umani su quell'isola maledetta erano cugini stretti, e condividevano un lignaggio che risaliva indietro di innumerevoli millenni. In quel momento avrebbero dovuto combattere a morte. Eppure una forza vitale molto più ancestrale – una forza primordiale – stava perseguitando entrambi.

Minuscola e invisibile, ma ben più potente di tutti loro.

80

Donal Brice spiò attraverso le sbarre della gabbia più vicina. Poi si grattò nervosamente la barba. Era un ragazzone grande e grosso che aveva ottenuto da poco quel lavoro presso la struttura di quarantena dell'aeroporto Dulles di Washington, e non era ancora del tutto certo di come funzionasse il dannato sistema.

In quanto ultimo assunto, gli era già toccato un buon numero di turni di notte. Immaginava che fosse giusto così e, a dire il vero, quel lavoro gli piaceva. Non era stato facile trovarlo. Molto impacciato, Brice tendeva a mascherare le proprie insicurezze con risate profonde e assordanti.

Di solito non faceva buona impressione ai colloqui di lavoro, soprattutto perché aveva la tendenza a ridere per le cose sbagliate. In breve, era felice di avere un lavoro alla casa delle scimmie ed era ben deciso a tenerselo stretto.

Tuttavia Brice aveva chiara una cosa: lo spettacolo che gli si parava davanti... non era foriero di buone notizie: una delle scimmie sembrava davvero malata. Decisamente malata.

Si stava avvicinando la fine del turno ed era entrato nella casa delle scimmie per distribuire il cibo del mattino: il suo ultimo compito prima di staccare e andare verso casa.

Gli animali, arrivati da poco, facevano un baccano tremendo, picchiando sulla rete metallica, saltando da un lato all'altro delle gabbie e urlando: *abbiamo fame*.

Non quel piccolino.

Brice si inginocchiò e studiò il cercopiteco verde da vicino. Era accucciato sul fondo della gabbia, con le braccia incrociate strette al petto e un'espressione strana, vitrea, sul muso altrimenti gradevole. Il naso della povera bestiolina colava. Senza dubbio non stava affatto bene. Si lambiccò il cervello per rammentare la procedura in caso di animali malati. Quell'esemplare andava spostato dalla struttura principale e portato in isolamento per evitare che la malattia si diffondesse.

Brice amava moltissimo gli animali. Viveva ancora con i genitori e, a casa, aveva ogni genere di animale domestico. Vedeva la natura del suo lavoro in modo ambivalente: certo, gli piaceva stare vicino alle scimmie, ma non apprezzava molto il fatto che si trovassero lì per essere sottoposte a sperimentazioni mediche.

Andò in magazzino a prendere il kit necessario per spostare un animale malato. Si trattava di un lungo bastone con una siringa applicata a un'estremità. Riempì la siringa, tornò alla gabbia, inserì il bastone all'interno e, nel modo più delicato possibile, punse la scimmia con l'ago.

Era troppo malata persino per reagire. Premette lo stantuffo a fondo, e il farmaco entrò in circolo. Poco più di un minuto dopo, Brice poté aprire la gabbia – su cui era stampato il nome dell'esportatore, KATAVI RESERVE PRIMATES LIMITED – e si allungò per recuperare l'animale incosciente.

Lo portò nell'unità di isolamento. Per spostare il primate aveva indossato un paio di guanti chirurgici, ma non aveva altra protezione, di certo non le tute e le maschere ammassate in un angolo del magazzino. Non aveva alcun motivo per farlo, poiché nella casa delle scimmie non era ancora stata rilevata alcuna malattia.

Adagiò l'animale in coma in una gabbia dell'isolamento e, quando stava per richiudere la porta, rammentò quello che gli aveva detto uno dei colleghi più disponibili. Di solito si riusciva a capire dall'alito se un animale era malato. Si chiese se fosse il caso di provarci. Magari avrebbe guadagnato qualche punto con il suo capo. Ricordando le istruzioni che gli aveva dato il collega, si sporse nella gabbia e convogliò con la mano il respiro della scimmia sotto le proprie narici, inalando profondamente un paio di volte. Non percepì nulla di particolare al di sopra del debole lezzo di urina e cibo della gabbia.

Scrollando le spalle, chiuse e sprangò la gabbia, poi guardò l'orologio. Era passato qualche minuto dal cambio di turno. E, a dire il vero, Brice aveva fretta. Era sabato, il gran giorno del Festival del fumetto e della cultura pop, l'Awesome Con. Aveva speso un bel gruzzolo per acquistare i biglietti per il "Geekend" e per avere accesso all'evento VIP dei Power Rangers.

Doveva sbrigarsi.

Un'ora dopo era al centro congressi Walter E. Washington, dopo essere passato rapidamente da casa per togliere la divisa da lavoro e prendere il suo costume. I genitori avevano obiettato che doveva essere stanco per il turno di notte, ma aveva assicurato che avrebbe riposato la sera.

Parcheggiò e si diresse all'interno, dove il ronzio dell'aria condizionata si mescolava con il sottofondo di chiacchiere e risate che riempivano il cavernoso centro congressi. La convention era già in pieno svolgimento.

Filò subito nella sala della colazione. Stava morendo di fame. Dopo aver mangiato e bevuto, andò nello spogliatoio e ne emerse qualche minuto dopo vestito da... *supereroe*.

I bambini si precipitarono verso Hulk. Gli si avvicinavano perché volevano una foto con il possente idolo dei fumetti: inoltre Hulk sembrava molto più sorridente e divertente in carne e ossa di quanto fosse mai stato al cinema.

Donal Brice – alias Hulk – avrebbe passato il fine settimana facendo la cosa che gli piaceva di più: scoppiare nella sua potente ed eroica risata in un posto dove tutti sembravano apprezzarla e nessuno se la prendeva con lui. Avrebbe trascorso la giornata respirando e ridendo, mentre l'enorme sistema di condizionamento riciclava le sue esalazioni... e le mescolava con quelle di decine di migliaia di altri ignari esseri umani.

364

81

«Forse abbiamo qualcosa» annunciò via IntelCom Harry Peterson, direttore della DATA.

«Dimmi» ordinò Kammler.

La sua voce aveva una strana eco. Era seduto in una stanza scavata in una delle molte grotte nei pressi del BV222, il suo amato aereo da guerra. L'ambiente era spartano, ma molto ben attrezzato se si considera che si trovava all'interno di immense pareti di roccia nelle profondità di Burning Angels. Si trattava di una fortezza impenetrabile e di un centro nevralgico tecnologicamente sofisticato. Il luogo perfetto dove restare fino alla fine di quello che stava per succedere.

«Bene, un tizio che si chiama Chucks Bello ha spedito una email» spiegò Peterson. «DATA l'ha trovata utilizzando parole chiave basate su combinazioni di nomi. Su Internet è attivo più di un Chucks Bello, ma questo ha attirato la nostra attenzione. Negli slum di Nairobi ci sono molti quartieri e uno – Mathare – si è acceso con le comunicazioni di questo Chucks Bello.»

«E che significa?» chiese impaziente Kammler.

«Siamo certi al novantanove per cento che si tratti del ragazzo che cerca lei. Chucks Bello ha spedito una email a un certo Julius Mburu, che gestisce un'attività, la Mburu Foundation. È di un'associazione benefica che opera nello slum di Mathare. Con i ragazzi. Molti di loro sono orfani. Le inoltrerò la email. Siamo certi che si tratti del suo ragazzo.»

«Quindi avete un punto? Una località?»

«Sì. L'email è stata generata da un indirizzo commerciale: guest@amanibeachretreat.com. Esiste un Amani Beach Retreat a circa 650 chilometri a sud di Nairobi. Si tratta di un resort di lusso, esclusivo, sull'oceano Indiano.»

«Fantastico. Inoltrami la sequenza delle comunicazioni. E continua a scavare. Voglio essere sicuro al cento per cento che si tratti del nostro ragazzo.»

«Capito, signore.»

Kammler chiuse il link di IntelCom, poi digitò in Google "Amani Beach Resort" ed entrò nel sito. Mostrava le immagini di una mezzaluna di sabbia bianca intonsa bagnata da uno splendido mare turchese. Una piscina con l'acqua trasparente e scintillante ai margini della spiaggia, con un discreto servizio bar e sdraio all'ombra. Locali con indosso i tradizionali abiti batik che servivano la cena a eleganti ospiti stranieri.

Nessun ragazzino degli slum sarebbe mai andato in un posto come quello.

Se si trovava ad Amani Beach, qualcuno doveva averlo portato lì. Poteva trattarsi soltanto di Jaeger e dei suoi, e il motivo poteva essere uno soltanto: nasconderlo. Se lo stavano proteggendo, forse si *erano* resi conto dell'impossibile speranza che offriva all'umanità un ragazzo senza un soldo degli slum africani.

Kammler controllò la posta. Aprì il messaggio di Peterson e lesse l'email di Simon Chucks Bello:

Quel tizio che si chiama Dale mi ha dato *maganji*. Spendere soldi, *maganji* veri. Ti ripagherò, amico Jules. Tutto quello che ti devo. E sai cosa farò dopo, amico? Affitterò un jumbo jet con un casinò e una piscina e ballerine di tutte le parti: Londra, Parigi, Brasile e Russia e Cina e il pianeta Marte e perfino l'America. Sì, Miss America a palate, e sarete tutti invitati perché siete miei *fratelli* e voleremo come razzi sopra la città lasciando cadere bottiglie di birra e altre cose, così tutti sapranno che bella è la nostra festa, e dietro il jumbo attaccheremo una scritta: FESTA DI COMPLEANNO DI MOTO SUL JUMBO – SOLO SU INVITO!

Mburu aveva risposto:

Bene, non conosci nemmeno la tua età, Moto, quindi come fai a sapere
quando compi gli anni? Poi da dove vengono tutti quei soldi? Ti servono
un bel po' di *maganji* per affittare un jumbo. Prenditela comoda e vola
basso, e fa' come ti dice il *mzungu*. Avrai un sacco di tempo per fare
feste quando tutto sarà finito.

Evidentemente "Moto" era il soprannome del ragazzino.
Ed era chiaro che i benefattori *mzungu* lo trattavano bene:
Kammler conosceva perfettamente la parola *mzungu*. E il ragazzino veniva trattato così bene da pensare di organizzare
una festa di compleanno.

"Oh, no, Moto, non penso proprio. Oggi tocca a me festeggiare."

Kammler premette con furia il numero di Jones su IntelCom.
Jones rispose dopo pochi squilli.

«Ascoltami, ho un luogo» sibilò Kammler. «Ho bisogno
che tu vada là con la tua squadra ed elimini la minaccia.
Avrai un Reaper sopra la testa se ti servisse un supporto.
Ma si tratta soltanto di un ragazzino degli slum e di chiunque lo stia proteggendo. Dovrebbe essere – scusa la freddu-
ra – un gioco da ragazzi.»

«Capito. Mandami i dettagli. Procediamo.»

Kammler scrisse una breve email con il link del resort e la
spedì a Jones. Poi digitò su Google la parola "Amani", scoprendo che voleva dire pace in swahili. Sorrise, il suo sorriso tirato.

Ancora per poco.

Quella pace stava per essere sconvolta.

82

Jaeger sfondò l'ultima porta a spallate con tutta la forza della rabbia accumulata, che gli stava circolando nelle vene come un acido.

Si fermò per un istante, con l'ingombrante tuta spaziale impigliata nello stipite, poi entrò, con il fascio luminoso della torcia che esaminava lo spazio buio e la canna dell'arma che ne seguiva il movimento. La luce si rifletteva su scaffali di scintillanti attrezzature scientifiche, gran parte delle quali del tutto ignote a Jaeger.

Il laboratorio era deserto.

Non un'anima viva.

Lo stesso nulla che avevano trovato nel resto del complesso.

Niente guardie, niente scienziati: lui e il suo team avevano usato le armi soltanto contro le scimmie malate.

Trovare quel posto così deserto era decisamente strano, agghiacciante. E Jaeger si sentiva crudelmente ingannato. Contro ogni probabilità avevano trovato il covo di Kammler. Ma Kammler – e i suoi – erano fuggiti prima di poter subire la giustizia e la punizione.

Ma ciò che lo torturava maggiormente di quel vuoto, di quella assenza di vita, era quello che lo riguardava personalmente: nessuna traccia di Ruth e Luke.

Fece un passo in avanti, e l'ultimo uomo si richiuse la porta alle spalle. Una precauzione per evitare che la contaminazione si diffondesse da una stanza all'altra.

In quel momento Jaeger sentì un sibilo acuto, assordante. Arrivava da sopra il telaio della porta e il suono era lo stesso di quando un camion scarica l'aria dei freni. Una sorta di esplosione di aria compressa.

Istantaneamente una miriade di minuscole punture, come di spillo, gli perforò la pelle. La testa e il collo sembravano intatti, perché protetti dalla spessa gomma della maschera FM54, e la pesante unità filtro sembrava avergli salvato la schiena. Le gambe e le braccia, però, erano come in fiamme.

Chinò la testa per osservare la tuta, dove erano visibili dei fori minuscoli. Era stato colpito da una sorta di trappola esplosiva che aveva perforato il tessuto della Trellchem. Era presumibile che il resto del team fosse nelle stesse condizioni.

«Nastro telato!» urlò. «Chiudete i buchi con il nastro! Ognuno aiuti gli altri!»

Agitato, quasi in panico, si voltò verso Raff e cominciò a strappare pezzi di nastro telato per sigillare i buchini apparsi sulla tuta del grosso maori. Quando finì, Raff fece lo stesso per lui.

Jaeger aveva tenuto sotto controllo la pressione della tuta per tutto il tempo. Era rimasta positiva: il pacco filtro immetteva automaticamente aria pulita, che avrebbe continuato a uscire attraverso i fori del tessuto. Quella pressione esterna avrebbe dovuto escludere qualsiasi contaminazione.

«Rapporto» chiese Jaeger.

A uno a uno, gli uomini della squadra fecero rapporto. Le tute erano compromesse, ma erano state risigillate. Sembrava che tutte avessero mantenuto la pressione positiva dell'aria grazie alle unità filtro.

Eppure Jaeger provava una sensazione di prurito là dove, qualsiasi cosa contenesse, la trappola esplosiva gli aveva perforato la pelle. Avrebbero dovuto tornare all'unità di decontaminazione sulla spiaggia e verificare i danni.

Stava per dare l'ordine quando avvenne qualcosa di assolutamente inaspettato.

Con un debole ronzio, l'energia elettrica tornò nel complesso, inondando il laboratorio di un'accecante luce alogena. A un'estremità della stanza si accese un enorme schermo piatto e apparve una persona, probabilmente ripresa dal vivo. Non ci si poteva sbagliare.

Hank Kammler.

«Signori, già ve ne andate?» La voce echeggiò in tutto il laboratorio mentre Kammler spalancava le braccia con un ampio gesto. «Benvenuti... benvenuti nel mio mondo. Lasciatemi spiegare prima di affrettarvi. Si trattava di una bomba ad aria compressa che ha sparato minuscole sfere di vetro. No, niente esplosivi. Sentirete un leggero prurito sulla pelle là dove le sfere vi hanno colpito. La pelle umana è una vera e propria barriera contro le infezioni, una delle migliori. Ma non quando viene perforata.

«La mancanza di qualsiasi esplosivo significa che l'agente – il virus essiccato – è rimasto intatto e vitale. Il vetro, penetrando nella vostra pelle – spinto da una pressione di 400 bar – ha trasportato con sé l'agente inerte. In poche parole, siete stati tutti infettati, e non credo di dovervi dire con quale patogeno.»

Kammler rise. «Congratulazioni! Siete fra le mie prime vittime. Adesso vorrei che apprezzaste appieno la brutta situazione nella quale vi trovate. Potreste decidere che sia meglio restare intrappolati sull'isola. Sapete, se tornate nel mondo, diventerete degli assassini di massa. Siete infettati. Siete già delle bombe virali. Potreste ribattere di non avere altra opzione che restare lì e morire, e a questo scopo troverete che il posto è ben rifornito di cibo.

«Certo, il *Gottvirus* è già stato messo in circolazione» proseguì Kammler. «Oppure dovrei dire *scatenato*. In questo momento sta facendosi strada ai quattro angoli del mondo. Oppure, in alternativa, potreste aiutarmi. Più persone lo trasportano, più sono contento, per così dire. La scelta sta a voi. Vi chiedo di mettervi comodi solo per un attimo: vorrei raccontarvi una storia.»

Da qualsiasi località stesse parlando, Kammler sembrava divertirsi immensamente. «Una volta, due scienziati delle SS trovarono il cadavere di una donna. Era perfettamente conservato, persino i lunghi capelli biondi. Mio padre, il generale delle SS Hans Kammler, le diede il nome di un'antica divinità nordica: Var, "amatissima". Var era l'antenata del popolo ariano e aveva cinquemila anni. Purtroppo, prima di morire si era ammalata. Era stata infettata da un misterioso patogeno.

«A Berlino, alla Deutsche Ahnenerbe, la scongelarono e iniziarono a ripulirla per renderla presentabile al Führer. Ma il cadavere cominciò a decomporsi dall'interno. I suoi organi – fegato, reni, polmoni – sembravano essere marciti e poi morti anche mentre il guscio esterno continuava a vivere. Il cervello era diventato una poltiglia, una zuppa. In breve, quando cadde nel crepaccio e morì era più simile a uno zombie che a un essere umano.

«Gli uomini incaricati di renderla perfetta – una perfetta antenata ariana – non sapevano che fare. Poi uno di loro, un archeologo e pseudoscienziato di nome Herman Wirth, inciampò mentre eseguiva il proprio lavoro. Per non cadere tese una mano ma, così facendo, si tagliò con un vetrino, ferendo anche il suo collega della Deutsche Ahnenerbe, un cacciatore di miti di nome Otto Rahn. Nessuno ci badò più di tanto fino a quando entrambi si ammalarono e morirono.»

Kammler sollevò lo sguardo verso il pubblico lontano, e i suoi occhi sembravano pozze di oscurità. «Sono morti spurgando sangue denso, nero e putrido da ogni orifizio e con un'espressione terribile, da zombie. Non c'era bisogno di fare l'autopsia per capire cos'era successo. Una malattia mortale vecchia di cinquemila anni era sopravvissuta, congelata nel ghiaccio dell'Artico, ed era tornata in vita. Var aveva reclamato le prime vittime.

«Il Führer chiamò questo patogeno *Gottvirus* perché non si era mai visto nulla di simile. Era chiaramente il padre di tutti i virus. Tutto questo è avvenuto nel 1943. Gli uomini del Führer trascorsero i due anni successivi perfezionando il *Gottvirus* con l'intento di utilizzarlo per respingere le orde alleate. Ma in questo, purtroppo, hanno fallito. Il tem-

371

po era contro di noi... Ma adesso non più. Oggi, mentre vi sto parlando, il tempo è decisamente dalla nostra parte.»

Kammler sorrise. «Quindi, signori – e, mi sembra, anche una signora – adesso sapete esattamente come morirete. E conoscete la scelta che avete di fronte. Restare sull'isola e morire tranquillamente, oppure aiutare a diffondere il mio dono – il mio virus – nel mondo. Vedete, voi inglesi non avete mai capito: non potete sconfiggere il Reich. Gli ariani. Ci sono voluti settant'anni, ma siamo tornati. E siamo sopravvissuti per conquistare. *Jedem das Seine*, amici miei. A ciascuno il suo.»

Mentre stava per disconnettersi, Kammler si fermò.

«Ah, quasi dimenticavo... un'ultima cosa. William Jaeger, probabilmente lei si aspetta di trovare sua moglie e suo figlio sulla mia isola, vero? Bene, può rilassarsi: sono proprio lì. Già da un po' di tempo stanno godendo della mia ospitalità. Ed è ormai giunto il momento che lei si riunisca a loro.

«Ovviamente sono infettati, come lei. Incolumi, ma comunque infettati. Gli abbiamo fatto l'iniezione parecchie settimane fa. In questo modo lei potrà vederli morire. Intendo dire che non volevo che moriste da bella famiglia felice. No, loro se ne devono andare per primi, in modo che lei possa essere testimone del loro trapasso. Li troverà in una gabbia di bambù legata nella giungla. E penso che ormai stiano più che male.»

Kammler scrollò le spalle. «Ecco tutto. *Auf Wiedersehen*, amici miei. Mi resta soltanto da dire un ultimo *Wir sind die Zukunft*.»

I denti brillarono in un sorriso perfetto. «Noi – la mia razza – siamo realmente il futuro.»

83

Una forma si voltò verso Jaeger puntandogli in faccia un bastone di bambù appuntito. Volteggiava brandendo l'arma rudimentale come un gladiatore la spada. E urlava imprecazioni, insulti crudeli, il genere di parole che Jaeger non avrebbe mai immaginato di sentirle pronunciare.

«VA' VIA! STAMMI LONTANO! TI AMMAZZO, TU... MALEDETTO BASTARDO! PROVA A TOCCARE MIO FIGLIO E TI STRAPPERÒ QUEL CUORE NERO!»

Jaeger rabbrividì. Faticava a riconoscere la donna che amava, quella che cercava instancabilmente da tre anni.

Aveva i capelli lunghi e arruffati in spesse ciocche, come fossero dreadlocks. Il viso era smunto e teso, e gli abiti le cadevano dalle spalle come stracci luridi.

Oddio, da quanto la tengono in queste condizioni? In gabbia nella giungla come un animale.

Si accoccolò accanto alla rozza struttura di bambù continuando a ripetere la stessa frase, cercando di rassicurarla. «Sono io, Will, tuo marito. Sono venuto a prenderti, come ti avevo promesso. Sono qui.»

Ma ogni frase provocava un altro affondo del bastone verso i suoi lineamenti afflitti.

Sul fondo della gabbia Jaeger vide la forma emaciata di Luke che giaceva prono, probabilmente incosciente, mentre Ruth faceva il possibile per difenderlo da quelli che riteneva i loro nemici.

Quell'immagine gli spezzò il cuore.

Nonostante tutto, sentiva di amarla più di quanto ritenesse possibile, in particolare per quella coraggiosa, disperata, angosciata difesa del figlio. Ma era forse impazzita? Quella terribile prigionia e il virus l'avevano forse spezzata?

Jaeger non ne era certo. Voleva soltanto prenderla fra le braccia e farle capire che ormai erano al sicuro, almeno fino a quando il *Gottvirus* avesse cominciato a fare effetto e a fonderle il cervello.

«Sono io, Ruth. Sono Will» continuava a ripetere. «Ti ho cercata, ti ho trovata. Sono venuto per te e per Luke. Per portarvi a casa. Adesso siete al sicuro...»

«Bastardo! Stai mentendo!» Ruth scosse la testa con violenza, cercando ancora di colpirlo con il bastone. «Sei quel crudele bastardo di Jones... Sei venuto qui per mio figlio...» E agitò ancora minacciosamente il bastone. «PROVA A PRENDERE LUKE E IO TI...»

Jaeger le tese la mano, poi si ricordò del proprio aspetto, con la tuta spaziale, il visore e i guanti di gomma.

Ma certo! Lei non aveva idea di chi fosse. Non aveva alcun modo per riconoscerlo. Vestito così poteva essere uno qualunque dei bastardi che l'avevano torturata. E il sistema audio della maschera lo faceva parlare come un cyborg alieno, quindi non poteva neppure riconoscere la sua voce.

Tese la mano e tirò indietro il cappuccio. L'aria uscì dalla tuta, ma a Jaeger non importava. Era infettato. Non aveva nulla da perdere. Sganciò il respiratore con dita frenetiche e lo sfilò dalla testa.

Poi la fissò, implorante. «Ruth, sono io. Sono proprio io.»

Lei lo indicò, e la presa sul bastone di bambù si fece più esitante. Scosse la testa incredula, anche se negli occhi le passò un lampo di riconoscimento. Poi sembrò ripiegarsi su se stessa e, con le ultime energie, si buttò contro la porta della gabbia lanciando un grido lacerante, strozzato, che arrivò dritto al cuore di Jaeger.

Cercò di toccarlo, disperata e incredula. Le mani di Jaeger

sfiorarono le sue, le dita si intrecciarono attraverso le sbarre e le teste si avvicinarono fino a toccarsi.

Qualcuno arrivò accanto a Jaeger: era Raff. Più discretamente possibile aprì i chiavistelli che chiudevano la gabbia dall'esterno, poi arretrò per lasciare loro un minimo di privacy.

Jaeger avanzò all'interno e fece uscire Ruth. La tenne vicina, abbracciandola più stretto che poteva, cercando di non far male a quel corpo pieno di lividi e maltrattato. La sentiva calda: la febbre dell'infezione le correva già nel sangue.

Mentre la stringeva lei tremava e singhiozzava. Pianse per un tempo che gli sembrò eterno. Quanto a Jaeger, non riuscì a trattenere le lacrime e le lasciò scendere liberamente.

Raff prese Luke dal fondo della gabbia nel modo più delicato possibile. Jaeger reggeva la forma emaciata del figlio con un braccio, mentre con l'altro cercava di evitare che Ruth crollasse. Tutti e tre si accasciarono lentamente sulle ginocchia mentre Jaeger stringeva moglie e figlio.

Luke rimase inerte, e Jaeger lo adagiò a terra mentre Raff prendeva il kit medico. Quando il grosso maori si chinò sul ragazzo incosciente, a Jaeger sembrò di vedere che aveva gli occhi pieni di lacrime. Insieme cercarono di occuparsi del ragazzo mentre Ruth piangeva e parlava.

«C'era quell'uomo, Jones... Era cattivo, il male assoluto. Quello che ha detto che vi avrebbe fatto... Quello che ci ha fatto... Pensavo che fossi lui.» Si guardò intorno impaurita. «Forse è ancora qui? Dimmi che non è più qui.»

«Ci siamo solo noi» rispose Jaeger tenendola più stretta. «E nessuno ti farà del male, credimi. Nessuno ti farà mai più del male.»

84

L'elicottero Wildcat avanzava nel cielo dell'alba prendendo rapidamente quota.

Jaeger era rannicchiato sul freddo pavimento d'acciaio alla testa di due barelle e stringeva le mani di sua moglie e di suo figlio. Erano entrambi gravemente malati. Non era neppure sicuro che Ruth lo riconoscesse ancora.

Nei suoi occhi vedeva un'espressione velata, distante, che poi divenne lo sguardo fisso dei morti viventi, lo stesso che aveva visto negli occhi delle scimmie prima che le facesse smettere di soffrire.

Si sentì invadere da una tremenda stanchezza e da una cupa disperazione, e lo sfinimento calò a ondate su di lui, insieme a una sensazione schiacciante di puro fallimento.

Da sempre Kammler era stato un passo avanti a loro. Li aveva attirati nella sua trappola per risputarli fuori come scarti ormai morti, rinsecchiti. E si era appena preso la vendetta finale su Jaeger facendo in modo che i suoi ultimi giorni fossero terribili oltre ogni immaginazione.

Jaeger si sentiva paralizzato dal dolore, sopraffatto. Per tre lunghi anni aveva cercato Ruth e Luke e alla fine li aveva ritrovati – *ma in quelle condizioni.*

Per la prima volta nella sua vita gli passò per la testa un pensiero terribile: il *suicidio.* Se fosse stato obbligato a veder morire Ruth e Luke in quel modo inesprimibile e da incubo, sarebbe stato meglio morire con loro di sua propria mano.

Jaeger decise che lo avrebbe fatto. Se moglie e figlio gli fossero stati strappati una seconda volta – e per sempre – avrebbe scelto di morire prematuramente. Si sarebbe piantato un colpo in testa.

Per lo meno avrebbe privato Kammler di quell'ultima vittoria.

Lui e la squadra avevano preso rapidamente la decisione di lasciare Plague Island. Lì non avrebbero potuto fare nulla: nulla per Ruth e Luke, o gli uni per gli altri, per non parlare della popolazione di tutto il mondo.

Non che si illudessero: non esisteva una cura. Non per quello, non per un virus vecchio di cinquemila anni resuscitato dai morti. Tutti, su quel velivolo, erano praticamente spacciati, insieme alla grande maggioranza della popolazione mondiale.

Tre quarti d'ora prima, il Wildcat era atterrato sulla spiaggia e attendeva che i membri della squadra passassero per la tenda di decontaminazione ad acqua, dove avrebbero lavato e tolto le tute, per poi cospargersi di EnviroChem ed eliminare dalla pelle le schegge di vetro.

Nulla di questo, però, avrebbe modificato il fatto di essere contaminati.

Come aveva detto loro Kammler, erano ormai delle bombe virali viventi. Per chi non era infettato, ogni loro respiro poteva significare una potenziale condanna a morte.

Ecco perché avevano scelto di tenere addosso le maschere FM54. Non solo i respiratori filtravano l'aria in ingresso ma, con una modifica improvvisata da Hiro Kamishi, potevano anche filtrare l'aria in uscita, evitando così di diffondere il virus.

Il rimedio di Kamishi era grossolano, e comportava alcuni rischi, ma era il meglio che potevano fare. Ciascuno aveva attaccato con lo scotch sopra il foro d'uscita del respiratore un filtro antiparticolato, una specie di maschera chirurgica. Il problema era che, creando maggiore resistenza, i polmoni espiravano più faticosamente, quindi sarebbe stato più difficile espellere il virus.

Il *Gottvirus* sarebbe rimasto confinato nel respiratore, quindi intorno a occhi, naso e bocca, comportando un rischio superiore di maggior carica virale – in altre parole, accelerando l'infezione – che avrebbe potuto far insorgere i sintomi più rapidamente. In breve, cercando di non infettare gli altri, i membri del team rischiavano di avvelenarsi doppiamente.

La cosa, però, non sembrava avere particolare importanza, considerando che tutta l'umanità sembrava condannata.

Jaeger sentì una mano sulla spalla che voleva essere di conforto: era Narov. La squadrò dal basso all'alto, con sguardo vacuo e addolorato, prima di riprendere a osservare Ruth e Luke.

«Li abbiamo trovati... Ma dopo le nostre fatiche, tutto sembra terribilmente senza speranza.»

Narov si accucciò accanto a lui, portando gli occhi – quegli strani occhi chiari, color ghiaccio – a livello dei suoi.

«Forse no.» La sua voce era tesa, decisa. «Kammler, come ha diffuso il virus nel mondo? Pensaci. Ha detto che il virus era già stato *scatenato*. "Anche adesso si sta facendo strada ai quattro angoli del mondo." Questo vuol dire che lo ha usato come un'arma. Come ci è *riuscito*?»

«Che importa? È là fuori, è nel sangue delle persone.» Jaeger passò lo sguardo dalla moglie al figlio. «È nel *loro* sangue. Si sta propagando, si sta impadronendo di loro. Cosa importa come si diffonde?»

Narov scosse la testa, aumentando la stretta sulla sua spalla. «Pensaci. Plague Island era deserta, e non solo di persone. Ogni singola gabbia delle scimmie era vuota. Aveva svuotato quel posto anche dai primati. Ecco come ha mandato il virus in tutto il mondo: l'ha esportato con le spedizioni della KRP. Credimi, ne sono certa. E ha lasciato liberi nella giungla quei pochi animali che già presentavano i sintomi della malattia.

«L'Acchiapparatti può rintracciare i voli che hanno esportato le scimmie» proseguì Narov. «Potrebbero essere ancora in quarantena. Questo non fermerà del tutto il virus, ma se riusciamo a bombardare con armi nucleari le case delle scimmie, potremmo almeno rallentarne la diffusione.» «Ma che importa?» ripeté Jaeger. «A meno che quegli aerei non siano ancora in volo e riuscissimo a fermarli, il virus è già là fuori. Certo, potremmo guadagnare un po' di tempo, qualche giorno. Ma senza una cura, l'esito finale sarà sempre lo stesso.»

L'espressione di Narov si incupì e i suoi lineamenti sembrarono afflosciarsi. Si era aggrappata a quella speranza, ma in realtà era una chimera.

«Odio perdere» borbottò. Poi fece il gesto di raccogliere i capelli in una coda di cavallo – un po' come se si preparasse all'azione – prima di ricordare che indossava ancora il respiratore. «Dobbiamo provarci, *dobbiamo*. È il nostro lavoro, Jaeger.»

Il problema era come provarci. Jaeger si sentiva totalmente sconfitto. Con Ruth e Luke che giacevano accanto a lui, lentamente consumati dal virus, gli sembrava che non valesse più la pena di combattere per niente.

Quando i rapitori glieli avevano strappati la prima volta, non era riuscito a proteggerli. Si era aggrappato alla speranza di trovarli e di salvarli, di redimersi. Ci era riuscito, eppure in quel momento si sentiva doppiamente impotente, del tutto inerme.

«*Non possiamo lasciar vincere Kammler*» le dita di Narov affondarono nella carne di Jaeger là dove appoggiava ancora la mano sulla sua spalla. «Finché c'è vita, c'è speranza. Anche pochi giorni potrebbero fare la differenza.»

Jaeger fissò Narov con sguardo vacuo.

Lei indicò Ruth e Luke distesi sulle barelle. «Finché c'è vita, c'è ancora speranza. Tu ci devi guidare, devi agire. Tu, Jaeger, *tu*. Per me. Per Ruth. Per Luke. Per ogni persona che ama, vive e respira: agisci, Jaeger. Cadremo combattendo.»

Jaeger non disse una parola. Il mondo sembrava aver smesso di girare, il tempo stesso si era fermato. Poi, lentamente, strinse la mano di Narov e si alzò in piedi. Su gambe che gli sembravano di gelatina, avanzò verso la cabina di pilotaggio. Parlò con il pilota, e la sua voce suonava fredda e aliena attraverso il microfono della maschera.

«Mi chiami Miles sull'Airlander.»

Il pilota eseguì, poi porse il microfono a Jaeger.

«Jaeger. Stiamo arrivando.» La sua voce era fredda come l'acciaio. «Stiamo portando due casi in barella, entrambi infettati. Kammler ha spedito i primati fuori dall'isola. Il virus si sta diffondendo attraverso le scimmie. Mettete al lavoro il Ratto. Rintracciate i voli, trovate le case delle scimmie e fatele saltare con il nucleare.»

«Ricevuto» rispose Miles. «Mi metto subito all'opera. Ci penso io.»

Jaeger si rivolse al pilota del Wildcat. «Abbiamo urgenza di portare i feriti all'Airlander. Perché non mi fai vedere a che velocità può arrivare questo aggeggio?»

Il pilota spinse le manette in avanti. Mentre il Wildcat saliva a tutta velocità, Jaeger si sentì improvvisamente attivo: "Cadi combattendo".

Avrebbero combattuto anche questa battaglia, forse l'avrebbero persa, ma come gli diceva, quando era ragazzo, il suo capo scout citando Baden-Powell, il fondatore del movimento scout, "Non darti mai per morto fin quando non lo sei davvero".

Avevano qualche settimana per salvare la sua famiglia e tutta l'umanità.

85

Tante persone andavano avanti e indietro nella zona cargo dell'Airlander inondata di luce. Le voci echeggiavano, gli ordini urlati riverberavano sulle linee sinuose dei droni Taranis. Al di sopra di tutto questo, il fischio acuto dei rotori del Wildcat stava affievolendosi mentre il pilota si preparava a spegnere le turbine.

Una squadra di medici aveva assunto il controllo della situazione e in quel momento stava trasportando Ruth verso un Isovac 2004CN-PUR8C, un'unità mobile per l'isolamento dei pazienti. Era un cilindro di plastica con all'interno cinque cerchi, il tutto collocato su una barella a ruote. Serviva a isolare i pazienti infettati da un patogeno di livello 4 permettendo nello stesso tempo di occuparsi di loro. In quel momento Ruth e Luke avevano urgente bisogno di ogni possibile cura.

Sui lati dell'unità erano applicati pesanti guanti di gomma in modo che i paramedici potessero inserire le mani all'interno e trattare i pazienti senza rischiare la contaminazione. Era inoltre dotata di una camera di equilibrio per poter somministrare medicinali e di una sorta di "cordone ombelicale" per consentire di mettere il paziente sotto flebo o sotto ossigeno.

Luke era già stato chiuso nella sua unità e attaccato al

suo cordone ombelicale, e stavano preparandosi a estrarre Ruth dal Wildcat per chiudere dentro anche lei.

Quello fu per Jaeger il momento peggiore nel suo giorno più buio. Gli sembrava di perdere di nuovo sua moglie e suo figlio dopo averli appena ritrovati.

Non riusciva a togliersi dalla testa un'associazione terribile: le unità di isolamento gli sembravano i sacchi mortuari di Ruth e Luke. Era come se la loro morte fosse già stata dichiarata, o almeno gli sembrava che non si potessero più salvare.

Mentre usciva dall'elicottero con la squadra che trasportava sua moglie, ormai semi-incosciente, si sentì come risucchiato in un vuoto oscuro e turbinoso.

Osservò mentre mettevano Ruth nell'unità con i piedi in avanti, come un proiettile in un fucile. Prima o poi avrebbe dovuto lasciarle la mano, quella mano che ormai non rispondeva più.

La tenne stretta fino all'ultimo momento, con le dita intrecciate alle sue. Poi, mentre stava per staccarsi, sentì qualcosa. Era la sua immaginazione, oppure c'era ancora uno spasmo di vita – di coscienza – nelle dita tese di sua moglie?

All'improvviso Ruth aprì gli occhi. Jaeger la fissò mentre un'inattesa scintilla di speranza gli accendeva il cuore. Lo sguardo da zombie era scomparso e, per un attimo, sua moglie era tornata. La riconosceva in quegli occhi verdi e inquieti che, ancora una volta, mostravano le tipiche pagliuzze dorate.

Jaeger vide che il suo sguardo vagava qua e là, osservando ogni cosa. Comprendendo ogni cosa. Lei mosse le labbra e Jaeger si avvicinò per poterla sentire.

«Vieni più vicino, amore mio» sussurrò.

Si chinò fino a quando fu tanto vicino da poterle baciare la testa.

«Trova Kammler. Trova i suoi prescelti» mormorò. Negli occhi le passò una scintilla di fuoco. «Trova quelli che, come lui, hanno fatto l'iniezione...»

Poi quel breve attimo di lucidità finì. Jaeger sentì le dita di lei lasciare la presa. Guardò i paramedici e annuì, permettendo loro di farla scivolare completamente dentro l'unità. Si ritrasse mentre stavano chiudendo la bara. Almeno per un attimo – un momento meraviglioso, prezioso – lei lo aveva riconosciuto.

La mente di Jaeger galoppava. "Trova Kammler e quelli che, come lui, hanno fatto l'iniezione..."

Ruth era un genio. Sentì il cuore che gli batteva all'impazzata. Forse – solo forse – c'era una minuscola scintilla di speranza.

Dopo un ultimo sguardo alle persone che tanto amava, Jaeger lasciò che li trasportassero verso l'infermeria dell'Airlander. Poi riunì il suo team e si affrettò verso la zona anteriore del velivolo.

Si radunarono sul ponte di volo. Jaeger non perse tempo in preamboli, non era il momento. «Ascoltatemi, e ascoltatemi bene. Mia moglie è rimasta cosciente per pochi secondi. Vi ricordo che è stata a lungo nel covo di Kammler e che ha visto tutto.»

Guardò il suo team, e i suoi occhi si soffermarono su Miles. «Ecco cosa mi ha detto: "Trova Kammler. Trova quelli che, come lui, hanno fatto l'iniezione". Probabilmente intendeva dire che potremmo isolare una cura. Ma è possibile? È fattibile, scientificamente parlando?»

«Chiedi se possiamo estrarre e sintetizzare una cura? In teoria sì» rispose Miles. «Qualunque sia l'antidoto che Kammler ha iniettato nel proprio organismo, dovremmo essere in grado di copiarlo e iniettarlo nel nostro. Sarebbe una vera sfida realizzare abbastanza antidoti in tempo, ma con parecchie settimane davanti è fattibile. Probabilmente. La sfida è trovare lui o uno dei suoi accoliti. E dobbiamo farlo immediatamente...»

«Bene, muoviamoci» lo interruppe Narov. «Kammler lo avrà previsto, sarà preparato. Dovremo ribaltare la terra da un capo all'altro per trovarlo.»

«Metterò immediatamente all'opera Daniel Brooks» annunciò Miles. «Faremo cominciare la ricerca alla CIA e a tutte le altre agenzie di intelligence. Noi...»

«Ehi, ehi, ehi» disse Jaeger alzando le mani per chiedere il silenzio. «Un attimo» disse scuotendo la testa, come per schiarirsi le idee. Aveva appena avuto un'illuminazione e doveva coglierla, cristallizzarla appieno.

Guardò il suo team con gli occhi che brillavano per l'eccitazione. «L'abbiamo già. La cura. O la fonte della cura.»

Si alzarono parecchie sopracciglia. Di che diavolo stava parlando Jaeger?

«Il ragazzo, il ragazzo degli slum. Simon Chucks Bello. È sopravvissuto. È sopravvissuto perché Kammler gli ha fatto l'iniezione. *Lui è immune*, e ha l'immunità nel sangue. Abbiamo il ragazzo, o meglio lo ha Dale. Grazie a lui possiamo isolare la fonte dell'immunità. Coltivarla. Produrla in massa. *Il ragazzo è la risposta.*»

Quando vide accendersi negli occhi di tutti un lampo di intesa, Jaeger si sentì pervadere da un'ondata di energia.

Fissò Miles. «Dobbiamo prendere ancora il Wildcat. Mettiti in contatto con Dale. Fallo spostare con il ragazzo in un posto dove possiamo caricarli a bordo. Falli allontanare dalle spiagge affollate verso una striscia di sabbia facilmente accessibile.»

«Capito. Li porterai direttamente qui, immagino.»

«Sì. Ma di' loro di restare al coperto, nel caso Kammler stia osservando. È sempre stato un passo avanti a noi, e questa volta non possiamo permetterglielo.»

«Lancerò tutti e due i Taranis facendoli orbitare sulla posizione di Dale. In quel modo avrete copertura.»

«Fallo. Comunicaci via radio le coordinate del punto di incontro non appena le avrai. Indicale semplicemente come distanza da Amani verso nord o verso sud lungo la spiaggia, e noi sapremo dove atterrare. Di' a Dale di non mostrarsi fino a quando non ci vedrà nel bianco degli occhi.»

«Capito, ci penso io.»

Jaeger portò di corsa il suo team nella stiva dell'Airlander. Si rivolse al pilota del Wildcat. «Abbiamo bisogno che tu rimetta in aria l'elicottero e ti diriga verso una zona che si chiama Ras Kutani. Più o meno dovrebbe trovarsi a ovest di qui. Dobbiamo prelevare delle persone da un resort che si chiama Amani Beach.»

«Mi dia cinque minuti» rispose il pilota «e saremo pronti a partire.»

86

Le tre Nissan 4x4 correvano verso sud, con le grosse ruote che vibravano come mitragliatrici quasi squarciandosi sulla superficie irregolare della strada sterrata. Si lasciavano dietro una nuvola di polvere visibile da lontano, se mai ci fosse stato qualcuno a guardare.

Sul sedile del passeggero della macchina di testa sedeva l'imponente figura di Steve Jones, con la testa rasata che luccicava nella prima luce del mattino. Sentì il cellulare vibrare. Erano ad appena trenta chilometri dall'aeroporto e, per fortuna, il segnale era ancora buono.

«Jones.»

«A che distanza siete da Amani?» chiese una voce. Kammler.

«Venti minuti al massimo.»

«Troppo» sbottò. «È urgentissimo.»

«Perché è urgentissimo?»

«Ho lassù un drone Reaper e ha individuato un elicottero Wildcat in arrivo. Veloce. Probabilmente è a cinque minuti da lì. Potrebbe non essere nulla, ma non posso rischiare.»

«Che cosa suggerisce?»

«Colpirò il resort. Amani. E riserverò un primo Hellfire per il Wildcat.»

Steve Jones rimase per un attimo in silenzio. Persino lui era sconvolto da quanto aveva appena sentito. «Ma ci siamo quasi. Se tiriamo arriviamo in un quarto d'ora. Colpisca solo l'elicottero.»

«Non posso rischiare.»

«Ma non può distruggere un resort. Sarà pieno di turisti.»

«Non ti sto chiedendo consigli» si stizzì Kammler. «Ti sto avvisando di quanto sta per succedere.»

«Ci farà cadere addosso una montagna di merda.»

«Allora entrate e uscite rapidamente. Uccidete il ragazzo e chiunque si metta in mezzo. Ricordati che siamo in Africa. E in Africa la cavalleria ci mette parecchio ad arrivare, ammesso che arrivi. Fa' le cose per bene e prenderai il più grosso compenso che tu abbia mai visto. Fa' le cose male e ti scateno addosso il Reaper.»

La linea ammutolì. Jones si guardò intorno con una certa apprensione. Stava cominciando a pensare di lavorare per un pazzoide assetato di potere. Vicedirettore della CIA o meno, Kammler faceva legge a sé.

Ma la paga era buona, troppo buona per lamentarsi.

Non aveva mai guadagnato tanto facendo così poco. Poi Kammler si era offerto di raddoppiargli la paga con una prova di morte, la prova che il ragazzo era stato ucciso.

Jones era ben deciso a guadagnarsela.

Poi Kammler, probabilmente, aveva ragione. Chi mai sarebbe accorso per un'indagine così lontano nella savana africana? Nel momento in cui qualcuno se ne fosse interessato, lui e la sua squadra sarebbero stati molto distanti.

Si voltò verso l'autista. «Era il capo. Sbrigati. Dobbiamo arrivare lì per ieri.»

Lui premette l'acceleratore al massimo e il tachimetro salì lentamente fino ai cento chilometri orari. Sembrava che la grossa Nissan stesse per aprirsi sulla superficie irregolare della strada sterrata.

A Jones non importava nulla. Non era un suo problema.

Erano macchine a noleggio.

87

Sollevando un pennacchio d'acqua dall'oceano, il Wildcat atterrò sulla sabbia umida. La marea stava ritirandosi e il punto più solido della spiaggia era quello dove la sabbia era inzuppata di acqua.

Il pilota lasciò i rotori in moto mentre Jaeger, Narov, Raff, James, Kamishi e Alonzo scendevano. Erano atterrati in un paesaggio stupendo. Dale aveva portato il ragazzo verso sud fino a quando avevano aggirato una penisola rocciosa che li aveva condotti fuori dalla vista del resort di Amani. Lì le basse scogliere scendevano improvvisamente in mare con le rocce rosse che creavano una serie di forme spettacolari scolpite dalle onde.

La squadra si aprì a ventaglio in posizione difensiva cercando copertura dietro le sporgenze rocciose. Jaeger si lanciò in avanti e una persona gli andò incontro correndo. Era Dale e, accanto a lui, l'inconfondibile figura del ragazzo.

Simon Chucks Bello: la persona più desiderata al mondo in quel momento.

Dopo qualche giorno ad Amani, i capelli del ragazzo sembravano ancora più arruffati, irrigiditi dal sale, dalla sabbia e dal sole. Indossava un paio di pantaloncini scoloriti di due taglie troppo grandi e un paio di occhiali da sole che, immaginò Jaeger, aveva preso in prestito da Dale.

Simon Chucks Bello era un ragazzo in gamba. E non

aveva la minima idea di quanto fosse importante per tutta l'umanità in quel momento.

Jaeger stava per recuperarlo e farlo correre per cinquanta metri fino all'elicottero in attesa quando sentì un brivido freddo. Senza il minimo preavviso qualcosa si fece strada nel pennacchio d'acqua sollevato dai rotori del Wildcat con un rumore stridente che arrivò diretto ai suoi sensi.

Il missile piombò sul tetto del Wildcat scoperchiandolo come fosse un apriscatole. Poi scoppiò con una vampata enorme, mentre una grandine di schegge roventi penetrava nella zona di carico e perforava i due serbatoi, che si incendiarono esplodendo come il respiro di un dragone e seminando la morte nella fusoliera, che si disintegrò.

Jaeger rimase a fissare, come paralizzato, il pennacchio che si espandeva verso l'alto e tutto intorno, con il rumore dell'esplosione che gli perforava le orecchie e riecheggiava lungo la spiaggia.

Tutto finì in meno di un secondo.

Aveva preso parte ad abbastanza attacchi di Hellfire per riconoscere l'ululato acuto del missile. In quel momento lui, il suo team – e Simon Chucks Bello – erano l'obiettivo di un altro missile, e questo voleva dire che avevano un Reaper sopra la testa.

«HELLFIRE!» urlò. «Indietro! Andate sotto gli alberi!» Si tuffò nella fitta vegetazione trascinando con sé il ragazzo e Dale. Non si sorprese vedendo Simon Chucks Bello a occhi spalancati, paralizzato dalla paura, con le pupille dilatate a dimensioni incredibili.

«Tieni il ragazzo» urlò Jaeger a Dale. «Tranquillizzalo. E qualsiasi cosa succeda, *non perderlo.*»

Rotolando sulla schiena pescò dalla mimetica il telefono satellitare Thuraya e premette la chiamata rapida per l'Airlander. Miles rispose praticamente al primo squillo.

«L'elicottero è stato colpito. Ci deve essere un Reaper sopra di noi.»

«Ce ne stiamo occupando. In questo momento il nostro Taranis è coinvolto in un combattimento feroce con un Reaper.»

«Cercate di vincerlo o siamo fottuti.»

«Capito, e senti anche questa. Abbiamo rilevato tre 4×4 diretti verso il resort. Stanno muovendosi in fretta, probabilmente adesso sono a cinque minuti dall'ingresso. Non credo che abbiano buone intenzioni.»

"Merda." Probabilmente Kammler aveva inviato anche forze di terra oltre ai droni. Il suo comportamento aveva senso. Era troppo cauto per lasciare che un Reaper colpisse il ragazzo da un'altezza di tremila metri senza poter verificare.

«Una volta che ci siamo liberati dei droni, possiamo occuparci del convoglio a terra con il Taranis» proseguì Miles. «Ma probabilmente in quel momento saranno già da voi.»

«Giusto. Lungo la spiaggia, al pontile, ci sono delle barche» disse Jaeger. «Ne prenderò una e porterò lontano il ragazzo. Riesci a far scendere l'Airlander per un recupero in mare?»

«Un attimo, ti passo il pilota.»

Jaeger parlò per un momento con il pilota dell'Airlander. Concordato il piano per il recupero, si preparò a muoversi.

«Da me!» urlò alla radio. «Tutti da me!»

A uno a uno, i componenti del team si riunirono. Tutti erano sopravvissuti all'attacco dell'Hellfire perché avevano trovato una buona copertura.

«Bene, muoviamo, e in fretta.»

Detto questo, Jaeger cominciò a correre lungo la spiaggia con i suoi uomini alle calcagna. Non erano così sciocchi da chiedere spiegazioni.

«Tenete il ragazzo al centro!» urlò Jaeger. «Proteggetelo dal fuoco. Il ragazzo è tutto ciò che conta!»

88

Fuori dal resort si sentì una breve raffica di mitragliatrice, a qualche centinaio di metri lungo la spiaggia. L'Amani aveva un servizio di sicurezza che, forse, aveva cercato di opporre qualche resistenza. Jaeger, però, dubitava che fossero loro. Più probabilmente i colpi erano degli uomini di Kammler che si stavano facendo strada sparando.

Jaeger spinse Dale e il ragazzo a bordo del gommone. Era un grosso natante oceanico, e lui pregò che avesse carburante e fosse pronto a partire.

«Accendi il motore!» urlò a Dale.

Fece correre lo sguardo lungo l'elegante pontile di legno. Circa una dozzina di barche avrebbero potuto probabilmente dar loro la caccia: troppe per poterle sabotare, soprattutto con le forze di terra di Kammler che si stavano avvicinando.

Stava per ordinare alla squadra di abbandonare le posizioni difensive quando i primi uomini arrivarono correndo sulla spiaggia. Jaeger ne contò sei, ma ne sopraggiungevano altri a ogni istante.

Esaminarono la spiaggia con le armi in pugno, ma Raff, Alonzo, James e Kamishi furono più rapidi. Le loro MP7 spararono e due lontane figure si accasciarono. Poi giunse la prima, feroce, risposta al fuoco. La spiaggia eruppe in violenti schizzi di sabbia che terminarono nell'acqua ai piedi di Jaeger.

Narov corse verso di lui, schivando i colpi.

«Muoviti!» urlò. «Vai, vai, vai! Li tratterremo noi. VAI!»

Per un attimo Jaeger esitò. Era qualcosa che andava contro ogni suo istinto, e anche contro l'addestramento. Non si abbandonava mai un uomo. Quei ragazzi erano il suo team, la sua squadra. Non poteva abbandonarli.

«MUOVITI!» urlò Narov. «SALVA IL RAGAZZO!»

Senza una parola, Jaeger si obbligò a voltare le spalle agli altri. Al suo segnale, Dale accelerò e il gommone si staccò dal pontile inseguito da sventagliate di colpi.

Jaeger cercò Narov. Stava correndo lungo il pontile sparando raffiche di MP7 sui motori delle barche attraccate in modo che gli uomini di Kammler non avessero un mezzo con cui inseguirli, ma stava anche esponendosi al fuoco.

Mentre il gommone aggirava l'estremità del pontile, scattò e fece un salto. Per un istante rimase in aria, con le braccia che cercavano di raggiungere il gommone in accelerazione, poi cadde in acqua.

Jaeger si chinò, afferrandola per il collo della giacca e, a forza di braccia, la issò a bordo fradicia. Rimase sul pagliolo cercando di riprendere fiato e sputando acqua salata.

Il gommone si avvicinò alla prima barriera corallina. Era ormai fuori portata di colpi accurati. Jaeger aiutò Dale a sollevare il pesante motore fuoribordo e a inclinarlo in avanti in modo che rimanesse fuori dall'acqua. La chiglia sbatté sul bassofondo, dove c'era uno stretto passaggio fra i coralli, poi scivolò nel mare aperto sull'altro lato.

Dale accelerò a tutto gas e il gommone si allontanò dalla spiaggia scura e avvolta dal fumo, lasciando dietro di sé i rottami fumanti del Wildcat e i morti del suo equipaggio. Eppure Jaeger era dolorosamente consapevole che gran parte dei suoi uomini era intrappolata su quella spiaggia, impegnata in una lotta per la vita.

Narov lo guardò. «Ho sempre odiato le vacanze al mare» urlò per coprire il rumore del motore. «Il ragazzo è vivo. Concentrati su quello, non sul tuo team.»

Jaeger annuì. Narov sembrava sempre in grado di leggergli nel pensiero. E non era certo di apprezzare la cosa.

Cercò con lo sguardo Simon Chucks Bello. Il ragazzo era rannicchiato nel punto più basso del gommone con gli occhi spalancati per la paura. In quel momento sembrava molto meno in gamba e somigliava più al bambino orfano che, in realtà, era. In effetti era cinereo. Jaeger non dubitava che fosse la prima volta che quel ragazzo del ghetto metteva piede su una barca, per non parlare dell'esperienza di un violento conflitto a fuoco.

Tutto considerato, si stava comportando decisamente bene. Jaeger rammentò le parole di Falk Konig: "Negli slum li fanno tosti".

Poco, ma sicuro.

Jaeger si chiese dove fosse Konig in quel momento e a quale parte fosse fedele. Si dice che il sangue non è acqua, ma lui ancora immaginava Falk dalla parte degli angeli. Nonostante tutto, non poteva scommettere il futuro dell'umanità su una sensazione.

Si voltò verso Narov puntando un dito in direzione del ragazzo. «Tienigli compagnia. Tranquillizzalo. Io mi occuperò dell'appuntamento per il recupero.»

Tirò fuori il Thuraya e premette la chiamata rapida. Provò un'ondata di sollievo non appena sentì il tono calmo di Peter Miles.

«Sono su un gommone con il ragazzo» urlò Jaeger. «Stiamo muovendo verso est a trenta nodi. Ci vedete?»

«Ti vedo tramite il Taranis. E sarai felice di sapere che i Reaper non esistono più.»

«Bene! Dammi un reticolo geografico verso cui dirigermi per il recupero.»

Miles gli comunicò un gruppo di coordinate GPS a circa trenta chilometri dalla costa, già ampiamente in acque internazionali. Era il punto di intersezione più vicino possibile perché l'Airlander doveva scendere da tremila metri a livello del mare.

«Metà del mio team è sulla spiaggia a combattere in retroguardia. Potresti portare i droni sopra di loro perché si occupino degli uomini di Kammler?»

«Ci resta un solo Taranis, e ha finito i missili. Usati nel combattimento. Ma può fare dei passaggi a volo radente a Mach 1 sollevando sabbia.»

«Fallo, e tieni d'occhio il team. Noi siamo in salvo, il ragazzo è in salvo. Da' loro tutto il sostegno necessario.»

«Ricevuto.»

Miles avrebbe chiesto all'operatore del drone di portare il Taranis in basso sopra la spiaggia, facendo ripetuti passaggi come dimostrazione di forza. Per lo meno chi sparava avrebbe dovuto abbassare la testa. Sfruttando lo shock di quei passaggi bassi, la squadra di Jaeger avrebbe dovuto cogliere l'occasione per scappare.

Si concesse un attimo di relax. Si appoggiò alla fiancata del gommone lottando contro lo sfinimento. La mente cominciò a pensare a Ruth e Luke. Ringraziò Dio che fossero ancora vivi, e che lo fosse anche Simon Bello.

Era quasi un miracolo essere riusciti a portare il ragazzo sano e salvo su quel gommone.

E, ancor più importante, la sopravvivenza della famiglia di Jaeger dipendeva da lui.

89

Mentre correvano sull'oceano, Jaeger pensò all'equipaggio del Wildcat. Non era un bel modo per andarsene, ma almeno era stato istantaneo. Si erano sacrificati per salvare l'umanità: erano degli eroi, e lui non li avrebbe dimenticati. Adesso il suo compito era rendere utile quel sacrificio. E fare in modo che Raff, Alonzo, Kamishi e James uscissero vivi da quella spiaggia.

Jaeger rammentò che erano buoni operatori, fra i migliori. Se qualcuno poteva riuscire a cavarsela, erano loro. Ma quella striscia di sabbia aperta offriva ben poca copertura, oltre al fatto che erano in inferiorità numerica di tre a uno. Avrebbe voluto essere ancora là a combattere spalla a spalla insieme al suo team.

Cominciò a pensare a colui che era l'artefice di tanta morte e sofferenza, all'architetto del male, a Kammler. Ormai avevano di sicuro prove a sufficienza per inchiodarlo almeno dieci volte. Ed era altrettanto certo che il suo capo, Daniel Brooks, avrebbe cominciato a dargli la caccia, anzi quella caccia era già iniziata.

Come aveva detto Narov, però, Kammler lo aveva previsto e sarebbe rimasto nascosto in un posto dove nessuno avrebbe mai potuto trovarlo.

Lo squillo del Thuraya riportò di colpo Jaeger al presente. Rispose.

«Sono Miles. Temo che abbiate compagnia. Un motoscafo veloce sta dirigendosi verso di voi. Sono gli uomini di Kammler: non so come, ma sono riusciti ad andarsene da Amani.»

Jaeger imprecò. «Riusciamo a batterli in velocità?»

«È un Sunseeker Predator 57 e può arrivare a 40 nodi. Vi prenderanno, e presto.»

«Potrebbe occuparsene il Taranis?»

«Non ha più missili» gli rammentò Miles.

Jaeger fu colpito da un pensiero improvviso. «Ascolta: ricordi i kamikaze, i piloti giapponesi che si lanciavano volutamente con l'aereo contro le navi alleate durante la Seconda guerra mondiale? L'operatore del tuo drone potrebbe fare qualcosa di simile? Fermare il Sunseeker con l'attacco di un drone senza missili? Mandargli addosso il Taranis restante a Mach 1?»

Miles gli disse di aspettare mentre verificava. Qualche secondo dopo era di nuovo in linea. «Può, è poco ortodosso e non è esattamente una delle manovre che imparano in addestramento, ma immagina che sia fattibile.»

Gli occhi di Jaeger si illuminarono. «Perfetto. Questo però significa che lasciamo i nostri uomini sulla spiaggia senza niente, privi di copertura dall'alto.»

«Sì, ma abbiamo esaurito le opzioni. Poi il ragazzo ha la priorità. Deve averla.»

«Lo so» rispose Jaeger riluttante.

«Bene, assegneremo questo compito al Taranis. Ma il Sunseeker si sta avvicinando rapidamente, quindi preparatevi a un conflitto a fuoco. Porteremo lì il drone il più in fretta possibile.»

«Ricevuto» confermò Jaeger.

«E per essere del tutto certi che il ragazzo sarà al sicuro, una volta che sarete a bordo avremo come scorta un paio di F-16. Brooks li ha fatti decollare dalla base aerea più vicina. Dice che è pronto a uscire allo scoperto su tutta la faccenda di Kammler.»

«Cazzo, era ora.»

Jaeger chiuse la comunicazione e preparò l'MP7, facendo cenno a Narov di imitarlo. «Abbiamo compagnia. Una barca ci sta inseguendo. Dovremmo vederla da un momento all'altro.»

Il gommone continuò ad avanzare veloce ma, come temeva, Jaeger individuò una prua bianca e un pennacchio di schiuma dirigersi rapidamente verso di loro. Lui e Narov presero posizione inginocchiandosi accanto al tubolare con le MP7 appoggiate sul bordo. In quel momento, Jaeger avrebbe preferito un'arma più lunga con una portata più generosa.

La prua molto inclinata del Sunseeker tagliava l'acqua come un coltello, e lo scarico dei motori sollevava nella scia un'enorme voluta di schiuma bianca. Le persone a bordo erano armate di AK-47 che, in teoria, aveva una portata effettiva di 350 metri, il doppio delle loro MP7.

Anche i migliori operatori, però, avevano difficoltà a sparare con precisione da una barca che si muoveva rapidamente. Jaeger, poi, sperava che gli uomini di Kammler si fossero procurati le armi in loco e, in quel caso, era improbabile che fossero azzerate correttamente.

Il Sunseeker guadagnava rapidamente strada su di loro. Jaeger riusciva a distinguere parecchie persone; due erano appostate nel compartimento di prua, all'estremità della cabina molto inclinata, con le armi appoggiate sulla battagliola. Altre tre, armate, si trovavano sui sedili di poppa, che erano rialzati.

Gli uomini a prua aprirono il fuoco scatenando una tempesta di colpi in direzione del gommone. Dale lanciò l'imbarcazione in una serie di strette virate casuali cercando di confondere i nemici, ma stavano cominciando a esaurire il tempo e le opzioni.

Jaeger e Narov mantennero le armi puntate, ma senza sparare ancora. Il Sunseeker si avvicinava rapidamente. Ai due lati del gommone in fuga i proiettili rimbalzavano e saltavano sulla superficie dell'acqua.

Jaeger lanciò una veloce occhiata alle sue spalle. Simon

Bello era rannicchiato nel pozzetto, tremante, con gli occhi che roteavano per la paura.

Jaeger fece partire una breve raffica che colpì la chiglia del Sunseeker, ma non sembrò avere alcun effetto sull'imbarcazione. Si sforzò di calmare i nervi e di concentrarsi sul respiro, eliminando qualsiasi altro pensiero. Guardò Narov e, contemporaneamente, spararono un'altra raffica.

Jaeger vide che avevano colpito uno degli uomini del compartimento di prua, che crollò in avanti sulla propria arma. Mentre Jaeger osservava, il suo compagno lo sollevò, apparentemente senza sforzo, e lo lanciò fuoribordo.

Un comportamento assolutamente crudele, e raccapricciante.

L'uomo aveva scaricato il corpo in mare con la sola forza delle braccia e delle spalle massicce. Per un attimo la mente di Jaeger tornò a un momento del passato: la forma e la stazza dell'uomo, e i suoi movimenti, gli sembravano familiari in modo agghiacciante.

Poi capì. La notte dell'attacco. La notte del rapimento di sua moglie e di suo figlio. La forma massiccia e i toni odiosi dietro la maschera antigas. "Quei due uomini erano la stessa persona."

A prua del Sunseeker c'era Steve Jones, l'uomo che aveva quasi ucciso Jaeger durante la selezione del SAS.

Jaeger, istintivamente, si rese conto che era lui il rapitore di sua moglie e di suo figlio.

90

Jaeger si chinò sul ragazzo, quel ragazzo tanto prezioso, riverso sul fondo del gommone dove era protetto dai colpi peggiori. Laggiù Simon Chucks Bello non riusciva a vedere niente, ma Jaeger non aveva dubbi che stesse soffrendo, sia fisicamente sia mentalmente. L'aveva già sentito rimettere una volta.

«Tieni duro, eroe!» urlò al ragazzo facendogli un sorriso di incoraggiamento. «Prometto che non ti lascerò morire!»

Eppure il Sunseeker si avvicinava rapidamente. Era a non più di 150 metri dalla loro poppa e soltanto il movimento delle onde dell'oceano proteggeva il gommone dal fuoco. Ma non per molto.

Se si fosse avvicinato ancora, i colpi di Jones e dei suoi uomini avrebbero fatto centro. E, peggio ancora, Jaeger stava per finire le munizioni.

Lui e Narov avevano vuotato sei caricatori ciascuno, quindi circa 240 colpi in tutto. Sembrano parecchi, ma non lo sono quando cerchi di respingere l'assalto di un buon numero di uomini armati su una barca veloce con due armi a corta gittata.

Era solo questione di tempo prima che il gommone incassasse un colpo catastrofico.

Jaeger ebbe la tentazione di prendere il Thuraya e chiamare

Miles chiedendogli di lanciare il Taranis. Ma sapeva di non potersi permettere di abbassare la guardia o perdere la mira. Non appena il Sunseeker fosse ricomparso, dovevano colpirlo in modo ancor più duro e accurato.

Un attimo dopo, la snella imbarcazione riapparve, con la forma imponente che tagliava la loro scia. Jaeger e Narov risposero al fuoco. Videro l'inconfondibile figura di Jones sollevarsi e sparare una lunga raffica in automatico. I colpi superarono lo spazio vuoto sul mare puntando al gommone. Senza dubbio Jones era un ottimo tiratore e quella raffica li avrebbe colpiti.

Poi, all'ultimo momento, Dale diede gas sopra la cresta di un'onda, e il gommone scomparve alla vista mentre la raffica passava nell'aria sopra di loro.

Ormai si sentiva il rombo dei potenti motori del Sunseeker. Jaeger si tese sopra l'arma passando in rassegna l'orizzonte per vedere quale sarebbe stata la mossa successiva degli inseguitori.

Fu in quel momento che lo sentì. Un rumore stupendo – un rombo di tuono sconvolgente – riempì l'aria, come se un terremoto sottomarino stesse squassando il fondo del mare. Riverberò in cielo soffocando ogni altro suono.

Un attimo dopo una forma a freccia calò rapidissima dal cielo mentre il suo unico jet turboventola Rolls-Royce Adour la spingeva a una velocità vicina ai 1300 chilometri orari. Sfrecciò bassa sopra di loro, con lievi virate mentre l'operatore correggeva la rotta del Taranis perché restasse in linea con l'obiettivo.

Jaeger sentì spari assordanti provenire dalla direzione del Sunseeker, mentre i suoi passeggeri cercavano di abbattere il drone. Poi mise Jones al centro del mirino dell'MP7 sparando brevi raffiche mentre il suo grande nemico rispondeva con un fuoco violento.

Accanto a lui, anche Narov stava cercando di risparmiare gli ultimi proiettili.

In quel momento Jaeger ebbe una netta percezione.

Le sue orecchie sentirono il morbido, agghiacciante, vuoto rumore di una pallottola ad alta velocità che penetra nella carne. Narov non riuscì neppure a gridare. Non ne ebbe il tempo. L'impatto dello sparo la gettò all'indietro e, un attimo dopo, era caduta in mare.

Mentre il suo corpo insanguinato spariva sotto le onde, la forma a freccia del Taranis colpì. Si vide un lampo accecante e, un istante dopo, un'enorme esplosione scosse l'oceano, mentre i frammenti dei rottami piovevano da ogni lato.

Intorno alla forma del Sunseeker colpito, l'acqua bruciava e ribolliva, mentre il gommone proseguiva la sua corsa. L'imbarcazione era stata colpita a poppa, e ne uscivano fumo e fiamme.

Jaeger percorse disperatamente con gli occhi l'acqua vicina a poppa cercando Narov, ma di lei non c'era traccia. Il gommone avanzava alla massima velocità e l'avrebbero persa in un attimo.

«Inverti la rotta!» urlò a Dale. «Narov è in mare, ferita!»

Per tutto il tempo Dale aveva guardato in avanti impostando una rotta tortuosa attraverso le onde e non aveva visto quello che era successo. Aveva rallentato preparandosi a virare quando arrivò una telefonata sul Thuraya.

Jaeger premette il tasto di risposta. Era Miles. «Il Sunseeker è fermo, ma non è affondato. Ci sono parecchi sopravvissuti e sono ancora armati.» Tacque un istante, come se stesse controllando qualcosa dalla sua posizione privilegiata, poi aggiunse. «E qualunque sia il motivo per cui avete rallentato, sbrigatevi a dirigervi verso il punto di incontro. *Dovete salvare il ragazzo.*»

Jaeger picchiò un pugno sul tubolare. Se avessero invertito la rotta puntando verso il relitto fumante del Sunseeker alla ricerca di Narov, avrebbero corso il grosso rischio che il ragazzo venisse colpito. Lo sapeva.

Sapeva che la cosa giusta da fare era andare avanti, per la salvezza della sua famiglia, per la salvezza dell'umanità. Ma si maledisse per la decisione che era obbligato a prendere in quel momento.

«Riprendi la rotta» abbaiò a Dale. «Muoviti! Verso il punto d'incontro.»

Come a rafforzare il buonsenso di quella decisione, a distanza si sentì una raffica. Alcuni degli uomini di Kammler – probabilmente anche Jones – erano evidentemente decisi a cadere combattendo.

Jaeger si spostò sul gommone cercando di confortare Simon Bello mentre scrutava il cielo per individuare la sagoma tozza e tondeggiante dell'Airlander. Non sapeva che altro fare.

«Ascolta, ragazzo, stai calmo, okay? Non ci vorrà ancora molto e ti porteremo lontano da questo casino.»

La risposta di Simon sfuggì a Jaeger perché, nel suo intimo, bruciava di rabbia e frustrazione.

Qualche minuto dopo videro il dirigibile, una spettrale presenza bianca che scendeva dal cielo come un'apparizione impossibile. Il pilota guidò la sua mole enorme in un perfetto volo stazionario abbassandola pian piano verso la superficie del mare. Gli enormi propulsori a cinque pale – uno per ciascun angolo della chiglia – sollevarono una tempesta di spruzzi mentre i pattini dell'Airlander entravano in contatto con l'acqua.

Il pilota si abbassò con grande lentezza fino a quando l'estremità della rampa di carico sparì sotto le onde dell'oceano. Le turbine dell'Airlander urlavano mentre il pilota lo teneva fermo come una roccia, e la corrente d'aria verso il basso sollevava una tempesta d'acqua sferzando i due uomini sul gommone.

In quel momento Jaeger ne assunse il controllo. Quella che stava per tentare era una manovra che aveva visto fare soltanto dai timonieri del suo ex commando, quando era ancora una giovane recluta di Marina. Ci erano voluti anni di addestramento a quel tizio per riuscirci, ma Jaeger aveva una sola possibilità per eseguirla alla perfezione.

Fece girare il gommone fino a quando la prua puntò direttamente verso l'interno della stiva. Dalla rampa dell'Airlander, l'addetto al carico alzò i pollici. Per tutta risposta Jaeger portò al massimo il potente fuoribordo: si sentì schiacciare contro il sedile del pilota mentre il motore rombava e il gommone schizzava in avanti.

Da un momento all'altro sarebbero arrivati a tutta velocità contro la rampa aperta dell'Airlander, e Jaeger pregava di aver eseguito correttamente la manovra.

91

Qualche attimo prima dell'impatto, Jaeger sollevò il fuoribordo fino al punto in cui l'elica non toccava quasi più l'acqua, poi spense il motore. L'enorme dirigibile troneggiava sopra di loro e si sentì un secco sobbalzo nel momento in cui il gommone toccò la rampa, schizzò in avanti e atterrò con un boato, entrando in una sorta di testacoda, nel vano di carico.

Il gommone avanzò fino al ponte di volo, svicolò di lato e si fermò con un sussulto.

Erano dentro.

Jaeger alzò il pollice in direzione dell'addetto al carico. I propulsori urlarono sopra di loro mentre arrivavano a piena potenza, e l'enorme dirigibile si preparò a sollevare dal mare la propria, impossibile massa e il suo carico ulteriore.

L'Airlander si sollevò pochissimo perché le onde trattenevano i pattini.

Jaeger si voltò arruffando i capelli a Simon Chucks Bello.

Forse erano riusciti a salvarlo, ma avrebbero salvato l'umanità?

O Ruth e Luke?

Kammler probabilmente aveva capito che sarebbero andati a cercare il ragazzo, perché chi altri avrebbe rischiato di mandare i suoi uomini in caccia, i suoi cani da guerra? Doveva aver capito che Simon Bello era la risposta, la cura.

E, nel profondo del suo cuore, Jaeger era convinto che il ragazzo sarebbe diventato il loro salvatore, il salvatore di tutti. In quel momento, però, provava ben poca gioia per il risultato ottenuto. Nella sua mente era impressa l'ultima, orribile immagine di Narov che cadeva ferita fuori dal gommone.

Lo torturava l'idea di abbandonarla al suo destino. Sbirciò fuori dalla rampa di carico. La superficie dell'oceano schiumava rabbiosamente. I propulsori urlavano al massimo dei giri ma, per il momento, il dirigibile sembrava inchiodato. Guardò cupamente di lato, e i suoi occhi si posarono sulla forma inconfondibile di una delle zattere di salvataggio dell'Airlander.

In un attimo formulò un piano nella mente.

Jaeger esitò per un solo istante. Poi, urlando a Dale di proteggere il ragazzo, saltò fuori dal gommone, afferrò la zattera di salvataggio e corse lungo la rampa dell'Airlander fino a quando arrivò sull'orlo dell'abisso.

Prese la cuffia radio utilizzata abitualmente dall'addetto al carico e chiamò Miles. «Fai alzare questo aggeggio, ma resta al di sotto dei quindici metri. Portaci in direzione ovest, e lentamente.»

Miles confermò il messaggio e Jaeger sentì i quattro massicci propulsori girare ancora più veloci. Per diversi secondi l'Airlander sembrò restare dov'era, mentre i propulsori tagliavano l'aria ai due lati e le onde si infrangevano con forza contro la sua chiglia.

Poi l'enorme dirigibile sembrò tremare in tutta la struttura e, con un ultimo sforzo, si liberò dall'abbraccio del mare. All'improvviso si ritrovarono in volo.

L'enorme dirigibile virò e cominciò a farsi strada fra le onde. Jaeger esaminava la superficie dell'oceano usando come punti di riferimento il GPS e il Sunseeker in fiamme.

Alla fine la vide: una minuscola figura fra le onde.

L'Airlander era a circa cento metri da lei.

Jaeger non ebbe esitazioni. Calcolò che il salto doveva essere di oltre quindici metri: alto, ma si poteva sopravvivere se si entrava in acqua correttamente. La cosa fondamentale era lasciare andare la zattera di salvataggio: in caso contrario la spinta idrostatica lo avrebbe fatto risalire rapidamente, e sarebbe stato come schiantarsi contro un muro. Jaeger lasciò cadere la zattera e, un attimo dopo, saltò, tuffandosi verso l'oceano. Qualche istante prima dell'impatto, assunse la posizione classica: gambe strette, dita dei piedi tese, braccia incrociate sul petto e mento ben abbassato.

L'impatto gli tolse il fiato ma, mentre affondava fra le onde, ringraziò Dio di non essersi rotto nulla. Qualche secondo dopo riemerse e sentì l'inconfondibile sibilo della zattera di salvataggio autogonfiabile. Aveva un sistema che si attivava al contatto con l'acqua.

Guardò verso l'alto. L'Airlander stava prendendo quota e allontanandosi dal pericolo con il suo prezioso carico.

Il termine "zattera di salvataggio" non rendeva esattamente giustizia al gonfiabile di Jaeger. Mentre si riempiva d'aria, si rivelò una versione in miniatura del gommone, completa di una robusta copertura richiudibile con una cerniera e di un paio di remi.

Jaeger si arrampicò a bordo e cominciò a orientarsi. Ex *bootneck*, il soprannome delle forze speciali dei Royal Marine, in acqua si sentiva a suo agio quanto sulla terraferma. Fissò la posizione dove aveva visto Narov per l'ultima volta e cominciò a remare.

Ci vollero parecchi minuti prima che scorgesse qualcosa. Certo, era una figura umana, ma Narov non era sola. L'occhio di Jaeger venne attratto dall'inconfondibile forma a V di una pinna dorsale che tagliava la superficie dell'acqua, nuotando in cerchio intorno alla figura insanguinata. Lì erano molto oltre la protezione della barriera corallina, che manteneva le spiagge libere da quei predatori.

Si trattava sicuramente di uno squalo, e Narov era nei guai.

Jaeger esaminò la superficie del mare, notando un'altra pinna, e poi un'altra ancora. Raddoppiò gli sforzi, con le spalle che urlavano per il dolore mentre si obbligava a remare sempre più rapidamente nel disperato sforzo di raggiungerla.

Alla fine si fermò lì accanto e lasciò i remi, poi si chinò verso l'acqua e la trascinò a bordo, in salvo. Entrambi ricaddero sul fondo della zattera in un'unica massa ansante e fradicia. Ormai Narov era in acqua da parecchio, e perdeva molto sangue, ma Jaeger non aveva idea se lei fosse ancora cosciente.

Mentre Narov era sdraiata a occhi chiusi, cercando di riprendere fiato, Jaeger cominciò a curarle le ferite. Come qualsiasi zattera di salvataggio ben attrezzata, anche questa aveva le dotazioni essenziali per la sopravvivenza, e fra queste un kit di pronto soccorso. Narov era stata colpita alla spalla, ma a quanto poteva vedere Jaeger, il proiettile aveva attraversato la carne senza toccare le ossa.

La fortuna del diavolo, pensò lui. Fermò l'emorragia, poi bendò la ferita. In quel momento la cosa più importante era che lei si idratasse per compensare la perdita di sangue. Le passò una bottiglia.

«Bevi. Non importa quanto tu stia male, ma devi bere.»

Lei la prese e inghiottì qualche sorso. I suoi occhi incrociarono quelli di Jaeger e borbottò alcune parole incomprensibili. Jaeger si chinò su di lei. Lei ripeté, con voce che era poco più che un sussurro gracchiante: «Ce ne hai messo di tempo... che cosa ti ha trattenuto?».

Jaeger scosse la testa, poi sorrise. Narov era incredibile.

Lei cercò di soffocare una risata, che si spense in un colpo di tosse. Il viso era contorto per il dolore. Jaeger doveva trovare un vero medico, e in fretta, di questo era certo.

Stava per afferrare i remi e riprendere a vogare quando le sentì. Voci che giungevano da ovest, la cui posizione era oscurata dal fitto pennacchio di fumo che proveniva dal relitto in fiamme del Sunseeker.

Jaeger non aveva dubbi su chi potesse essere, né sul da farsi.

92

Jaeger si guardò intorno alla ricerca di un'arma. Non c'era nulla sulla zattera, e l'MP7 di Narov era probabilmente da qualche parte sul fondo del mare.

Poi lo scorse. Nel fodero che lei portava, come sempre, sul petto: il coltello da commando di Narov, quello che le era stato regalato da suo nonno. Con la lama da 18 centimetri affilata come un rasoio, era perfetto per quello che Jaeger aveva in mente.

Chinandosi, sganciò il fodero e lo indossò. Rispose allo sguardo interrogativo di Narov dicendo: «Resta qui. Stai tranquilla. C'è qualcosa di cui mi devo occupare.»

Poi si issò sulla fiancata della zattera e si lanciò all'indietro in mare.

Una volta in acqua, Jaeger impiegò un istante per orientarsi basandosi sul suono delle voci che gli giungeva attraverso la cortina di fumo che aleggiava sulle onde.

Si mise a nuotare con bracciate lunghe e potenti, mostrando in superficie solo la testa. Poco dopo il fumo lo inghiottì. Poteva usare solo l'udito per orientarsi. Una voce in particolare – quella roca, ma stridente, di Jones – lo attirava in avanti.

La zattera di salvataggio del Sunseeker era un grosso aggeggio gonfiabile, esagonale, racchiuso in una copertura per la pioggia. Jones e gli altri tre sopravvissuti erano all'interno della zattera, che aveva i teli aperti, e stavano esaminando le dotazioni di bordo.

Jones doveva essersi accorto di aver colpito Narov, doveva averla vista cadere in mare. Non essendo tipo da rinunciare o arrendersi, di certo sapeva di avere un lavoro da portare a termine.

Era ora che Jaeger mettesse fine a tutto questo.

Doveva tagliare la testa del serpente.

La zattera era molto più visibile di un nuotatore solitario che procedeva basso sull'acqua. Quando Jaeger raggiunse il retro, si fermò e cominciò a tenersi a galla, con gli occhi e il naso appena visibili sopra le onde. In un istante riorganizzò le idee, poi, dopo un profondo respiro, scivolò sotto la superficie.

Si immerse in profondità sotto la zattera, emergendo lentamente nel punto dove il telo era aperto. Riusciva a vedere la forma massiccia di Jones che inclinava verso il basso un lato della zattera. Con un potente colpo di gambe emerse dal mare subito dietro il suo bersaglio e, con mossa rapidissima, chiuse il collo dell'avversario nella morsa del suo braccio destro, tirandogli il mento verso l'alto e verso destra.

Contemporaneamente con la sinistra affondò la lama del coltello verso il basso, attraverso la clavicola e mirando al suo cuore nero. Qualche istante dopo, il loro peso combinato li fece cadere dalla zattera, e si inabissarono entrambi in un unico groviglio.

Era difficile uccidere un uomo con un coltello. E lo era doppiamente con un avversario forte ed esperto quanto quello.

Sprofondando nell'oceano, i due uomini si aggrappavano, si contorcevano e lottavano, con Jones che cercava di liberarsi dalla stretta mortale di Jaeger. Per lunghi secondi provò a graffiare, dare gomitate e colpi, nel disperato tentativo di liberarsi. Malgrado la ferita, aveva una forza immensa, inverosimile.

Jaeger stentava a crederlo: gli sembrava di essere avvinghiato a un rinoceronte. Nel momento in cui capì di non poter più reggere a lungo, una forma snella, con la testa appuntita, passò rapidamente nella sua visione periferica, con l'aguzza pinna a V che tagliava l'acqua.

Squalo. Attirato dall'odore del sangue. Il sangue di Steve Jones. Jaeger guardò in direzione dello squalo e si rese conto, scioccato, che erano circondati da una dozzina o più.

Raccolse le forze, allentò la presa e si spinse lontano con le gambe il più forte possibile. Il gigante si voltò, cercando di afferrare Jaeger con le mani nella mezza luce.

Probabilmente in quel momento Jones avvertì la presenza. *La loro presenza. Squali.*

Jaeger vide che Jones spalancava gli occhi per la paura.

La ferita di Jones stava disperdendo nuvole di sangue nell'acqua. Mentre Jaeger si allontanava ulteriormente, vide il primo squalo urtare Jones con il muso in atteggiamento aggressivo. Jones cercò di lottare, picchiandolo su un occhio, ma l'animale aveva ormai sentito il gusto del suo sangue.

Mentre Jaeger si lanciava a perdifiato verso la superficie, perdette di vista Jones in un groviglio di corpi che si dibattevano.

Ormai era drammaticamente a corto di ossigeno, ma ben sapeva cosa lo aspettava in superficie: uomini armati che scandagliavano l'acqua. Con un ultimo sprazzo di energia, nuotò sotto la zattera usando il coltello di Narov per squarciarne l'intera lunghezza.

Il fondo della zattera crollò e i tre uomini all'interno caddero in acqua. Uno di loro tirò un calcio che colpì Jaeger alla testa. Gli occhi cominciarono a chiudersi e, per un attimo, Jaeger si sentì svenire. Un momento dopo toccò con la mano il bordo squarciato della zattera dove perdeva aria e si issò a bordo.

Con la testa e le spalle oltre lo squarcio, inspirò qualche boccata di ossigeno e si immerse nuovamente. Mentre si spingeva con le gambe sempre più a fondo, si accorse che il coltello di Narov gli era sfuggito di mano. Se ne sarebbe occupato in seguito... se mai ne fosse uscito vivo.

Si diresse verso la sua zattera. Probabilmente gli uomini in acqua lo avevano visto, ma in quel momento erano troppo occupati a sopravvivere. Di certo la loro zattera aveva i giubbotti di salvataggio e, anche in quella situazione, avrebbero cercato di salvarsi. Jaeger li avrebbe lasciati al mare e agli squali. Lì aveva finito. Doveva andarsene e mettere in salvo Narov.

Qualche minuto dopo, Jaeger stava issandosi, fradicio, sulla zattera di salvataggio dell'Airlander. Mentre era sdraiato sulla schiena e ansimava sfinito, vide Narov cercare di alzarsi per mettersi ai remi, e dovette impedirle fisicamente di farlo.

Si mise in posizione e cominciò a remare, dirigendosi lontano da quella carneficina e verso la costa. Mentre remava, osservò Narov. Era stremata, e stava per finire in stato di shock. Aveva bisogno che si mantenesse cosciente, che continuasse a idratarsi e restasse al caldo. Entrambi, poi, avrebbero necessitato di energia mentre l'adrenalina cominciava a esaurirsi.

«Guarda che provviste ci sono. Le razioni di emergenza. Ci aspetta una lunga remata e tu devi continuare a bere e mangiare. Io farò il resto, ma solo se mi prometti di sopravvivere.»

«Promesso» mormorò Narov, con una voce vicina al delirio. Poi cominciò a esaminare la zattera. «In fondo sei tornato a cercarmi.»

«Mia moglie ha una squadra di medici che si occupa di lei. Quanto a te... be', siamo una coppia in luna di miele, ricordi?»

Lei sorrise con i pensieri altrove. «*Schwachkopf.*»

Jaeger doveva farla continuare a parlare e tenerla concentrata. «Come va il dolore? E la spalla?»

Narov cercò di fare un gesto di noncuranza, ma il movimento le provocò una smorfia. «Vivrò.»

Buon per te, pensò Jaeger. Caparbia, diretta e onesta fino alla fine.

«Allora è meglio che tu ti sieda e ti goda la navigazione mentre ti porto a casa remando.»

93

Erano passate cinque settimane da quando Jaeger aveva remato sulla zattera fino alla costa e accompagnato Narov all'ospedale più vicino. Quel viaggio lo aveva portato al limite della sua resistenza e sembrava averlo invecchiato. Almeno, Narov la pensava così.

Prese la mascherina chirurgica indossandola a coprire naso e bocca, poi fece altrettanto con la figura minuta che aveva accanto. Nelle ultime settimane, di rado aveva trascorso un giorno lontano da Simon Chucks Bello, e i due erano diventati amici.

Era come se quel ragazzo che aveva salvato il mondo fosse per lui un secondo figlio.

Jaeger sollevò lo sguardo, notò qualcuno e sorrise. «Fantastico, lei è qui.»

L'uomo in camice bianco, il dottor Arman Hanedi, scrollò le spalle. «Nelle ultime settimane, quando mai non sono stato qui? Ho avuto molto da fare... penso di aver dimenticato come sono fatti mia moglie e i miei figli.»

Jaeger sorrise. Andava d'accordo con il medico di Ruth e Luke, e con il passare del tempo era venuto a conoscenza di una parte della sua storia. Hanedi era originario della Siria. Era arrivato in Inghilterra da bambino, con la prima ondata di rifugiati degli anni Ottanta.

Aveva ricevuto un'ottima istruzione e si era fatto strada

nella professione medica, un risultato non da poco. Era evidente che amava il suo lavoro, e questo era un grosso vantaggio perché, nelle ultime settimane, aveva dovuto abbandonare la routine per lottare contro la più temibile epidemia di sempre.

«Allora, ce l'ha fatta? È cosciente?» chiese Jaeger.

«Sì, si è svegliata mezz'ora fa. Sua moglie ha davvero una fibra molto forte. Restare esposta tanto a lungo a un virus come questo, e sopravvivere… è quasi un miracolo.»

«E Luke? Ha dormito meglio la scorsa notte?»

«Be', sospetto che il figlio somigli al padre: un sopravvissuto nato.» Hanedi scompigliò i capelli di Simon Bello. «Allora, piccolo, sei pronto a salutare un'altra delle migliaia di persone che hai salvato?»

Il ragazzino arrossì. Gli riusciva difficile sopportare l'attenzione dei media, per usare un eufemismo. Gli sembrava un'esagerazione. In fondo aveva soltanto donato qualche goccia di sangue.

«Certo, ma la parte difficile l'ha fatta Jaeger. Io non ho fatto un cazzo.» Simon guardò Jaeger un po' imbarazzato. Jaeger stava cercando di migliorare il suo linguaggio, ma non sempre ci riusciva.

Tutti risero. «Chiamalo lavoro di squadra» suggerì Hanedi con semplicità.

Superarono la doppia porta. Una figura era seduta, appoggiata ai cuscini. Una massa di folti capelli scuri, lineamenti delicati, quasi da elfo, ed enormi occhi verde-mare screziati di pagliuzze dorate. Erano più verdi che azzurri o più azzurri che verdi? Jaeger non era mai riuscito a capirlo: sembravano mutare sempre, con la luce e con l'umore.

Jaeger si stupì ancora di quanto fosse bella sua moglie. Aveva passato tutto il tempo possibile con lei e Luke, restando a guardarli o tenendo loro la mano. E, ogni volta, aveva avuto lo stesso pensiero: "Da dove viene un amore come questo? È l'unica cosa che riesce a toccarmi il cuore".

Ruth fece un lieve sorriso. Erano i primi momenti di coscienza dopo che il virus si era impadronito di lei con tut-

413

ta la sua forza, risucchiandola nel suo vortice oscuro, i primi da quando Jaeger l'aveva vista allontanarsi nell'unità di isolamento dei pazienti a bordo dell'Airlander.

Sorrise. «Bentornata. Come ti senti?»

«Per quanto sono rimasta... ho combattuto?» rispose un po' confusa. «Mi sembra una vita.»

«Settimane. Ma adesso sei tornata.» Jaeger guardò il ragazzo. «Ed ecco qui come hai fatto. Questo è Simon Chucks Bello. Ho pensato – abbiamo pensato – che ti avrebbe fatto piacere conoscerlo.»

Lei spostò lo sguardo sul ragazzo. Sorrise con gli occhi e, in quel momento, sembrò che tutto il mondo sorridesse. Ruth aveva sempre avuto la capacità, quasi miracolosa, di illuminare un'intera stanza con la sua risata, la sua magia. Ed era stato questo ad attrarre Jaeger quando l'aveva conosciuta.

Tese una mano. «Piacere di conoscerti, Simon Chucks Bello. A quanto capisco, senza di te nessuno di noi starebbe... respirando. Sei un ragazzo fantastico.»

«Grazie, signora. Ma non ho fatto poi molto. Mi hanno solo infilato un ago.»

Ruth scrollò la testa e sorrise. «Non me l'hanno raccontata così. Ho saputo che i cattivi ti hanno inseguito, che sei sopravvissuto a un viaggio in mare arrivando dall'inferno, per non parlare di un epico salvataggio da parte di un dirigibile. Bentornato alla vita insieme a mio marito, l'amabile, ma altrettanto pericoloso, Will Jaeger.»

Risero tutti. Ecco cos'è Ruth per te, pensò Jaeger. Sempre calma, sempre gentile e sempre maledettamente sul pezzo.

Indicò la porta che dava sulla stanza accanto. «Vai a controllare come sta Luke. Battilo a scacchi. Di sicuro ne hai voglia.»

Simon Bello diede una pacca allo zaino che portava in spalla. «Sono qui dentro. Poi gli ho portato qualche snack. Vado.»

Sparì oltre la porta. Luke era cosciente da più di una settimana, e fra lui e Simon si era creata una certa complicità.

Negli slum non c'erano molti aggeggi elettronici. Erano poche le famiglie che avevano un computer, o persino un televisore, e gli orfani avevano ancora meno. Quindi si divertivano principalmente con giochi da tavolo, anche se erano messi insieme alla bell'e meglio usando pezzi di cartone e altro materiale di scarto.

Simon Chucks Bello era un drago con gli scacchi. Luke provava a batterlo con tutte le sue teorie e tentando varie sequenze elaborate, ma Simon riusciva comunque a sconfiggerlo in quindici mosse, facendo impazzire Luke. Il ragazzo, infatti, aveva ereditato lo spirito competitivo del padre, e veniva da una lunga genealogia di gente che non sapeva perdere.

Ruth diede un colpetto sul letto. Jaeger si sedette accanto a lei e si abbracciarono a lungo, come se nessuno dei due si volesse più staccare. Jaeger stentava a credere che lei fosse tornata. Nelle ultime settimane aveva temuto più di una volta di perderla.

«Quindi è quello il ragazzo» mormorò Ruth. Poi guardò Jaeger. «E... sai una cosa? Tu sei un vero padre.»

Lui sostenne il suo sguardo. «Cosa stai pensando?»

Ruth sorrise. «Be', lui ha salvato il mondo. E noi. E da sempre Luke vorrebbe un fratello...»

Qualche ora dopo Jaeger e Simon uscirono dall'ospedale. Appena fuori, Jaeger accese il cellulare e sentì il suono di un messaggio in arrivo. Lo aprì.

Mio padre si è nascosto nel suo rifugio sotto la montagna. Burning Angels Peak... Sono innocente. Lui è pazzo.

Non serviva la firma.
Alla fine Falk Konig era ricomparso.
Jaeger ebbe così l'informazione che cercava.

415